ELSA DIX

Das verschwundene Fräulein

GOLDMANN

Buch

Norderney im Juli 1914: Während die Adeligen auf der Insel die Sommerfrische zelebrieren, treffen mit den Schiffen der Kaiserlichen Marine erste Vorzeichen des drohenden Krieges im Seebad ein. Dann verschwindet Ilse von Manteuffel, die Tochter des Flottenadmirals, spurlos. Kurz darauf erhält ihre Familie einen schockierenden Brief – in drei Tagen soll die junge Frau sterben. In der Hoffnung, Ilses Leben zu retten, begeben sich Kriminalassistent Christian Hinrichs und seine Partnerin Viktoria Berg auf die Suche. Doch welches Motiv hegt der Entführer? Ist er gar ein feindlicher Spion? Und welche dunklen Schatten lauern in der Familie der Entführten …

Weitere Informationen zu Elsa Dix
sowie zu lieferbaren Titeln der Autorin
finden Sie am Ende des Buches.

Elsa Dix

Das verschwundene Fräulein

Ein Seebad-Krimi

GOLDMANN

MIX
Papier | Fördert
gute Waldnutzung
FSC® C014496

Penguin Random House Verlagsgruppe FSC® N001967

1. Auflage
Originalausgabe März 2023

Umschlaggestaltung: UNO Werbeagentur, München
Umschlagmotive: Arcangel Images / Marie Carr; Alamy Stock Photo / Daniel Rudolf;
Plainpicture / Thomas Herrmann; Stocksy / Leander Nardin; FinePic®, München
Redaktion: Heiko Arntz
KS · Herstellung: ik
Satz: GGP Media GmbH, Pößneck
Druck und Bindung: GGP Media GmbH, Pößneck
Printed in Germany
ISBN: 978-3-442-49382-1

www.goldmann-verlag.de

Norderney, Juli 1914

1

Das Spiel beginnt

Sie war so unbekümmert. Bemerkte ihn nicht. Dabei war er ganz nah, direkt hinter der Säule. Er müsste nur die Hand ausstrecken, um sie berühren zu können. Ihr Parfüm stieg ihm in die Nase, blumig frisch. Sie nahm ein Haarband aus der Auslage des Standes beim Bazar. Fräulein Ilse von Manteuffel. Keine Schönheit im eigentlichen Sinne. Ein wenig zu klein, ein wenig zu burschikos, ein wenig zu eigenwillig. Er wusste, wie sie aussah, wie sie sich bewegte, wie sie roch. Diesen Blick, den sie hatte, wenn ihr etwas nicht passte. Nicht demütig, wie er es von einer Frau erwartete. Sondern herausfordernd wie der eines verstockten Kindes. Aber er würde ihr schon zeigen, wo ihr Platz war.

Sie legte das Haarband zurück und schlängelte sich dann durch die Menschen am Bazar beim Conversationshaus..Er ließ etwas Abstand. Es war riskant, ihr zu nahe zu kommen.

Die Sommergäste lauschten dem Konzert des Badeorchesters. Der Donauwalzer. Er konnte die Musik von Johann Strauss nicht leiden, sie war ihm viel zu beschwingt. Ilse dagegen lächelte, ihre Finger schlugen im Takt gegen die Handtasche. Doch sie hielt sich nicht lange auf. Sie ging zum Weststrand. Er ahnte, wohin ihr Weg sie führte, heute, da sie ohne ihre Mutter unterwegs war.

Am Strand war es schwerer, unentdeckt zu bleiben. Aber Ilse sah sich nicht um. Sie ging mit eiligen Schritten Richtung Hafen. Hatte ein Ziel, auf das sie sich konzentrierte. Ein Stück vor ihr flanierte eine Familie am Wassersaum. Aber die war zu weit weg, die Leute würden nicht sehen, was hinter ihnen geschah. Sollte er die Gelegenheit nutzen? Der Strand war nicht ideal für das, was er vorhatte. Überall könnten unliebsame Beobachter auftauchen. Nein, er musste sich beherrschen. Seine Ungeduld bezähmen. Wenn sie tat, was er glaubte, gab es eine bessere Gelegenheit. Eine viel bessere.

Ein junges Paar stob aus den Dünen, lief lachend zum Wasser. Er zog seinen Hut tiefer ins Gesicht, wollte nicht gesehen werden. Er blickte auf das Meer, tat, als würde er die Aussicht bewundern. Die Sonne ließ das Wasser glitzern, am Horizont leuchtete das weiße Segel eines Bootes. Wellen rauschten an den Strand, trieben Muscheln klirrend vor sich her. Endlich verschwand das junge Paar wieder in den Dünen. Er ging weiter. Fräulein Ilse war inzwischen weit voraus. Das war gut. Sie sollte ihn nicht bemerken, nicht jetzt.

Der Hafen war belebt. Ein Mann mit einem Handkarren ging an ihm vorbei, die großen Holzräder klapperten über das Steinpflaster. Für einen Moment wurde er davon abgelenkt, Fräulein Ilse verschwand aus seinem Sichtfeld. Aber kurz darauf entdeckte er sie wieder. Sie stand am Kai. Ein Schauer durchströmte ihn. Sie tat, was er vermutet hatte.

Heute würde es beginnen. Sein Spiel. Auf das er schon so lange wartete. Drei Tage lang würde es gehen. Drei Tage würde er sie in seiner Gewalt haben. Drei Tage konnte er mit ihr machen, was er wollte. Und am Ende würde Fräulein Ilse sterben.

2

Glitzerndes Sonnenlicht

Das Antriebsrad des Salondampfers *Prinzessin Heinrich* grub sich tief ins Wasser, kraftvoll schob sich das Schiff in der bewegten See vorwärts. Viktoria saß wie die anderen Passagiere im Schutz des Stoffdaches auf einer der fest verschraubten Bänke im Heck des Schiffes. Eine steife Brise blies ihr ins Gesicht. Obwohl die Hutkrempe viel kleiner als im Vorjahr war, zerrte der Wind daran. Sie spürte das Ziehen an den Haarnadeln, mit denen sie den Hut in ihren dunklen Locken festgesteckt hatte. Viktoria spielte mit dem Verschluss ihrer Handtasche. Sie konnte sich noch einen Moment zurückhalten, doch dann öffnete sie die Tasche. Sie nahm den Brief heraus, den sie kurz vor ihrer Abreise erhalten hatte. Wie schon so oft heute entfaltete sie das Blatt, das sich im Wind bog. Sie überflog die Zeilen, obwohl sie den Inhalt auswendig kannte. Es waren nur wenige mit der Schreibmaschine geschriebene Sätze. Und doch hatten die Worte eine fiebrige Unruhe in ihr ausgelöst.

»Was siehst du dir denn da ständig an?«, fragte Tante Rosamunde. Sie saß neben ihr und hatte in der *Badezeitung* gelesen, sodass Viktoria geglaubt hatte, ihre Tante bekäme nichts mit. Rasch knickte sie das Papier zusammen, steckte es zurück in ihre Handtasche. »Es ist nichts.«

Tante Rosamunde legte die Zeitung beiseite, strich über ihren dunklen Rock, der ihr etwas Altjüngferliches gab. Ihr dünner Mund verzog sich spöttisch. »Der Brief muss ja enorm wichtig sein, so oft, wie du darauf siehst. Kommt er von deiner Schule? Gott, wie lange willst du da noch arbeiten? Du kannst doch nicht ewig verwahrloste Kinder unterrichten.«

»Sie sind nicht verwahrlost«, warf Viktoria ein.

»Kokolores. Du hast mir selbst erzählt, dass einige der Mädchen aus dem Gängeviertel stammen. Jeder weiß, wie diese jungen Dinger später ihr Geld verdienen müssen. Solche Menschen sind kein Umgang für Damen. Wie können Eltern nur zulassen, dass ihre Töchter mit diesen … Subjekten gemeinsam unterrichtet werden!« Ihre spitze Nase reckte sich in die Höhe.

Viktoria seufzte leise. Wie oft hatte sie ihrer Tante das schon erklärt. »Wir möchten an unserer Schule Mädchen aus armen und aus bürgerlichen Familien zusammenbringen. So können beide Seiten voneinander lernen.«

Tante Rosamunde überhörte auch dieses Mal Viktorias Erläuterung. »Dass dein Vater dir überhaupt erlaubt hat, arbeiten zu gehen wie ein Dienstmädchen, ist ohnehin unverständlich. Dir hat eindeutig die treu sorgende Mutter gefehlt. Im Grunde kann ich meinem Bruder nichts vorwerfen, er ist schließlich nur ein Mann. Aber wenn er dir verboten hätte, das Lehrerinnenseminar zu besuchen – wie ich es ihm geraten hatte –, wärst du längst unter der Haube. Er vergisst, wie wichtig eine lenkende Hand für uns Frauen ist.«

Viktoria musste sich zügeln, um nicht laut zu werden. »Ich arbeite gerne als Lehrerin. Das kannst du vielleicht nicht nachvollziehen, aber für mich ist es der schönste Beruf auf der Welt. Letzte Woche gab es Zeugnisse. Weißt du, wer die Beste in der Klasse ist? Ein Mädchen aus einer Arbeiterfamilie. Emma hat sieben Geschwister, konnte nie in Ruhe lernen, musste ihren Eltern helfen. Für sie war jeder Tag in der Schule ein harter Kampf. Aber sie hat ihn gewonnen. Jetzt hat sie einen Schulabschluss.«

Ihre Tante sah zu Viktoria und hob die Augenbrauen. »Was soll ein Mädchen denn damit? Ein Schulabschluss wird ihr nicht helfen, einen ehrbaren Mann zu finden.«

Aber Viktoria ließ sich von ihren Worten nicht beirren. Noch immer war sie stolz, dass Emma es geschafft hatte. »Sie wird im Kaufhaus von Hermann Tietz eine Lehre anfangen. Emma ist sehr gut im Kopfrechnen, der Geschäftsführer war von ihrem Können überzeugt. Sie wird ihren Weg gehen. Ich bin froh, dass ich meinen Teil dazu beitragen konnte.«

Die blassblauen Augen ihrer Tante verengten sich. Mit ihrer spitzen Nase erinnerte sie Viktoria an eine Elster, die ein Nest mit jungen Vögeln entdeckt hatte. Viktoria ahnte, was als Nächstes kommen würde – und sie hatte sich nicht getäuscht.

»Deine Tätigkeit als Lehrerin wirst du aber aufgeben müssen, solltest du diesen Polizisten heiraten. Dann gibt es keine weiteren Emmas mehr, die einen Geschäftsführer überzeugen. Als verheiratete Frau kannst du nicht mehr als Lehrerin arbeiten. Das wäre gegen das Gesetz.«

»Bislang ist noch gar nicht entschieden, dass wir heiraten.« Viktoria hatte versucht, ihrer Stimme einen gleichgültigen Klang zu verleihen.

Aber Tante Rosamunde sah sie sofort durchdringend an. »Ach? Das klingt, als seist du dir nicht mehr sicher mit deinem Wachtmeister. Das wäre ja zumindest ein Hoffnungsschimmer. Mit neunundzwanzig bist du zwar recht alt, aber man darf die Hoffnung nie aufgeben. Wenn wir es geschickt anstellen, könntest du noch eine gute Partie machen. Immerhin bist du die Tochter von Oberstaatsanwalt Berg, und deine Mutter – Gott hab sie selig – war eine von Stetten.« Ein listiges Lächeln lag auf Tante Rosamundes schmalen Lippen. »Weiß er schon, dass du ihm eine Absage erteilst?«

»Wie gesagt, es ist noch nicht entschieden!« Viktoria hatte lauter gesprochen als beabsichtigt, und auf der Bank vor ihr drehte sich ein Herr indigniert um. Sie beachtete ihn nicht. Sie ärgerte sich über sich selbst. Wie oft hatte sie sich geschworen, nicht auf Tante Rosamundes Sticheleien einzugehen. Sich nicht provozieren zu lassen. Aber es war ihr bisher nicht gelungen und würde vermutlich auch in Zukunft nicht gelingen.

Tante Rosamunde schüttelte erneut den Kopf. »Kind, du regst dich zu schnell auf. Ich meine es nur gut mit dir.« Sie griff nach Viktorias Hand, tätschelte sie. »Aber nun werde ich mich um dich kümmern. Du wirst sehen, im Handumdrehen haben wir einen geeigneten Mann für dich gefunden. Es kann ja nicht so schwer sein, etwas Besseres als einen Schlachtersohn zu finden.«

Viktoria entzog ihr die Hand. »Ich werde selbst über mein Leben entscheiden.«

Tante Rosamunde lehnte sich zurück, faltete die Hände im Schoß ihres mageren Körpers. »Was für ein Glück, dass ich dich nach Norderney begleite. Dein Vater hat letztlich eingesehen, dass es wichtig ist. Conrad, habe ich gesagt, du kannst Viktoria nicht allein fahren lassen. Wer weiß, was zwischen ihr und diesem Hallodri geschieht. Junge Frauen sind verführbar. Es muss jemand ein Auge auf unsere Viktoria haben. Conrad ist ja immer noch mit dem Prozess gegen die Mitglieder dieser Schwarzen Bande beschäftigt. Deswegen war es für mich selbstverständlich, dass ich mich anbiete und dir zur Seite stehe. Es wird Zeit, dass sich jemand um dich kümmert.« Wieder tätschelte sie Viktorias Hand.

Viktoria presste die Lippen aufeinander und versuchte, den Wunsch zu unterdrücken, aufzustehen und ihre Tante einfach sitzen zu lassen. Seitdem ihre jüngste Tochter im Frühjahr geheiratet hatte, suchte Tante Rosamunde nach einem neuen Betätigungsfeld. In der Folge hatte sie Viktoria und ihren Vater in den vergangenen Wochen fast täglich besucht, hatte sie geradezu belagert. Selbst dem war es irgendwann zu viel geworden, und er blieb immer länger im Büro. Er schob einen großen Fall vor, aber Viktoria wusste, dass er nur seine Ruhe wollte. Der Herzanfall, den er im letzten Jahr erlitten hatte, wirkte noch immer nach. Seine Tatkraft war zwar zurückgekehrt, aber Viktoria war aufgefallen, dass er längere Ruhepausen brauchte, um sich von der täglichen Arbeit zu erholen.

Tante Rosamundes ständige Besuche hatten dazu geführt, dass Viktorias Vater diese Erholungsphasen kaum noch genießen konnte. Nur deswegen hatte sie zugestimmt, dass ihre Tante Rosamunde sie nach Norderney begleitete. Ihr Vater sollte zumindest in den nächsten Wochen ein wenig Ruhe haben.

Tante Rosamunde warf einen missbilligenden Blick auf ein Mädchen, das zwischen den Reihen der Passagiere hindurchlief und sich von ihrem Bruder fangen ließ. »Wenn du nur Oberstleutnant Breidenbach geheiratet hättest, als er dir vor drei Jahren den Antrag gemacht hat. Was habe ich deinem Vater damals in den Ohren gelegen! Aber das war vergebliche Liebesmüh, und nun ist der gute Oberstleutnant verheiratet. Mit einer von Lötzen. Sicher, er hat eine gute Partie gemacht, aber von einer Verbindung mit dir hätte er mehr profitieren können. Ein altes Adelsgeschlecht – selbst wenn es nur deine Mutter war – ist doch etwas anderes als diese von Lötzens, die ihren Titel nur ihren Stahlhütten verdanken. Aber immerhin war der Leutnant klug genug und hat zugegriffen, als sich die Gelegenheit bot. Und du? Erwägst allen Ernstes, einen Wachtmeister zu ehelichen!«

»Christian Hinrichs ist Kriminalassistent.«

»Papperlapapp, er stammt aus einer Arbeiterfamilie. Man stelle sich das vor: Unsere Viktoria heiratet einen Schlachtersohn! Aber noch ist nicht aller Tage Abend. Dir fehlt es nur an Gelegenheiten. Du wirst sehen, auf einer der Tanzveranstaltungen finden wir einen rüstigen Witwer für dich.«

Sie nahm die *Badezeitung* auf, schlug die Seite mit den Anzeigen auf. Für einen Moment herrschte wohltuendes Schweigen, nur das Rauschen der Wellen und das Dröhnen der Maschinen war zu hören. Aber das währte nicht lange.

»Nächsten Samstag findet eine Tanzréunion im Europäischen Hof statt – unter dem Zeichen der Kornblume, der Lieblingsblume des alten Kaisers. Eine hübsche Idee. Du könntest dein bernsteinfarbenes Kleid mit dem goldenen Überwurf anziehen und dir Kornblumen ins Haar binden lassen. Sicher wäre eine Rose schöner als diese gewöhnliche Ackerpflanze. Aber du würdest es für den Kaiser tun.« Ihr Blick ging zu Viktoria, ihre Brauen zogen sich zusammen. »Gegen deine Sommersprossen müssen wir allerdings etwas machen. Am besten, ich besorge gleich nach unserer Ankunft ein Bleichmittel aus der Apotheke, damit du einigermaßen vorzeigbar bist.«

Viktoria war mit ihrer Geduld am Ende. Sie stand ruckartig auf, trat an die Reling und schaute auf die Wellen, die im Sonnenlicht glitzerten. Wenn ihre Tante zu einer Réunion gehen wollte, dann sollte sie es tun. Viktoria würde sich nicht einen Abend lang den abschätzigen Blicken von potenziellen Schwiegermüttern aussetzen.

Sie hörte, wie die Tante die *Badezeitung* umblätterte. »Ach, der Zauberer Uferini wird im Theater auftreten. Das ist eine wunderbare Gelegenheit, um in den Pausen mit potenziellen Kandidaten ins Gespräch zu kommen.«

Viktoria atmete tief durch. Sie musste ihre Tante endlich von diesem Thema abbringen. Sie wandte sich ihr wieder zu. »Hat Serbien schon auf die Verbalnote Österreich-Ungarns reagiert?«

Ihre Tante blätterte erneut die Zeitung um. »Natürlich nicht. Meiner Meinung nach sollte der österreichische Kaiser den Serben zeigen, wer Herr im Hause ist. Mit dem feigen Mord an Erzherzog Franz Ferdinand und seiner Frau hat Serbien Kaiser Franz Josef herausgefordert. Bei aller verständlichen Trauer wird seine Majestät wissen, dass er diese Tat nicht ungesühnt lassen kann.«

»Krieg ist gewiss keine Lösung«, wandte Viktoria ein. »Außerdem war es ein Einzeltäter, ohne Verbindung zur Regierung.«

Aber ihre Tante war an dem Thema offensichtlich nicht interessiert. Sie studierte die Liste der auf Norderney weilenden Badegäste, die in der Zeitung abgedruckt war. Vermutlich überlegte sie bereits, welche Familie sie in den nächsten Tagen zu einem Diner treffen wollte, um ihnen von ihrer Nichte zu erzählen.

Das Horn des Reisedampfers erklang. Viktoria erkannte in der Ferne die schmale Silhouette der Insel, die sich aus dem Wasser erhob. Jetzt, da sie Norderney vor sich liegen sah, konnte sie ihre Unruhe nicht mehr unterdrücken. Christian hatte geschrieben, dass er sie am Hafen erwarten würde. Noch gestern hatte sie sich darüber gefreut. Doch jetzt war sie sich nicht mehr sicher. Der Brief, den sie heute Morgen erhalten hatte, veränderte alles.

3

Pappenheimer

In der Friedrichstraße war mal wieder kein Durchkommen. Sommergäste gingen zu zweit, zu dritt nebeneinander, plauderten, blieben ohne Vorwarnung vor den Auslagen der Geschäfte stehen. Christian drängte sich an zwei Männern vorbei, die nebeneinander auf der Mitte der Straße liefen und in ein Gespräch vertieft waren, wich einem Sonnenschirm aus, den eine Dame über ihre Schulter warf, und hielt abrupt an, als ein Kind plötzlich auf ein Schaufenster zueilte, in dem eine besonders große Puppe ausgestellt war. Normalerweise mochte Christian den Trubel in der Einkaufsstraße von Norderney. Doch jetzt fluchte er innerlich. Er war spät dran. Gerade als er aufbrechen wollte, war ein Mann auf die Wache gekommen, der den Diebstahl seines Spazierstocks anzeigen wollte. Gendarm Müller war auf Streife, und so hatte Christian den Fall aufnehmen müssen.

Er drückte sich an der Schlange vor dem Postgebäude vorbei, eilte in großen Schritten weiter. Vor dem Conversationshaus war das nachmittägliche Sinfoniekonzert des Königlichen Badeorchesters bereits fast zu Ende. Sie spielten den »Radetzkymarsch«, Christian hatte ihn in diesem Sommer schon hunderte Male gehört. Aber noch immer begeisterten ihn die vielen Konzerte im Ort. In seiner Kindheit hatte sich selten ein Leierkastenmann in sein Viertel verirrt.

Beim Hotel Bellevue wurden gerade Koffer und Hutschachteln auf eine Kutsche verladen. Die gegenüberliegende Gepäckhalle war bereits verwaist, die Dienstmänner waren auf dem Weg zum Hafen. Der Raddampfer aus Norddeich-Mole würde in einer Viertelstunde einlaufen. Mit ihm würde Viktoria ankommen. Wie immer, wenn er an sie dachte, spürte er ein Kribbeln im Bauch, und er musste lächeln.

Ein Zettel am Aushang bei der Gepäckhalle fiel ihm auf. Obwohl er es eilig hatte, blieb er stehen, denn die Überschrift klang vielversprechend. »An Dauermieter«, war da zu lesen und darunter: »Unmöbliertes Häuschen in der Luciusstraße zu vermieten. Mit Veranda und Küche. Elektrisch verkabelt. Kochhexe vorhanden.« Das wäre was. Eine Dienstwohnung, die er als Polizist hätte beziehen können, war nicht frei. Bislang lebte Christian in einer Pension, die von einer jungen Witwe geführt wurde. Aber sollte Viktoria sich wirklich bereit erklären, ihn zu heiraten, wäre es gut, sich schon einmal nach einer passenden Wohnung umzusehen. Er nahm sein Notizheft aus der Jackentasche, schrieb sich mit Bleistift die angegebene Adresse auf und steckte anschließend das Heft wieder ein. Er wollte sich abwenden, aber ein wütender Aufschrei in der Gepäckhalle ließ ihn innehalten. »Hab ich dich erwischt, du Aas!«

Christian glaubte die Stimme zu kennen und trat durch

einen der Torbögen in die Gepäckhalle, einem großen Raum mit Säulen. Dort stand, wie er vermutet hatte, Gendarm Müller. Mit der Linken hatte er einen etwa siebenjährigen Jungen am Arm gepackt. Mit der Rechten holte er aus und gab dem Kind eine gehörige Backpfeife. »Du bist das also, der sich am Gepäck bedient. Na, du kannst dich auf was gefasst machen.«

Tränen liefen über die vom Schlag rot anlaufende Wange des Jungen. »Ich wollte doch nur fragen, ob ich einem der Dienstmänner helfen kann, Herr Gendarm. Ich hab nix gestohlen.«

Müller lachte höhnisch auf. »Das kannst du sonst wem erzählen. Herumschlawinert bist du und wolltest ausbaldowern, ob du was mitgehen lassen kannst.«

Ein alter Dienstmann kam schlurfend dazu. Sein Rücken war gebeugt, er stützte sich auf einen Stock. »In den letzten Wochen sind immer wieder Kleider aus den Koffern verschwunden.«

»Deswegen hab ich mich ja auf die Lauer gelegt«, sagte der Gendarm. Ein selbstgefälliges Grinsen erschien auf seinem Gesicht, sein blonder Backenbart zuckte. »Und nun hab ich den Dieb erwischt.«

»Ich hab doch gar nichts gemacht«, rief der Junge.

Christian trat näher. »Was ist hier los?«

Müller sah auf. Als er Christian erblickte, verengten sich seine Augen. »Ah, der Herr Kriminalassistent!«, sagte er spöttisch. »Dieser Rotzlöffel hier wollte sich gerade an dem Koffer dort zu schaffen machen.« Er deutete auf einen großen Lederkoffer, der an der Wand des Gebäudes stand.

»Ich wollte ausprobieren, ob ich ihn tragen kann«, sagte das Kind und wischte sich über die laufende Nase.

Müller lachte erneut. »Nie um eine Ausrede verlegen. Das kennt man ja. Meiner Meinung nach gehörst du in eine Besserungsanstalt.«

Christian trat näher. »Haben Sie gesehen, dass der Junge etwas aus einem Koffer genommen hat, Müller?«

»Er wollte ihn gerade aufmachen. Das Aas hat wohl gedacht, dass die Gelegenheit günstig ist. Jetzt, wo die Dienstmänner beim Hafen sind, um das Gepäck der Gäste abzuholen.«

»Aber Sie haben nicht gesehen, dass er ihn geöffnet hat«, stellte Christian fest.

Müller schob seine Augenbrauen zusammen. »Mischen Sie sich nicht ein, Herr Kriminalassistent!«, knurrte er.

»Das heißt also, Sie haben es nicht gesehen«, schlussfolgerte Christian.

Müllers blasse Wangen erröteten. »Das brauch ich auch nicht. Ich kenne meine Pappenheimer.«

Der alte Dienstmann nahm eine Pfeife aus dem Mund, sah sich den Jungen an. »Bist du nicht der Lütte von Friedhelm Abben? Deinen Vater hast du wohl gar nicht mehr kennengelernt. Das Kutschenunglück war doch, als deine Mutter mit dir schwanger war.«

Der Junge nickte mit ausdrucksloser Miene. »Mein Vater ist zwei Monate vor meiner Geburt gestorben.«

»Und seitdem bringt deine Mutter dich allein durch?«, fragte der Dienstmann.

Der Junge nickte erneut.

Der alte Dienstmann zog an seiner Pfeife. »Der Abben war ein guter Mann. Es war Pech, dass das Pferd durchgegangen ist und die Kutsche ihn erwischt hat. Direkt über seinen Bauch ist das Rad gerollt. Er hat es nicht mal bis ins Krankenhaus geschafft.«

»Das gibt dem Jungen noch lange nicht das Recht, sich an fremder Leute Koffer zu schaffen zu machen. Ich schreibe eine Anzeige. Seine Mutter wird eine gehörige Strafe zahlen müssen.«

Die Augen des Jungen wurden groß. »Bitte, Herr Gendarm, meine Mutter arbeitet ohnehin schon so viel. Wir haben kein Geld.«

»Wie wollen Sie eine Anzeige aufnehmen, wenn Sie nichts gesehen haben, Müller?«, fragte Christian verärgert. Normalerweise legte der Gendarm keinen Arbeitseifer an den Tag. Aber jetzt, wo er einen Schwächeren vor sich hatte, glaubte er offenbar auftrumpfen zu können. »Es reicht, wenn Sie mit der Mutter reden. Die wird ihrem Sohn schon den Kopf waschen.«

Müller starrte ihn einige Sekunden wortlos an. Warf einen Blick auf den Dienstmann, der aber nur ruhig an seiner Pfeife zog. Schließlich ließ er den Jungen los. »Wenn Sie meinen, dann kümmern Sie sich doch um dieses Pack. Aber ich sage Ihnen: Wenn ich den Jungen noch mal erwische, kommt er in die Besserungsanstalt.« Er schob das Kind in Christians Richtung, drehte sich um und stapfte davon.

Der Dienstmann blickte ihm hinterher. »Ist manchmal ganz schön aufbrausend, unser Kuddel.« Er nahm seine

Pfeife aus dem Mund, und dicker Rauch quoll ihm aus dem Mund. »Gut, dass Sie das übernehmen mit dem Jungen. Der Kuddel schießt leicht über das Ziel hinaus. Wobei er aber auch nicht ganz unrecht hat.« Er sah den Jungen durchdringend an. »Wenn ich dich hier noch mal erwische, dann setzt es was.«

Der Junge nickte mit großen Augen. Seine Unterlippe zitterte.

Der Dienstmann tippte sich an die Mütze und schlurfte davon.

In der Ferne hörte Christian das durchdringende Horn des Raddampfers. Er fluchte. Die Fähre legte gleich an, und er würde auf jeden Fall zu spät kommen, um Viktoria abzuholen. Warum hatte er sich nur einmischen müssen? Aber es half nichts. Christian hatte sich die Suppe eingebrockt, jetzt musste er sie auch auslöffeln. »Wo wohnst du?«

Der Junge ließ den Kopf hängen. »In der Ellernstraße, kurz vor dem Armenhaus«, sagte er kaum hörbar.

Christian deutete zur Tür. »Dann man los.«

Schweigend gingen sie nebeneinanderher, bis sie in die Straße abbogen, in der Hannes lebte. Christian blieb stehen, fasste das Kind an der Schulter. »So, Hannes, bevor ich jetzt mit deiner Mutter spreche, sagst du mir, was du wirklich in der Gepäckhalle gemacht hast. Und kein Schnack. Ich will die Wahrheit wissen.«

Der Junge schlug die Augen nieder, seine Wangen waren rot angelaufen. »Der Gendarm hatte recht. Ich wollte was mitnehmen. Eine neue Schürze für meine Mutter. Ihre ist gestern gerissen. Ich dachte, es merkt ja keiner. Die Sommergäste haben doch so viele Sachen.«

»Gehen die anderen Diebstähle auch auf dein Konto?«

Der Junge schüttelte den Kopf. »War heute das erste Mal.«

Christian war sich nicht sicher, ob er ihm glauben sollte. Aber es war eine Sache, einen Diebstahl zu versuchen. Und eine andere, ein Kind in eine Besserungsanstalt zu schicken. Christian hatte in seiner Jugend im Schanzenviertel zwischen Altona und Hamburg genug Armut gesehen und wusste, wozu sie verleitete. Sein bester Freund Willy hatte nie einen Hehl daraus gemacht, dass er stahl. Es hatte ihrer Freundschaft keinen Abbruch getan. Zumindest nicht bis zum letzten Jahr, als Willy sich an eine Gaunerbande auf Norderney gehalten und ausgeplaudert hatte, was niemand wissen durfte. Nämlich dass Christian dabei gewesen war, als Willy in ein Haus eingebrochen war. Auch wenn er Willy nur begleitet hatte, weil er damals als Reporter arbeitete und einen Artikel für die Zeitung schreiben wollte. Die Sache war gründlich schiefgegangen. Willy und Christian waren von einem Gendarmen entdeckt worden. Bei der Verfolgung war der Gendarm vom Dach gestürzt und gestorben. Etwas, das sich Christian nie würde verzeihen können. Letztes Jahr hatte er sich geschworen, eine klare Grenze zwischen sich und dem Verbrechen zu ziehen, auch wenn er dafür mit Willy brechen musste. Aber als er jetzt den bedröppelten Jungen vor sich sah, musste er an seinen Freund denken. Daran, dass dieser nur eine Chance auf ein gutes Leben sah, wenn er kriminell wurde.

Christian beugte sich zu dem Jungen runter. »Wenn du Geld brauchst, sieh zu, dass du Arbeit findest. Du wirst in deinem Alter vermutlich nicht viel bekommen. Aber es ist besser, als dass sich deine Mutter die Augen ausweint. Wenn Müller dich noch mal erwischt, kann ich nichts mehr für dich tun.«

Der Junge sah zu Boden, nickte ernst. »Jawohl, Herr Kriminalassistent. Ich verspreche es. Ich werde es nicht wieder machen.«

Christian hoffte, dass der Junge es ernst meinte.

Das Haus, in dem er und seine Familie lebten, war eine heruntergekommene Kate. Eine Frau kam gerade heraus und ging zu einem Waschbottich. Sie nahm ein Laken aus einem Weidenkorb, tunkte es ins Wasser. Als sie Christian und Hannes bemerkte, hielt sie inne. »Herr Kriminalassistent! Hat der Junge was angestellt?« Die Frau mochte Anfang dreißig sein, aber durch ihr dunkles Haar zogen sich bereits graue Strähnen. Die harte Arbeit hatte Spuren in ihrem Gesicht hinterlassen.

Sie ließ das Laken los, kam in großen Schritten zu ihnen, kniete sich vor ihrem Jungen hin, fasste ihn an den Schultern und schüttelte ihn leicht. »Was hab ich dir gesagt, Hannes? Du musst redlich sein! Gerade wir müssen uns an die Gesetze halten.«

Tränen kullerten über Hannes' Gesicht. Er tat Christian leid. Jungen wie er hatten es nicht leicht, alle unterstellten ihnen immer nur Schlechtes. Kein Wunder, dass sie sich dann irgendwann auch genauso verhielten. »Es gab nur ein Missverständnis mit Gendarm Müller. Es hat sich bereits geklärt.«

Die Mutter sah ihren Sohn durchdringend an. »Hast du gestohlen?«

»Wie gesagt, ein Missverständnis«, wiederholte Christian. »Es ist kein schlechter Junge, den Sie da haben, Frau Abben. Ich hatte als Kind auch Flausen im Kopf. Damals hätte vermutlich niemand darauf gewettet, dass ich bei der Kriminalpolizei arbeiten würde. Und wer weiß – vielleicht wird Ihr Sohn auch mal Polizist.«

Hannes blickte mit großen Augen auf. »Ich?«

»Warum nicht? Wenn du dich immer an die Gesetze hältst«, sagte Christian. Er hörte, wie in der Ferne erneut das Horn des Raddampfers erklang. Er blickte auf seine Taschenuhr. Es war kurz nach sechs. Die Fähre würde in wenigen Minuten anlegen, und Christian hatte noch den Weg bis zum Hafen vor sich. Eilig lüftete er seinen Hut. »Ihnen noch einen schönen Tag, Frau Abben.« Er warf Hannes einen strengen Blick zu und eilte davon.

4

Strandflieder

Der Dampfer hatte angelegt, und Viktoria und ihre Tante gingen gemeinsam mit den anderen Passagieren von Bord. An der Anlegestelle standen Pferdeomnibusse, unruhig scharrten die Tiere mit den Hufen. Dienstmänner luden eilig Gepäck auf ihren Wagen, Menschen winkten nach einer Kutsche. Stimmengewirr erfüllte die Luft, es wurde gerufen, aufgeregt geschwatzt und gelacht. Viktoria sah umher. Aber sie konnte Christian nirgendwo entdecken. Sie schaute zurück zum Dampfer. Vielleicht hatte sie ihn beim Aussteigen übersehen? Dicker Rauch stieg aus dem Schornstein des Schiffes auf. Aber auch dort war Christian nicht.

Tante Rosamunde trat zu der Kutsche von Schuchardts Hotel, die neben den anderen Hotelkutschen beim Anleger stand. Der Kutscher öffnete die Tür und half ihr, in den Landauer einzusteigen. Sie setzte sich in Fahrtrichtung, winkte Viktoria ungeduldig, dass sie kommen solle. Der erste Pferdeomnibus war bereits losgefahren, und die Anlegestelle leerte sich langsam.

Tante Rosamunde lächelte mit schmalen Lippen. »Wo ist er denn nun, dein Wachtmeister? Ich sage es ja immer, auf die unteren Schichten ist kein Verlass. Die sind es nicht gewohnt, Zeiten einzuhalten, leben in den Tag hinein ohne jedes Verantwortungsbewusstsein.«

Viktoria war neben der Droschke stehen geblieben und wandte sich an den Kutscher. »Wir warten noch auf jemanden. Es dauert einen Augenblick.«

»Ist recht, gnädiges Fräulein.« Der Mann zog einen Stumpen aus der Jackentasche und entzündete ihn, paffte den Rauch aus.

»Du willst doch nicht ernsthaft auf diesen Mann warten? Wo ist dein Stolz, Viktoria?« Tante Rosamunde schüttelte den Kopf.

Viktoria öffnete ihren Sonnenschirm, legte ihn sich wie einen Schutz gegen ihre Tante auf die Schulter und sah sich um. Koffer und Hutschachteln wurden auf einen Leiterwagen geladen. Man würde sie zur Gepäckhalle fahren, von wo sie von den Dienstmännern auf die Hotels verteilt wurden. Vor einem der Anlegepfähle stand ein junges Mädchen. Sie hatte einen geflochtenen Korb im Arm, der mit Strandflieder gefüllt war. »Ein Groschen das Sträußchen – ein erster Gruß von der Insel«, rief sie mit dünner Stimme. Kaum jemand beachtete sie. Die Gäste waren viel zu sehr mit ihrer Weiterfahrt beschäftigt.

Rosamunde Jenisch seufzte. »Viktoria, sieh es ein, dein Galan hat dich versetzt. Ich habe es ja von Anfang an gewusst.«

Viktoria ging wortlos zu dem jungen Mädchen, das hoffnungsvoll aufblickte. »Ein Sträußchen Strandflieder als Begrüßung der Insel? Nur einen Groschen.«

»Ich nehme drei.«

Das Mädchen strahlte und suchte eilig die Sträuße aus. »Dies sind die schönsten, ich habe sie vorhin in den Dünen gepflückt.«

Viktoria nahm ihr die tiefvioletten Blumen ab. »Stehst du oft hier?«

»Jeden Tag und während des Sommers auch schon am Morgen«, berichtete das Mädchen stolz.

»Gehst du denn nicht zur Schule?«

»Ich bin schon dreizehn, ich muss da nicht mehr hin. Jetzt kann ich mitverdienen.«

Viktoria zog ihre Geldbörse aus der Handtasche und legte dem jungen Mädchen eine Mark in die Hand. Das Mädchen wollte Wechselgeld rausgeben, aber Viktoria schüttelte den Kopf. »Diese Sträuße sind so schön, dass sie auf jeden Fall eine Mark wert sind.« Sie wusste, dass das dem Kind nicht auf Dauer helfen würde, aber wenigstens an diesem Tag würde sie frohen Herzens nach Hause gehen.

Das Mädchen knickste und strahlte über das ganze Gesicht.

Als Viktoria zurückkam zu ihrer Tante, blickte diese ihr missmutig entgegen. »Warum hast du dieses Gestrüpp gekauft? Das ist doch gewöhnlicher Strandflieder.«

Der Kutscher löschte seinen Stumpen am Boden der Kutsche. »Fahren wir nun los, Fräulein?« Auch er war offensichtlich mit seiner Geduld am Ende.

Viktoria schaute noch einmal zum Weg, der zum Anleger führte. Ein Mann kam den Weg entlanggelaufen. Brauner Anzug, die Hand am Hut, damit er nicht wegflog. Christian.

5

Wiedersehen

Christian hatte Seitenstechen und schnaufte wie ein altes Kutschpferd. Trotzdem ließ er im Tempo nicht nach. Er hatte Viktoria bei der Kutsche am Anleger entdeckt. Sie trug ein weißes Sommerkleid und einen Hut mit kleiner Krempe und dunklem Stoffband, der ihre dunklen, hochgesteckten Locken verbarg. Ihr aufgespannter Sonnenschirm lag locker auf der Schulter. Als sie ihn erblickte, lächelte sie ihn auf diese spöttische Art an, wie nur sie es konnte.

Christians Fuß stieß gegen einen hervorstehenden Stein, und er geriet ins Stolpern. Aber im letzten Moment konnte er sich fangen. Dann war er bei ihr. »Viktoria!«, mehr brachte er nicht heraus. Warum hatte er sich auch in diese Geschichte mit dem Jungen einmischen müssen? Den ganzen Weg war er gerannt, und jetzt kam er kaum zu Atem. Sein Blick fiel auf die Blumensträuße in ihrer Hand, und sofort machte sich ein schlechtes Gewissen in ihm breit. Er wollte auch welche kaufen, hatte es aber über dem Jungen vergessen. Nun war es ohnehin zu spät. »Es tut mir leid, ich bin aufgehalten worden«, stieß er hervor.

»Ich war mir sicher, dass du noch kommst«, sagte sie und lächelte. Er blickte ihr in die Augen, und für einen Moment hätte er sie am liebsten in die Arme geschlossen.

Aus dem Inneren der Kutsche ertönte das Räuspern einer Dame. Viktorias Nase kräuselte sich, ein sicheres Zeichen, dass ihr etwas missfiel. Sie deutete auf die Frau. »Christian, darf ich vorstellen, das ist meine Tante Rosamunde Jenisch. Tante Rosamunde, das ist Christian Hinrichs, Kriminalassistent auf Norderney.«

Christian lüftete den Hut und deutete eine Verbeugung an. »Sehr angenehm«, sagte er.

Die Dame im Landauer sah an Christian hinunter und verzog keine Miene. Viktoria hatte Christian geschrieben, dass ihre Tante sie begleiten würde. Auch wenn sie in ihren Zeilen nicht deutlich geworden war, hatte doch eine gewisse Abneigung gegenüber ihrer Tante mitgeschwungen. Christian hatte eine füllige Matrone mit herrischem Blick erwartet. Doch Tante Rosamunde war eine hagere Frau mit schmalen Lippen, die missmutig zusammengepresst waren. Die dunklen Haare hatte sie zu einer Tolle aufgerollt, auf der ein riesiger Hut mit Straußenfedern thronte.

»Wir dachten schon, Sie kommen nicht mehr, junger Mann. Nun, da Sie endlich hier sind, können wir losfahren. Im Hotel erwartet man uns.«

Der Kutscher brummte zustimmend und nahm die Zügel zur Hand.

Viktoria lächelte Christian entschuldigend an. Wieder fielen ihm die Sommersprossen auf ihrer Nase auf, die ihm schon bei ihrem ersten Treffen so gefallen hatten. Er reichte ihr die Hand, half ihr in die Kutsche. Sie setzte sich gegenüber ihrer Tante. Die rutschte demonstrativ ein Stück zur Seite und sagte: »Kommen Sie hierher, junger Mann.«

»Christian sitzt bei mir«, sagte Viktoria bestimmt.

Unter den missbilligenden Blicken der Tante stieg er in die Kutsche und ließ sich neben Viktoria nieder. Die lächelte leise, so als hätte sie einen kleinen Triumph errungen.

Der Kutscher schnalzte, und die Pferde zogen an.

Schweigen breitete sich in der Droschke aus, dabei lagen Christian so viele Fragen auf der Zunge. Allen voran die Frage, die er Viktoria im letzten Jahr gestellt hatte, bevor sie abgefahren war: Wollte sie seine Frau werden? In ihren Briefen hatte sie die Frage nicht beantwortet, und er war zu feige gewesen, sie noch einmal zu stellen. Aber als sie schrieb, dass sie Ende Juli kommen würde, hatte er es als gutes Zeichen gewertet. Sie würde doch nicht extra anreisen, um ihn abzuweisen – oder etwa doch? War sie vielleicht nur deswegen gekommen? Er warf ihr einen Blick von der Seite zu. Sie fing ihn auf und lächelte. Aber es war nur ein unverbindliches höfliches Lächeln. Eines, das ihn auf Abstand hielt. Mit der Tante als Aufpasserin würde er jedenfalls nicht mit ihr sprechen können. »Darf ich dich nachher zu einem Strandspaziergang einladen?«

Die Tante hob alarmiert die Augenbrauen. »Meine Nichte und ich sind müde von der Fahrt«

Viktoria lächelte. »Aber nein, für einen Spaziergang habe ich immer Zeit. Ich will unbedingt sehen, was sich alles verändert hat. Ich habe gelesen, dass der Damenstrand verlegt worden ist. Und dass ein neues Restaurant direkt am Strand eröffnet hat.«

Ihre Tante schnappte nach Luft. »Du kannst doch nicht

allein mit einem Herrn durch die Weltgeschichte spazieren. Ich komme selbstverständlich mit.«

»Mach dir keine Umstände. Du sagtest ja, dass du müde von der Fahrt bist. Ruh dich aus.«

Viktorias Tante starrte Christian mit finsterer Miene an. Er fühlte sich wie an seinem ersten Tag im Gymnasium, als alle Blicke auf ihn gerichtet waren. Den Arbeitersohn, der es wagte, einen höheren Schulabschluss anzustreben. Selbst die Lehrer hatten ihn immer wieder spüren lassen, dass er nicht dazugehörte. Einen ähnlichen Blick wie damals sein Mathematiklehrer hatte nun Frau Jenisch. Sie würde alles in ihrer Macht Stehende tun, um Viktoria von ihm fernzuhalten, dessen war sich Christian sicher.

Die Kutsche näherte sich Schuchardts Hotel im Ortskern. Ein herrschaftliches Gebäude mit einem Uhrenturm auf dem Dach, von dem zu jeder vollen Stunde eine Glocke erklang. Eines der besten Hotels auf der Insel, sogar König Friedrich August III. von Sachsen hatte hier genächtigt.

Der Kutscher zog die Zügel an, und die Kutsche kam rumpelnd zum Stehen. Christian stieg aus und reichte Viktoria die Hand, um ihr hinauszuhelfen. Er hielt auch Frau Jenisch den Arm hin. Deren Fingernägel gruben sich durch die Handschuhe in seine Haut. »Vielen Dank, Herr Hinrichs. Sie haben sicher viel zu tun. Leute wie Sie haben doch immer Arbeit, um die sie sich kümmern müssen. Wir wollen Sie nicht aufhalten.«

»Warte bitte in der Empfangshalle, Christian. Ich ziehe mich rasch um und komme dann wieder runter«, warf

Viktoria ein, als hätte sie die Bemerkung ihrer Tante nicht gehört.

»Das werden wir auf dem Zimmer noch besprechen«, sagte die Tante. Ihrem Gesichtsausdruck war anzusehen, dass sie es keinesfalls billigen würde, dass Christian und Viktoria einen gemeinsamen Spaziergang machten – und wenn, dann nur in ihrer Begleitung. Doch in ihrer Anwesenheit würde Christian bestimmt nicht fragen, wie Viktoria sich entschieden hatte.

Mit hocherhobenem Kopf ging Viktorias Tante auf das Hotel zu. Der Portier verbeugte sich und öffnete ihr die Eingangstür. Doch Viktoria war stehen geblieben. »Ist das nicht der Herr Badekommissar dort drüben?«

Tatsächlich eilte beim Rosenpavillon ein weißhaariger Mann im dunklen Rock und mit schwarzem Bowler über die Straße, in der Hand einen silbernen Spazierstock mit Elfenbeinknauf – der Königliche Badekommissar Eduard von Treptow, der der Verwaltung des Seebades vorstand und während der Saison die hoheitliche Gewalt über die Polizeikräfte der Insel innehatte. Im letzten Jahr hatte er darauf gedrungen, eine Kriminalstelle auf der Insel einzurichten. Außerdem hatte er dafür gesorgt, dass Christian eine Ausbildung zum Kriminalbeamten machte und die Stelle übernahm.

Christian zog seinen Hut, um Herrn von Treptow zu grüßen. Als der Badekommissar ihn bemerkte, blieb er abrupt stehen. »Hinrichs! Gut, dass ich Sie treffe.« Er kam zu ihnen.

Viktorias Tante war wieder aus dem Eingang des Hotels

getreten. In ihren Augen lag ein neugieriges Glitzern, als sie die soignierte Erscheinung des Badekommissars betrachtete. »Wollen Sie uns nicht vorstellen, Herr Hinrichs?«

»Entschuldigen Sie, selbstverständlich!«, stieß Christian hervor. Verärgert registrierte er, wie er sich von der herrischen Art der Tante einschüchtern ließ. »Herr von Treptow, Königlicher Badekommissar. Frau Rosamunde Jenisch, Fräulein Bergs Tante.«

Der Badekommissar nahm den Bowler ab. »Erfreut, Sie kennenzulernen, gnädige Frau«, sagte er und deutete einen Handkuss an, was diese mit einem strahlenden Lächeln quittierte. Anschließend begrüßte der Badekommissar auch Viktoria. »Fräulein Berg, Sie sind auch wieder auf der Insel. Herzlich willkommen.«

Viktorias Tante drängte sich an die Seite ihrer Nichte. »Du hast mir gar nicht berichtet, dass du den Königlichen Badekommissar persönlich kennst«, sagte sie gespielt vorwurfsvoll. Dann wandte sie sich an von Treptow. »Wir würden uns geehrt fühlen, wenn Sie mit uns dinieren würden, Herr Badekommissar! Ich werde, wenn es recht ist, gleich einen Tisch für uns im Hotel reservieren. Sie müssen mir genau erzählen, wie Sie meine Nichte kennengelernt haben. Viktoria ist so maulfaul in diesen Dingen, sie hat praktisch nichts von Ihnen erzählt.«

Eduard von Treptow lächelte gequält. »Ich danke Ihnen für die Einladung, gnädige Frau. Aber leider bin ich sehr in Eile. Ich muss Ihnen Herrn Hinrichs auch gleich wegen einer dringenden Angelegenheit entführen.«

»Aber das macht doch nichts, lieber Herr Badekommissar«, sagte Viktorias Tante mit einem Lächeln, das Christian deutlich machte, dass sie sich tatsächlich darüber freute. »Aber ich bestehe darauf, dass wir unser gemeinsames Essen so bald wie möglich nachholen.«

Herr von Treptow deutete eine Verbeugung an. »Aber selbstverständlich, Frau Jenisch.« Er machte Anstalten zu gehen, aber Christian hatte den Eindruck, als hätte der Badekommissar noch ein Anliegen, denn sein Blick lag nachdenklich auf Viktoria. »Wenn Sie gestatten, würde ich Ihre Nichte gern fragen, ob sie mich vielleicht begleiten könnte. Ich bin in einer Angelegenheit unterwegs, in der ein wenig … nun, weibliche Unterstützung vonnöten wäre.« Er wandte sich an Viktoria. »Fräulein Berg, Sie sind sicher müde von der Reise, und ich möchte keinesfalls aufdringlich sein. Dennoch würden Sie mir einen großen Gefallen tun, wenn Sie mich und Herrn Hinrichs begleiten.«

»Selbstverständlich, Herr von Treptow. Ich werde mich nur rasch umziehen.«

»Die Angelegenheit ist leider sehr dringend.«

»Gut, es geht auch so.« Viktoria spannte den Sonnenschirm auf. »Ich bin bereit.«

Der Badekommissar lächelte Viktorias Tante entschuldigend an. »Verzeihen Sie diesen Überfall, gnädige Frau. Ich bringe Ihnen Ihre Nichte so schnell wie möglich zurück.« Er verbeugte sich erneut, setzte seinen Bowler auf, gab Christian und Viktoria ein Zeichen, ihm zu folgen, und ging in großen Schritten voran.

Christian warf Viktoria hinter dem Rücken des Badekommissars einen Blick zu. In ihrem Gesicht spiegelten sich Überraschung und Neugier. Er konnte es ihr nicht verdenken, ihm ging es nicht anders. Normalerweise strahlte Herr von Treptow Autorität und Selbstbewusstsein aus. Doch jetzt wirkte er mehr als besorgt. Was war es, das ihn so beunruhigte?

6

Taktische Kriegsführung

Der Badekommissar eilte die Strandstraße entlang, Viktoria konnte kaum Schritt halten. Vor ihr stieß Herr von Treptow seinen Spazierstock auf das Straßenpflaster, während er offenbar so sehr in Gedanken war, dass er mehrmals übersah, wie er freundlich gegrüßt wurde.

Am Ende der Strandstraße, als Viktoria dachte, sie würden auf den Damenpfad abbiegen, folgte Herr Treptow dem Weg in Richtung Strand bis zur Villa Fresena. Diese thronte als herrschaftliches Haus im Tudorstil mit Türmchen und einer Terrasse auf einer Düne am Strand. Vor einigen Jahren hatte der Reichskanzler von Bülow die Villa zu seiner Strandresidenz erkoren, doch inzwischen bewohnte er in der Sommerfrische die Villa Edda.

Herr von Treptow hielt auf halben Weg vor dem Eingang inne und drehte sich um. »Bevor wir hineingehen, möchte ich Ihnen etwas mitteilen.« Er presste die Lippen aufeinander und musste sich offenbar sammeln. Er schien sehr besorgt. Schließlich sprach er weiter. »Meine Schwester Herma verbringt gemeinsam mit ihrem Mann, Admiral zur See Adolph von Manteuffel, ihre Sommerfrische auf der Insel. Mein Schwager hat mich vorhin telefonisch informiert, dass meine siebzehnjährige Nichte Ilse von einem Ausflug in den Ort heute Nachmittag nicht zurückgekehrt ist. Er ist sehr beunruhigt, und ich bin es auch. Natürlich ist Ilse ein Backfisch, und in diesem Alter vergisst man schon mal die Zeit. Aber Ilse wollte sich um fünf Uhr mit ihrer Mutter treffen, und das ist nun über zwei Stunden her. So lange würde sich meine Nichte niemals verspäten.« Er atmete tief ein. »Wir müssen in Betracht ziehen, dass ihr etwas zugestoßen ist. Sie könnte einen Unfall gehabt haben. Ich habe bereits bei allen Ärzten auf der Insel nachgefragt. Aber keiner hat Ilse behandelt. Ich fürchte, dass ihr Verschwinden eine andere Ursache hat.« Er sah zu Viktoria, dann zu Christian. »Sie wissen, wie angespannt die politische Lage derzeit ist. Niemand von uns weiß, zu welchen Taten die Feinde des Kaisers sich hinreißen lassen. Wir sollten natürlich nicht gleich mit dem Schlimmsten rechnen. Aber wir können es auch nicht außer Acht lassen. Sie, Hinrichs, werden daher umgehend die Suche nach meiner Nichte organisieren und Nachforschungen anstellen. Ich möchte, dass jeder noch so kleinen Spur nachgegangen wird.«

Christian nickte.

Der Badekommissar wandte sich zu Viktoria. »Fräulein Berg, ich kann Sie natürlich zu nichts verpflichten. Aber es wäre eine Beruhigung für mich, wenn Sie meiner Schwester Beistand leisten könnten. Mein Schwager ist … nun, wie soll ich es sagen, wenig feinfühlig. Es wäre gut, wenn Herma jemanden hätte, dem sie sich anvertrauen könnte, von Frau zu Frau. Aber es ist wichtig, dass nichts von dem, was zwischen Ihnen gesprochen wird, nach außen dringt.

Außer Herrn Hinrichs und mir darf niemand Einzelheiten erfahren. Das alles mag Sie verwundern, aber es gibt Gründe.« Er sah Viktoria eindringlich an.

Sie nickte nachdenklich. »Wie Sie wünschen, Herr von Treptow. Von mir wird niemand etwas erfahren.« Sie fragte sich, welches Geheimnis Frau von Manteuffel hatte, von dem nicht einmal ihr Ehemann wissen durfte. Denn so verstand sie die Anweisung des Badekommissars. Niemand außer ihm und Christian durfte davon erfahren. Vertraute der Badekommissar seinem eigenen Schwager nicht?

Herr von Treptow wandte sich um, trat an die Tür und läutete die Glocke. Ein grauhaariger Diener in Livree ließ sie hinein. Er verbeugte sich vor dem Badekommissar. »Guten Abend, Herr von Treptow. Sie werden bereits erwartet.«

Sie traten ein. Der Diener schloss die Tür hinter ihnen und führte sie in den Salon. Durch die großen Fenster, die zum Strand gingen, schien die Sonne herein. Bei dem Herrn, der im Raum auf und ab ging, musste es sich um Adolph von Manteuffel handeln, den Vater des verschwundenen jungen Fräuleins. Er war ein stattlicher Mann von mindestens einem Meter neunzig. Er trug einen blauen, bis zu den Knien reichenden Uniformrock der Marine, darunter ein weißes Hemd mit Stehkragen. Das Koppel mit dem goldenen Schloss spannte über seinem Bauch. Allein durch seine Masse wirkte der Mann einschüchternd. Seine Frau, die am Fenster gestanden und auf das Meer geschaut hatte, wirkte dagegen zart, fast fragil. Doch als sie sich umwandte, trat ihnen eine Frau mit kraftvollem Blick entgegen.

»Eduard, danke, dass du gleich gekommen bist.« Sie nahm seine Hände.

Herr von Treptow lächelte und versuchte, Zuversicht auszustrahlen. »Unsere Sorge ist sicher ganz unnötig, Herma. Vermutlich wird Ilse jeden Moment auftauchen und sich für ihr Zuspätkommen entschuldigen.«

»Wenn sie denn nicht irgendwelchen Aufrührern oder Spionen in die Hände gefallen ist«, warf Admiral von Manteuffel düster ein. »Wir müssen umgehend Maßnahmen ergreifen.« Er legte die Hände hinter dem Rücken ineinander. Sein Blick ging zu Christian. »Das ist also dieser Kriminalassistent, dem du eine Stelle verschafft hast.« Seine Augen musterten Christians braunen Straßenanzug kritisch. »Haben Sie gedient, junger Mann?«

»Adolph, das tut doch jetzt nichts zur Sache«, warf seine Frau ungeduldig ein. »Als Kriminalbeamter weiß er, was in solchen Fällen zu tun ist.«

Der Admiral schnaubte durch seinen buschigen Schnurrbart. »Das mag für dich nicht wichtig sein, meine Liebe. Aber ich vertraue nur jemandem, der bereit ist, für sein Vaterland zu kämpfen. Also, junger Mann?«

Viktoria bemerkte Christians unwilligen Blick. Sie wusste, wie sehr er seine Zeit beim Heer verabscheut hatte. Nach dem Abitur hatte er einen verkürzten Dienst von einem Jahr ableisten müssen, und seine Vorgesetzten hatten keine Gelegenheit ausgelassen, um ihn zu schinden. Viktoria vermutete, dass daher sein tiefes Misstrauen gegenüber Höhergestellten rührte, das ihn immer wieder in Schwierigkeiten brachte. Trotzdem hatte Christian unwillkürlich Haltung angenommen. »Landsturm-Infanteriebataillon.«

»Soldat?«

»Offizier in Reserve, Herr Admiral.«

Von Manteuffel brummte. Ob zufrieden oder nicht, war unmöglich zu sagen. Jetzt fiel sein Blick auf Viktoria. »Und wer ist die junge Dame?« Er sah sich fragend zu von Treptow um.

»Ich habe Fräulein Berg gebeten, mich zu begleiten. Sie ist die Tochter von Oberstaatsanwalt Berg aus Hamburg. Ich habe mir gedacht, eine weitere Frau im Haus kann nicht schaden – ich meine, bevor Herma sich noch verrückt macht …« Nicht ohne Verlegenheit sah er zu seiner Schwester. Die schien sich unsicher, wie sie diese Vorsichtsmaßnahme ihres Bruders deuten sollte, lächelte Viktoria aber freundlich an.

Der Admiral ging zum Schreibtisch, nahm eine Zigarre aus einem Humidor und blickte sich suchend um. »Wo ist denn der Zigarrenabschneider?« Seine buschigen Augenbrauen waren zusammengezogen. »Ständig werden Sachen verlegt«, knurrte er. Kurzerhand biss er das Ende der Zigarre ab, entzündete sie mit einem Streichholz.

Seine Frau runzelte die Stirn. »Du sollst hier doch nicht rauchen, Adolph.« Sie öffnete ein Fenster, und von draußen drang das Lachen von Kindern zu ihnen herein. Für einen Moment blieb Frau von Manteuffel stehen, presste die Lippen zusammen.

Der Admiral zog an seiner Zigarre, blickte mit Missfallen zu Christian. »Das Fräulein mag meiner Frau Beistand leisten, aber für einen Polizisten habe ich keine Verwendung. Ich weiß selbst, was zu tun ist.«

Viktoria bemerkte, wie Frau von Manteuffel einen Blick mit ihrem Bruder wechselte. Offenbar hatten die beiden diese Reaktion des Admirals vorhergesehen.

»Wir werden alle Kräfte einsetzen, die uns zur Verfügung stehen«, sagte der Badekommissar mit fester Stimme.

Der Admiral zog an seiner Zigarre. »Ich verfüge über genug Männer, ich brauche keine Hilfe von Zivilisten.«

Herr von Treptow trat vor seinen Schwager. »Das steht nicht zur Debatte. Als Königlicher Badekommissar bin ich für das Wohl der Sommergäste verantwortlich. Ich verfüge über die Polizeigewalt auf dieser Insel. Kriminalassistent Hinrichs wird die Suche leiten. Ob es dir nun passt oder nicht.«

Die beiden Männer starrten sich an.

Frau von Manteuffel trat zu ihnen. »Adolph, ich bitte dich im Namen unserer Tochter. Nimm die Hilfe von Eduard an. Je mehr Menschen nach Ilse suchen, desto besser.«

»Als Frau verstehst du nichts von taktischer Kriegsführung«, antwortete der Admiral harsch.

Herma von Manteuffels Hände ballten sich zu Fäusten. »Es geht hier nicht um Kriegsspiele. Unsere Tochter ist verschwunden, und ich will, dass alles in unserer Macht Stehende getan wird, dass sie so schnell wie möglich gefunden wird«, antwortete sie schneidend.

In die daraufhin eintretende Stille fragte Christian: »Wohin wollte Fräulein Ilse gehen, als sie das Haus verließ?«

Herma von Manteuffel holte tief Luft. »Sie wollte sich das Konzert anhören und sich die Auslagen beim Bazar ansehen.«

»Hatte sie vor, sich mit irgendjemandem zu treffen? Einer Freundin vielleicht?«

Viktoria ahnte, warum Christian dies fragte. Eine junge Frau, kaum siebzehn Jahre alt, die ohne Begleitung durch die Straße ging, war ungewöhnlich. Viktoria hatte selbst lange um dieses Recht kämpfen müssen.

Der Admiral grunzte abfällig. »Ich verstehe immer noch nicht, warum du nicht bei Ilse warst, Herma. Sie treibt sich allein in den Straßen herum. Es ist kein Wunder, dass etwas passiert.«

Herma von Manteuffel presste die Lippen aufeinander, und ihr Mienenspiel ließ Ärger, aber auch ein schlechtes Gewissen erkennen.

»Es hat doch niemand von uns ernsthaft damit gerechnet, dass ihr hier etwas passieren könnte. Dies ist eine Insel und keine Großstadt, an der an jeder Ecke Verbrecher lauern«, sagte Herr von Treptow bestimmt. Er legte eine Hand auf den Arm seiner Schwester. »Dich trifft keine Schuld.« Er räusperte sich. »Vielleicht möchten die Damen nach nebenan gehen? Ich würde gern mit Adolph besprechen, wie wir vorgehen, und das interessiert euch sicher nicht. Trink doch mit Fräulein Berg einen Tee, das wird dich beruhigen.« Viktoria sah, wie Frau von Manteuffel empört die Stirn runzelte, und sie konnte sie gut verstehen: Sie wurden aus dem Raum geschickt wie kleine Kinder. Dabei betraf das Verschwinden ihrer Tochter sie ebenso wie ihren Mann.

Der Admiral zog erneut an seiner Zigarre. Rauch ausstoßend sagte er: »Das scheint mir auch das Beste zu sein. Wir müssen wichtige Entscheidungen treffen.«

Herr von Treptow sah seine Schwester eindringlich an, als wollte er ihr etwas mitteilen, und sie schien zu verstehen. »Gehen wir nach nebenan, Fräulein Berg«, sagte sie, an Viktoria gewandt. »Sie müssen uns ohnehin für ungastlich halten, dass wir Ihnen noch nicht einmal etwas zu trinken angeboten haben.« Sie zeigte in Richtung Tür. Doch bevor sie hinausging, blieb sie noch einmal stehen. »Adolph, wenn du die Hilfe von Eduard nicht annimmst und Ilse deswegen ein Leid geschieht, werde ich dir das nie verzeihen.« Damit drehte sie sich um und ging hinaus.

7

Feindbilder

Kaum war die Tür ins Schloss gefallen, schüttelte der Admiral unwillig den Kopf. »Frauenzimmer. Immer müssen sie das letzte Wort haben.« Er paffte eine Weile gedankenverloren vor sich. Schließlich wandte er sich um. »Also gut, Eduard. Beauftrage du deinen Kriminalassistenten. Aber ich werde meine eigene Suche organisieren.« Er trat zur Wand und zog an einem samtenen Klingelzug. Kurz darauf ging die Tür auf. Der Diener, der sie vorhin eingelassen hatte, trat ein. »Sie wünschen, Herr Admiral?«

»Lassen Sie Adjutant von Brenkendorf herrufen.«

»Sehr wohl.« Damit verschwand der Mann wieder.

Christian nahm sein ledergebundenes Notizheft aus der Jackentasche, dazu den Bleistift. »Dürfte ich Ihnen vielleicht einige Fragen stellen, Herr Admiral?«

Von Manteuffel zuckte resigniert mit den Schultern. »Wenn es sein muss, bitte.« Er setzte sich in den breiten Sessel beim Fenster und legte die Arme auf die Lehnen.

»Wann ist Ihre Tochter zu dem Spaziergang aufgebrochen?«

»Nachdem wir gegessen haben. Ich pflege um Punkt eins meinen Mittagsschlaf zu halten. Meine Frau und meine Tochter wissen, dass ich dann absolute Ruhe benötige, deswegen ziehen sie sich zu der Zeit zurück oder gehen aus. Allerdings ist meine Frau diesmal aufgehalten worden und hat meine Tochter allein gehen lassen.« Er zog an seiner Zigarre, und sein Gesichtsausdruck zeigte nur zu deutlich, dass er seiner Frau die Schuld gab, dass seine Tochter verschwunden war.

»Ist es schon einmal vorgekommen, dass Fräulein Ilse längere Zeit ausgeblieben ist?«

»Ich verabscheue Unpünktlichkeit. Meine Frau weiß das und sorgt dafür, dass sie und Ilse rechtzeitig zurückkehren.«

Das war keine Antwort auf seine Frage, deswegen hakte Christian nach. »Es ist das erste Mal, dass sie sich derart verspätet?«

»Allerdings.«

Fräulein Ilse war also um ein Uhr allein aufgebrochen. Um fünf war sie mit ihrer Mutter im Café verabredet, war aber nicht dort erschienen. Sein Blick ging zur Kaminuhr. Inzwischen war es fast halb acht. Es war höchst unwahrscheinlich, dass das junge Fräulein einfach nur die Zeit vergessen hatte. Die Unruhe und Sorge des Badekommissars waren nur zu verständlich. »Wer wusste davon, dass Ihre Tochter allein unterwegs war?«

Der Admiral runzelte die Stirn. »Nun, unsere Hausangestellten natürlich. Aber es muss sie ja jedermann auf der Straße bemerkt haben. Es fällt schließlich auf, wenn eine junge Frau aus gutem Hause unbegleitet spazieren geht.«

Christian machte sich Notizen in seinem Heft. Sollte Fräulein Ilse das Opfer eines Gewaltverbrechens geworden sein, könnte der Täter zufällig auf sie aufmerksam geworden sein. Der Mann hatte die unbegleitete junge Frau bemerkt und die Gelegenheit ausgenutzt. Aber wenn Ilse von Manteuffel wirklich zum Conversationshaus und dem Bazar gegangen war, dürfte es kaum Gelegenheit gegeben haben, sie unbemerkt zu überwältigen. Wie wahrscheinlich war es, dass jemand dem jungen Fräulein folgte und ihr in den von Sommergästen überquellenden Straßen unbemerkt Gewalt antun konnte? »Gab es in der letzten Zeit irgendwelche Vorkommnisse? Wurden Sie zum Beispiel bedroht?«

Der Admiral trommelte ungeduldig auf der Armlehne. »Ich habe keine persönlichen Drohungen bekommen. Aber wie Sie wissen, werden jetzt jeden Tag Spione festgenommen, die für die feindlichen Lager unsere Waffenstärke auskundschaften wollten. Es könnte durchaus sein, dass mich feindliche Kräfte mit der Entführung meiner Tochter erpressen wollen.«

Christian hatte in den letzten Wochen immer wieder in der Zeitung gelesen, dass Ausländer unter dem Verdacht der Spionage festgenommen worden seien. In dieser angespannten internationalen Situation schien alles möglich. Dennoch wollte er sich jetzt noch nicht auf ein Motiv festlegen. »Wir sollten die Insel systematisch durchkämmen. Fräulein Ilse könnte einen Unfall gehabt haben. Außerdem werde ich Anwohner und Gäste befragen, ob sie Ihre Tochter gesehen haben.« Er hielt zwar einen Unfall für unwahrscheinlich. Wenn dem Mädchen im Ortskern etwas passiert wäre, hätte man es längst entdeckt. Trotzdem konnten sie die Möglichkeit nicht ausschließen.

Der Admiral grunzte missbilligend. Er stand auf und ging zu dem Sekretär, der sich an der Wand beim Fenster befand. Er legte seine Zigarre in einen Aschenbecher, dann holte er eine Landkarte aus einer Schublade und entfaltete sie auf dem Tisch. »Sie werden Ihre Suche auf den Ort konzentrieren. Die östlichen Dünen können Sie aussparen. Meine Tochter würde niemals allein dorthin gehen.«

»Mit Verlaub, Herr Admiral, die Dünen sind ein beliebtes Ziel der Sommergäste.« Vor allem für unverheiratete Paare, die dort das eine oder andere verborgene Plätzchen fanden, um Zärtlichkeiten auszutauschen, fügte Christian in Gedanken dazu. Vielleicht war Fräulein Ilse ja nicht so allein unterwegs, wie ihre Eltern annahmen. Möglicherweise hatte sie sich mit einem Verehrer getroffen, von dem die Eltern nichts wussten. Sie wäre nicht die erste junge Frau, die sich heimlich mit einem Mann traf. Aber Christian hütete sich, seine Gedanken auszusprechen.

Der Admiral runzelte die Stirn. »Unsinn. Ich sage Ihnen, Sie können die Dünen auslassen. Verschwenden Sie nicht Ihre Zeit. Konzentrieren Sie sich auf den Ort.«

»Wir sollten auf Herrn Hinrichs hören«, gab der Badekommissar zu bedenken. »Er kennt die Insel und weiß, wo sich die Menschen aufhalten. Hinrichs, Sie stellen eine Suchmannschaft zusammen. Die Männer von der Seenotrettung sollen ebenfalls aushelfen.«

»Ich will keine weiteren Zivilisten in dieser Angelegenheit«, unterbrach ihn der Admiral unwirsch.

Die Tür ging auf, und der Diener trat ein. »Adjutant von Brenkendorf, Herr Admiral.«

Er machte einen Schritt zur Seite, und ein hochgewachsener Marineoffizier in weißer Ausgehuniform und Glacéhandschuhen trat ein. Er salutierte. »Sie haben mich rufen lassen, Herr Admiral?« Er war von schlanker Statur und trug einen schmalen Schnäuzer.

Adolph von Manteuffel hielt sich nicht mit langen Vorreden auf. »Meine Tochter ist verschwunden, von Brenkendorf. Wir befürchten das Schlimmste.«

»Guter Gott!«, stieß der Adjutant aus. Für einen Moment schien er jeglichen militärischen Drill vergessen zu haben, Entsetzen spiegelte sich in seinem Blick. »Was ist passiert?«

Der Admiral runzelte die Stirn. »Haltung, Mann!«

Sofort klebten die weißen Handschuhe wieder an den Nähten der Uniformhose. Aber die Augen des Oberstleutnants glitten unruhig hin und her.

Admiral von Manteuffel deutete auf die Landkarte. »Ich will, dass Sie eine Mannschaft zusammenstellen und jedes Schiff im Umkreis von drei Seemeilen kontrollieren. Wenn Sie Ausländer antreffen, müssen diese aufs Genaueste überprüft werden. Befragen Sie außerdem die Männer im Hafen, ob ihnen verdächtige Subjekte aufgefallen sind.«

»Zu Befehl, Herr Admiral.«

»Wir sollten uns nicht allein auf Ausländer konzentrieren«, warf Christian ein.

Der Admiral warf ihm einen vernichtenden Blick zu, doch Christian hatte nicht vor, klein beizugeben. Die Sache war zu wichtig. »Wir dürfen uns zum jetzigen Zeitpunkt nicht allein auf eine Theorie beschränken. Wir übersehen dadurch vielleicht wichtige Hinweise. Außerdem sollten wir Fräulein Ilses Weg nachzeichnen: Wohin ist sie gegangen, und wo ist sie möglicherweise verschwunden?«

Der Admiral schüttelte den Kopf. »Das ist unerheblich. Daran sieht man, dass Ihre militärische Ausbildung ungenügend ist. Was nützt es uns, wenn wir wissen, wo sie entführt wurde?«

Der Badekommissar meldete sich zu Wort. »Adolph, mit Verlaub, aber in dieser Sache musst du auf Kriminalassistent Hinrichs hören. Du machst dir Sorgen um Ilse, und das ist verständlich. Aber die Angelegenheit ist bei uns in guten Händen. Ich vertraue Hinrichs voll und ganz.«

»Ich aber nicht«, blaffte der Admiral.

Er wandte sich an seinen Adjutanten, der dem Gespräch aufmerksam gefolgt war. »Brenkendorf, Sie machen es, wie ich es gesagt habe. Sie überprüfen die um die Insel vor Anker liegenden Schiffe.«

Der Adjutant stand wieder stramm. »Zu Befehl.«

Christian schüttelte verärgert den Kopf. Seinem Adjutanten mochte Admiral von Manteuffel befehlen können, was er wollte. Aber Christian hatte nicht vor, stumm zu bleiben. »Es ist ein Fehler, nur in eine Richtung zu ermitteln. Wir müssen auch in Betracht ziehen, dass Fräulein Ilse das Opfer eines Triebtäters geworden ist. Dann nützt es nichts, dass Sie alle Schiffe kontrollieren, denn es ist unwahrscheinlich, dass er mit ihr die Insel verlassen hat. Vermutlich hält er sie irgendwo auf Norderney versteckt.«

Der Admiral schlug mit der flachen Hand auf die Karte, sodass alle zusammenzuckten. »Ich sage Ihnen, es ist eine Entführung aus militärischen Gründen. Wenn die Serben die Forderungen Österreich-Ungarns ablehnen, könnte es zum Krieg kommen. Der deutsche Kaiser steht zu seinem Bündnis mit Österreich. Wir müssen jedoch befürchten, dass Russland sich Serbien an die Seite stellt und dies die Briten und Franzosen nutzen, um gegen uns vorzugehen. Der Ausbau unserer Flotte ist den Engländern schon lange ein Dorn im Auge. Sie wären für jede Gelegenheit dankbar, um uns in die Schranken zu weisen. Und zu Frankreich muss ich wohl nicht viel sagen. Nach unserem glorreichen Sieg 1871 warten die Franzosen schon lange auf die Gelegenheit, Vergeltung zu üben. In den letzten Monaten wurden Dutzende Spione verhaftet. Da brauche ich nur eins und eins zusammenzuzählen. Meine Tochter wurde entführt, um militärische Geheimnisse zu erpressen.« Er erhob sich, trat einen Schritt auf Christian zu und stieß einen Zeigefinger in seine Richtung. »Erklären Sie mir nicht meine Arbeit, junger Mann. Stellen Sie Ihren Suchtrupp auf und machen Sie Ihre Befragungen. Sie verschwenden damit nur Ihre Zeit. Meine Männer werden die Sache in die Hand nehmen, und ich rate Ihnen eins: Kommen Sie mir nicht in die Quere.« Christian spürte den Atem des Admirals in seinem Gesicht.

Der Badekommissar hob beschwichtigend die Hände. »Adolph, ich bitte dich. Es nützt nichts, wenn wir gegeneinander arbeiten.«

Der Admiral atmete schnaubend aus, dann wandte er

sich ruckartig ab. Für einen Moment herrschte Schweigen, nur das Rauschen der Wellen und das Geschrei der Kinder am Strand waren zu hören. Christian betrachtete den Rücken des Admirals. Er fragte sich, ob sich hinter dem polternden Auftreten des Mannes nicht eine uneingestandene Angst verbarg. Mit Entführern konnte man verhandeln, ein Entführungsopfer konnte man befreien, es war eine beherrschbare Situation. Sollte jedoch ein Triebtäter Fräulein Ilse überfallen haben, dann war vielleicht längst alles zu spät, und es gab nichts mehr, was der Admiral tun konnte.

Adjutant von Brenkendorf räusperte sich. »Ich werde einen Trupp sämtliche Schiffe kontrollieren lassen. Wenn ausländische Spione unterwegs sind, werden wir sie finden. Einen zweiten Trupp könnte ich außerdem in die östlichen Dünen schicken, um auszuschließen, dass dort ungesehen Schiffe anlanden.«

Christian war überrascht. Das war ein geschickter Schachzug. So würden sie doch noch den Ostteil der Insel durchkämmen. Er warf dem Adjutanten einen anerkennenden Blick zu.

Der Adjutant deutete auf die Landkarte. »Wir nehmen uns zuerst das Gebiet bei der Langen Leeghd und dem Brutgebiet der Vögel vor, außerdem das Poldergebiet in der Nähe des Hafens und die Dünen bis zum Ort.«

Christian nickte. »Gut, dann werde ich Männer in Richtung Weiße Düne schicken, und wir werden uns im Ort umhören. Es erscheint mir unmöglich, dort ein junges Fräulein unbemerkt zu überfallen. Irgendjemand muss etwas gesehen haben. Außerdem werde ich die Reederei Frisia informieren, die Kapitäne der Dampfschiffe müssen Bescheid wissen. Wir geben eine Beschreibung von Fräulein Ilse durch. Wenn den Matrosen Passagiere auffallen – Ausländer, aber auch andere auffällige Personen –, sollen sie bei der Wache Bescheid geben.«

Der Adjutant nickte zustimmend. »Ein guter Vorschlag. Meine Leute werden außerdem die Kapitäne der Segler befragen, die vor der Insel ankern. Wenn der Herr Admiral einverstanden ist.« Er sah von der Karte auf und blickte seinen Vorgesetzten an.

Dessen Kieferknochen mahlten. Christian ahnte, dass Admiral von Manteuffel eine Zusammenarbeit entschieden gegen den Strich ging. Da er aber keinen Einwand erhob und auch der Badekommissar nichts sagte, ging Christian davon aus, dass der Vorschlag stillschweigend von beiden angenommen war.

Der Adjutant schien es ähnlich zu sehen. Er deutete auf die Karte. »Ein Trupp wird mit den Schiffen rund um die Insel beginnen. Ich möchte vorschlagen, die Kapitäne der Hochseetorpedoboote um Unterstützung zu bitten. So hätten wir mehr Männer zur Verfügung und könnten ein größeres Gebiet abdecken.«

Der Admiral nahm seine erloschene Zigarre aus dem Aschenbecher. Er entzündete sie erneut, paffte Rauch ins Zimmer. »Es ist unnötig, die Mannschaften der Hochseetorpedoboote mit einzubeziehen. Ich will nur meine eigenen Leute bei der Suche haben.«

In diesem Moment klopfte es an der Tür.

»Was ist denn?«, fragte von Manteuffel unwirsch.

Der Diener trat ein. Seine Miene wirkte so teilnahmslos, wie man es von einem Mann in seiner Position erwartete. Doch seine Hand zitterte, als er ein silbernes Tablett präsentierte. »Verzeihen Sie die Störung, Herr Admiral. Ein Brief ist eingeworfen worden. Es steht kein Absender darauf. Ich dachte, Sie würden ihn sofort sehen wollen.«

Der Admiral warf seine Zigarre in den Ascher, ging eiligen Schritts zu dem Diener und nahm den Brief vom Tablett.

»Moment!«, rief Christian. »Falls er von dem Entführer stammt, sollten wir ihn auf Fingerabdrücke untersuchen.«

Doch der Admiral hatte den Umschlag bereits aufgerissen. Er zog ein Blatt Papier heraus, entfaltete es und las. Mit einem Schlag wurde er blass.

»Was ist?«, fragte der Badekommissar, eilig trat er zu seinem Schwager.

Der reichte das Schreiben an Herrn von Treptow weiter. Er überflog die Zeilen und sah auf. Entsetzen spiegelte sich in seinen Augen. »Gott stehe Ilse bei.«

8

Nesthäkchen

Viktoria war Frau von Manteuffel in einen Raum im ersten Stock gefolgt. Es war ein winziges Zimmer, das mit einem Sekretär, einem kleinen Bücherschrank und zwei niedrigen Ohrensesseln bereits überfüllt wirkte. Aber durch das Fenster konnte man auf den Strand und das Meer sehen. Eine Weite, die die Enge des Raumes vergessen ließ.

Sie hatten in den Sesseln Platz genommen, doch Frau von Manteuffel war bald wieder aufgestanden und blickte seither auf den Strand. Viktoria fühlte sich unwohl. Was machte sie hier? Sie war eine Fremde für diese Familie, sie kam sich vor wie ein Eindringling. Aber Herr von Treptow musste einen Grund gehabt haben, sie mit hierher zu nehmen.

Frau von Manteuffel atmete tief ein, wandte sich um. »Verzeihen Sie, dass ich so abwesend bin.«

»Das ist nur zu verständlich«, beeilte sich Viktoria zu sagen. »Vielmehr muss ich mich entschuldigen. Ich möchte Sie auf keinen Fall stören. Ich weiß, dass es sehr schwer für Sie sein muss.«

Frau von Manteuffel sah sie nachdenklich an. »Sie waren im Frühjahr dabei, als die junge Frau im Eiskeller der Bremer Häuser tot aufgefunden wurde, nicht wahr? Mein

Bruder hat Ihren Namen damals erwähnt. Haben Sie nicht dazu beigetragen, dass der Fall gelöst wurde?«

»Herr Hinrichs und ich konnten den Mörder stellen.«

Frau von Manteuffel faltete die Hände, wieder sah sie gedankenverloren vor sich hin. Schließlich setzte sie sich neben Viktoria. »Eduard sagte damals zu mir, Sie seien die eigenwilligste Frau, die ihm jemals begegnet sei. Er hat großen Respekt vor Ihnen. Offenbar hält er Sie für vertrauenswürdig, sonst hätte er Sie nicht gebeten, ihn zu begleiten.«

Es klopfte an der Tür, ein Dienstmädchen brachte auf einem Tablett eine silberne Teekanne, weiße Porzellantassen und etwas Spritzgebäck herein.

Frau von Manteuffel deutete auf das Beistelltischchen zwischen den Sesseln. »Stellen Sie es dorthin, Anna.«

Die Frau tat wie geheißen, knickste und ging wieder hinaus.

Frau von Manteuffel deutete auf die Plätzchen und schenkte Viktoria ein. »Bedienen Sie sich.«

Wie oft war Viktoria schon auf einem Teekränzchen gewesen. Süßes Gebäck und seichtes Geplauder über die Kinder, das Wetter und Klatsch über gemeinsame Bekannte. Aber hier ging es um etwas anderes, und das klirrende Geräusch, das die Kanne machte, als Frau von Manteuffel sie mit zitternder Hand absetzte, zeigte ihr dies nur zu deutlich.

»Wie alt ist Ihre Tochter?«, fragte Viktoria, obwohl sie die Antwort bereits wusste. Aber sie hatte das Gefühl, es würde Frau von Manteuffel helfen, über Ilse zu sprechen.

Tatsächlich zeigte sich ein leises Lächeln auf deren Gesicht. »Ilse ist im Januar siebzehn geworden. Sie ist meine Jüngste, unser Nesthäkchen. Unglaublich, dass sie schon eine junge Dame ist.«

»Was für ein Mensch ist sie?«

Jetzt wurde das Lächeln stärker. »Sie ist ein ziemlicher Sturkopf, das hat sie von ihrem Vater. Wenn sie etwas nicht will, dann will sie es nicht. Keine gute Eigenschaft für ein junges Fräulein. Ich fürchte, ich habe sie zu sehr verwöhnt. Als Ilse kam, war ich bereits über vierzig, und ich hatte nicht mehr mit Nachwuchs gerechnet. Sie ist ein Geschenk Gottes, und ich muss zugeben, dass ich mit ihr viel nachsichtiger war als mit meinen anderen Kindern.« Sie stellte die Teetasse wieder ab, sie hatte keinen Schluck daraus genommen. »Ilse interessiert sich nicht für hübsche Kleider, sondern zieht an, was ihr praktisch erscheint. Nicht einmal beim Friseur hat sie Sonderwünsche, ganz anders als ihre Schwestern. Mit meiner Ältesten, Cecilia, hatte ich stundenlange Auseinandersetzungen darüber, ob ihr Kleid nicht doch einen Millimeter über dem Knöchel enden könnte. Und Rebecca bestand darauf, dass ihre Haare jeden Morgen frisch onduliert wurden. Solche Dinge liegen Ilse vollkommen fern.«

»Was interessiert sie stattdessen?«, fragte Viktoria sanft nach, denn sie sah, dass es Frau von Manteuffel tatsächlich beruhigte zu reden. Diese hatte sich jetzt in dem Sessel zurückgelehnt. »Sie liebt Körperertüchtigungen aller Art. In ihrer Schule war sie in der Turnergruppe. Sie kann Kunststücke, die ich in ihrem Alter niemals zustande gebracht hätte. Ich wünschte, sie hätte in den anderen Fächern ebenso viel Ehrgeiz an den Tag gelegt. Ihr Abschlusszeugnis war miserabel. An Musik zeigt sie kein Interesse, sie spielt nur leidlich Klavier.« Sie starrte vor sich hin. »Hätte ich sie doch nur nicht allein aus dem Haus gehen lassen.« Sie stand auf, trat erneut ans Fenster. »Das war unverzeihlich. Jemand hätte sie begleiten müssen, *ich* hätte sie begleiten müssen. Was ist, wenn sie in die Hände eines Lustmörders gefallen ist?« Frau von Manteuffel versagte die Stimme. Sie senkte den Kopf, versuchte, ihre Tränen zu verbergen.

»Sie sollten nicht gleich von dem Schlimmsten ausgehen«, antworte Viktoria. »Hat sie gesagt, wohin sie wollte?«

Herma von Manteuffel drehte sich wieder um, schüttelte den Kopf. »Sie wollte einige Besorgungen in der Strandstraße machen und danach vielleicht das Konzert beim Conversationshaus anhören. Um fünf waren wir in der Konditorei Hoegel verabredet. Aber ich bin aufgehalten worden.« Sie schüttelte den Kopf, als müsse sie ihr eigenes Handeln tadeln. »Zuerst war ich sogar erleichtert, dass sie an keinem der Tische saß. Ich dachte, sie ist ebenfalls zu spät. Aber als sie nach einer Viertelstunde noch immer nicht auftauchte, begann ich mir Sorgen zu machen. Ilse ist sehr zuverlässig. Wenn sie sagt, sie kommt um fünf, dann kommt sie auch. Ich habe noch eine Weile gewartet und bin dann zurück in die Villa, weil ich dachte, wir hätten uns vielleicht verpasst. Aber hier war sie auch nicht. Mir war sofort klar, dass etwas passiert sein muss.«

Viktoria überlegte, wie sie ihre nächste Frage formulieren sollte. Schließlich entschied sie sich, direkt zu sein.

»Frau von Manteuffel, erlauben Sie mir eine indiskrete Frage – hatte Ilse eine heimliche Bekanntschaft, mit der sie sich getroffen haben könnte?«

Die Mutter wandte sich überrascht zu Viktoria um. »Sie meinen einen Herrn?«

Viktoria nickte.

Herma von Manteuffel runzelte die Stirn. »Nein, das kann ich mir nicht vorstellen. Sie hatte zwar bereits Verehrer, aber bislang zeigte sie sich an niemandem ernstlich interessiert. Wenn ich ehrlich bin, bin ich darüber froh, denn kein Bewerber erschien mir geeignet. Aber vermutlich spricht aus mir nur die Mutter, die Angst hat, ihr letztes Kind herzugeben.«

»Gibt es jemanden, der einen Grund haben könnte, Ilse etwas anzutun?«

»Sicher nicht. Ilse ist zwar sturköpfig, aber ein liebenswerter Mensch. Ihr kann niemand lange böse sein.«

»Was ist mit Ihrem Mann? Hat er Streitigkeiten mit jemandem, der sich nun an Ilse rächen könnte?«

»Adolph hat klare Meinungen und liebt es nicht, wenn jemand diese nicht teilt. Aber ich kann mir nicht vorstellen, dass sich eine Person so von ihm herausgefordert fühlt, dass er es an unserer Ilse auslässt. Sie ist doch ein unschuldiges Kind.«

Viktoria wählte ihren nächsten Satz sorgfältig. »Ihr Bruder deutete an, dass es da etwas gibt, worüber Sie womöglich mit jemandem reden möchten.«

Herma von Manteuffel sah Viktoria nachdenklich an. »Er muss wirklich viel von Ihnen halten, wenn er Ihnen das gesagt hat.« Wieder schaute sie eine Weile hinaus auf das Meer. Viktoria ließ ihr Zeit, trank den Tee, der eine Spur zu stark war.

Schließlich wandte sich Frau von Manteuffel um. »Kann ich mich auf Ihr Stillschweigen verlassen, Fräulein Berg?«

»Selbstverständlich. Falls sich allerdings ein Anhaltspunkt ergibt, müsste ich Herrn Kriminalassistent Hinrichs darüber informieren. Aber auch er wird Ihre Privatangelegenheiten mit der größten Diskretion behandeln, seien Sie ganz beruhigt.«

Herma von Manteuffel setzte sich wieder, legte die Hände übereinander. »Mein Bruder verfügt schon immer über gute Menschenkenntnis. Wenn er Ihnen vertraut, kann ich es auch tun. Er ahnt vermutlich, wie es mir geht. Die ganze Zeit denke ich daran, dass Ilse vielleicht wegen mir etwas zugestoßen ist. Ich muss endlich mit jemandem darüber sprechen.« Sie atmete tief ein. »Es ist so, dass ich …«

Ein Klopfen unterbrach sie. Der Diener trat ein, er hatte nicht auf das Herein gewartet. »Verzeihen Sie die Störung, gnädige Frau. Der Herr Admiral schickt mich, Sie möchten sofort in den Salon kommen.«

Herma von Manteuffel stand ruckartig auf. In ihren Augen glomm Hoffnung. »Ist Ilse zurück?«

Der Diener schüttelte den Kopf. »Es tut mir leid, gnädige Frau. Es ist etwas anderes … ein Brief wurde vorhin eingeworfen.«

»Was steht drin?«, fragte Frau von Manteuffel alarmiert.

Der Diener deutete zur Treppe. »Bitte kommen Sie mit hinunter.«

9

Stille

Der Badekommissar hatte das Schreiben an Christian weitergereicht. Der las die Zeilen. Ein eisiger Schauer lief über seinen Rücken.

Admiral von Manteuffel blickte zur Tür. »Herma darf den Inhalt des Briefes nicht erfahren.«

Herr von Treptow zog überrascht die Luft ein. »Aber Adolph, sie hat ein Recht darauf. Ich …«

Der Admiral unterbrach seinen Schwager harsch. »Dieses Schreiben ist ihr nicht zuzumuten. Es reicht, wenn sie weiß, dass eine Nachricht von den Entführern gekommen ist. Ich will nicht, dass sie mit Einzelheiten belastet wird.«

Christian konnte den Admiral durchaus verstehen. Es würde Ilses Mutter nur weiter beunruhigen. Andererseits war sie eine erwachsene Frau, und es ging um ihr Kind. Sie sollte erfahren, was in diesem Brief stand.

Bevor der Badekommissar antworten konnte, flog die Tür auf, und Frau von Manteuffel eilte herein. »Adolph, was ist passiert?« Rote Flecken bedeckten ihren Hals und ihre Wangen.

Ihr Mann ging zu ihr, nahm ihre Hand. »Wir haben eine Nachricht bekommen und jetzt Gewissheit. Ilse ist entführt worden.«

Sie atmete entsetzt ein.

Christian bemerkte Viktorias fragenden Blick, als er den Brief in seiner Jackentasche verschwinden ließ.

»Was wollen die Entführer?«, fragte Frau von Manteuffel.

»Es gibt bislang noch keine Forderung. Ich nehme an, dass diese bald folgen wird. Eine bewährte militärische Taktik – Ungewissheit verbreiten und dadurch Druck aufbauen. Nichts, was uns beunruhigen sollte«, antwortete der Admiral und warf Christian einen warnenden Blick zu, der jedoch seiner Frau nicht entging. »Ich will den Brief sehen«, sagte sie fordernd.

»Es steht nicht viel drin. Sie ist in der Hand von Entführern. Nun wissen wir zumindest, dass sie nicht hilflos irgendwo in den Dünen liegt …« Der Admiral hatte mit betont ruhiger Stimme gesprochen, jetzt brach er unvermittelt ab. Er presste die Lippen zusammen, drehte sich zu seinem Schreibtisch um, wo er seine Zigarre aus dem Aschenbecher nahm.

»Und wenn sie schon tot ist? Wenn ihre Entführer sie umgebracht und verscharrt haben?« Frau von Manteuffels Stimme war schrill vor Sorge.

»Sie lebt noch, da bin ich mir sicher«, sagte der Admiral, ohne sich umzudrehen.

»Adolph, was weißt du, was du mir nicht sagen willst?«

Herr von Treptow räusperte sich. Er war blass und stützte sich schwer auf seinen Spazierstock, und zum ersten Mal, seit Christian ihn kannte, wirkte er wie ein gebrechlicher alter Mann. »Das Wichtigste ist doch, dass wir eine Nachricht bekommen haben.«

Frau von Manteuffels Hände ballten sich zu Fäusten. »Ich will wissen, was los ist.«

Der Admiral drehte sich um, sein Gesicht war zu einer Maske erstarrt. Eine Weile stand er nur da, blickte ins Leere, dann ging er zu dem samtbespannten Sessel, der neben einem kleinen Tischchen stand. Er setzte sich steif und schloss für einen Moment die Augen. Sein Aufbrausen vorhin und das sture Beharren auf Zuständigkeiten erschienen Christian jetzt in einem anderen Licht. Es war die Art des Admirals, mit dem Schrecken umzugehen. Solange er agierte, konnte er sich der Illusion hingeben, die Fäden in der Hand zu haben. Aber das hatte er nicht. Der Brief zeigte dies nur zu deutlich.

Christian sah zum Fenster. Es war schon spät, die Sonne stand dicht über dem Horizont, aber immer noch waren Kinder am Strand, die rufend und lachend Fangen spielten. Christian erschien dieses unbeschwerte Spiel seltsam fremd angesichts der drückenden Stille, die sich in dem Zimmer der Villa ausgebreitet hatte.

Ilses Mutter sah zu ihrem Mann. »Wollen die Entführer von dir militärische Geheimnisse erpressen? Dann musst du umgehend mit von Tirpitz sprechen. Oder besser gleich mit Seiner Majestät. Er kann nicht zulassen, dass unsere Ilse in den Händen von Verbrechern ist. Wir müssen ihnen geben, was sie wollen.«

Der Admiral stemmte sich schwer auf die Armlehnen und stand wieder auf. Es war, als hätte es den Augenblick seiner Schwäche nie gegeben. Seine sonore Stimme füllte erneut den Raum, als müsste er seinen unsichtbaren Gegnern beweisen, dass er der Stärkere war. »Wie gesagt – noch wissen wir nicht, was sie wollen. Aber wir werden gewiss nicht untätig warten, bis sie sich wieder melden.« Sein Blick streifte seine Frau, aber er schaute ihr nicht direkt ins Gesicht. »Du musst dir keine Sorgen machen, wir finden Ilse.«

Doch so leicht war Frau von Manteuffel nicht zu beruhigen. Im Gegenteil, sie schien ihren Mann zu durchschauen. Sie begann am ganzen Körper zu zittern. Sie wandte sich zu ihrem Bruder um. »Eduard – du zeigst mir jetzt auf der Stelle den Brief.«

Der Badekommissar zögerte, schließlich nickte er Christian zu. »Geben Sie ihn meiner Schwester, Herr Hinrichs.«

Der Admiral reagierte nicht, sondern starrte mit zusammengezogenen Brauen auf Christian. Der nahm den Umschlag aus seiner Jackentasche, holte den Brief heraus.

Die Nachricht war kurz: *Ich habe Ihre Tochter. In drei Tagen wird sie sterben.*

10

Im Loch

Ruckartig fuhr Ilse aus dem Schlaf auf. Ihr war übel, hinter ihrer Stirn pochte es. Sie spürte einen harten Steinboden unter sich. Wo war sie? Mühsam setzte sie sich auf. Sie blickte umher, aber es war zu dunkel, um etwas zu erkennen. Ihre Hände tasteten die Umgebung ab, spürten hinter sich eine kalte Wand. Als sie zurückrückte, um sich daran anzulehnen, klirrte es, und ihr Fußgelenk schmerzte. Sie befühlte es mit der Hand. Eine Eisenschelle umschloss es, daran war eine Kette, diese führte bis zu der Wand, wo sie mit einem Eisendorn verankert war.

Schlagartig kamen die Erinnerungen zurück. Er hatte plötzlich vor ihr gestanden. Sie war so überrascht gewesen, dass sie wie erstarrt war. Er hatte einen Schritt nach vorn gemacht, sie gepackt und ihr ein Tuch auf das Gesicht gedrückt. Ein stechender Geruch war ihr in die Nase gestiegen.

Nach und nach konnte sie die Bruchstücke ihrer Erinnerung zusammensetzen. Er musste sie betäubt und hierhergebracht haben.

Von weit entfernt hörte sie eine Kirchturmuhr dreimal schlagen. Er hatte sie am späten Nachmittag überfallen. Jetzt musste es Nacht sein.

Ihre Hand ging erneut zu ihrem Fußgelenk. Er hatte sie festgekettet wie einen Hund. Aber warum? Was hatte er mit ihr vor? Tränen der Verzweiflung stiegen in ihr auf. Aber sie wischte sie trotzig weg. Sie würde nichts erreichen, wenn sie hier saß und heulte. Vielleicht konnte sie sich irgendwie befreien. Sie musste es versuchen.

Sie kniete sich hin, fühlte grobe Feldsteine am Boden. Links stieß sie sofort auf eine Wand, die rechte Wand war ebenfalls kaum einen Meter entfernt. Es war ein kleines Loch, in das er sie verschleppt hatte. Sie bewegte sich vorsichtig vorwärts, die Kette hinter sich herziehend. Der Raum war tiefer als erwartet. Die Kette ließ ihr gut anderthalb Meter Spielraum. Als sie sich langmachte, konnte sie mit den Fingerspitzen etwas spüren – eine Leiter. Sie war unerreichbar. Ilse stand vorsichtig auf. Tastete mit den Händen links und rechts die Wände ab. Backstein, Spinnweben, Mörtel. Sonst nichts.

Sie glaubte draußen ein Geräusch zu hören. »Hilfe!«, schrie sie, so laut sie konnte. Lauschte. Schritte auf einem Holzboden. Sie kamen näher. Ilse hörte ein Scharren, als ob eine schwere Kiste beiseitegezogen würde. Kurz darauf wurde eine Klappe geöffnet, und ein Lichtschein fiel in ihr Verlies. Geblendet schloss sie kurz die Augen, öffnete sie aber dann wieder. Jemand stieg die Leiter hinab. Instinktiv machte Ilse einen Schritt zurück. Er war es.

Er stellte eine Petroleumlampe auf den Boden neben die Leiter, schaute Ilse selbstzufrieden an.

Die Falltür stand noch offen. Wenn sie jemand hören könnte, dann jetzt. »Hilfe!«, schrie sie, so laut sie konnte.

Im selben Moment war er bei ihr, schlug ihr hart ins Gesicht. Ihr Kopf wurde zur Seite geschleudert. Ihre Beine gaben nach, doch er drückte ihren Körper gegen die Wand. Ihr Kopf schlug gegen die Steine. Seine Finger umfassten ihren Kiefer, sein Daumen schien ihre Wange durchbohren zu wollen. Ilse gab einen unterdrückten Laut von sich. Sie wand sich, versuchte, sich ihm zu entziehen, aber sie hatte keine Chance. Er war stärker. Drückte mit seiner Hand ihren Mund und ihre Nase zu. Sie wimmerte. Sein Gesicht näherte sich dem ihren. Sie spürte seinen Atem auf ihrer Haut, seinen Körper an ihrem.

»Das machst du nie wieder. Hörst du?« Sein Flüstern jagte ihr einen Schauer über den Rücken. »Wenn du noch einmal schreist, wirst du es bereuen. Hast du verstanden?«

Sie nickte.

Endlich ließ er sie los. Ilse sackte zu Boden.

Eine Weile stand er reglos über ihr. Dann griff er in seine Hosentasche, zog ein Taschenmesser heraus.

Ilse presste sich gegen die Wand. »Bitte nicht.« Ihr Körper begann zu zittern, ohne dass sie etwas dagegen tun konnte. Er klappte das Messer langsam auf. Sie ahnte, dass er es genoss, sie in Todesangst zu sehen. Sie sah es in dem Glitzern in seinen Augen. Er hockte sich neben sie. Fuhr mit der flachen Klinge über ihr Gesicht. Die Messerspitze näherte sich ihrem Auge. Ilse wagte kaum zu atmen, presste sich stocksteif gegen die Wand.

Wieder näherte sich sein Gesicht dem ihren. »Bereust du, was du getan hast?«

»Ja«, hauchte sie.

Ilse hoffte, dass er von ihr ablassen würde, doch weit gefehlt. Mit einer energischen Bewegung griff er in ihre Haare, zog an einem Büschel, bis sie das Gefühl hatte, er wollte es ausreißen. Dann setzte er das Messer an. Ilse fühlte, wie das Haar nachgab. Ihr Kopf zuckte zurück, aber er griff sofort erneut zu. Schnitt das nächste Büschel ab, dann das nächste. Und noch eines. Und noch eines. Irgendwann lagen all ihre Haare vor ihr auf dem Boden.

Er strich über die Stoppeln. Ihr Kopf fühlte sich fremd an, nackt. Endlich stand er auf. »Das nächste Mal werde ich dich nicht so glimpflich davonkommen lassen.«

Sie wusste, dass er seine Drohung wahr machen würde. Es machte ihm Freude, sie zu quälen. Er wandte sich um und ging zur Luke. Jetzt erst sah Ilse das Gestell, das neben der Leiter stand – eine Plattenkamera. Er trat hinter das Gestell und rückte die Kamera zurecht. »Setz dich aufrecht hin. Das Bein ausgestreckt, damit deine Eltern die Kette sehen können.«

Ilse beeilte sich, seiner Aufforderung nachzukommen. Sie wollte ihn nicht erneut reizen. Gleichzeitig schossen ihr tausend Gedanken durch den Kopf. Er würde die Fotografie ihren Eltern zukommen lassen. Was hatte er vor?

Prüfend sah er durch den Sucher. Kam dann wieder zu ihr. Sie hielt die Luft an, fürchtete, er würde sie erneut schlagen. Aber er breitete nur ihr Kleid aus, so als wäre sie eine Puppe, die dekorativ auf einem Regal saß. »Leg die Hände in den Schoß.«

Sie tat wie ihr befohlen. Gleichzeitig hatte sie eine Idee.

Er wandte sich um, ging zurück zur Kamera, befestigte

einen Blitzlichtbeutel an einer Holzstange. Sie legte ihre Finger zusammen. Hoffte, er würde nicht bemerken, was sie da tat.

Er wandte sich um. »Beweg dich nicht eher, bis ich es erlaube.«

Sie nickte unmerklich.

Er entzündete die Lunte am Blitzlichtpulver, öffnete den Kameraverschluss. Das Pulver verbrannte in einer grellen Flamme. Dunkle Punkte bildeten sich vor Ilses Augen.

Er bedeckte die Linse, nahm die Blitzlichtstange herunter. Etwas von dem heißen Pulver fiel auf seine Hand, er fluchte. Er wechselte etwas an der Kamera, gab neues Pulver auf die Stange. Machte noch eine Aufnahme. Dann eine weitere. Schließlich nahm er die Platte aus der Kamera. »Du darfst dich wieder bewegen.«

Sie nahm ihre Hände vom Schoß, stand mühsam auf. Sie wollte nicht sitzen bleiben, während er mit ihr im Raum war. »Lassen Sie mich gehen. Mein Vater wird all Ihre Forderungen erfüllen, was auch immer Sie verlangen.«

Er drehte sich zu ihr um, sah sie tadelnd an, als sei sie ein kleines Kind. »Du weißt, dass ich dich nicht gehen lassen kann. Nicht jetzt und nicht später.«

Der Boden schien unter ihr zu wanken. Er hatte recht. Sie hatte es von dem Augenblick an gewusst, als er sich auf sie gestürzt hatte. Er konnte sie nicht freilassen. Sie wusste, wer er war.

11

Zum Mäusemelken

Im Hafen war noch alles ruhig. Jetzt, um sieben Uhr morgens, lagen die meisten Sommergäste noch in ihren Betten. Christian näherte sich dem Fähranleger, die Hände tief in den Hosentaschen vergraben. Die halbe Nacht hatten er und die Freiwilligen von der Seenotrettung im Ort nach dem Mädchen gesucht. Sie hatten das Gebiet um die Napoleon-Schanze durchkämmt, den Rosengarten, die Düne rund um die Giftbude. Solange es noch hell war, hatten sie an den Häusern geläutet und nach Ilse gefragt. Aber niemand konnte sich an sie erinnern. Nur der Inhaber einer der Verkaufsstände beim Bazar glaubte, gestern eine junge Frau ohne Begleitung dort bemerkt zu haben, sie hätte sich ein Haarband angesehen. Aber er wusste nicht, wohin sie danach gegangen war. Um kurz nach Mitternacht hatte Christian die Männer nach Hause geschickt. In der Dunkelheit war die Chance ohnehin gering, etwas zu entdecken. Trotzdem hatte er allein weitergesucht und war erst um drei nach Hause gegangen. Seit sechs Uhr war er bereits wieder auf den Beinen.

Im Hafen lagen die wenigen Fischerboote, die es auf der Insel noch gab. Die Fischer luden ihren Fang aus. Neben den beiden mächtigen Hochseetorpedobooten wirkten deren Boote winzig. Die G112 und G113 waren vor einigen Tagen eingelaufen und die Attraktion unter den Sommergästen. Christian hatte es vor einigen Tagen in der *Badezeitung* gelesen: gebaut in der Germaniawerft in Kiel, Stapellauf 1902, Geschwindigkeit 27 Knoten pro Stunde, bewaffnet mit fünf Kanonen, die mit über zweihundertfünfzig Granaten bestückt werden konnten. Tagsüber waren die Schiffe zur Besichtigung freigegeben, und er hatte vorgehabt, sie sich gründlich anzusehen, doch dazu blieb ihm jetzt wohl keine Zeit.

Beim Anleger hatte soeben die erste Fähre der Reederei Frisia angelegt, und Passagiere stiegen aus. Um diese Uhrzeit waren vor allem Ausflügler an Bord, die den Tag auf Norderney verbrachten und am Abend wieder zurückkehrten. Meist waren es Gesangs- oder Sportvereine, die die Insel für einen Tag oder das Wochenende überschwemmten. Im Sommer hatte das zehnte ostfriesische Gau-Turnerfest für reichlich Trubel gesorgt, tagelang war die Insel überlaufen gewesen. Aber an diesem Morgen stiegen nur wenige Menschen von Bord. Christian ging auf den Matrosen zu, der den Passagieren beim Aussteigen half. Er begrüßte ihn und zeigte seine Dienstmarke vor, auch wenn sich auf der Insel inzwischen herumgesprochen hatte, wer er war. Der Matrose sah ihn überrascht an. »Haben wir einen Taschendieb an Bord? Ich habe nichts davon gehört.« Er reichte einer älteren Dame die Hand, die mit vorsichtigen Schritten den Landesteg hinunterging.

»Nein, es handelt sich um etwas anderes. Wir suchen eine junge Frau, siebzehn Jahre alt, sie wirkt laut ihren Eltern aber jünger. Einen Meter fünfundfünfzig groß, blaue Augen, dunkelblondes Haar. Sie trägt ein cremefarbenes Kleid mit einer hellblauen Chiffonstola, auf die ein Segelschiff gestickt ist. War sie gestern auf dem Dampfer?«

Der Matrose schüttelte den Kopf. »Wissen Sie, wie viele Leute jeden Tag an Bord kommen? Da kann ich mir nicht jeden einzelnen Passagier merken.«

»Wir befürchten, dass ein Mann sie gegen ihren Willen von der Insel weggebracht haben könnte. Vielleicht ist Ihnen ein Paar aufgefallen, das sich sonderbar benahm?«

Wieder schüttelte der Matrose den Kopf. »Tut mir leid, ich hab das Fräulein nicht gesehen.«

Christian hatte die Wahrscheinlichkeit ohnehin für gering gehalten, dass der Entführer Ilse mit dem Dampfer von der Insel gebracht hätte. Das Risiko wäre viel zu hoch. Trotzdem konnte man die Möglichkeit nicht ausschließen. »Bitte informieren Sie die Matrosen auf dem Schiff. Alle sollen die Augen offen halten.«

»Ich werde es weitergeben, Herr Kriminalassistent.«

Christian bedankte sich bei dem Mann und ging zurück in den Ort. Um Punkt acht erwartete der Badekommissar seinen Bericht in der Villa Fresena. Er entschied sich, durch die Süderdün zu gehen, von dort aus kam er direkt an den Strand, wo die Villa lag. Schon jetzt war zu spüren, dass es ein heißer Tag werden würde. Bislang war es ein schöner Sommer gewesen. Tagsüber um die zweiundzwanzig Grad, mit einer stetigen leichten Brise. Aber in den letzten Tagen hatte sich eine drückende Hitze über die Insel gelegt, unter der alles zu erlahmen schien.

Ein Vogel pickte im Sand, hüpfte flink hin und her. Grauer Scheitel, schwarzer Augenstreif – ein Steinschmätzer, wenn Christian sich nicht täuschte. In der ruhigen Winterzeit hatte er Bücher aus der Leihbibliothek geholt und, soviel er konnte, über die Geschichte und Natur der Insel gelesen. Seine neue Heimat, die ihm immer noch fremd war. Außer der Pensionswirtin hatte er bislang nur wenig Kontakt zu den Einheimischen. Sie grüßten ihn, hin und wieder unterhielt er sich mit den Leuten. Aber eine Freundschaft, wie er sie mit Willy und Gustav in Hamburg gehabt hatte, war noch nicht entstanden. In den langen Winternächten hatte er sich oft einsam gefühlt. Im Frühling war es leichter geworden, aber das Gefühl, Außenseiter zu sein, war geblieben.

Eine Bewegung hinter Christian schreckte den Vogel auf, und er flog davon. Christian drehte sich um und glaubte, einen Schatten hinter einen Sanddornbusch huschen zu sehen. Aber bevor er darüber nachdenken konnte, entdeckte er eine Gestalt in weißer Marineuniform, die vom Wald her in das Poldergebiet trat. Es war Oberstleutnant Julius von Brenkendorf, der Adjutant des Admirals. Er hatte Christian bemerkt und kam zu ihm. »Hinrichs, gut, dass ich Sie treffe. Sie sind auf dem Weg zur Villa Fresena?«

»Ich war gerade am Hafen und habe die Leute von der Frisia-Reederei gebeten, die Augen offen zu halten.«

»Guter Gedanke«, sagte Brenkendorf anerkennend. »Meine Leute haben gestern die bei der Insel liegenden Schiffe und Boote kontrolliert. Aber wir haben keinen Anhaltspunkt gefunden.« Brenkendorf strich sich über das müde Gesicht. »Ich bin heute Morgen nach Sonnenaufgang durch die Dünen geritten. Gerade habe ich den Wald, den Schießstand und das Kabelhaus überprüft. Keine Spur. Wir wissen ja noch nicht einmal, wonach wir suchen. Fräulein Ilse könnte überall versteckt worden sein.«

Christian nickte. »Wir sind letzte Nacht im Ort von Haus zu Haus gegangen, soweit es uns möglich war. Aber niemand hat etwas Ungewöhnliches bemerkt. Es ist zum Mäusemelken.« Er sah Brenkendorf von der Seite an. »Glauben Sie, dass die Entführer militärische Geheimnisse erpressen wollen?«

Der Adjutant blieb stehen und nickte. »Zumindest halte ich es für möglich. Wir stehen am Rande eines Krieges. Aber eine Entführung muss nicht zwingend von ausländischen Kräften durchgeführt worden sein, Saboteure und Umstürzler gibt es genug im Land. Erinnern Sie sich an das geplante Attentat auf von Bülow hier auf Norderney vor einigen Jahren? Wir verdanken es nur einem Zufall, dass damals nichts passiert ist. Wenn der Reichskanzler nicht überraschend zum Kaiser aufgebrochen wäre, hätte der Täter zugeschlagen. Es hängt im Leben so viel vom Zufall ab.« Er presste die Lippen aufeinander, sah in die Ferne, räusperte sich schließlich. »Sie sollten wissen, dass ich letztes Jahr beim Admiral um die Hand von Fräulein Ilse angehalten habe. Natürlich war sie damals noch sehr jung, aber ich wollte nicht, dass mir jemand zuvorkommt. Ich schätze sie sehr – seit ich sie das erste Mal gesehen habe.« Er lächelte müde. »Ich wollte sie natürlich nicht sofort heiraten, sondern erst wenn Fräulein Ilse bereit gewesen wäre. Die Aussicht auf eine Heirat mit ihr hätte mir viel bedeutet. Doch zu meinem großen Bedauern hat der Herr Admiral abgelehnt.«

»Warum das?«, fragte Christian erstaunt. »Sie sind sein Adjutant. Das heißt, er kennt und schätzt Sie, oder etwa nicht?«

Brenkendorf lächelte traurig. »Nun, Sie müssen wissen, dass ich mit einem Makel behaftet bin. Ich bin unehelich geboren. Mein Vater starb einen Tag vor der Hochzeit mit meiner Mutter. Für sie war es eine Katastrophe, denn sie war schwanger von ihm. Noch vor meiner Geburt war sie gesellschaftlich geächtet. Später hat sie zwar geheiratet, und ihr Mann nahm mich an Kindes statt an, aber das Stigma ist geblieben.«

Christian nickte ernst. Das Gefühl, ausgegrenzt zu sein, war ihm nur zu vertraut. Er konnte nachfühlen, was es für den Adjutanten bedeuten musste.

Brenkendorf lächelte. »Ich hoffe, Sie sind nicht schockiert. Einen Menschen wie mich erwartet man nicht auf einer solch hohen Position. Tatsächlich hat mich diese glauben lassen, dass ich eine Chance bei Fräulein Ilse hätte. Aber es war vermessen. Jemand wie ich sollte wissen, wo sein Platz ist.« Ein Anflug von Traurigkeit umspielte seine Augen.

»Niemand sollte nach seiner Herkunft beurteilt werden, sondern allein nach seinen Fähigkeiten«, sagte Christian voller Überzeugung. Brenkendorf hatte zwar eine hohe Stellung erreicht. Aber er würde immer ein Außenseiter bleiben. So wie Christian. Selbst als Kriminalassistent blieb er für viele der Sohn eines Arbeiters. Jemand, der keinen Anspruch darauf hatte, eine Frau aus dem gehobenen Bürgertum zu ehelichen.

Sie hatten ihren Spaziergang wieder aufgenommen und inzwischen den Fährweg erreicht. Brenkendorf sah Christian durchdringend an. »Fräulein Ilse bedeutet mir noch immer sehr viel. Der Gedanke daran, dass sie in den Händen von Entführern ist, vielleicht unter schrecklichen Bedingungen gefangen gehalten wird ...« Er schüttelte den Kopf, als könne er so die Vorstellung verscheuchen. Dann sah er Christian erneut an. In seinen Augen flackerte Entschlossenheit. »Wir werden sie finden, wo auch immer sie ist.«

Christian nickte. Eine Sache ging ihm schon seit gestern Abend im Kopf herum. Er beschloss, seine Bedenken mit Brenkendorf zu teilen. »Mich beunruhigt, dass keine Forderung gestellt wurde. Wenn es Erpresser wären, die sie gefangen halten, warum sollten sie das Risiko eingehen, drei Tage zu warten? Warum sagen sie nicht einfach, was sie wollen?«

»Vermutlich wollen sie damit den Druck auf den Admiral erhöhen. Er liebt seine Tochter, aber er ist zuallererst Deutschland und Seiner Majestät dem Kaiser verpflichtet. Admiral von Manteuffel wird nichts über unsere Flottenstärke oder über unsere Verteidigungspläne verraten. Selbst dann nicht, wenn es um das Leben seiner Tochter geht.«

Christian schüttelte den Kopf. »Gerade deswegen erscheint es mir nicht einleuchtend. Wenn es Spione wären, würden sie so wenig Aufsehen wie möglich erregen wollen. Mit der Frist geben sie dem Admiral nicht nur Gelegenheit herauszufinden, wo Ilse versteckt wird, sondern auch die Chance, Verstärkung anzufordern. Außerdem ist der Admiral sicher nicht der Einzige, der Informationen über die Truppenstärke besitzt. Wenn es darum ginge, wäre es einfacher, einen Leutnant zu erpressen.«

»Da mögen Sie recht haben. Aber natürlich verfügt Herr von Manteuffel über Informationen, die außer ihm nur noch Flottenadmiral von Tirpitz zugänglich sind.«

Brenkendorfs Einwand war nicht von der Hand zu weisen. Trotzdem wollte Christian andere Motive für die Entführung nicht von vornherein ausschließen. »Hatte der Admiral Streit mit jemandem? Jemandem, der sich jetzt vielleicht rächen möchte?«

Brenkendorf runzelte die Stirn. »Nun, es gibt natürlich immer Auseinandersetzungen, wenn sich jemand in einer solchen Position befindet. Es gab Kontroversen strategischer Art. Nicht alle haben den Aufbau der Flotte begrüßt. Sie wissen vielleicht, dass der Generaldirektor der Hapag für eine friedliche Verständigung mit England plädiert. Ein Krieg, so befürchtet er, wäre das Ende des Überseehandels. Und mit dieser Meinung steht er nicht allein da.« Er strich über seinen dünnen Schnurrbart. »Aber möglicherweise lassen wir uns in die Irre leiten. Vielleicht geht es nicht um militärische Geheimnisse, sondern schlicht um Geld. Wir müssen warten, bis sich die Entführer wieder melden.«

»Nun, wenn es nicht um Politik geht, stellt sich immer

noch die Frage, ob der Admiral vielleicht eine private Auseinandersetzung mit jemandem hatte.«

Brenkendorf wandte den Kopf, lächelte ihn an. »Sie geben nicht schnell auf. Eine gute Eigenschaft, die auch im Heer von großem Nutzen ist. Der Badekommissar kann sich glücklich schätzen, Sie für die Insel gewonnen zu haben.«

Auch wenn das Lob Christian freute, bemerkte er, dass der Adjutant seiner Frage erneut ausgewichen war. »Und Sie sind so verschwiegen, wie man es von einem persönlichen Adjutanten erwarten kann. Aber wir dürfen nicht vergessen, dass es um das Leben von Fräulein Ilse geht. Ihr Wohl sollte wichtiger sein als jeder soldatische Gehorsam gegenüber einem Vorgesetzten.«

Brenkendorfs warme braune Augen wandten sich ab. Er sah in die Ferne, dachte nach. Doch schließlich schüttelte er den Kopf. »Es steht mir nicht zu, über persönliche Angelegenheiten des Admirals zu sprechen.«

Christian war sich sicher, dass der Adjutant etwas wusste. »Sie haben mir gesagt, wie viel Ihnen Fräulein Ilse bedeutet. Sie haben es sogar gewagt, um ihre Hand anzuhalten, trotz der Möglichkeit, abgelehnt zu werden. Fräulein Ilse ist in Gefahr. Die Drohung in dem Brief war eindeutig. Jemand will ihr etwas antun.«

Doch wieder schüttelte Brenkendorf den Kopf, auch wenn nicht mehr ganz so energisch wie zuvor. Inzwischen waren sie bei der Villa Fresena angelangt, es waren nur noch wenige Schritte bis zur Tür. Brenkendorf blieb stehen und drehte sich zu Christian um. »Bitte fragen Sie den Admiral selbst. Es ist in seinem Interesse, dass wir Fräulein Ilse finden, und wenn er einen Verdacht hat, wird er ihn äußern.« Damit wandte er sich ab und betätigte die Glocke.

Sie hörten, wie sich Schritte näherten. Christian fasste den Adjutanten am Arm, sah ihn eindringlich an. »Brenkendorf – bitte! Sagen Sie mir wenigstens einen Namen, nach dem ich den Admiral fragen kann.«

Christian spürte, dass es in Julius von Brenkendorf arbeitete. Gerade als sich die Klinke der Tür nach unten senkte, atmete dieser tief ein. »Friedrich Boysen, Kapitän des Hochseetorpedobootes G113.«

Die Tür ging auf, und Brenkendorf verstummte augenblicklich. Der Diener Johann stand in der Tür. »Adjutant von Brenkendorf, Kriminalassistent Hinrichs, treten Sie ein.« Er trat zur Seite.

Brenkendorf ging voraus. Christian folgte ihm. Nun gab es einen Namen. Immerhin.

12

Mumpitz

Der Admiral, seine Frau und der Badekommissar warteten bereits im Salon. »Hinrichs – haben Sie eine Spur gefunden?«, erkundigte sich Herr von Treptow, kaum dass Christian eingetreten war. Er saß in einem der Sessel. Den Spazierstock hatte er vor sich aufgestellt, als müsste er sich an ihm festhalten. Er sah erschöpft aus, als habe er die ganze Nacht nicht geschlafen.

Christian schüttelte den Kopf und bemerkte, wie Frau von Manteuffel auf dem Sofa tief Luft holte.

Auch über das Gesicht des Admirals wanderte ein Schatten. »Von Brenkendorf – bei Ihnen etwas?«

Der Adjutant nahm Haltung an. »Nein, Herr Admiral. Wir haben im Kreis von drei Seemeilen die Schiffe kontrolliert. Es hat sich nichts Verdächtiges ergeben. Wir werden die Suche heute ausweiten und uns weitere Schiffe vornehmen.«

Der Admiral trat ans Fenster und blickte hinaus aufs Meer. »Admiral von Tirpitz hat telegrafiert. Er gibt mir freie Hand, so viel Mann wie nötig abzukommandieren, damit sie die umliegenden Inseln absuchen können. Aber die Aktion darf unter keinen Umständen Aufsehen erregen. Damit ist Ilse nicht gedient.«

»Es bleibt nicht aus, dass die Bevölkerung erfährt, dass sie entführt wurde«, sagte Christian. »Wir sollten es zu unserem Vorteil nutzen. Sollte Fräulein Ilse noch auf der Insel sein, fällt vielleicht jemandem etwas auf, was uns zu ihrem Versteck führt. Je mehr Menschen von der Tat wissen, umso besser.« Er wandte sich an den Badekommissar. »Wir sollten mit dem Redakteur der *Badezeitung* sprechen. Es müssen keine Namen genannt werden, es reicht, wenn erwähnt wird, dass eine junge Frau verschwunden ist und wir von einer Entführung ausgehen müssen.«

»Ein guter Einfall, machen Sie das.«

Der Admiral brummte zwar missmutig, erhob aber keine Einwände.

Christian dachte an sein Gespräch mit Brenkendorf. Er brauchte mehr Informationen, und die konnte er nur vom Admiral selbst erhalten. »Herr Admiral, ich weiß, dass Sie davon ausgehen, dass ausländische Spione am Werk sind. Wir dürfen aber andere Motive nicht ausschließen. Der Täter könnte aus Ihrem privaten Umfeld stammen. Vielleicht handelt es sich um einen Racheakt.«

»Mumpitz. Niemand würde es wagen, auf eine derart abscheuliche Weise gegen mich vorzugehen.«

Es half nichts, Christian musste es aussprechen. Er hoffte nur, dass er damit den Adjutanten nicht in Schwierigkeiten brachte. »Ist es richtig, dass Sie Streit mit Kapitän Boysen hatten?«

Der Admiral schnaubte. »Woher haben Sie das?« Sein Blick ging zu Julius von Brenkendorf, doch dessen Gesicht zeigte keine Regung.

Von Manteuffel machte einen Schritt auf Christian zu. Er stemmte die Hände in die Hüften. Es widerstrebte ihm sichtlich, einem Zivilisten Auskunft geben zu müssen, doch schließlich sagte er: »Boysen hat eine verquere Ansicht zum Ausbau unserer Schiffskapazitäten. Er bezweifelt den Sinn einer Risikoflotte und versteht nicht, dass wir England etwas Gleichwertiges entgegensetzen müssen. Mit unserer mächtigen Armada wird Großbritannien nicht wagen, den eigenen Untergang heraufzubeschwören. Kapitän Boysen glaubt jedoch, dass wir nicht auf Schlachtschiffe setzen sollten, sondern auf kleinere Einheiten, die die Handelswege schützen. Mit dieser Meinung ist er meines Erachtens moralisch nicht fähig, ein kriegswichtiges Schiff wie ein Hochseetorpedoboot zu führen. Ich habe deswegen seine Abkommandierung angeordnet. Wenn die G113 nach Kiel zurückkehrt, wird er einen Posten an Land übernehmen.«

Christian sah, wie Frau von Manteuffel überrascht die Augen aufriss.

Der Admiral holte tief Luft. »Wenn Sie glauben, diese Auseinandersetzung könnte ein Motiv sein für die Entführung meiner Tochter, so irren Sie sich gewaltig. Kapitän Boysen ist ein angesehener Kommandant. Einen solch feigen Angriff würde ein Marineoffizier niemals gutheißen.«

»Trotzdem würde ich gern mit Kapitän Boysen sprechen.«

»Das ist reine Zeitverschwendung.«

Die Hausglocke ging. Christian hörte die Schritte des Dieners über den Flur eilen.

Der Badekommissar beugte sich in seinem Sessel vor. »Adolph, ich bestehe darauf. Herr Hinrichs wird mit diesem Kapitän sprechen.«

»Es ist vollkommen unnötig. Aber bitte, soll er!« Der Admiral winkte ab.

Die Tür wurde geöffnet, der Diener Johann trat ein. »Entschuldigen Sie die Störung. Fräulein Berg ist gekommen und möchte mit der gnädigen Frau sprechen.«

Frau von Manteuffel erhob sich. »Ich komme.«

Christian wechselte einen Blick mit dem Badekommissar. Offenbar dachte dieser das Gleiche wie Christian: Der Admiral würde niemals preisgeben, wenn jemand in seinem Umfeld Streit mit ihm hatte. Aber seine Frau vielleicht schon.

13

Ein wildes Leben

Der Diener hatte Viktoria wie am Tag zuvor in den kleinen Raum im ersten Stock geführt und war dann hinausgegangen, um Frau von Manteuffel Bescheid zu geben. Viktoria trat ans Fenster. Noch war nicht viel los am Strand, nur hier und da sah man Spaziergänger am Meeressaum flanieren.

Die Tür hinter ihr ging auf, und Viktoria wandte sich um.

»Fräulein Berg, das ist freundlich, dass Sie noch einmal vorbeikommen.« Frau von Manteuffel sah übermüdet aus, unter ihren Augen lagen dunkle Ringe. Sie wies auf das Sofa. »Setzen wir uns doch.«

Es klopfte, und der Diener brachte einen Sodasiphon und Kristallgläser. Er stellte das Geschirr auf den runden Tisch vor ihnen, gab mit dem Siphon sprudelndes Wasser in die Gläser und zog sich dann zurück.

Herma von Manteuffel nahm ihr Glas und trank einen Schluck, bevor sie sprach. »Es gibt noch keine Spur von Ilse. Die Männer suchen sie, aber bislang ohne Erfolg.« Sie starrte in das Glas. »Wie sie wohl die Nacht überstanden hat? Ich muss die ganze Zeit daran denken, dass sie mit diesem Mann allein ist …« Ihre Stimme versagte.

»Wir dürfen nicht vergessen, dass Ilse ein wichtiges Pfand für den Entführer ist. Wenn ihr etwas geschieht, hat er nichts mehr in der Hand.«

Frau von Manteuffel schienen Viktorias Worte nicht zu erreichen. »Es zerreißt mir das Herz, wenn ich an sie denke.« Sie stand auf, trat ans Fenster, sah hinaus.

»Haben Sie einen Verdacht, wer der Entführer sein könnte?«, fragte Viktoria. Ihr war aufgefallen, dass Ilses Mutter von »diesem Mann« gesprochen hatte. Es erschien ihr seltsam konkret.

Herma von Manteuffel zog ihre Stola enger um sich, als würde sie frieren. Ihr Blick ging zum Sekretär, der beim Fenster stand. Ein schmales Möbelstück, auf dem einige Papiere und Bücher lagen. Sie wandte sich um. »Ich bin froh, dass Sie hier sind, Fräulein Berg. Ich muss mit jemandem sprechen, sonst werde ich wahnsinnig. Die ganze Nacht habe ich wach gelegen. Mein Mann glaubt, dass es Ausländer sind, die unsere Tochter entführt haben, um Geheimnisse zu erpressen.«

»Aber Sie denken, es war jemand anders«, stellte Viktoria fest.

Ilses Mutter nickte. Sie setzte sich erneut zu Viktoria. Das Augenlid von Frau von Manteuffel zuckte, müde strich sie darüber, als könnte sie so das Zittern vertreiben. »Als Herr Hinrichs sagte, es könne ein persönliches Motiv geben, da …« Sie brach ab, und es kostete sie deutlich Überwindung weiterzusprechen. »Nun, es gibt etwas, das mich beunruhigt. Ich kann es meinem Mann nicht sagen, denn es würde zu einem Zerwürfnis zwischen uns kommen.«

Viktoria schwieg, ließ ihr Zeit. Ilses Mutter nahm erneut einen Schluck von ihrem Wasser, bevor sie fortfuhr. »Ich habe immer gedacht, meine Töchter würden so werden wie ich, ein Abbild meiner selbst. Für meine anderen beiden Kinder mag das in Teilen gelten, aber für Ilse sicher nicht. Sie ist sehr eigen. Sport bedeutet ihr alles. Mich hat so etwas nie interessiert. Ich war schon immer ein Büchermensch. Für mich besteht die Welt aus Geschichten. Überall sehe ich sie. Wenn ich auf den Strand sehe, durch den Ort schlendere, selbst hier im Haus.« Sie sah Viktoria an, lächelte traurig. »Ich beobachte die Menschen und stelle mir ihr Leben vor. Wenn ich eine junge Frau mit einem Säugling auf dem Arm bemerke, wenn ich sehe, wie sie das Kind wiegt und alles um sich herum vergessen zu haben scheint, dann stelle ich mir vor, wer sie sein könnte. Vielleicht ist es ihr erstes Kind, ihre Zukunft liegt noch vor ihr, und sie fragt sich, wie diese aussehen wird. Oder das Kind ist ihre Nichte, während sie selbst bedauert, nicht die finanziellen Mittel für eine Heirat zu haben, und eine Gouvernantenstelle annehmen muss.«

Erneut sah sie Viktoria an. »Seit meiner Kindheit schreibe ich Geschichten. Als Adolph um meine Hand anhielt, hatte ich bereits zwei Romane veröffentlicht. Natürlich unter einem Pseudonym, meine Eltern hätten es sonst niemals erlaubt. Damals dachte ich, ich würde das Schreiben nach der Hochzeit aufgeben und nur noch für meinen Mann und die Kinder da sein. Aber dann musste ich feststellen, dass mir ohne das Schreiben etwas in meinem Leben fehlt. Es ist, als müsste ich einen elementaren

Teil von mir verbergen. Also habe ich wieder angefangen zu schreiben, zuerst Kurzgeschichten, dann längere Texte. Ohne Adolphs Wissen. Irgendwann war ein neuer Roman fertig. Lange lag das Manuskript herum, bis ich es schließlich meinem Verleger zeigte. Der war begeistert, wollte es herausbringen. Ich habe gezögert, weil es mir unrecht vorkam, denn ich hatte Adolph nicht eingeweiht. Zu Beginn unserer Ehe hat er sich ausdrücklich verbeten, dass ich weiter veröffentliche. Aber mein Verleger drängte mich. Und irgendwann habe ich nachgegeben. Ich dachte, es würden ohnehin nur sehr wenige Menschen den Roman lesen, schließlich waren meine Vorgängerromane keine Kassenschlager. Aber diesmal kam es anders. Meine Geschichte wurde ein großer Erfolg.« Sie erhob sich und ging zum Sekretär. Dort zog sie eine Schublade auf und holte ein Buch heraus, das sie Viktoria reichte. Ein dunkelroter Einband. *Leopold von Löwitz – Ein wildes Leben.*

Viktoria sah Herma von Manteuffel überrascht an. Sie kannte das Buch, es war einer der erfolgreichsten Romane der letzten Jahre gewesen. Es handelte von einem jungen Mann, der seinen Weg im Leben suchte und sich auf die Reise machte. Dabei lernte er allerlei Menschen kennen, und zum Schluss kam er wieder zurück in seine Heimat, wo er das Mädchen traf, das ihm in all der Zeit nicht aus dem Kopf gegangen war. Das Buch war kein Liebesroman, obwohl es auch von unverbrüchlicher Liebe handelte. Es war vielmehr ein Aufruf, das Glück zu ergreifen, wenn es sich einem darbot, und wichtige Entscheidung nicht ewig vor sich herzuschieben. Inzwischen waren mit *Eine wilde*

Liebe und *Ein wildes Kind* zwei Nachfolgebände erschienen, die nicht weniger erfolgreich waren.

Herma von Manteuffel lächelte müde. »Adolph würde es nicht gutheißen. Ich weiß, dass es unrecht ist, so etwas vor meinem Mann geheim zu halten. Aber das Schreiben ist für mich ein Lebenselixier, ohne das ich nicht sein kann.« Sie presste die Lippen aufeinander.

»Und – was hat das alles mit Ilses Entführung zu tun?«, fragte Viktoria, denn sie war sich sicher, dass Herma von Manteuffel einen Grund hatte, sie in ihr Geheimnis einzuweihen.

Diese massierte sich die Schläfe, als quäle sie ein stechender Kopfschmerz. »Ich fürchte, meine heimliche Arbeit als Autorin ist der Grund, dass Ilse entführt wurde.«

Viktoria sah sie entgeistert an. Sie konnte sich nicht vorstellen, wie die Veröffentlichung eines Romans dazu führen sollte, dass eine junge Frau entführt wurde. »Aber warum?«

Frau von Manteuffel setzte sich wieder, legte die zitternden Hände vor sich auf den Schoß. »Vor einigen Wochen fiel mir ein Mann auf, der in der Nähe unseres Hauses in Kiel herumstand. Zuerst habe ich ihn gar nicht wahrgenommen. Er stand einfach nur da und blickte zu uns herüber. Ich habe mich wieder in meine Arbeit vertieft, und als ich später aufschaute, war er verschwunden. Aber am nächsten Tag war er wieder da, an derselben Stelle. Er starrte immer wieder zu meinem Fenster hoch, so als würde er mich beobachten.«

»Ein Arbeiter?«, fragte Viktoria.

Herma von Manteuffel schüttelte den Kopf. »Nein, ein Bürgerlicher, etwa um die fünfzig – er trug einen schwarzen Gehrock, eine Hose mit Nadelstreifen und darüber einen grauen Sommermantel. Aber er wirkte ein wenig verwahrlost, mit seinen wirren grauen Haaren und dem Vollbart. Wie der Mann immer zu mir hinaufschaute, wurde er mir unheimlich. Trotzdem glaubte ich noch an einen Zufall.« Sie trank einen Schluck Wasser. »Am nächsten Tag war ich mit Ilse in der Stadt unterwegs. Sie sollte für die Sommerfrische neu ausgestattet werden. Ein Kleid war schnell gefunden, Ilse stellt keine besonderen Ansprüche. Als ich mir noch eine Bluse für sie zeigen ließ, sah ich den Mann wieder. Er stand nur wenige Schritte von uns entfernt und interessierte sich vorgeblich für einen Stand mit Krawatten. Aber als Ilse und ich danach in ein Café gingen, habe ich ihn erneut bemerkt. Diesmal stand er bei einer Litfaßsäule, und obwohl er so tat, als würde er ein Plakat lesen, war ich mir sicher, dass er zu uns hinübergesehen hat.«

Viktoria sah Herma von Manteuffel besorgt an. »Er hat Sie verfolgt?«

Die nickte. »Ich wollte Ilse nicht beunruhigen und habe nichts gesagt. Wir haben eine Kutsche nach Hause genommen, und ich war froh, als die Tür hinter uns zufiel. Aber gegen Abend des nächsten Tages war der Mann wieder vor unserem Haus. Diesmal schickte ich Johann zu ihm, unseren Diener. Er sollte fragen, was der Herr wollte.« Sie holte tief Luft. »Ich sah durch das Fenster, wie Johann mit ihm sprach. Ich konnte kaum erwarten, was er in Erfahrung bringen würde. Inzwischen machte mir der Mann Angst.

Diese wirren Haare, der stechende Blick – ich fürchtete, er sei womöglich aus einer Anstalt entflohen. Und als Johann zurückkam …« Sie sah Viktoria in die Augen. »Der Mann wollte Leopold von Löwitz sprechen.« Sie schauderte bei der Erinnerung daran. »Ich war entsetzt. Nur wenige Personen im Verlag wissen, wer sich hinter meinem Pseudonym verbirgt. Es ist mir unerklärlich, wie dieser Mann in Erfahrung gebracht hat, dass ich Leopold von Löwitz bin.«

Viktoria hatte wie gebannt zugehört. »Was haben Sie dann getan?«, fragte sie jetzt.

»Nichts. Was sollte ich tun? Ich konnte doch nicht zugeben, dass ich die Autorin der Bücher bin. Schon gar nicht in Gegenwart der Dienerschaft. Ich schickte Johann noch mal hinaus und ließ ausrichten, dass der Mann sich irren würde, hier gebe es keinen Herrn dieses Namens. Ich hoffte, dass dies reichen würde. Aber er ließ sich nicht entmutigen und stand weiterhin vor unserer Tür. Tagelang traute ich mich kaum noch hinaus.« Sie seufzte tief. »Dann berichtete mir Ilse, dass ein Herr sie angesprochen habe. Sie war mit einer Freundin und deren Tante im Theater gewesen. Dabei sei ihr ein Mann aufgefallen, der sie beständig beobachtet habe. In der Pause habe er sie angesprochen, er wollte ihr ein Glas Wein aufdrängen. Das hat Ilse natürlich abgelehnt. Er sei anschließend gegangen, doch sie habe weiterhin das Gefühl gehabt, als würde sie jemand beobachten. Ihre Beschreibung des Mannes glich demjenigen, den ich vor unserer Haustür gesehen hatte. Wirre graue Haare, Vollbart.«

»War es das einzige Mal, dass er Kontakt zu Ilse hatte?«

Frau von Manteuffel schüttelte den Kopf. »Ilse sagte einige Tage später, sie habe den Herrn wiedergesehen. Sie war im Garten gewesen, hatte Rosen für einen Blumenstrauß geschnitten. Da habe er plötzlich hinter ihr gestanden und sie am Arm gefasst. Zum Glück konnte sie ins Haus fliehen. Seitdem habe ich darauf geachtet, dass sie in Kiel nur noch in Begleitung das Haus verlässt. Was habe ich den Tag unserer Abreise nach Norderney herbeigesehnt. Ich dachte, hier wären wir sicher vor diesem Mann. Sonst hätte ich Ilse doch auch niemals allein durch den Ort gehen lassen.« Tränen traten in ihre Augen. »Aber was ist, wenn er uns auf die Insel gefolgt ist? Wenn er es ist, der Ilse in seine Gewalt gebracht hat?«

14

Kaffeeduft

Der Gesinderaum der Villa Fresena lag im Untergeschoss. Christian hatte sich vom Badekommissar und dem Admiral verabschiedet, doch bevor er sich erneut auf die Suche machte, wollte er mit der Dienerschaft sprechen. Er ging die hölzerne Treppe hinunter, zog den Kopf ein, um sich nicht an dem niedrigen Deckenabsatz zu stoßen. Die Küche lag linker Hand, er musste nur dem Klappern des Bestecks und dem Duft von frisch gebrühtem Kaffee folgen. Der Raum war nicht gerade geräumig für so ein herrschaftliches Haus, aber vermutlich reichte es für die Sommerfrische. Rechts an der Wand stand der Herd, direkt daneben gab es eine schmale Arbeitsplatte. Dort goss eine Frau um die vierzig in der Kleidung eines Dienstmädchens Wasser in einen Kaffeefilter. An dem Eichentisch an der linken Seite des Raumes saßen Johann Specht und ein jüngerer Diener gerade beim Frühstück. Als Christian hineinkam, blickte Johann auf. »Herr Hinrichs, können wir Ihnen helfen?« Er stand auf.

Christian bedeutet ihm, sich wieder zu setzen.

»Ich würde Ihnen allen gern einige Fragen stellen, wenn Sie erlauben.«

Johann hatte sich nicht wieder gesetzt, wies nun mit

einem Blick aus seinen von buschigen Augenbrauen verdeckten Augen den jüngeren Diener an aufzustehen. Der faltete missmutig seine Zeitung zusammen, stand auf, nahm seine Tasse Kaffee und ging zum Küchenbuffet, an das er sich lehnte. Johann deutete auf den frei gewordenen Platz. »Bitte setzen Sie sich, Herr Kriminalassistent.« Im nächsten Moment bekam Christian von dem Dienstmädchen eine Tasse duftenden Kaffee vor sich auf den Tisch gestellt. Das konnte er jetzt wirklich brauchen, die Nacht war kurz gewesen. Und auch wenn das frisch gebackene Brot ebenso verführerisch roch, Christian hatte keine Zeit für ein Frühstück. Ein Blick auf die Uhr an der Wand sagte ihm, dass es inzwischen bereits kurz nach zehn war. Er musste sich so schnell wie möglich wieder auf den Weg machen, die Zeit lief ihnen davon. Drei Tage hatte der Entführer ihnen gegeben, und der erste Tag war bereits einige Stunden alt.

»Sind Sie nur für die Saison angestellt worden, oder arbeiten Sie ständig für die Familie von Manteuffel?«, fragte Christian.

»Ich bin seit fünfundvierzig Jahren im Dienst der Familie. Ich habe als junger Mann bei Adolph von Manteuffel senior angefangen, dem Vater des heutigen Admirals.« Etwas in der Art hatte Christian bereits erwartet. Ein Mann mit eisernen Prinzipien und einer unverbrüchlichen Loyalität seinen Herrschaften gegenüber. Johann Specht würde mit Sicherheit nichts Unbedachtes ausplaudern. Aber es gab ja noch andere hier im Raum.

Johann deutete auf das Zimmermädchen. »Das ist

Anna – Anna Visher, sie hilft uns als Stubenmädchen aus. Sie arbeitet schon seit mehreren Jahren im Sommer für uns, und wir sind sehr zufrieden mit ihr. Ich habe dem Herrn Admiral empfohlen, sie langfristig bei uns einzustellen.« Das nicht mehr junge Zimmermädchen schaute bescheiden auf ihre Hände, doch Christian konnte sehen, wie sie lächelte.

»Und Erich ist ebenfalls nur für die Saison beschäftigt – Erich Pohl«, präzisierte Johann. Für den Diener hatte er kein Lob übrig, sondern ging gleich zur nächsten Angestellten über. »Außerdem gibt es noch eine Köchin. Die kommt, wenn die Herrschaften zu Hause essen möchten. Der Herr Admiral und seine Frau verlassen sich schon seit Jahren in der Sommerfrische auf die Künste von Frau Oetken. Sie kommt meist gegen zehn, um ein leichtes Mittagessen für den Admiral und seine Frau vorzubereiten. Hin und wieder suchen der Herr Admiral und seine Frau auch das Restaurant im Conversationshaus auf.«

Also war nur der jüngere Diener neu. Sollte der Admiral recht haben, könnte er eingeschleust worden sein, um Informationen zu sammeln. Christian würde ihn auf jeden Fall genauer unter die Lupe nehmen müssen. Erich Pohl trank einen Schluck Kaffee, und Christian hatte das Gefühl, dass er ihn über den Tassenrand hinweg vorsichtig beäugte.

»Sie haben sich auf eine Anzeige gemeldet, Herr Pohl?«, fragte Christian.

Der Mann setzte die Tasse ab. »So ist es.«

»Von woher stammen Sie?«

»Aus Kolberg. Ich habe da auf einem Gut gearbeitet.«

»Das ist recht weit weg. Warum haben Sie sich hier um eine Stelle bemüht?«

»Ich wollte einfach einmal was anderes sehen«, sagte Pohl mürrisch.

Christian ließ das unkommentiert. Er notierte sich Pohls Namen in sein Heft, um ihn später zu überprüfen. Die Sache kam ihm merkwürdig vor. Warum ging man von Pommern nach Ostfriesland? Die meisten zog es in die Stadt, in Berufe, die geregelte Arbeitszeiten boten.

»Wir sorgen uns alle sehr um Fräulein Ilse«, sagte der alte Diener und rutschte auf seinem Stuhl nach vorn. Seine Pupillen hatten einen trüben Schleier, wie man es oft bei alten Leuten sah. »Haben Sie eine Spur von ihr gefunden?«

»Nein, leider haben wir noch keinen Anhaltspunkt.«

Johann nickte bedrückt. Dann sah er Christian fragend an. »Nun, wie können wir Ihnen helfen?«

»Ist jemandem von Ihnen in den letzten Tagen etwas Ungewöhnliches aufgefallen? Personen, die die Villa beobachtet haben? Oder irgendwelche anderen Vorkommnisse?«

Das Dienstmädchen schenkte Christian Kaffee nach. »Ich habe nichts bemerkt«, sagte sie mit ruhiger Stimme.

Johann schüttelte traurig den Kopf. »Ich denke schon die ganze Zeit darüber nach, wer hinter der Sache stecken könnte. Aber ich fürchte, wir können Ihnen nicht weiterhelfen.«

Erich Pohl stellte seine Tasse scheppernd neben seine Zeitung, Kaffee schwappte über. »Wenn Sie mich fragen, es ist kein Wunder, dass so etwas passiert ist. Das junge Fräulein war ja ständig allein unterwegs. Ein Mädchen in ihrem Alter – die ist doch eine leichte Beute.« Der stechende Blick des Mannes erinnerte Christian an einen Klassenkameraden, der sich in den Schulpausen die Zeit damit vertrieben hatte, Käfer lebendig auf Nadeln zu stechen, und sich daran erfreute, wie die Tiere hilflos versuchten davonzukrabbeln.

Johann warf dem Mann einen warnenden Blick zu. »Es steht Ihnen nicht an, über Fräulein Ilses Verhalten zu urteilen, Erich.«

»Sie war also oft allein unterwegs«, griff Christian den Faden auf. Das war interessant. Für ihn hatte es sich gestern angehört, als sei das eine Ausnahme gewesen.

»Ihre Mutter sitzt immer stundenlang oben in ihrem Zimmer«, sagte Pohl. Er streckte sich. »Wäre Fräulein Ilse meine Tochter, ich würde sie jedenfalls besser im Blick haben.«

»Erich!«, sagte Herr Specht scharf. »Ich dulde nicht, dass Sie schlecht von den Herrschaften reden!«

Der jüngere Diener blickte finster vor sich hin. Er nahm seine Zeitung wieder zur Hand, tat, als würde er lesen. Aber Christian spürte die Spannung zwischen den beiden. Vermutlich würde Johann ihn unverzüglich zur Rede stellen, wenn Christian den Raum verlassen hatte. Aber noch hatte er nicht vor zu gehen. Eine Frage brannte ihm noch unter den Nägeln: »Hatte in der letzten Zeit jemand Streit mit dem Admiral?«

Johann kam den anderen Bediensteten zuvor. »Bedaure, dazu können wir nichts sagen.« Er warf den Angestellten einen vielsagenden Blick zu, der Christian nicht entging.

Das Dienstmädchen hätte vermutlich ohnehin nichts gesagt, doch jetzt schwieg selbst Pohl, wenn er auch vernehmlich mit der Zeitung raschelte.

Christian seufzte. Wie viele Diener gab es heute noch, die ihren Herrschaften so ergeben waren? Ausgerechnet hier musste das letzte Exemplar dieser aussterbenden Gattung dem Haushalt vorstehen und Wert auf Etikette und Diskretion legen.

Christian wechselte das Thema. »Wie ist der Brief gestern Abend hier angekommen? Er war nicht frankiert.«

»Er wurde durch den Briefschlitz eingeworfen«, sagte Johann. »Ich habe meine abendliche Kontrollrunde gedreht, dabei ist er mir aufgefallen. Die Abendpost war schon vorher gebracht worden, deswegen war ich überrascht. Wenn ein Diener einen Brief direkt überbringt, läutet er für gewöhnlich und händigt ihn mir aus.«

»Können Sie sagen, seit wann der Umschlag dort gelegen haben könnte?«

Johann faltete die Hände, dachte nach. »Um sechs Uhr kam die Abendpost, da war ich an der Tür. Um Viertel nach sieben sind Sie, der Herr Badekommissar und das Fräulein Berg gekommen. Erich hat kurz darauf den Herrn Adjutanten geholt. Meine Abendrunde drehe ich immer um halb acht, gestern war ich allerdings etwas spät dran, da es noch etwas zu klären gab.« Sein Blick huschte zu Erich Pohl, der finster vor sich hin schaute. Offenbar schwelte der Konflikt zwischen den beiden schon länger.

Aber Christian hatte erfahren, was er wissen wollte. Der Erpresser musste also zwischen halb sieben und acht den

Brief eingeworfen haben. Das grenzte den Zeitraum ein. Er würde die Bewohner der umliegenden Häuser befragen, vielleicht war ihnen etwas aufgefallen. Er stand auf. »Haben Sie vielen Dank. Falls Ihnen noch etwas einfällt, lassen Sie es mich wissen.«

Johann erhob sich ebenfalls. »Begleiten Sie den Herrn Kriminalassistenten hinaus, Erich. Ich werde unterdessen dem Herrn Admiral Bescheid geben, dass wir uns gleich auf die Suche machen.«

Christian sah ihn überrascht an. »Sie wollen nach Ilse suchen?«

»Selbstverständlich.«

Pohl stellte mit missmutigem Blick seine Tasse beiseite und wies Christian den Weg zur Treppe.

»Sie wirken nicht gerade begeistert, nach Fräulein Ilse suchen zu müssen«, sagte Christian, als sie an der Haustür ankamen.

Erich stand steif vor ihm, in seinem Blick lag etwas Niederträchtiges, das sein aufgesetztes Lächeln Lügen strafte. »Es gehört nicht zu den Aufgaben eines Dieners, eine Herumtreiberin einzufangen. Es gibt im Haus schon genug zu tun.«

»Hatten Sie deswegen gestern Abend Streit mit Herrn Specht? Den gab es doch, oder?«

»Ich weiß nicht, was Sie meinen. Auch wenn ich mit dem Vorgehen von Johann nicht immer einverstanden bin, er arbeitet seit fünfundvierzig Jahren für die Familie des Admirals, und er führt den Haushalt immer noch so, wie er es gelernt hat: Er tut, was man ihm sagt, und murrt nie. Was verwunderlich ist, denn gerade er hätte Grund, den Admiral zu hassen.«

Christian wusste, dass Erich diese Spitze absichtlich gesetzt hatte. Es war ihm anzusehen, dass er darauf brannte, den Mann in Verruf zu bringen. Eigentlich verabscheute Christian so ein Verhalten. Dennoch fragte er nach. »Was meinen Sie damit?«

Ein böses Glitzern trat in die Augen des jungen Mannes. »Dieser Sommer ist der letzte für Johann in den Diensten des Admirals. Wenn die Familie im Herbst nach Kiel zurückkehrt, wird er sich eine neue Anstellung suchen müssen.«

»Warum?«, fragte Christian überrascht.

»Haben Sie nicht bemerkt, wie schlecht er sieht? Was soll der Admiral mit einem halb blinden Diener? Gestern hat er ja nicht einmal den Briefumschlag gesehen, der vor der Tür lag, sondern ich musste ihn erst darauf aufmerksam machen. Trotzdem erscheint es mir undankbar, dass der Admiral Johann einfach entlässt. Wäre ich an seiner Stelle, hätte ich nicht hingenommen, dass man mich so mir nichts, dir nichts rauswirft. Ich hätte einen Weg gefunden, den Admiral zu bestrafen.« Der junge Diener öffnete die Tür und lächelte süffisant. »Ich wünsche Ihnen einen guten Tag, Herr Kriminalassistent.«

15

Sommertrubel

Viktoria verließ Frau von Manteuffel mit dem Versprechen, sich nach dem Mann umzusehen, der sie in Kiel verfolgt hatte. Herma von Manteuffel hatte ihn genau beschrieben: ein etwa fünfzigjähriger Mann mit grauem Vollbart. »Stellen Sie ihn sich vor wie die bekannte Büste des Göttervaters Zeus. Wild und ungehobelt«, hatte Frau von Manteuffel gesagt. Viktoria trat in den Flur zur Treppe. Sie hatte nicht den Diener bemüht, sie fand selbst den Ausgang. So groß war die Villa nun auch nicht. Sie hörte ein Geräusch und sah, wie ein Diener gerade die Tür hinter Christian schließen wollte.

»Christian, warte!«

Er drehte sich um, sah überrascht zu ihr. Sie eilte die Treppe hinunter, verabschiedete sich von dem Diener und ging hinaus. Christian wirkte übermüdet, an seinen Wangen sprossen Bartstoppeln, aber er lächelte sie warm an. Viktoria wurde schmerzlich bewusst, wie sehr sie ihn vermisst hatte in den letzten Monaten. Gleichzeitig hatte sie ein schlechtes Gewissen, denn noch immer wartete er auf eine Antwort auf seinen Heiratsantrag. Aber wie sollte sie diese Frage beantworten, ohne ihm von dem Brief zu erzählen, den sie kurz vor ihrer Abreise erhalten hatte?

»Ich begleite dich ein Stück zum Hotel. Ich muss ohnehin in die Richtung, ich will noch einmal zum Hafen«, sagte Christian.

Es war heiß geworden. Der Sand am Strand flimmerte in der Sonne, das Meer lag still und fast unbewegt da. Viktoria dachte an den Sturm, den sie hier vor zwei Jahren erlebt hatte, an die Gewalt, die damals vom aufgepeitschten Wasser ausgegangen war. Jetzt schien die See so friedlich, als könnte sie nie anders sein.

Sie wandten sich zum Damenpfad, gingen die Strandstraße entlang. Doch Christian blickte sich immer wieder um.

»Ist etwas?«, fragte sie.

Er schüttelte den Kopf. »Nein, nein, alles bestens.«

Er war schon immer ein schlechter Lügner gewesen, und sie spürte, dass er ihr etwas verschwieg.

Sie gingen durch die Strandstraße, die trotz der Hitze voller Menschen war. Viele Blaujacken waren darunter, Marinesoldaten, die von den Torpedobooten stammten. Händler boten Schmuckstücke an, Schildpatt, Zigarren, außerdem Tuchwaren, Likör und Muscheln als Andenken. Vor einem Geschäft hatten sich einige Männer in weißen Sommeranzügen versammelt und studierten die neusten Nachrichten in der im Schaufenster ausgehängten Zeitung. Viktoria fragte sich, ob Serbien inzwischen auf die Note des österreichischen Kaisers reagiert hatte. Aber vermutlich wäre dann die Aufregung größer. Dennoch drückte der Gedanke an Serbien und Österreich Viktorias Stimmung. »Glaubst du, es wird Krieg geben?«

Christian zog seinen Hut tiefer ins Gesicht, um sich vor der Sonne zu schützen. »Solange die Torpedoboote hier noch vor Anker liegen, müssen wir uns keine Gedanken machen.«

Sie drängten sich durch die lustwandelnden Sommergäste, und Viktoria wünschte sich, sie hätten den Weg am Strand entlang genommen. Christian schien es ähnlich zu gehen. Verärgert wich er einem Herrn aus, der starr auf seinen Reiseführer blickte statt auf die Straße und der erst den Kopf hob, als sie fast zusammenstießen. Als Viktoria und Christian vor Schuchardts Hotel ankamen, hatten sie kaum ein Wort miteinander reden können.

»Ich begleite dich noch ein Stück weiter«, sagte Viktoria. »Hauptsache, erst einmal raus aus dem Trubel.«

Hinter den Rosengärten wurde es endlich ruhiger, und Christian begann zu erzählen, was er bislang unternommen hatte. Er erzählte von der erfolglosen nächtlichen Suche. »Admiral von Manteuffel glaubt an ein politisches Motiv. Über andere mögliche Täter schweigt er sich aus. Dabei bin ich mir sicher, dass wir es hier nicht einfach mit Erpressung zu tun haben.« Er war stehen geblieben, sah sie an. »Ich glaube, der Badekommissar hat von Anfang an gewusst, dass sein Schwager mauern wird. Deswegen wollte er, dass du mitkommst. Was hast du von Frau von Manteuffel erfahren?«

Viktoria berichtete ihm, dass die Frau des Admirals unter dem Pseudonym Leopold von Löwitz Romane schrieb und dass ein Herr dieses offenbar herausbekommen hatte und sie seitdem verfolgte. »Ich habe Frau von Manteuffel versprochen, dass ihr Mann nichts davon erfährt«, schloss sie.

»Weiß Herr von Treptow, dass seine Schwester heimlich als Schriftstellerin tätig ist?«

Sie nickte. »Er ist über alles in Kenntnis gesetzt.«

»Ich werde nach dem Mann suchen«, sagte Christian. »Mit der Beschreibung können wir ihn sicherlich ausfindig machen, sollte er auf der Insel sein.«

»Das kann ich übernehmen«, sagte Viktoria leichthin. »Du hast schon genug zu tun.«

Doch Christian runzelte die Stirn. »Der Badekommissar wird das nicht gutheißen, und ich tue es auch nicht. Du darfst dich nicht in Gefahr begeben. Es ist gut, wenn du Frau von Manteuffel zur Seite stehst. Aber die Ermittlung ist Aufgabe der Polizei.«

Sie hatte vorausgesehen, dass er so argumentieren würde, und sich längst überlegt, wie sie ihn überreden konnte. »Willst du etwa Gendarm Müller damit betrauen?«

Es war eine rhetorische Frage, und er antwortete, wie sie es erwartet hatte. »Der würde nicht einmal einen Elefanten bei Hagenbeck finden.«

Sie lächelte. »Du siehst, du hast nur mich als fähige Mitarbeiterin. Ich werde mich unauffällig umschauen. Sollte ich jemanden finden, auf den die Beschreibung passt, informiere ich dich.«

Christian sah sie resigniert an. »Ich kann dich ohnehin nicht davon abhalten, oder?«

Sie schüttelte den Kopf. Sie schauten sich in die Augen, und Viktoria fühlte dieses Kribbeln im Bauch, das sie so mochte. Für einen Moment wollte sie ihn einfach nur in ihre Arme nehmen. Doch seine nächste Frage ließ sie zurückschrecken. »Hast du es dir überlegt?«

Sie wusste sofort, was er meinte. Er wollte wissen, ob sie auf seinen Heiratsantrag einging. »Lass uns ein andermal darüber sprechen«, entgegnete sie. Es war feige, und sie wusste es.

Er wandte sich ruckartig ab, sie fühlte seine Enttäuschung. Sie konnte es ihm nicht verdenken. Sie musste sich entscheiden. Aber wenn sie ihn heiraten würde, musste sie so viel aufgeben. Sie liebte ihn – aber würde das für den Rest ihres Lebens so bleiben?

16

Schlachtschiffe

Es war Mittagszeit, und am Hafen herrschte brütende Hitze. Christian war es viel zu heiß, er war durstig, und er hatte die Nase gestrichen voll. Was weniger an seinem beruflichen Auftrag lag, sondern an Viktoria. Wieder hatte sie ihn vertröstet! Wenn sie ihm nicht antwortete, dann doch wohl nur, weil sie ihn nicht heiraten wollte. Er wusste genau, was in ihrem Kopf vorging: Sie hatte Angst, es irgendwann zu bereuen. Dabei sollte ihr doch klar sein, dass er ihr alle Freiheiten lassen würde. Mehr als vermutlich jeder andere Mann. Aber das reichte offenbar nicht. Herrgott, warum konnte sie nicht einfach eine Entscheidung treffen? Dieses Warten war unerträglich.

Vor den Torpedobooten stand eine Schlange von Sommergästen, die die Schiffe besuchen wollten. Jeder auf der Insel wollte die Gelegenheit nutzen, denn wann konnte man schon ein Schlachtschiff aus nächster Nähe betrachten. Es war ein seltsamer Anblick. Dieses graue Ungetüm, auf dem sommerlich gekleidete Herren herumliefen und noch in die letzten Winkel neugierig ihre Nasen steckten. Christian ging an der Schlange vorbei bis zu dem Matrosen, der die Menschen auf das Boot ließ.

»Hallo, der Herr, Sie müssen sich hinten anstellen!«,

empörte sich ein Mann in der Reihe. Dessen Anzug war eine Spur zu eng, die goldene Uhrkette spannte über der dunklen Weste.

Christian zog seine Dienstmarke hervor und hielt sie dem Herrn und anschließend dem Matrosen hin. »Kriminalassistent Hinrichs. Ich möchte mit Kapitän Boysen sprechen.«

»Selbstverständlich.« Der blau uniformierte Mann tippte sich an die Mütze. Er wies den Mann, der sich gerade beschwert hatte und nun an Bord treten wollte, zurück. »Warten Sie, bis ich zurück bin.«

Der Mann blies die Backen auf. »Unerhört! Seit einer halben Stunde stehen wir an. Wenn überall in der Marine so getrödelt wird, dann gnade uns Gott.«

»Sie wollen sich über unsere Truppen und den Kaiser beschweren?«, gab Christian zurück. Er wusste, dass er seine schlechte Laune an dem Mann ausließ. Aber es traf sicher nicht den Falschen.

Der Herr zuckte zurück. »Was? Selbstverständlich nein, ich meine ja nur …« Seine Frau, eine außerordentlich hübsche und eine außerordentlich junge Dame, zog ihn am Ärmel. »Lass doch, Winfried. Wir haben Zeit, uns hetzt niemand.«

Der Mann brummte mürrisch, entschied dann aber, dass es besser war, sich zu fügen.

Christian folgte dem Matrosen an Bord. Es war ein langes, schlankes Schlachtschiff mit mehreren mächtigen Schornsteinen. Während Christian sich umsah, ging der Matrose mit sicheren Schritten zum Heck des Schiffs.

Schon von Weitem konnte man den Kapitän hören, denn der hielt gerade einem Seekadetten eine Standpauke, die sich gewaschen hatte. »Wehrbein – das ist Pflichtvergessenheit! Sie hatten Aufsicht und sind Ihrem Befehl nicht nachgekommen.«

Der Kadett stand stramm, schien aber mit jedem Wort, das ihm entgegengeschleudert wurde, ein Stück kleiner zu werden.

»Sie erhalten Landgangverbot und werden die nächsten sieben Tage die Nachtwachen übernehmen! Bis heute Abend gehen Sie in den Arrest.« Kapitän Boysens Augen funkelten, er wandte sich um. »Fähnrich Oehlrichs, Sie begleiten Seekadett Wehrbein in die Arreststube!«

Der Fähnrich salutierte. »Jawohl, Herr Kapitän.«

»Und schaffen Sie mir diese Zivilisten von Bord. Ich bin es leid, dass sie in jeder Ecke herumschnüffeln und den Betrieb stören. Ab jetzt bleibt unser Schiff für die Öffentlichkeit geschlossen.«

Der Matrose sah ihn verwirrt an. »Ich dachte, Admiral von Manteuffel hätte angeordnet, dass wir die Torpedoboote für das Publikum öffnen sollen.« Der Blick des Kapitäns ließ ihn verstummen. »Sehr wohl, Herr Kapitän. Wird erledigt.« Er salutierte und begleitete den Seekadetten unter Deck.

Der Kapitän wandte sich an Christian. »Sie haben es gehört. Das Schiff ist ab jetzt für das Publikum geschlossen.«

»Ich bin dienstlich hier. Kriminalassistent Hinrichs. Ich möchte mit Ihnen sprechen.«

Er sah dem Kapitän an, dass dieser alles andere als begeistert war. »Also gut, kommen Sie mit. Wir gehen in meine Kajüte.«

Christian hatte Mühe, Boysen zu folgen. In großen Schritten eilte dieser über das Deck. Der Kapitän war jünger, als Christian erwartet hatte, vielleicht Anfang dreißig. Boysen öffnete eine Tür, zog den Kopf ein, um durchgehen zu können, kletterte mit festen Schritten die schmale Stiege hinab in den Bauch des Schiffes, folgte einem Gang und öffnete schließlich die Tür zu einer Kajüte, die fast vollständig von einem Schreibtisch ausgefüllt wurde. »Setzen Sie sich.« Er wies auf einen Besucherstuhl, er selbst setzte sich an den Schreibtisch.

»Was führt Sie zu mir?« Boysen war offensichtlich kein Freund von Höflichkeitsfloskeln, sondern kam direkt zur Sache.

Christian war das recht, auch er hatte keine Zeit zu verlieren. »Sie kennen Admiral von Manteuffel?«

»Selbstverständlich.« Der Kapitän setzte seine Mütze ab und warf sie auf den Schreibtisch. Er strich die dunklen Haare zurück und taxierte Christian.

»Wie ist Ihr Verhältnis zum Admiral?«

Boysen runzelte die Stirn. »Mir ist der Sinn Ihrer Frage nicht klar.«

»Haben Sie davon gehört, was mit Fräulein Ilse geschehen ist?«

Der Kapitän richtete sich unvermittelt auf. »Nein, was soll mit ihr sein?«

Plötzlich lag in seinen dunklen Augen Sorge. Christian

war überrascht. Sowohl darüber, dass der Kapitän nicht Bescheid wusste, als auch über seine Reaktion. Christian hatte angenommen, dass der Admiral alle vor Norderney liegenden Mannschaften informiert hatte. Aber offenbar war dem nicht so. »Fräulein Ilse ist gestern verschwunden. Wir gehen von einer Entführung aus.«

Der Kapitän schnappte hörbar nach Luft. »Wie ist das möglich?« Er sah einen Moment ins Leere, hatte sich aber schnell wieder gefangen. »Ich gehe davon aus, dass der Minister des Inneren bereits unterrichtet wurde. Wenn von Loebell zustimmt, können meine Leute Sie bei der Suche unterstützen.«

»Das wird nicht nötig sein. Admiral von Manteuffel möchte einstweilen nur die ihm direkt unterstellten Männer einbinden. Adjutant von Brenkendorf hat bereits entsprechende Maßnahmen veranlasst. Ich war davon ausgegangen, dass er auch Sie informiert hat.«

»Von Brenkendorf ist ein fähiger Mann. Er wird die Suche nach Fräulein Ilse strategisch klug angehen. Ich nehme an, der Herr Admiral hat ihm genaue Anweisungen gegeben. Dennoch biete ich Ihnen meine Hilfe an.«

»Im Moment wäre mir damit geholfen, wenn ich mehr über Admiral von Manteuffel erfahren könnte. Sie scheinen ihn recht gut zu kennen. Wie ist Ihr Verhältnis zu ihm?«

Kapitän Boysen lehnte sich zurück, legte die Fingerspitzen aneinander. »Sie verdächtigen mich, etwas mit dem Verschwinden von Fräulein Ilse zu tun zu haben?«

Christian staunte einmal mehr, Boysen kombinierte

schnell. Es gab also keinen Grund, länger um den heißen Brei herumzureden. Es war Christian recht, er bevorzugte direkte Fragen.

»Haben Sie etwas mit dem Verschwinden von Fräulein Ilse zu tun?«

Boysens Augen verengten sich. »Nein. Warum sollte ich?«

»Ich hörte, es gab Streit zwischen Ihnen und dem Admiral.«

»Wir hatten eine Auseinandersetzung betreffend strategischer Fragen. Meiner Meinung nach liefern wir dem Gegner eine offene Flanke. Falls der Feind die Häfen und damit die Schlachtschiffe versperrt, wird unsere Flotte nutzlos sein. Wir sollten auf kleinere Linienschiffe setzen, die eine Blockade unterlaufen und die Handelswege freihalten können. Wir müssen die Versorgung der Bevölkerung sicherstellen, denn wenn das Volk hungert, wird es rebellieren. Aber Admiral von Manteuffel will das nicht verstehen. Er glaubt, ein Krieg werde noch immer wie vor vierzig Jahren geführt, als wir gegen Frankreich gekämpft haben. Aber auf See wird es keine große Entscheidungsschlacht mehr geben, in der Mann gegen Mann, Schiff gegen Schiff kämpft. Stattdessen wird es viele kleine Schlachten geben, und wir müssen unsere Strategie entsprechend anpassen. Sonst werden tausende Männer einen sinnlosen Tod sterben.« Er hatte erregt gesprochen, voller Leidenschaft. Jetzt holte er tief Luft. »Ich habe mich in der Diskussion mit Admiral von Manteuffel dazu hinreißen lassen, Dinge zu sagen, die ich einem Vorgesetzten gegenüber nicht hätte sagen dürfen. Ich akzeptiere, dass der Admiral mich deswegen strafversetzt. Ich hätte an seiner Stelle nicht anders gehandelt.«

Boysen wirkte aufrichtig. So ein Mann entführte vermutlich keine junge Frau, um sich an ihrem Vater zu rächen. Aber Gefühle waren trügerisch, das hatte Christian in den vergangenen Jahren lernen müssen. Es war seine Aufgabe, jedem Verdächtigen gegenüber misstrauisch zu sein. »Wo waren Sie gestern von etwa fünfzehn Uhr bis zum Abend?«

»Hier auf dem Schiff.«

»Kann das jemand bestätigen?«

»Die meisten meiner Leute hatten Landgang. Seekadett Wehrbein hatte Wachdienst. Ich werde ihn holen lassen, damit Sie ihn befragen können.« Er stand auf, trat vor die Tür, um einem Matrosen Bescheid zu geben. Dann kam er zurück und setzte sich wieder. »Bis Wehrbein kommt, hätte ich einige Fragen an Sie, Herr Hinrichs. Sie sagten, Fräulein Ilse sei entführt worden. Ist das eine sichere Erkenntnis oder eine Vermutung?«

Christian sah keinen Grund, Boysen diese Information vorzuenthalten. »Der Admiral hat ein entsprechendes Drohschreiben erhalten.«

Boysen nickte nachdenklich. »Was fordern die Entführer?«

»Dazu kann ich nichts sagen.« Christian war nicht entgangen, dass Boysen wie der Admiral von »den Entführern« sprach. Offenbar ging auch er von einem politischen Motiv aus. Boysens nächste Frage bestätigte diese Vermutung. »Ich nehme an, Admiral von Manteuffel hat die Möglichkeit des Landesverrats in Betracht gezogen?«

Christian nickte.

Boysen atmete tief ein. »Ich wiederhole mein Angebot: Meine Leute können Sie unterstützen, wo auch immer Sie es für notwendig halten.«

Es klopfte, und der Fähnrich, der Christian zum Kapitän gebracht hatte, trat ein. Ihm folgte der Mann, der vorhin zusammengestaucht worden war. Er hatte besorgt die Augenbrauen zusammengeschoben.

Christian stand auf. »Sie hatten gestern Wachdienst, Seekadett Wehrbein?«

Der Mann salutierte. »Bis sechs Uhr, dann bin ich abgelöst worden.«

»War Kapitän Boysen zu der Zeit auf dem Schiff?«

Die Augen des Kadetten huschten überrascht zu seinem Vorgesetzten, der den Blick erwiderte, ohne eine Miene zu verziehen. »Niemand hat das Schiff während meiner Wache verlassen, Herr Kriminalassistent.«

»Ich habe nicht gefragt, ob jemand das Schiff verlassen hat. Ich will wissen, ob der Kapitän an Bord war. Also?«

Der Mann stand stramm. »Aye, der Kapitän war an Bord.«

»Und da sind Sie sich sicher?«

»Jawohl. Ich habe ihn zu Beginn meiner Wache gesehen, das war zwölf Uhr. Danach hat niemand mehr das Boot verlassen.«

Christian nickte und entließ den Matrosen. »Sie können gehen.«

Der Kapitän gab den beiden Männern einen Wink, und der Matrose führte Wehrbein hinaus. Boysen erhob sich ebenfalls. Er stieß mit dem Kopf fast an die Decke der Kajüte. »Ich verstehe, dass Sie allen Möglichkeiten nachgehen müssen. Aber Sie verschwenden wertvolle Zeit.«

Das sah Christian, wie er sich eingestehen musste, inzwischen ähnlich. Aber es wäre fahrlässig gewesen, dieser Spur nicht nachzugehen. Auch wenn Boysen sich gelassen gab – die Zwangsversetzung eines Kapitäns von der See an Land war mehr als eine Bestrafung. Sie kam einer Vernichtung seiner bisherigen Existenz gleich. Es hatten andere schon für weniger ein Verbrechen begangen.

17

Gefallenes Mädchen

Nachdem Christian in Richtung Hafen verschwunden war, entschied Viktoria, sich erst einmal in ein Café zu setzen. Sie brauchte einen Plan, und etwas Süßes half ihr beim Nachdenken. Sie entschied sich für die Königliche Hofkonditorei Nicola Hoegel. Dort wählte sie einen wenig einsehbaren Platz draußen im Schatten einer Pappel, denn sie hatte keine Lust, von ihrer zufällig vorbeikommenden Tante entdeckt zu werden. Das Frühstück mit ihr hatte gereicht. Tante Rosamunde hatte darauf beharrt, dass Viktoria sie zu einem Spaziergang mit Frau von Assenburg-Falkenstein begleiten sollte. Deren dreiundfünfzigjähriger Sohn – eine ausnehmend gut aussehende Erscheinung, wie Tante Rosamunde sagte – sei auf der Suche nach einer Frau. Viktoria hatte den Mann vor einigen Monaten in Hamburg auf einem Ball kennengelernt. Seine eiskalten Hände, als er sie auf die Tanzfläche geführt hatte, und sein schamloser Blick, mit dem er in ihr Dekolleté geschielt hatte, waren ihr gut in Erinnerung geblieben. Ein Einwand, den Tante Rosamunde nicht gelten ließ. Karl Graf von Assenburg-Falkenstein hätte jedes Recht dazu, sich eine potenzielle Kandidatin genau anzusehen. Man könne nicht erwarten, dass er die Katze im Sack kaufe.

Viktoria hatte sich ohne ein weiteres Wort erhoben und war gegangen. Mit Tante Rosamunde war in dieser Sache nicht zu reden.

Der Kellner kam, und Viktoria bestellte Mokkatorte. Nach kurzem Überlegen auch eine Bohnensopp, einen ostfriesischen Likör mit in Alkohol eingelegten Rosinen. Es dauerte nicht lange, bis der Kellner das Gewünschte brachte. »Ach, bitte bringen Sie mir doch noch die *Badezeitung*«, bat sie ihn, als er den Teller vor ihr abstellte. Die Torte sah köstlich aus. Mehrere Lagen aus dunklem Teig mit cremigen Schichten dazwischen. Obendrauf lag eine Mokkabohne. Viktoria steckte sie in den Mund und biss darauf, spürte dem zartbitteren Geschmack nach. Die Torte selbst war ein Traum – eine Mischung aus herb und süß, genauso, wie sie es liebte. Ein Hauch von Krokant war das Tüpfelchen auf dem i. Mit jeder Gabel fühlte sich Viktoria besser. Doch auch die Bohnensopp war nicht zu verachten, allerdings recht stark. Die Sultaninen hatten den Branntwein aufgesogen, und schon nach einem halben Glas spürte Viktoria die Wirkung. Auch wenn Alkohol gewiss keine Lösung für ihr Problem war, fühlte sie sich jetzt besser, und das Schuldgefühl, das sie seit Christians abruptem Abschied gequält hatte, verschwand. Er hatte seine Verärgerung nicht gerade verborgen, als sie ihn vertröstet hatte. Sie konnte ihn verstehen. Seit letztem Jahr wartete er nun schon auf eine Antwort von ihr, und es war offensichtlich, dass er mit seiner Geduld am Ende war.

Viktoria nahm einen weiteren Schluck Bohnensopp und versuchte, den Gedanken an Christian beiseitezuschieben. Sie griff nach der *Badezeitung*, die der Kellner inzwischen gebracht hatte. Die amtliche Liste der angekommenen Fremden wurde in jeder Ausgabe auf der ersten Seite veröffentlicht. Die Liste verzeichnete nicht nur die Namen der Gäste, sondern auch ihre Berufe und ihre Unterkunft auf Norderney. Die Sommerfrische war schon immer ein großer Heiratsmarkt gewesen, und gegenseitige Besuche wurden anhand dieser Liste geplant.

Viktoria hatte sich die *Badezeitung* nicht zum Zeitvertreib geben lassen. Sie hatte einen Plan. Wenn der Mann, der Ilses Mutter in Kiel beobachtet hatte, auf der Insel war, dann war er vermutlich allein angereist. Ein Mann mit Familie hätte kaum die Zeit, stundenlang vor einem Haus zu stehen und dessen Bewohner zu verfolgen. Viktoria überflog die Liste der Badegäste und konnte die meisten Herren gleich ausschließen: Regierungsrat von Armin aus Blankensee mit Frau und Tochter, Walter von der Burg, Zigarettenfabrikant aus Barmen mit Frau, Oberlehrer Henkhausen aus Görlitz mit Sohn. Dennoch waren mehr Herren allein angereist, als Viktoria vermutet hatte. Sie bat den Kellner um einen Bleistift und ein Stück Papier und erstellte eine eigene Liste. Am Ende enthielt sie fünf Namen:

Friedrich Detmar, Ingenieur, im Hotel Bellevue, Bülowallee
Israelchiel Goldberg, Kaufmann, in Hoffmanns Hotel Falk, Bismarckstraße
Emil Müller, Hauslehrer, in Ebelings Hotel, Adolphsreihe

Sigismund Tscharre, Oberpostsekretär, Villa Nordsee, Bismarckstraße
Rudolf Winkler, Rentier, Villa Quisisana, Halemstraße

Jetzt fehlte ihr nur noch eine Sache, um ihren Plan umzusetzen. Sie machte dem Kellner ein Zeichen, dass sie zahlen wollte.

Kurz darauf betrat sie die Buchhandlung Frerichs in der Poststraße. Eine Verkäuferin eilte auf Viktoria zu. »Kann ich Ihnen helfen, mein Fräulein?«

»Ich suche das neueste Buch von Leopold von Löwitz.«

»Ich hole es Ihnen sofort. Es ist ein wunderbarer Roman. Von leichter Hand geschrieben, mit so tiefen Lebenseinsichten. Sie kennen bereits die vorherigen Bände?«

Viktoria nickte. Sie hatte sie gelesen, und die Geschichten hatten sie tatsächlich in ihren Bann gezogen. Sie handelten von einem jungen Mann und den Chancen, die er ungenutzt ließ, während er seinem Glück hinterherhetzte. Am Ende musste er feststellen, dass die Erfüllung seiner Träume – die Liebe seines Lebens – stets vor seinen Augen gewesen war.

Die Buchhändlerin ging zu einem Regal, zog mit sicherem Griff das richtige Buch heraus. Viktoria zahlte und machte sich auf den Weg.

Das erste Hotel, das Viktoria aufsuchen wollte, war Hoffmanns Hotel Falk, wo Israelchiel Goldberg untergekommen war. Das lag nicht weit entfernt von der Villa Fresena in der Bismarckstraße. Von dort konnte sie sich über die

Adolphsreihe, der Marienstraße bis zur Halemstraße vorarbeiten.

Hoffmanns Hotel Falk war ein imposantes zweistöckiges Eckgebäude mit einer umlaufenden breiten Veranda, die zum Teil mit Glasfenstern versehen war. Einige der Zimmer verfügten sogar über einen Balkon. Es war eine der ersten Adressen für jüdische Badegäste, gleich in der Nähe der Synagoge.

Der Concierge blickte auf, als Viktoria eintrat. »Kann ich Ihnen helfen, gnädiges Fräulein?«

Sie lächelte. Vorhin hatte sie sich eine Geschichte überlegt, die sie als Vorwand nutzen wollte, um nach dem Mann zu fragen. »Eine Freundin von mir hat gestern einen Herrn getroffen und sich sehr angeregt mit ihm über Bücher unterhalten. Die beiden kamen ins Gespräch, weil er den neuesten Roman von Leopold von Löwitz las.« Sie deutete auf das Buch in ihrer Hand. »Als der Herr sich verabschiedete, hat er es versehentlich liegen lassen. Meine Freundin ist heute früh abgereist und hat mich gebeten, nach dem Herrn zu suchen, denn das Buch trägt eine Signatur von Leopold von Löwitz. Das ist eine Seltenheit, da der Autor nie in der Öffentlichkeit auftritt. Der Herr möchte das Buch daher bestimmt zurück. Leider wusste meine Freundin seinen Namen nicht, sie wusste nur, dass er allein gereist ist. In Ihrem Hotel wohnt Israelchiel Goldberg. Ich frage mich, ob er der Herr sein könnte, dem das Buch gehört.«

Sie sah dem Concierge an, dass er ihre Geschichte mit der Freundin nicht glaubte. Vermutlich dachte er, sie sei selbst an dem Herrn interessiert und wollte nun mehr über ihn herausfinden. »Ich kann mir nicht vorstellen, dass es sich bei dem gesuchten Mann um Herrn Goldberg handelt.«

»Nun, der Mann, den ich suche, soll um die fünfzig sein, grauhaarig, mit Vollbart«, fuhr Viktoria fort.

Der Concierge schüttelte entschieden den Kopf. »Herr Goldberg ist dreißig Jahre alt, dunkelhaarig – und soweit mir bekannt ist, wird er in Kürze heiraten«, fügte er süffisant hinzu.

Viktoria lief rot an. »Oh, ich verstehe. Ja, dann muss ich woanders weitersuchen. Ich danke Ihnen.« Sie verabschiedete sich hastig und eilte hinaus.

Mit Herzklopfen stand sie draußen, fühlte die Hitze in ihrem Gesicht. Wie der Concierge sie angesehen hatte!

Aber immerhin konnte sie diesen Herrn ausschließen. Der Nächste auf der Liste war Sigismund Tscharre, ein Oberpostsekretär, der in der Villa Nordsee direkt gegenüber dem Hotel logierte. Es war ein gepflegtes weißes Haus mit Stuckverzierungen an den Fenstern. Die dunkle Eichentür stand offen, und Viktoria trat ein. Sie stand in einer Art Empfangsraum. Eine Holztreppe führte in die obere Etage, links und rechts gingen Türen ab, vermutlich Aufenthaltsräume für die Gäste. »Guten Tag!«, rief Viktoria in die Stille des Hauses hinein.

Die Tür zur Linken öffnete sich, und es erschien eine ältere Dame im schwarzen Kleid, deren graue Haare streng hochgesteckt waren. Das musste Fräulein Dippell sein, die die Pension führte, wie Viktoria dem Schild beim Eingang entnommen hatte. Die etwa sechzigjährige Dame schien nicht gerade erfreut über die Störung. »Ich habe kein freies Zimmer.«

»Deswegen bin ich auch nicht hier«, beeilte sich Viktoria zu sagen. Sie erzählte die gleiche Geschichte wie eben in Hoffmanns Hotel Falk, und auch hier erntete sie einen misstrauischen Blick. »Ein Buch hat der Herr liegen lassen?«

»Mit einer Signatur des Autors. Der Herr freut sich sicherlich, wenn er es zurückerhält«, sagte Viktoria vielleicht eine Spur zu konziliant, was den aufmerksamen Blick des grauhaarigen Fräuleins nur noch verstärkte.

»Herr Tscharre ist unterwegs. Sie können Ihre Adresse hinterlassen, und falls es sein Buch ist, wird er sich bei Ihnen melden.«

So hatte Viktoria sich das nicht gedacht. Für einen Moment war sie überrumpelt. Doch sie fing sich schnell wieder. »Es wäre einfacher, wenn ich mit Sicherheit wüsste, ob Ihr Gast überhaupt infrage kommt. Meine Freundin hat den Herrn als etwa fünfzigjährig beschrieben, graue Haare, Vollbart.«

»Nein, das ist sicher nicht mein Gast, Herr Tscharre ist kahl. Ich werde ihn dennoch nach dem Buch fragen.« Sie nahm einen kleinen Block und einen Bleistiftstummel vom Sekretär beim Eingang. »Sie sind Fräulein …?«

Viktoria zögerte. Sollte sie ihren Namen nennen, noch dazu, wenn der Mann vermutlich nicht der Gesuchte war? »Wenn Sie ihm ausrichten würden, dass ich um drei Uhr gegenüber im Restaurant von Hofmanns Hotel Falk auf ihn warte. Das wäre sehr nett. Falls es sein Buch ist, kann ich es ihm direkt zurückgeben.«

Die Pensionswirtin musterte Viktoria mit einem abschätzigen Blick, als wäre sie ein gefallenes Mädchen. »Wie Sie wünschen, Fräulein.«

Viktoria trat hinaus in die gleißende Sonne und atmete tief durch. So beschämt hatte sie sich schon lange nicht mehr gefühlt. Aber es half nichts. Sie musste weitermachen.

18

Auf leisen Sohlen

Christian hatte Mühe, sich einen Weg durch die vielen Sommerfrischler zu bahnen, die vom Kai aus das Hochseetorpedoboot betrachteten. Sosehr er während der Wintermonate auch unter der Einsamkeit gelitten hatte – langsam wünschte er sich die Ruhe der kalten Tage wieder zurück. Er nahm den direkten Weg an der Rennbahn vorbei. Auf den Wiesen lagen Kühe in der Sonne, verscheuchten träge mit ihren Schwänzen die Fliegen. Schwalben flogen hoch in der Luft und pfeilschnell über Christian hinweg. Er nahm seinen Hut ab, wedelte sich damit etwas kühle Luft zu. Normalerweise wehte auf der Insel ein frisches Lüftchen, aber in den letzten Tagen schien selbst der stetige Wind vor der Sonne kapituliert zu haben. Schweiß rann Christian über den Rücken. Er setzte den Hut wieder auf, zog die Jacke aus. Er hätte was darum gegeben, jetzt an einem schattigen Plätzchen ausruhen zu können, aber daran war nicht zu denken, während eine junge Frau gefangen gehalten wurde und jede Sekunde auf Rettung hoffte. Er hatte ohnehin schon das Gefühl, dass ihm die Zeit unter den Händen zerrann.

Er warf sich die Anzugjacke über die Schulter, wollte weiter, als er aus den Augenwinkeln eine Bewegung wahrnahm, so als wäre jemand hinter ihm. Christian fuhr herum. Doch der Weg war leer. Links und rechts wurde er von Heckenrosenbüschen gesäumt. Ein Erwachsener konnte sich schwerlich darin verstecken. Dennoch blieb ein ungutes Gefühl. Schon den ganzen Morgen hatte er den Eindruck, als würde ihm jemand folgen. Christian ging weiter, spitzte aber die Ohren, ob er hinter sich etwas hörte. Doch außer dem Summen der Bienen blieb es still.

Als er an der Gepäckhalle vorbeikam, bog er in den Rosengarten ab. Es war angenehm kühl im Schatten der Bäume. Aber das war nicht der Grund, warum Christian diesen Weg gewählt hatte. Schnell schlüpfte er nach einer Kurve hinter einen Ahornbaum und wartete. Und tatsächlich, kurz darauf kam jemand auf leisen Sohlen den Weg entlang. Hannes Abben, der Junge, den Gendarm Müller in der Gepäckhalle erwischt hatte. Christian wartete, bis das Kind an ihm vorbeigelaufen war, dann trat er von hinten auf Hannes zu und packte ihn an der Schulter. Der Junge zuckte zusammen und schrie vor Schreck auf.

»Warum folgst du mir?«, fragte Christian.

Hannes lief rot an.

»Also – raus mit der Sprache!«

Er presste die Lippen zusammen, entschied sich dann aber doch dafür, sich zu erklären. »Sie haben meiner Mutter gesagt, ich könnte Polizist werden«, sagte er mit leiser Stimme. »Ich wollte sehen, wie Sie arbeiten. Damit ich später weiß, was man als Polizist so macht. Ich will schließlich auch ein so guter Kommissar werden wie Sie.«

Für einen Moment war Christian verblüfft, dann musste er lachen. »Und was hast du gelernt, als du mir gefolgt bist?«

»Als Polizist muss man viel herumlaufen. Das gefällt mir, ich bin gerne draußen.« Er sah Christian schüchtern an. »Glauben Sie wirklich, ich kann Gendarm werden?«

»Dafür müsstest du vor allem die Gesetze beachten. Wer stiehlt, kann niemals Polizist werden.«

»Ich tu's nie wieder, versprochen.« Hannes sah ihn mit ernsten Augen an. Dann wurde er ganz aufgeregt. »Kann ich Sie begleiten, Herr Kriminal? Ich bin auch ganz ruhig und störe nicht.«

»Musst du nicht deiner Mutter helfen?«

»Die sagt, sie ist froh, wenn ich ihr nicht im Weg stehe. Ich soll mir Arbeit suchen, hat sie gesagt. Aber nicht mal der Segelmacher wollte mich, ich bin noch zu jung.«

Hannes erinnerte Christian an seine eigene Kindheit. Er und sein Freund Willy hatten von klein auf arbeiten müssen, denn das Geld war in den Familien immer knapp gewesen. Christian hatte in einem Leichenschauhaus geholfen, die Toten für die Trauerfeier zurechtzumachen, eine Arbeit, die nur die wenigsten auf sich nehmen wollten. Aber er fand sie interessant, und er hatte vieles gelernt, was ihm jetzt zugutekam. Willy hatte damals beim Kohlenmann schuften müssen, die schweren Eimer die Treppen rauf und runter. Das hatte seinem Freund gar nicht gepasst, und er hatte stattdessen begonnen, lange Finger zu machen. Christian hoffte, dass dieser Werdegang Hannes erspart bliebe. Eine Idee nahm in Christians Kopf

Gestalt an. Sie war nicht ganz uneigennützig. Denn Abben verfügte über eine Fähigkeit, die Christian auf der Insel von Nutzen sein könnte – der Junge fiel nicht auf, wenn er jemanden verfolgte. Kinder wie er stromerten ständig herum. »Du könntest etwas für mich tun«, sagte Christian daher. Er holte fünfzig Pfennig aus seiner Hosentasche. »Die bekommst du, wenn du einen Auftrag für mich erledigst.«

Die Augen des Jungen weiteten sich.

»Ich will, dass du im Hafen das Hochseetorpedoboot G113 bewachst. Wenn der Kapitän das Schiff verlässt, dann folgst du ihm. Aber unauffällig – verstanden?«

Der Junge strahlte. »G113 bewachen, dem Kapitän folgen. Jawohl, Herr Kriminalassistent!« Er stand stramm wie ein kleiner Soldat.

Christian musste schmunzeln. »Aber du hältst immer schön Abstand zu ihm und gehst ihm nur hinterher, wenn genügend Leute um dich herum sind. Sollte er irgendwo allein sein, dann hältst du dich fern.«

»Zu Befehl!«

»Dann ab mit dir. Und heute Abend gegen fünf Uhr kommst du zur Wache und erstattest mir Bericht.«

»Jawohl, Herr Kriminalassistent.« Hannes wandte sich um und rannte los. Christian sah ihm nach, dachte an seine eigene Kindheit. An seine Mutter, die bei der Geburt seines jüngsten Bruders gestorben war. Seine Schwester Herta hatte damals die Verantwortung für die Geschwister übernehmen müssen. Vor Kurzem hatte sie geheiratet, einen ehrbaren Bäckermeister. Sicherlich würde sie bald eigene Kinder bekommen, der Kreislauf des Lebens würde von Neuem beginnen. Während der Junge sich am Ende der Straße Richtung Hafen wandte, stand Christian in der brütenden Hitze und fühlte für einen Moment nichts als Einsamkeit. Würde er jemals eine eigene Familie haben? Einen Jungen wie Hannes, übermütig und voller Träume? Christian wünschte es sich. Aber was wäre, wenn Viktoria ihn ewig hinhielt?

19

Feinstes Vanilleeis

Viktoria trat aus dem Hotel Bellevue. Das war der letzte Herr auf der Liste gewesen. Wieder kein Treffer. Friedrich Detmar trug zwar einen Bart, war aber der Beschreibung der Pensionswirtin zufolge höchstens Anfang dreißig.

Mit müden Beinen kehrte sie zurück ins Hotel, um sich ein wenig zu erfrischen. Als sie ihre Suite betrat, stellte Viktoria mit Erleichterung fest, dass ihre Tante ausgegangen war. Sie schenkte sich ein großes Glas Wasser ein, ließ sich erschöpft auf das Sofa fallen und trank das Glas in einem Zug leer. Es war einfach zu heiß heute. Am liebsten hätte sie ihr Schwimmzeug genommen, um sich im Meer abzukühlen. Aber dafür war keine Zeit. Sie schaute auf die Standuhr. Schon Viertel vor drei. Sie musste sich beeilen. Sie hatte schließlich jedem der Alleinreisenden ausrichten lassen, dass sie um drei Uhr mit dem signierten Exemplar des Romans im Restaurant von Hoffmanns Hotel Falk warten würde. Natürlich hatte keiner der Herren ein Buch verloren. Aber der Mann, der Frau von Manteuffel beobachtet hatte, war offensichtlich an Leopold von Löwitz interessiert. Sollte dieser Mann unter den Alleinreisenden sein, dann dürfte ihn die Aussicht reizen, das einzige signierte Exemplar des Buches in seine Hände zu bekommen.

Viktoria stand auf, ging noch schnell ins Bad, um sich kaltes Wasser über die Arme laufen zu lassen. Dann unterschrieb sie schwungvoll auf der ersten Seite des Buches und hoffte, dass Frau von Manteuffel ihr die Fälschung verzeihen würde. Hastig suchte sie ihre Sachen zusammen und eilte wieder hinunter.

In der Empfangshalle wandte sie sich an den Concierge, denn sie hatte ihr Versprechen an Christian nicht vergessen. »Würden Sie mir bitte eine Telefonverbindung mit der Polizeiwache herstellen?«

»Sofort, Fräulein Berg.« Der Concierge gab dem Telefonfräulein durch, mit wem er sprechen wolle, und reichte Viktoria anschließend den Hörer. Es dauerte lange, bis jemand ranging. »Gendarm Müller, Polizeiwache Norderney«, klang es verschlafen aus dem Hörer.

»Hier ist Viktoria Berg. Ich möchte gern mit Herrn Hinrichs sprechen.«

»Der Herr Kriminalassistent ist unterwegs.«

Viktoria fluchte innerlich. Dabei war es zu erwarten gewesen, Christian suchte schließlich nach Ilse. Trotzdem hatte sie gehofft, ihn zu erreichen. »Richten Sie ihm bitte aus, dass meine Suche erfolglos war. Ich habe aber jedem der allein reisenden Herren ausrichten lassen, dass ich um drei Uhr in Hoffmanns Hotel Falk mit einem signierten Buch auf ihn warte. Ich hoffe, dass einer der Männer anbeißt. Er weiß dann schon Bescheid.«

»Wie Sie wünschen«, hörte sie Müller, und sein Tonfall sagte ihr, dass er die Sache vergessen würde, kaum dass sie aufgelegt hatte.

»Es ist wichtig! Es hat mit der Entführung von Herrn von Treptows Nichte zu tun.« Sie hoffte, dass die Erwähnung des Badekommissars den Gendarmen an seine Pflichten erinnern würde.

»Selbstverständlich«, erklang es lapidar durch den Hörer.

Sie bedankte sich und hängte ein. Sie hatte nicht vor, ihr Vorhaben abzubrechen, nur weil sie Christian nicht erreicht hatte. Was sollte schon geschehen – sie traf den Herrn in einem belebten Restaurant, und außerdem wusste sie ja nicht einmal, ob überhaupt jemand auftauchte.

»Vielen Dank«, sagte sie zum Concierge. »Schreiben Sie es bitte auf unsere Rechnung.« Sie wandte sich zum Gehen, aber der Ruf des Concierge hielt sie auf. »Fräulein Berg, Ihre Tante hat Ihnen eine Nachricht hinterlassen.«

Viktoria seufzte. Sie drehte um, nahm den Zettel, den ihr der Concierge entgegenhielt.

Sie entfaltete das Blatt Papier und las: »Ich habe heute um sieben Uhr ein Abendessen mit Karl Graf von Assenburg-Falkenstein arrangiert. Du kennst ihn ja schon von jenem Tanzabend in Hamburg. Er freut sich sehr darauf, dich wiederzusehen. Sei pünktlich!« Viktoria widerstand dem Drang, den Zettel zu zerknüllen.

Ihre Tante würde nie aufgeben! Aber Viktoria würde den Teufel tun und den Abend mit diesem Lüstling verbringen. Sie nahm ihr Portemonnaie aus der Handtasche, zählte zwei Mark ab, die sie dem Concierge mitsamt dem Zettel ihrer Tante reichte. »Wenn Sie meiner Tante bitte ausrichten würden, dass ich nicht in das Hotel zurückgekehrt bin.«

Der Concierge zögerte nur einen winzigen Augenblick, dann nahm er Zettel und Geld. »Ich habe Sie nicht gesehen, Fräulein Berg.«

Viktoria verabschiedete sich und eilte hinaus. Zum Glück war es zur Bismarckstraße nicht weit. Sie hatte das Hotel nicht ohne Bedacht als Treffpunkt gewählt: Ein jüdisches Hotelrestaurant würde Tante Rosamunde niemals aufsuchen. Was Viktoria ebenso borniert wie praktisch fand.

Sie trat ein und ließ sich einen Platz zuweisen. Das Restaurant war angenehm leer. Lediglich ein Ehepaar saß mit drei Kindern um einen großen Tisch, und in der hinteren Ecke des Raumes schrieb ein glatzköpfiger Herr um die sechzig etwas in ein Heft. Er blickte kurz auf, als sie sich setzte, dann vertiefte er sich wieder in seine Notizen. Viktoria bestellte ein großes Glas Zitronenlimonade und ließ sich auf den Stuhl fallen. Ihre Füße taten weh, und sie war müde.

Die Bedienung im schwarzen Kleid mit Spitzenschürze brachte die Limonade. »Möchten Sie vielleicht auch Gefrorenes? Wir haben feinstes Vanilleeis im Angebot.«

Sofort hob sich Viktorias Laune. Sie bestellte eine doppelte Portion mit extra Sahne. Das Buch legte sie gut sichtbar auf den Tisch. Ihr Blick wanderte zu der Standuhr aus dunkel gebeizter Eiche, die beim Eingang stand. Kurz vor drei. Sie spürte ein Kribbeln der Aufregung. Würde jemand kommen?

Das Mädchen brachte das Eis. Viktoria bestellte noch eine zweite Limonade, die erste hatte sie bereits ausgetrunken. Draußen zogen Urlauber wie in einer Prozession träge vorbei in Richtung Strand. Die Damen hatten ihre Sonnenschirme aufgespannt, und so manche wedelte sich mit einem Fächer frische Luft zu. Den Herren ging es in ihren Sommeranzügen und den bis zum Hals zugeknöpften Vatermördern auch nicht besser. In der Sommerfrische kleidete man sich zwar legerer als zu Hause, nichtsdestoweniger musste man immer damit rechnen, Bekannte oder Verwandte zu treffen, und wer wollte da schon nachlässig gekleidet sein? Viktorias Gedanken schweiften ab. In spätestens zwei Tagen musste sie eine Antwort auf den Brief schreiben, den sie vor ihrer Abfahrt erhalten hatte. Sie hatte gehofft, kühl und überlegt eine Entscheidung treffen zu können. Doch jetzt fühlte sich ihr Körper an wie Blei, und bei der Hitze fehlte ihr jeder Elan. Vielleicht würde es heute Abend besser gehen.

Ein Blick zur Uhr: Punkt drei. Ein Herr betrat das Restaurant, und Viktoria richtete sich auf. Doch der Mann fragte nur nach dem Weg zur Seebake. Die Kellnerin erklärte es ihm, und der Herr verließ das Restaurant wieder. Viktoria löffelte ihr Eis, es schmeckte hervorragend, und für einen Moment vergaß sie alles um sich herum. Aber nicht für lange. Dann ging ihr Blick wieder zur Uhr.

Fünf nach drei. Zehn nach drei. Viertel nach drei. Mit jeder Minute wurde ihre Enttäuschung größer. Als sie ihr Eis aufgegessen hatte, musste sie sich eingestehen, dass keiner der Herren kommen würde. Entweder war der Mann, der Frau von Manteuffel gefolgt war, nicht auf Norderney, oder aber das signierte Buch reizte ihn nicht.

Viktoria machte der Bedienung ein Zeichen, dass sie zahlen wollte. Die stand bei dem glatzköpfigen Herrn, der gerade bezahlt hatte und sein Notizbuch in seine Jackentasche schob. Während die Kellnerin das Geschirr abräumte, trat der Mann an Viktorias Tisch. Verwundert sah sie ihn an, als er vor ihr stehen blieb und sogar die Hacken zusammenschlug. Dann nickte er. »Tscharre, mein Name. Gestatten Sie, dass ich mich setze? Sie haben offensichtlich etwas für mich.« Sein begieriger Blick lag auf dem Buch von Leopold von Löwitz.

20

Nickerchen

Die Friedrichstraße war deutlich leerer als am Vormittag. Die Sommergäste hatten sich vor der Hitze verkrochen und nutzten die Gelegenheit, um am Nachmittag ein wenig zu ruhen. Christians Magen knurrte, ihm war heiß, und er sehnte sich nach einem kühlen Bier. Und genau das würde er sich jetzt gönnen. Er brauchte Zeit, um nachzudenken. Wie so oft ging er in das Restaurant Zum deutschen Patrioten. Der Kellner kannte ihn und zapfte das Bier, noch bevor Christian sich gesetzt hatte. So eine Bedienung lobte er sich. Die Spezialität des Hauses waren Kartoffelpuffer, aber dafür war es viel zu heiß. Er bestellte sich Buttermilchsuppe. Das Bier trank er in einem Zug halb leer. Diese Hitze schaffte ihn. Zwanzig Minuten, einen großen Teller Stippmilchsuppe und ein weiteres Bier später ging es ihm deutlich besser. Satt und ein klein wenig beduselt lehnte er sich zurück. Was würde er jetzt für ein Schläfchen geben! Aber es half nichts. Christian winkte dem Kellner, zahlte und trat hinaus. Draußen prallte er gegen eine Wand aus heißer Luft. Auf dem Weg zur Wache kam ihm kaum ein Mensch entgegen. Selbst den Möwen schien es zu heiß zu sein. Sie standen in großen Gruppen in den flach auslaufenden Wellen. Christian beneidete sie um ihre gekühlten Füße. Müde wischte er sich über das Gesicht. Das Bier zu trinken war keine gute Idee gewesen. Er fühlte sich benommen und müde. Ein Kaffee würde ihm helfen, aber er konnte sich nicht vorstellen, ein heißes Getränk zu sich zu nehmen. So gut es ging, lief er auf seinem Weg im Schatten. Als er schließlich die Wache betrat, atmete er auf. Hier war es vergleichsweise kühl, die Wände waren dick genug.

Gendarm Müller saß an seinem Schreibtisch, der Kopf war ihm auf die Brust gefallen, und er schnarchte abgehackt. Als Christian die Eingangstür schloss, schrak Müller hoch. Aus kleinen Augen sah er sich um, griff nach einem Blatt Papier und täuschte Geschäftigkeit vor.

»Hat sich jemand von der Seenotrettung gemeldet? Irgendwelche Hinweise?«, fragte Christian. Dass Müller geschlafen hatte, ließ er unkommentiert. Auch wenn er den Gendarmen nicht leiden konnte – bei dieser Hitze würde er niemandem ein Nickerchen vorwerfen.

»Rass war vorhin hier. Er sagt, er hat mit seinen Leuten alles abgesucht, aber nichts gefunden. Sie machen jetzt Pause.«

Christian nickte, er konnte es den Männern nicht verdenken. Sie waren wie auch Christian die halbe Nacht unterwegs gewesen. Nur mühsam unterdrückte er ein Gähnen, setzte sich an seinen Schreibtisch und nahm die Landkarte von Norderney heraus. Fräulein Ilse war gestern am späten Nachmittag verschwunden. Wenn sie noch auf der Insel war, musste sie irgendwo sein, wo der Täter sicher sein konnte, dass ihn niemand sah. Ein einsam liegendes Haus vielleicht. Oder war der Mann abgebrüht genug, um Ilse vor aller Augen zu verstecken?

»Gibt es irgendwo eine Hütte oder ein Haus, das weit abseits von allen Häusern liegt?«, fragte Christian den Gendarmen, dessen Augenlider sich schon wieder verdächtig senkten.

Müller zuckte zusammen, dachte kurz nach. »Die Vogelschutzhütte im Nordosten.«

»Die haben von Brenkendorfs Männer bereits überprüft. Gibt es sonst noch etwas? Wo der Entführer sicher sein kann, dass ihn kein Sommergast überrascht?«

»Einen Ort, wo die Urlauber nicht hinkommen, gibt es nicht. Die sind überall, wie Fliegen auf einem Kadaver.«

»Wenn Sie jemanden verstecken müssten, wo würden Sie das machen?«

Müller runzelte die Stirn, er dachte offenbar angestrengt nach. Eine längere Pause entstand, dann schüttelte er den Kopf. »Keine Ahnung.«

Christian seufzte. »Es ist doch seltsam. Niemand hat gesehen, dass das Mädchen verschwunden ist. Wir wissen nicht einmal, wo genau sie entführt wurde. Ihre Mutter sagte, Fräulein Ilse wollte einkaufen. Aber es wird sie doch kaum jemand mitten im Ort überfallen haben.«

Müller rieb sich ein Auge, setzte sich aufrecht. »Sie muss ja nicht einkaufen gewesen sein. Vielleicht hat sie es nur gesagt und ist stattdessen irgendwo allein herumgewandert. Diese jungen Frauen von heute glauben, sie können tun und lassen, was sie wollen. Da ist es kein Wunder, dass ihnen was zustößt. Jeder Mann muss sich doch provoziert fühlen von einer jungen Dame, die ohne Begleitung durch die Gegend geht. Sie hätte zu Hause bei ihrer Mutter bleiben sollen, wie es sich gehört.« Damit war das Thema für den Gendarmen offenbar erschöpft. Er vertiefte sich in eine Akte, die vor ihm lag.

Christian ging in seinem Heft die Notizen durch, die er sich gemacht hatte. *Erich Pohl überprüfen: Kolberg*, las er. Richtig, er wollte sich ja noch nach dem zweiten Diener im Haus der von Manteuffels erkundigen. Er ließ sich von dem Telefonfräulein mit der Wache in Kolberg verbinden. Er brauchte nicht lange zu warten, bis die Verbindung stand. Am Telefon meldete sich ein tiefer Bass. »Polizeiwache Kolberg.«

Christian stellte sich vor und erklärte sein Anliegen. »Ich hätte gern einige Auskünfte zu Herrn Erich Pohl. Er muss bis vor Kurzem in Kolberg als Diener beschäftigt gewesen sein.«

»Ach, der Pohl. Der hat beim Grafen gearbeitet«, antwortete der Gendarm mit stark ostpreußisch gefärbtem Akzent. »Aber er ist seit Monaten nicht mehr auf dem Gut.«

»Ist er wegen irgendwelcher Vergehen auffällig geworden?«

Eine kurze Pause entstand. »Nachzuweisen war ihm nichts.«

Christian setzte sich auf. »Aber es gab einen Verdacht?«

»Es sind Silberwaren verschwunden. Zuerst hat der Graf geglaubt, er hätte sie verlegt. Aber als sich die Vorfälle häuften, wurde er misstrauisch. Der Verdacht fiel auf Pohl, weil er als Diener Zugang zu den Räumlichkeiten des Grafen hatte. Ich habe daraufhin Pohls Zimmer im Gutshaus durchsucht. Aber ich habe nichts gefunden. Der Graf hat Pohl nahegelegt, aus freien Stücken zu kündigen. Er traute ihm nicht mehr. Wenn Sie mich fragen, völlig zu Recht. Dieser Pohl ist ein windiger Geselle und schlau genug, kein Diebesgut in seinem Zimmer zu verstecken. Vermutlich hatte er es irgendwo auf dem Gutshof gebunkert. Ich würde meine rechte Hand darauf verwetten, dass er es war. Nach seinem Abgang ist nie wieder etwas verschwunden. Er ist jetzt also auf Norderney? Ich hätte nicht gedacht, dass es ihn dahin verschlägt.«

»Er arbeitet für Admiral von Manteuffel während der Sommerfrische.«

Der Mann schnaubte ins Telefon. »Unser Graf hat ihm ein passables Zeugnis ausgestellt. Es war ihm ja nichts nachzuweisen gewesen.«

»Hatte Pohl jemals Kontakt zu aufrührerischen Kräften?«

»Nicht dass ich wüsste. Weswegen erkundigen Sie sich nach ihm?«

»Die Tochter des Hauses, Ilse von Manteuffel, ist verschwunden.«

»Er wäre nicht der Erste, der mit kleinen Diebstählen anfängt und dann größere Verbrechen begeht.«

Etwas Ähnliches hatte Christian auch gedacht. Er bedankte sich für die Auskunft, verabschiedete sich von dem Gendarmen und hängte nachdenklich den Hörer ein. Konnte es sein, dass Pohl sich einfach ein anderes Betätigungsfeld gesucht hatte, eines, bei dem mehr für ihn heraussprang?

Gendarm Müller gähnte ausgiebig. »Ich glaube ja, dass das Fräulein von ganz allein wieder auftaucht.« Er stand auf, streckte sich. »Ich geh dann mal meine Runde machen.«

Auf den Kommentar des Gendarmen konnte Christian gut verzichten. Aber er sagte nichts, er hatte einfach keine Energie dazu, sich mit Müller herumzuärgern. Stattdessen ging er weiter seine Notizen durch. Vielleicht war ihm irgendetwas entgangen, das ihm einen neuen Ansatz liefern konnte.

Müller setzte seine Tschapka auf, griff nach dem Knüppel, befestigte ihn an seinem Koppel. Offenbar dachte er noch immer über Fräulein Ilses Alleingang nach, denn er schüttelte den Kopf und sagte leise: »Frauenzimmer.« Dann schien ihm etwas einzufallen. »Ach, das Fräulein Berg hat vorhin angerufen.«

Christian blickte überrascht auf. Sofort spürte er dieses Kribbeln im Bauch, und er ärgerte sich darüber, was allein die Nennung ihres Namens bei ihm auslöste. »Was hat sie gewollt?«

»Sie bat mich, Ihnen etwas auszurichten.«

»Und was?«, fragte Christian ungeduldig. Müllers Art, Informationen in die Länge zu ziehen, ging ihm gehörig auf die Nerven.

Der zog gelassen seine Uniform gerade, strich einen unsichtbaren Fussel von seinem Ärmel. »Es war ein wenig verworren.« Er ging zum Schreibtisch, nahm einen Zettel zur Hand. »Sie hat sich die Alleinreisenden angesehen. Kein Treffer. Trotzdem habe sie den Männern eine Nachricht hinterlassen. Sie sagte, sie warte im Restaurant von Hoffmanns Hotel Falk mit einem signierten Buch von Leopold von Löwitz auf sie. Punkt drei Uhr.« Der Gendarm schüttelte noch einmal den Kopf. »Frauenzimmer. Wirste nicht draus schlau.«

Christians Blick ging ruckartig zur Uhr. »Dammich!«, entfuhr es ihm. Es war halb vier. Viktoria war seit einer halben Stunde in dem Restaurant. Und vielleicht war der Entführer bei ihr. Er sprang auf. »Warum haben Sie das nicht gleich gesagt?«

Der Gendarm zuckte mit den Schultern. »Sie haben nicht gefragt. Sie wollten nur wissen, ob Rass sich gemeldet hat.«

Christian fluchte noch einmal, griff sich seinen Hut und eilte hinaus. Er musste zu diesem Restaurant.

21

Lügengebilde

Viktoria starrte den glatzköpfigen Mann an, der sich – ohne ihre Einladung abzuwarten – an ihren Tisch setzte.

»Sie wollten mich sprechen.« Er legte seinen sandfarbenen Hut auf den Tisch, dessen Krempe auf der einen Seite in kolonialer Art hochgeschlagen war.

Tscharre – das war der Mann aus der Pension, die sie als Zweites aufgesucht hatte. Viktoria hatte ihn wegen seiner Glatze aussortiert, schließlich hatte Frau von Manteuffel gesagt, der Mann habe graue Haare gehabt. »Sie kennen die Romane von Leopold von Löwitz?«, fragte Viktoria und legte sicherheitshalber eine Hand auf das Buch.

Es war klar, dass er nur des Romans wegen gekommen war. Fast gierig starrte er darauf, während er mit der Hand über seinen Spitzbart strich. »Wer kennt sie nicht? Leopold von Löwitz sollte für jedermann im Deutschen Reich ein Begriff sein.« Seine Stimme hatte einen unangenehm blechernen Klang. Herr Tscharre lehnte sich zurück, taxierte Viktoria. »Was wollen Sie von mir? Diese Geschichte, dass ich ein Buch liegen gelassen habe, ist ein Märchen.«

»Und trotzdem sind Sie hier«, gab Viktoria zurück.

»Es ist reine Neugier. Ich wollte sehen, wer dieses Fräulein ist, dass einen allein reisenden Herrn unter einem

Vorwand treffen möchte.« Er lächelte, befeuchtete mit spitzer Zunge seine Lippen. Seine Augen musterten sie, schienen jede Einzelheit ihres Körpers zu erfassen. Viktorias Nackenhaare stellten sich auf, und sie rückte mit ihrem Stuhl ein Stück vom Tisch ab. Vielleicht war es ein Fehler gewesen, sich mit dem Herrn zu verabreden, selbst wenn die Öffentlichkeit des Restaurants einen gewissen Schutz bot. Trotzdem beschloss sie, aufs Ganze zu gehen. Entweder der Mann war derjenige, der vor dem Haus der Familie von Manteuffel gestanden hatte, oder er war es nicht. Im letzten Fall würde sie das Ganze hier beenden und das Restaurant verlassen. »Wie es scheint, haben Sie eine Bekannte von mir in Kiel aufgesucht. Frau von Manteuffel.«

Tscharres Augenlider flackerten einen Moment überrascht. »In Kiel?« Er schüttelte den Kopf. »Ich bin nie in dieser Stadt gewesen. Meine Arbeit als Oberpostsekretär lässt mir leider zu wenig freie Zeit, um zu reisen.«

»Dann tut es mir leid, Sie verwechselt zu haben.« Viktoria nahm das Buch und schickte sich an aufzustehen.

»Moment!«, gab Tscharre alarmiert von sich. »Nicht so hastig, mein Fräulein. Sie haben meiner Zimmerwirtin gesagt, dass Sie dieses Buch für mich haben. Nun bestehe ich darauf, es auch zu erhalten.«

»Da ich Sie offensichtlich verwechselt habe, ist es besser, ich verabschiede mich.« Sie zögerte. Sollte der Mann doch der Gesuchte sein? Diese Art, wie er auf das Buch starrte, als sei es ein Schatz. Den Vollbart könnte er abgenommen und nur den Spitzbart stehen lassen haben. Auch die Haare ließen sich abrasieren. Es konnte kein Zufall sein.

Seine nächsten Worte bestätigten ihren Verdacht hinsichtlich des Buches. »Ich bin sehr interessiert an der persönlichen Widmung des Autors. Ich zahle Ihnen eine hohe Summe.« Tscharre brach ab, schien nachzudenken. »Es ist auch durchaus möglich, dass ich schon einmal in Kiel war.«

»Als Sie Frau von Manteuffel und deren Tochter verfolgt haben.«

Tscharre ging nicht darauf ein. »Welche Summe hatten Sie sich vorgestellt?«

»Ich gebe Ihnen das Buch, wenn Sie mir sagen, was Sie von Frau von Manteuffel wollten.«

Tscharre kämpfte mit sich, das konnte Viktoria deutlich sehen. Sie sah ihn fest an. »Sagen Sie mir, was Sie wissen. Wo ist Fräulein Ilse?«

Sein Gesichtsausdruck ließ nicht erkennen, ob er überrascht war. Sein fast schon lüsterner Blick lag allein auf dem Buch.

Viktoria war es leid. Sie stand auf. »Entweder Sie sagen mir jetzt, was ich wissen will, oder ich gehe.«

»Warten Sie!« Tscharre hatte sich ebenfalls erhoben. Viktoria erwartete, dass er nun endlich zugab, Frau von Manteuffel verfolgt zu haben. Er lächelte sie an. Dann versetzte er ihr aus dem Nichts einen Schlag. Sie trat nach hinten, stolperte über ihren Stuhl, stürzte. Tscharre lief um den Tisch, entriss ihr das Buch, das sie noch immer in den Händen gehalten hatte. Und verschwand durch die Tür.

22

Wippende Fasanenfedern

Christian lief die Knyphausenstraße hinunter, bog in die Bismarckstraße ab, rannte in das Restaurant von Hoffmanns Hotel Falk. Und konnte nicht fassen, was er sah. Viktoria lag auf dem Boden, offensichtlich war sie gestürzt. Der Kellner half ihr gerade auf. »Was ist passiert?«, fragte Christian.

Viktorias Schläfe blutete. Mit zitternden Händen hob sie ihre Handtasche vom Boden auf, entnahm ihr ein Taschentuch, das sie auf die Wunde drückte.

»Geht es, gnädiges Fräulein?«, fragte der Kellner. »Sollen wir die Polizei rufen?«

»Die ist bereits hier«, sagte Christian ungeduldig.

Viktoria setzte ein Lächeln auf. »Vielen Dank.«

Der Kellner nickte, doch seine Miene blieb besorgt. Die Familie am anderen Ende des Raumes schaute ebenfalls neugierig herüber. Christian griff nach Viktorias Arm, stützte sie. »Willst du dich setzen?«

Sie schüttelte den Kopf, verzog aber das Gesicht, als hätte sie Schmerzen. »Nein«, sagte sie, »lass uns an die frische Luft gehen.«

Draußen ließ sich Viktoria beim Kaiser-Wilhelm-Denkmal auf eine Bank sinken. Ihr Gesicht war aschfahl.

»Ich bringe dich zu Medizinalrat Mertens.«

»Nein, es geht gleich wieder«, entgegnete Viktoria. Sie tupfte mit dem Taschentuch an ihrer Schläfe. Die Wunde blutete kaum noch. »Alles halb so schlimm«, sagte sie.

»Was ist passiert?«, fragte Christian.

Viktoria berichtete, wie sie nach dem allein reisenden Herrn gesucht hatte und dass ein Mann sie im Restaurant angesprochen und ihr das Buch entrissen hatte. »Der Mann hat sich als ein Herr Tscharre vorgestellt.« Sie suchte in ihrer Handtasche nach etwas, holte schließlich ein Blatt Papier heraus. »Das ist meine Liste. Herr Tscharre wohnt in der Villa Nordsee, gleich hier gegenüber. Er hat zwar so getan, als kenne er Frau von Manteuffel nicht, und die Personenbeschreibung, die ich von ihr bekommen habe, passt auch nicht, aber ich bin mir sicher, er ist der Mann, von dem sie gesprochen hat. Nur dass er jetzt eine Glatze hat und einen Spitzbart anstelle eines Vollbarts.«

Christian schüttelte den Kopf. »Du hättest dich nicht allein mit ihm verabreden dürfen. Warum hast du nicht auf mich gewartet?«

Viktorias Miene machte deutlich, dass sie nicht bereit war, ihren Fehler einzugestehen. Aber Christian war es egal. »Du hast dich in Gefahr gebracht! Du tust immer, was du willst, Viktoria, ohne Rücksicht auf Verluste. Aber so geht das nicht. Ich bin verantwortlich für diese Ermittlung, und wenn dir etwas passiert, ist es meine Schuld.«

»Ich kann gut auf mich selbst aufpassen!«, gab sie zurück.

»Das sieht man. Du sitzt hier käseweiß und blutest an der Schläfe. Es hätte Gott weiß was passieren können.«

»Ich habe in einem Restaurant mit Gästen gesessen. Sicherer kann man nicht sein. Der Mann hat mich gestoßen, als er mir das Buch entrissen hat, und ich bin über meinen Stuhl gestolpert.«

»Viktoria, Fräulein Ilse wurde am helllichten Tag, vielleicht auf offener Straße entführt. Wer auch immer hinter der Tat steckt, er ist nicht zimperlich und lässt sich durch Öffentlichkeit nicht abschrecken. Du hast dich unnötig in Gefahr gebracht. Ab jetzt tust du, was ich dir sage!«

Ihre Gesichtsfarbe wechselte von Weiß zu Rot. »Du kannst mir nichts befehlen. Ich bin weder deine Untergebene noch deine Frau.« Sie sah ihn finster an. »Weißt du was, Christian? Ich glaube, du willst mich nur heiraten, damit du mich kontrollieren kannst.«

Ihr Satz traf ihn wie ein Messer ins Herz. Er sprang von der Bank auf. »Wenn du das glaubst, dann frage ich mich, warum du nach Norderney gekommen bist. Sag doch endlich, dass du mich nicht heiraten willst!«

Viktoria stand ebenfalls auf. »Wenn du mich nicht ständig so drängen würdest, hätte ich mich vielleicht schon entschieden.«

»Ach, jetzt bin ich schuld? Ich habe mich weiß Gott lange genug zurückgehalten, dir wochen- und monatelang Zeit gegeben. Jetzt ist es genug. Ich will eine Antwort!«

»Du erwartest von mir, dass ich mein bisheriges Leben aufgebe. Alles, was ich mir erkämpft habe, meine Schülerinnen, meine Freundinnen, meinen Beruf …«

»Es ist nur eine einfache Frage: Willst du mich heiraten, oder willst du es nicht?« Sein Herz schlug ihm bis zum Hals. Er war es leid. Sollte sie doch endlich sagen, dass sie ihn nicht wollte. Dann könnte er mit ihr abschließen, ein für alle Mal.

Doch bevor Viktoria antworten konnte, trat eine Frau mit einem Hut voller Fasanenfedern zwischen sie. Viktorias Tante Rosamunde. »Kind, da bist du ja endlich! Ich habe dich überall gesucht.« Sie bemerkte die blutende Schläfe. »Du bist verletzt!«

»Es ist nichts«, sagte Viktoria. Ihrem Gesicht war anzusehen, wie sehr sie sich über die Einmischung ihrer Tante ärgerte.

»Du siehst aus, als hätte dich jemand geschlagen.« Frau Jenischs vorwurfsvoller Blick ging zu Christian.

»Ich bin gestürzt. Christian hat mir aufgeholfen«, sagte Viktoria ungehalten.

»Ach so?« Tante Rosamunde hob skeptisch die Augenbrauen. Dann schüttelte sie den Kopf. »Ich bringe dich zu Sanitätsrat Thalmann. Er hat seine Praxis in der Luisenstraße. Er muss dich sofort verarzten.«

»Es ist doch nur eine Schramme.«

»Unsinn. Das Gesicht einer Frau ist ihr Kapital. Ich dulde keine Widerrede.« Sie hakte Viktoria bei sich unter, sah Christian an. »Guten Tag, Herr Kriminalassistent!« Und schon zog sie Viktoria mit sich fort.

23

Hausdrachen

Wie betäubt sah Christian Viktoria hinterher. Als ihn ein Herr versehentlich anrempelte und sich mit einem freundlichen Lächeln entschuldigte, nahm er dies kaum wahr. Viktoria hatte sich wieder nicht entschieden! Was hätte sie gesagt, wenn ihre Tante nicht aufgetaucht wäre? Es hatte geklungen, als ob sie ihm eine Absage erteilen wollte. Oder hatte nur der Trotz aus ihr gesprochen, weil er ihr Vorhaltungen gemacht hatte? Christian verscheuchte die Fragen. Er würde sie hier und jetzt nicht lösen können, und auf ihn wartete Arbeit. Er wandte sich ab und ging in Richtung Bismarckstraße.

Die Villa Nordsee, in der der ominöse Herr Tscharre untergekommen war, lag nur wenige Schritte entfernt. Es war ein zweistöckiges Haus mit einer Veranda als Vorbau. Die Bezeichnung »Villa« mutete etwas übertrieben an, das Haus war nicht groß, aber es schien sehr gepflegt. Im Blumenbeet vor dem Haus war kein Unkraut zu sehen, ein schmaler Weg, der hinter das Haus führte, war in geraden Strichen geharkt, die Fenster glänzten frisch geputzt.

Christian betrat den Empfangsraum. In einem Raum linker Hand hantierte jemand mit Geschirr. Die Tür war halb geöffnet, und Christian trat ein. Eine ältere Dame in einem eng geknöpften schwarzen Kleid und einer Arbeitsschürze räumte Töpfe in einen Schrank an der Wand. Der Raum war offenbar das Esszimmer für die Gäste und wurde fast vollständig von einer langen Tafel in der Mitte eingenommen. Sie wandte sich um. »Wir sind ausgebucht«, sagte sie, bevor Christian auch nur dazu kam, den Mund aufzumachen.

»Ich bin auf der Suche nach einem Ihrer Gäste. Herrn Tscharre.«

Sie machte die Schranktür zu, schloss sie ab und steckte den Schlüssel in ihre Schürzentasche. »Herr Tscharre ist aushäusig.« Ihre spitze Nase ging ein wenig in die Höhe. »Und ich weiß nicht, wann er zurückkommt.«

Christian zog seine Dienstmarke aus der Hosentasche. In der letzten Zeit hatte er sie kaum noch vorzeigen müssen, denn auf Norderney hatte sich die Neuigkeit über seine Einstellung schnell verbreitetet. Fast alle Insulaner kannten ihn. Aber offenbar nicht alle. »Ich bin Kriminalassistent Hinrichs. Ich muss Herrn Tscharre in einer dringenden Angelegenheit sprechen.«

»Mooooment«, sagte sie. Die Pensionswirtin ließ ihn stehen, ging in den Empfangsraum. Mit einem Zwicker auf der Nase kam sie zurück. »Wenn ich Ihre Marke noch einmal sehen dürfte.«

Christian unterdrückte ein genervtes Seufzen. Er hatte keine Zeit für so etwas. Tscharre war vor etwa einer Viertelstunde aus dem Restaurant verschwunden. Sollte er der Täter sein, wäre er gewarnt. Vielleicht ging er gerade zu dem Ort, an dem er Fräulein Ilse versteckte. Und wer weiß, was er ihr dann antat.

Die Pensionswirtin betrachtete seine Marke ausführlich, wendete sie hin und her. »In der heutigen Zeit muss man sehr vorsichtig sein. Ich bin alleinstehend, da kann ich nicht einfach jeden hereinlassen. Mein Name ist Dippell. Ich führe diese Pension und achte sehr darauf, dass meine Gäste von tadellosem Ruf sind.«

Dass sie das tat, davon war Christian überzeugt. Die Dame würde sicherlich niemanden in ihr Haus lassen, der ihr auch nur im Mindesten suspekt erschien. Aber selbst eine gestrenge Zimmerwirtin war nicht unfehlbar. »Frau Dippel …«, setzte Christian an.

»Fräulein, wenn es recht ist.«

»Fräulein Dippel, wissen Sie, wo Herr Tscharre sich zurzeit aufhält?«

»Die Gäste pflegen sich nicht abzumelden.«

Es gab so viele Pensionswirtinnen auf Norderney, und Tscharre musste ausgerechnet bei diesem Drachen unterkommen. Immerhin war Christian sicher, dass die Dame einen Blick auf all ihre Gäste hatte. »Was macht er denn üblicherweise um diese Zeit?«

»Mittagsruhe.«

»Die hält er aber nicht, sonst wäre er ja hier«, sagte er ungeduldig. »Also, was macht er sonst so?«

Sie runzelte die Stirn, betrachtete ihn durch ihren Zwicker. »Er interessiert sich für Vögel, warum auch immer. Er geht extra ins Watt, um sie zu beobachten, dabei fliegen die doch den ganzen Tag hier herum.«

Ob der Mann tatsächlich ein Vogelfreund war oder die Zeit nutzte, um die Insel nach einem Versteck für eine entführte junge Frau abzusuchen, müsste sich erst noch zeigen. »Ich möchte das Zimmer des Herrn sehen.«

Die Pensionswirtin runzelte die Stirn. »Sind Sie dazu berechtigt? Sie tragen ja noch nicht einmal eine Uniform, junger Mann. Wieso ist Gendarm Müller nicht bei Ihnen?«

»Gendarm Müller hat andere Aufgaben zu erledigen. Ich möchte das Zimmer von Herrn Tscharre sehen. Jetzt!«

Fräulein Dippell nahm ihren Zwicker ab, ließ ihn in die Brusttasche gleiten. »Also gut. Obwohl mir wohler wäre, wenn unser Gendarm dabei wäre. Der ist wenigstens ein *richtiger* Polizist.« Sie schritt an ihm vorbei in den Empfangsraum. »Herr Tscharre wohnt oben. Wenn Sie mir folgen möchten.«

Die Stufen knarrten, als Fräulein Dippell hinaufstieg. Im ersten Stock befanden sich vier Zimmer. Sie deutete auf die Tür rechts. »Hier ist es.« Sie nahm einen Schlüssel aus der Tasche ihrer Kittelschürze und öffnete den Raum, wollte eintreten. Doch Christian hielt sie auf. Das fehlte noch, dass das Fräulein ihm folgte. »Wenn Sie draußen warten würden. Das ist eine polizeiliche Ermittlung.« Er zog den Schlüssel aus der Tür, trat an ihr vorbei.

Die Pensionswirtin atmete überrascht ein. »Ich muss doch sehr bitten. Das ist mein Haus.«

»Und meine Ermittlung.« Damit schloss er die Tür hinter sich.

24

Bemerkenswerte Langeweile

Im Zimmer war es dunkel und stickig. Christian schob die Gardine beiseite, und grelles Sonnenlicht fiel herein. Er sah sich um. Viel gab es nicht zu sehen: links von der Tür ein schmales, cremefarben gestrichenes Holzbett. Obendrauf ein mit einer ordentlichen Knickfalte versehenes Paradekissen. Daneben ein Nachtschränkchen mit einer Lampe. Erst vor Kurzem war der gesamte Ort an das Stromnetz des Festlandes angeschlossen worden. Selbst in Christians Zimmer bei der Witwe Paulsen gab es inzwischen elektrisches Licht, was gegenüber den bisher genutzten Petroleumlampen eine große Verbesserung war. Christian freute sich noch immer jeden Tag darüber, einfach einen Schalter drehen zu können, und das ganze Zimmer war hell.

Er ging zu dem Kleiderschrank, öffnete ihn. Darin hing ein dunkler Ausgehanzug und ein weißes Hemd. Im Fach daneben fand Christian zwei Wechselkragen, eine Garnitur Unterwäsche, drei Paar Socken.

Er schloss die Tür wieder. Oben auf dem Schrank lag ein Koffer, den Christian herunternahm. Er war leicht und fühlte sich nicht an, als ob darin etwas versteckt wäre. Christian öffnete die Verschlüsse, klappte ihn auf. Leer. Es wäre auch zu schön gewesen.

Dann nahm er sich das Nachtschränkchen vor. In der Schublade lag nur die obligatorische Bibel wie in jeder Pension. Christian nahm sie in die Hand, blätterte sie durch. Nichts. Auch in dem großen Fach darunter befand sich außer einer weiteren Bibel im Großformat nichts. Christian schloss den Nachtschrank, sah sich um. Wo würde er etwas verstecken, wenn er hier wohnen würde? Viele Möglichkeiten gab es nicht, denn der Raum war klein. Er überprüfte, ob sich eine der Dielen lockern ließ. Aber die saßen fest. Es hätte Christian auch gewundert bei dieser Vermieterin. Vermutlich kontrollierte sie jeden Tag, ob die Zimmer noch im ordnungsgemäßen Zustand waren. Wer auch immer dieser Herr Tscharre war, er war von bemerkenswerter Langeweile. Es gab nichts, was ungewöhnlich war. Das hieß – eine Sache war seltsam: die zweite Bibel.

Er öffnete erneut die Tür des Nachtschränkchens, nahm die Bibel heraus, schlug sie auf. Treffer!

Von unten drangen Stimmen herauf. Die Pensionswirtin sprach mit jemandem. Kurz darauf hörte Christian eilige Schritte auf der Treppe, und im nächsten Moment wurde die Tür aufgestoßen. Ein glatzköpfiger Mann stand in der Tür. »Was machen Sie hier?« Sein Blick fiel auf die Bibel, und er zuckte zusammen.

Christian erhob sich. »Sie sind Herr Tscharre, nehme ich an. Ich bin Kriminalassistent Hinrichs. Und ich denke, wir sollten uns unterhalten.«

25

Narben

Sanitätsrat Thalmann gab mit einem Tupfer Jod auf Viktorias Schläfe. Es brannte höllisch, aber sie versuchte, keinen Laut von sich zu geben. Allein schon wegen Tante Rosamunde, die neben ihr saß und deren Gesichtsausdruck ein einziger Vorwurf war.

»Ich sage es ja immer: Einmal ein Arbeiter, immer ein Arbeiter. Seine Kleidung mag er ändern, aber das liederliche Verhalten steckt tief in ihm.«

Viktoria verdrehte die Augen. »Wie oft soll ich noch sagen, dass es nicht Christians Schuld war. Ich bin im Restaurant über einen Stuhl gestürzt.« Weder dem Sanitätsrat noch ihrer Tante hatte Viktoria von Tscharre erzählt. Das fehlte noch, dass Tante Rosamunde mitbekam, dass Viktoria einen Entführer suchte. Sie würde keinen Schritt mehr allein gehen können.

Tante Rosamunde saß auf dem breiten Eichenstuhl beim Schreibtisch des Arztes. Sie hatte die Hände gefaltet wie zum Gebet. »Man stolpert nicht einfach über Stühle«, warf sie ungehalten ein. »Tatsache ist, du bist verletzt. Dieser Mann ist kein Umgang für dich, Viktoria. Ich hab doch gesehen, wie wütend er dich angeschaut hat. Wer weiß, was passiert wäre, wenn ich nicht dazu gekommen wäre.«

»Nichts wäre geschehen. Wir haben uns unterhalten.«

Ihre Tante lachte höhnisch. »Du bist im Gesicht verletzt, wirst vielleicht für immer entstellt.«

»Das gibt keine Narbe«, sagte Sanitätsrat Thalmann mit seiner warmen, ruhigen Stimme. »Die Wunde ist nur oberflächlich. Ein paar Tage, und nichts ist mehr zu sehen.« Er warf den Tupfer in eine Schale, ging zu seinem Schreibtisch.

Viktoria stand auf. »Vielen Dank, Herr Sanitätsrat.«

»Legen Sie sich am besten etwas hin. Es war vielleicht etwas viel Aufregung für eine junge Frau.« Er lächelte väterlich.

»Ich bringe dich nach Hause.« Tante Rosamunde griff nach Viktorias Arm, als sei sie eine Invalidin.

»Mir geht es gut. Ich brauche keine Ruhe.«

Der Arzt blickte auf. »Hören Sie auf Ihre Tante. Außerdem möchten Sie so doch sicherlich nicht unter die Leute.«

»Meine Rede«, warf Tante Rosamunde ein. »Wenn dich jemand sieht, heißt es nachher noch, du seist ungeschickt. Dann wird es noch schwerer, für dich einen Mann zu finden.«

Viktoria hatte genug. Von dem väterlichen Blick des Sanitätsrats, von den Worten ihrer Tante. Sie würde nicht ins Hotelzimmer gehen, um Däumchen zu drehen. Sie war überzeugt, dass Tscharre derjenige war, der Ilse und ihre Mutter verfolgt hatte.

»Haben Sie nochmals vielen Dank für Ihre Hilfe. Lassen Sie die Rechnung bitte in Schuchardts Hotel zu meinen Händen schicken«, sagte sie zu dem Sanitätsrat. Sie wandte sich zur Tür und ging hinaus, ohne auf ihre Tante zu warten. Draußen spannte sie ihren Sonnenschirm auf.

Tante Rosamunde eilte hinter ihr her. »Das war sehr unhöflich von dir«, sagte sie, als sie sie erreicht hatte. »Du hättest warten können, bis ich mich von dem Herrn Sanitätsrat verabschiedet habe.«

»Ich habe es eilig. Wir haben schon genug Zeit in dieser Praxis verschwendet.«

»Wir gehen jetzt zurück ins Hotel.«

Ihre Tante versuchte, Viktorias Arm zu greifen, aber die zog ihn weg. »Das kannst du gerne machen. Ich bin anderweitig beschäftigt.«

»Wohin willst du?«

»Zur Polizeiwache. Da gibt es etwas, was ich klären muss.«

Ihre Tante schüttelte den Kopf. »Du bist nicht ganz bei Trost. Dieser Mann hat dich verletzt.«

»Dieser Mann hat einen Namen, wie du sehr genau weißt.«

Viktoria spürte, wie sich ihre Hand um den Griff ihres Sonnenschirms verkrampfte. Ihre Schläfe brannte, ihr war heiß, und es reichte ihr, dass ihr ständig jemand sagen wollte, was sie zu tun oder zu lassen hatte. »Danke für deine Hilfe, Tante Rosamunde. Aber ich brauche sie nicht.«

Damit drehte sie sich um und ging in großen Schritten davon. Fast befürchtete sie, dass ihre Tante hinterherkommen würde. Viktoria ging um die Ecke und blieb stehen. Tränen der Wut standen in ihren Augen. Warum konnten die Leute sie nicht einfach in Ruhe lassen? Tante Rosamunde mit ihren plumpen Versuchen, sie zu verkuppeln. Christian mit seiner unausgesprochenen Erwartung, dass sie ihren Beruf für ihn aufgeben solle. Warum konnte nicht alles wieder so einfach sein wie vor zwei Jahren, als sie ihre Ausbildung zur Lehrerin abgeschlossen hatte? Damals hatte sie das Gefühl gehabt, die Welt stünde ihr offen. Und jetzt gab es überall nur Grenzen.

Ein Ehepaar kam den Weg entlang, die Frau sah Viktoria an. Zögerte, blieb stehen. »Ist Ihnen nicht wohl?«

Viktoria sah auf. »Mir geht es gut«, sagte sie und rang sich ein Lächeln ab. »Danke der Nachfrage.«

Die Frau nickte, hakte sich wieder bei ihrem Mann ein. Als sie weitergingen, sah die Frau sich noch einmal um. Viktoria holte tief Luft. Sie wollte einfach nur ein paar Minuten Ruhe haben. Ihr Blick fiel auf das Geschäft auf der gegenüberliegenden Straßenseite. Louis Raabsilber. Norderneys erstes Schokoladengeschäft.

Als Viktoria eintrat, hob ein junges Mädchen hinter der Theke den Kopf und fragte nach ihren Wünschen. Viktoria ließ sich einige Schokoladen präsentieren und entschied sich schließlich für eine mit einem Hauch von Pfefferminz. Die probierte sie, kaum dass sie das Geschäft verlassen hatte. Die Schokolade schmolz auf ihrer Zunge. Tatsächlich fühlte sie sich ein kleines bisschen besser. Was auch daran lag, dass sie jetzt wusste, was sie als Nächstes tun wollte.

26

Plauderei

Christian führte Tscharre mit fester Hand in Richtung Wache. Der machte keinerlei Anstalten zu fliehen, sondern versuchte, nur so wenig Aufsehen wie möglich in der belebten Straße zu erregen. Was nur mäßig funktionierte, denn natürlich drehten sich die Urlauber um, wenn zwei Männer so nah nebeneinander gingen.

Gendarm Müller räumte gerade seinen Henkelmann in seine Ledertasche, als Christian mit Tscharre hereinkam. Er schloss seine Tasche. »Feierabend!«

»Das wird warten müssen. Ich brauche Sie hier.«

Müller sah zur Uhr an der Wand. »Es ist gleich halb fünf.«

Christian ging nicht darauf ein. Müller wusste genau, dass ein Mädchen verschwunden war. Er konnte doch nicht ernsthaft erwarten, pünktlich Feierabend zu machen. »Gehen Sie zur Villa Fresena und holen Sie den Hausangestellten Johann Specht her. Ich benötige ihn für eine Gegenüberstellung.«

Der Gendarm stellte demonstrativ seine Tasche zurück auf den Boden. »Zu Befehl«, murrte er mit zusammengekniffenen Augen.

Christian zog den Stuhl des Gendarmen heran, stellte

ihn neben seinen Schreibtisch und deutete darauf. »Setzen Sie sich, Herr Tscharre.«

Christian ließ sich auf seinen Stuhl fallen, öffnete eine Schreibtischschublade und zog ein Formular daraus hervor. Er nahm einen Bleistift zur Hand und sah zu Tscharre. »Ihr vollständiger Name?«

»Sigismund Tscharre.«

Christian notierte den Namen.

»Wohnhaft?«

»Lübeck.«

»Beruf?«

Ein Zögern. »Oberpostsekretär.«

»Wie gut kennen Sie die Familie von Manteuffel?« Christian sah auf.

»Nun, Admiral von Manteuffel ist bekannt. Er hat mit Tirpitz unsere ruhmreiche Flotte aufgebaut.«

Tscharre hatte offenbar seine Contenance wiedergefunden. Er schlug die Beine übereinander, als wäre er hier, um mit Christian zu plaudern. »Admiral von Manteuffel hat sich dafür eingesetzt, dass große Schlachtschiffe gebaut werden. Er ist ein glänzender Stratege, wenn man den Zeitungen glauben darf. Sollte es zum Krieg kommen, wird die Flotte uns den Sieg bringen.«

Christian klopfte ungeduldig mit dem Bleistift auf das Formular. »Es geht hier nicht um die strategischen Qualitäten des Admirals. Sondern darum, dass Sie vor einigen Wochen Frau von Manteuffel in Kiel aufgesucht haben.«

»Warum sollte ich? Dazu habe ich keine Veranlassung. Ich kenne diese Dame überhaupt nicht.«

Christian legte die Bibel auf den Tisch, die er in der Pension gefunden hatte. Er klappte sie auf. In dem Buch befand sich ein Geheimversteck. Darin: eine Perücke mit weißen Haaren. Christian nahm sie heraus, strich sie glatt. »Wofür haben Sie die Perücke gebraucht?«

»Ich sehe sie zum ersten Mal.«

»Die Bibel lag in Ihrem Zimmer.«

»Die kann jeder dahin gelegt haben. Vielleicht hat der vorherige Gast sie vergessen.«

Das könnte natürlich sein, aber Christian glaubte nicht daran. »Was denken Sie, wird Ihre Pensionswirtin sagen, wenn ich sie danach frage?«

»Fräulein Dippell ist nicht mehr die Jüngste. Vermutlich liegt die Bibel schon seit Jahren dort, und sie hat sie nie bemerkt.«

»Ich glaube, Sie haben diese Perücke benutzt, als Sie in Kiel vor dem Haus von Frau von Manteuffel standen.«

Tscharre zupfte an seinem Hosenbein, tat unbeteiligt. Aber Christian hatte dennoch das angstvolle Flackern in seinen Augen bemerkt. »Es wäre besser, Sie würden gestehen. Der Gendarm holt den Diener von Frau von Manteuffel. Ich bin sicher, er wird Sie wiedererkennen.«

»Ich weiß nicht, wovon Sie reden.« Tscharre zuckte die Schultern.

Christian atmete tief ein. Er hatte in der Nacht kaum geschlafen, war den ganzen Tag durch den Ort gelaufen, hatte sich mit Viktoria gestritten, und jetzt sollte er sich diese Lügengeschichten anhören? »Wo ist Fräulein Ilse?«, herrschte er Tscharre an.

Der zuckte zusammen. »Das weiß ich nicht«, sagte er erschrocken. »Ich kenne das junge Fräulein ja gar nicht.«

Seine Antwort ließ Christian innerlich triumphieren. »Wenn Sie Fräulein Ilse nicht kennen, woher wollen Sie dann wissen, dass sie jung ist? Sie könnte die unverheiratete Schwester von Frau von Manteuffel sein.«

Tscharre starrte ihn überrascht an, doch er hatte sich rasch wieder gefangen. »Das war bloß eine Vermutung. Vielleicht habe ich irgendwo gelesen, dass der Admiral eine Tochter hat, die Ilse heißt. Es steht ja so viel in den Blättern. Ja, genauso muss es gewesen sei.«

So kamen sie nicht weiter. Christian musste eine andere Taktik versuchen. »Seit wann sind Sie auf der Insel?«

»Seit zwei Wochen.«

Christian hatte sein Notizheft aus der Schreibtischschublade genommen, blätterte darin. »Wann genau sind Sie angereist?«

»Am 11. Juli 1914.«

Das war nur einen Tag nach dem Ankunftstag des Admirals und seiner Familie. Das konnte ein Zufall sein, musste es aber nicht. »Wie lange haben Sie vor zu bleiben?«

»Ich weiß es noch nicht genau. Vielleicht noch ein, zwei Wochen.«

Christian notierte die Information und sah auf. »Sagten Sie nicht, Sie arbeiten als Oberpostsekretär? Wie können Sie sich da eine wochenlange Sommerfrische erlauben?«

Es war dem Mann deutlich anzusehen, dass ihm die Frage nicht schmeckte. »Ich lasse meine Tätigkeit zurzeit ruhen.«

Christian machte sich eine Notiz. Er würde telefonisch bei der Post in Lübeck nachfragen. Irgendetwas stimmte da nicht, das sagte ihm Tscharres unsteter Blick.

»Waren Sie früher schon einmal auf Norderney?«

Tscharre schüttelte den Kopf. »Es ist mein erster Aufenthalt.«

»Warum haben Sie sich gerade für Norderney entschieden?«

»Die Insel hat den Ruf eines mondänen Seebades. Ich war neugierig.«

Christian registrierte, dass Tscharres Bein nervös auf und ab wippte. Er wollte die nächste Frage stellen, als die Tür aufging. Der Gendarm trat mit missmutigem Blick herein. Ihm folgte der Diener Johann Specht.

Christian stand auf. »Vielen Dank, dass Sie Zeit gefunden haben, Herr Specht. Ich möchte Frau von Manteuffel ersparen, den Mann zu identifizieren. Ist dies der Herr, der in Kiel vor dem Haus der von Manteuffels gestanden hat?« Er öffnete die Klappentür des Tresens. »Treten Sie ruhig näher, um ihn sich anzusehen.«

Der Diener trat vor, schüttelte aber schnell den Kopf. »Nein, das kann nicht sein. Der Herr vor der Villa in Kiel hatte graue, struppige Haare.«

Christian drehte sich um, ging zu seinem Schreibtisch, reichte Tscharre die Perücke. »Setzen Sie die bitte auf.«

»Wie bitte?« Tscharre verschränkte die Arme und schüttelte den Kopf. »Ich weigere mich!«

»Entweder, Sie setzen die Perücke auf, oder ich sperre Sie so lange in die Zelle, bis Sie es tun.«

Tscharre zögerte, nahm dann aber doch die Perücke und zog sie auf den Kopf.

Johann trat näher. Er kniff die Augen zusammen. Dann nickte er. »Ja, das ist der Herr.«

27

Sachlich und klar

Von der Strandstraße war es nicht weit bis zur Knyphausenstraße. Aber je näher Viktoria der Polizeiwache kam, desto langsamer wurde sie. Sie hatte Christian mit ihren Worten verletzt, das war ihr klar. Sie war ausfallend geworden, weil sie nur zu genau wusste, dass er mit seinen Vorwürfen recht hatte. Denn tatsächlich hielt sie ihn hin. Sie sah einfach keine Lösung ihres Problems. Sie wollte nun einmal beides haben: Beruf und Ehe. Aber das würde nicht möglich sein. Eines von beiden musste sie aufgeben, entweder ihre Tätigkeit als Lehrerin oder Christian.

Sie schob den Gedanken weg. Es ging jetzt nicht um sie, sondern nur darum, dass Fräulein Ilse schnell gefunden wurde. Die Zeit lief ihnen davon. Es waren bereits vierundzwanzig Stunden seit ihrer Entführung vergangen. Ihnen blieben nur noch zwei Tage. Sie würde Christian mitteilen, was sie beobachtet hatte, und wieder gehen. Sachlich und klar.

Als sie vor der Tür zur Wache stand, zögerte sie erneut. Schließlich drückte sie die schwere Klinke und trat ein. Im Innern erwartete sie eine Überraschung, denn hinter dem Tresen, bei den Schreibtischen der Polizisten, stand der Diener Johann Specht. Vor ihm, auf einem der Besucherstühle, saß ein Mann, der Viktoria vertraut vorkam. Doch erst als sie genauer hinsah, erkannte sie ihn: Tscharre. Mit der grauen Perücke – denn um eine solche musste es sich handeln – sah er wie verwandelt aus.

Christian bemerkte sie, wandte sich jedoch gleich wieder Tscharre zu. »Geben Sie zu, Frau von Manteuffel verfolgt zu haben!«, rief er.

Der schüttelte den Kopf. »Dieser Mann muss mich verwechseln. Warum sollte ich einer wildfremden Person hinterherspionieren?« Tscharre zog sich die Perücke vom Kopf.

Christians Geduld war offensichtlich am Ende. Er schlug mit der flachen Hand auf den Tisch. »Jetzt ist es genug mit Ihren Lügen! Wo ist Ilse von Manteuffel?«

Tscharre legte die Perücke auf den Tisch. »Ich kenne das Fräulein nicht.«

Gendarm Müller, der im Hintergrund gestanden hatte, ging zu seinem Schreibtisch, nahm seine Ledertasche in die Hand. »Ich mach dann jetzt mal Feierabend.«

Christian drehte sich zu ihm um. »Eine junge Frau wird vermisst, da gibt es keinen Feierabend!« Seine Wangen waren vor Wut gerötet. »Sie holen den Badekommissar her. Sofort!«

Der Gendarm stellte seine Ledertasche ab. »Zu Befehl!«, stieß er hervor.

Viktoria war an den Tresen getreten und beugte sich jetzt vor. »Ich muss dringend mit dir sprechen, Christian«, sagte sie halblaut.

Er wandte nicht mal den Kopf. »Jetzt nicht!«

Die Tür draußen schlug laut zu, als der Gendarm die Wache verließ. Unwillkürlich sah Christian zu der Tür. Viktoria fing seinen Blick auf. »Frag Herrn Tscharre nach seinem Heft.«

Christian sah sie verblüfft an. »Was meinst du?«

»Ich habe gesehen, dass er im Restaurant ausführlich in einem Heft geschrieben hat. Vielleicht steht da etwas drin, was uns weiterhilft.«

Christian wandte sich zu Tscharre um. »Sie haben gehört, was Fräulein Berg gesagt hat. Geben Sie mir das Heft.«

Tscharre schien mit sich zu ringen, wie er reagieren sollte, dann entschied er sich offenbar für den Weg des geringsten Widerstands. Er zog ein kleines Notizheft aus der Innentasche seines Jacketts und reichte es Christian. Der nahm es, blätterte es durch.

Viktoria hatte die Szene gebannt verfolgt. Am liebsten wäre sie hinter den Tresen getreten, um Christian über die Schulter zu sehen.

Der runzelte die Stirn. »Herr Specht, können Sie sich erinnern, an welchem Tag Sie diesen Herrn vor dem Haus der Familie von Manteuffel gesehen haben?«

»Am 21. Juni.«

Christian blätterte in dem Heft. »Hier ist für diesen Tag notiert: ›Frieda war mit Hedwig einkaufen.‹«

»Sehen Sie!«, triumphierte Tscharre. »Da steht nichts von einer Frau von Manteuffel oder ihrer Tochter. Ich kenne diese Dame überhaupt nicht.«

Viktoria hielt es nicht länger hinter dem Tresen. Sie klappte die Tresentür auf und trat zu Christian. »Darf ich einmal?« Bevor er etwas sagen konnte, nahm sie ihm das Heft aus der Hand. Die Seiten waren eng beschrieben, die einzelnen Absätze jeweils mit einem Datum als Überschrift versehen. Offenbar dokumentierte Tscharre sehr genau, was er beobachtete. Viktoria überflog die Zeilen. Sie las vor: »›Hedwig hat ein zauberhaftes Spitzenkleid empfohlen, aber Frieda wollte es nicht. Stattdessen hat sie sich für ein hochgeschlossenes entschieden. Sie ist noch zu jung, um zu erkennen, wie sie ihre weiblichen Reize einsetzen kann.‹« Viktoria überlief ein Frösteln. Sie blätterte weiter. »›Ich habe heute die Kontaktaufnahme gewagt. Im Theater habe ich Frieda angesprochen, mich mit ihr unterhalten. Ob sie bemerkt hat, wie grenzenlos meine Liebe zu ihr ist?‹« Mit jedem Eintrag, den sie las, wurde die Gewissheit größer. Sie sah auf. »Das sind die Namen der Figuren aus dem Roman von Leopold von Löwitz: Frieda, das Mädchen, das der Romanheld Bruno liebt. Hedwig, ihre Mutter.« Sie blickte Tscharre an. »Frau von Manteuffel ist Hedwig, Ilse nennen Sie Frieda. Und auch Sie selbst tauchen auf: Bruno. Der junge Mann, in den sich Frieda verliebt und mit dem sie am Ende des zweiten Bandes davonläuft.«

Der Ausdruck in Tscharres Gesicht sagte ihr, dass sie richtiglag.

Christian sah Viktoria überrascht an, nahm ihr das Heft aus der Hand, blätterte es durch. »Sie haben also nicht nur Frau von Manteuffel beobachtet, sondern auch Ilse.«

Tscharre war blass geworden. »Das stimmt nicht!«, rief er aus, seine Stimme überschlug sich.

Christian blätterte zu dem Eintrag vom Samstag, den 25. Juli, dem gestrigen Tag. Er las: »›Frieda läuft allein durch die Straßen. Sie ist so schutzlos, so unbedacht. Sie trägt das neue Kleid und sieht bezaubernd aus. Bruno folgt ihr in geringem Abstand, sie bemerkt ihn nicht. Heute würde er seine Chance nutzen. Heute würde er sie ansprechen und so tun, als habe er sie zufällig in der Sommerfrische wiedergetroffen.‹« Christian sah auf. »Ich frage Sie noch einmal: Wo ist Fräulein Ilse?«

Tscharre schüttelte den Kopf. »Das weiß ich nicht! Bitte, Sie müssen mir glauben. Sie war beim Conversationshaus, und ich habe ihr zugesehen, wie sie bei den Ständen des Bazars war. Aber dann habe ich mich kurz umgewandt, und plötzlich war sie weg. Ich dachte, sie wäre zum Rosengarten gegangen, aber sie war wie vom Erdboden verschwunden.«

»Hören Sie auf mit Ihren Geschichten! Sie sagen mir jetzt auf der Stelle, wo Sie Fräulein Ilse versteckt haben.«

»Ich gebe ja zu, dass ich Kontakt zu Frau von Manteuffel gesucht habe. Aber ich weiß nicht, wo ihre Tochter ist. Ich habe Fräulein Ilse gestern das letzte Mal gesehen.«

Viktoria deutete auf das Heft. »Sie sehen sich selbst als Bruno und Ilse als Frieda. Bruno verliebt sich in Frieda. Ist es so? Haben Sie sich in Ilse verliebt?«

Tscharres Mund verzog sich zu einem gequälten Grinsen. Schweiß klebte an seiner Stirn, seine Wangen waren gerötet. »Sie liebt mich auch, das weiß ich. Ihre Familie wollte sie von mir ferngehalten. Aber sie wollte immer zu mir. Nur zu mir.«

Viktoria schauderte. Dieser Mann hatte sich seine eigene Welt geschaffen. Eine Welt, in der er und Fräulein Ilse ein Paar waren. Wenn er Ilse tatsächlich versteckt hielt, würde er niemals verraten, wo sie war. Sie gehörte ihm.

28

Keine besonderen Vorkommnisse

Die Tür zur Wache schwang auf, der Gendarm trat in den Raum, hielt sie auf, und Herr von Treptow trat ein. Der Spazierstock des Badekommissars knallte auf den Fußboden. »Sie haben jemanden verhaftet?«, fragte er ohne Umschweife.

»Nicht verhaftet, nur zum Verhör geladen«, antwortete Christian.

Herr von Treptow trat hinter den Tresen, den Gendarm Müller ihm dienstbeflissen geöffnet hatte, und blieb vor Tscharre stehen. Der Badekommissar strahlte unbedingte Autorität aus, und in seinen eisgrauen Augen lag jetzt etwas unverhohlen Bedrohliches. »Wo ist meine Nichte?«

Tscharre schüttelte den Kopf. »Ich weiß es doch nicht«, sagte er mit weinerlicher Stimme. »Ich verstehe gar nicht, was Sie mir vorwerfen. Ich bin ein unbescholtener Bürger.« Er räusperte sich, setzte sich aufrecht hin. »Haben Sie für Ihre Verdächtigungen überhaupt Beweise?«

Genau das war der kritische Punkt. Außer diesem Heft, das nahezulegen schien, dass Tscharre jemandem gefolgt war, hatten sie nichts in der Hand. Zu wenig für eine Verhaftung. Tscharre konnte ganz gelassen weiter leugnen. Sie mussten es anders versuchen, und Christian hatte schon eine Idee, wie. Allerdings war er sich nicht sicher, wie der Badekommissar auf seinen Vorschlag reagieren würde. Er erhob sich und wandte sich an den Badekommissar. »Herr von Treptow, wenn ich Sie kurz unter vier Augen sprechen dürfte.«

Der Badekommissar sah aus, als wollte er sich Tscharre am liebsten persönlich vorknöpfen. Doch er nickte.

Christian wandte sich an den Gendarmen. »Müller, Sie sorgen dafür, dass Herr Tscharre sich nicht von Fleck rührt.«

Der Gendarm salutierte. »Selbstverständlich, Herr Kriminalassistent.« Solange Herr von Treptow anwesend war, war Müller das Muster eines folgsamen Gendarmen.

»Ich muss mich nun verabschieden«, meldete Herr Specht sich zu Wort. »Die Herrschaften nehmen in Kürze das Abendessen ein.« Er zögerte. »Darf ich dem Herrn Admiral melden, dass Sie einen Verdächtigen gefasst haben?«

Der Badekommissar schüttelte den Kopf. »Ich komme nachher selbst in die Villa, vielen Dank, Johann.«

»Wie Sie wünschen, Herr Badekommissar.« Er setzte seinen Bowler auf und verließ die Wache.

Christian und der Badekommissar folgten Johann nach draußen. Während sich der Diener mit steifen Schritten auf der Knyphausenstraße Richtung Villa Fresena entfernte, blieben Christian und der Badekommissar vor der Tür stehen. Christian berichtete, was er bislang herausgefunden hatte: Tscharre war von Johann Specht identifiziert worden als der Mann, der Frau von Manteuffel aufgelauert hatte. Ganz offensichtlich hatte er Fräulein Ilse ebenfalls verfolgt, wie Tscharres Notizen nahelegten. »Dennoch leugnet er beharrlich.«

»Dann machen Sie ihm Druck, Hinrichs, zermürben Sie ihn, wir haben nicht mehr viel Zeit«, gab von Treptow ungeduldig zurück.

»Genau das scheint mir das Problem zu sein. Ich fürchte, er wird uns nichts verraten, und wir verschwenden nur unsere Zeit. Ich hätte einen anderen Vorschlag, wie wir herausfinden können, wo Fräulein Ilse ist. Die Sache ist allerdings riskant.«

Der Badekommissar runzelte die Stirn. »Was schwebt Ihnen vor?«

Christian zögerte einen Augenblick, bevor er antwortete: »Wir sollten Tscharre laufen lassen.«

Der Badekommissar riss die Augen auf: »Sind Sie verrückt geworden? Der Mann ist unsere einzige Chance, meine Nichte zu finden. Verhören Sie den Mann, wenn es notwendig ist, die ganze Nacht. Irgendwann wird er reden.«

Christian hob beschwichtigend die Hände. »Wir müssen uns klarmachen, dass Fräulein Ilse in diesem Moment vermutlich allein ist. Wir wissen nicht, in welchem Zustand sie sich befindet. Vielleicht ist sie verletzt, oder sie leidet Hunger und Durst. Wenn wir Tscharre längere Zeit festhalten, könnte das fatale Folgen für sie haben.« Christian holte tief Luft. »Mein Vorschlag wäre folgender: Wir vermitteln Tscharre den Eindruck, dass wir einer anderen Spur folgen und er entlastet ist. Wir lassen ihn gehen. Aber nur zum Schein. Ich bleibe ihm auf den Fersen und behalte ihn im Auge. Ich bin mir sicher, er wird mich zu Fräulein Ilse führen.«

Eduard von Treptow wirkte skeptisch. »Er wird damit rechnen, dass Sie ihm folgen.«

»Deswegen sollten wir ihm den Eindruck vermitteln, dass sich eine andere Spur ergeben hat und wir ihn nicht weiter verdächtigen. Dann wird er vielleicht unvorsichtig und führt uns zu Ihrer Nichte.«

Der Badekommissar stützte sich nachdenklich auf seinen Spazierstock, schwieg einen Moment. »Wenn er uns entwischt, wäre das eine Katastrophe.«

»Ich werde dafür sorgen, dass das nicht passiert.«

Der Badekommissar presste die Lippen aufeinander, blickte einige Zeit die Straße entlang. Christian sagte nichts, er hatte gelernt, dass der Badekommissar vernünftigen Argumenten immer zugänglich war. Sein Vorschlag war ohne Frage ungewöhnlich, aber er glaubte nicht, dass Tscharre von allein reden würde.

»Also gut«, sagte von Treptow schließlich. »Versuchen wir es.«

Christian nickte erleichtert. Er öffnete die Tür und ließ den Badekommissar eintreten. Er wollte ihm gerade folgen, als ein Junge auf ihn zugestürmt kam. Hannes Abben blieb abrupt vor ihm stehen und salutierte.

»Melde mich zurück, Herr Kriminal.«

Den Jungen hätte Christian fast vergessen.

»Melde gehorsamst, der Kapitän hat das Schiff nicht verlassen. Keine besonderen Vorkommnisse.«

Trotz seiner Anspannung musste Christian lächeln. »Gut, Hannes.«

Er holte fünfzig Pfennig aus seiner Hosentasche. »Deine Bezahlung. Wie abgesprochen.«

Hannes nahm das Geldstück entgegen und machte einen Diener. »Vielen Dank, Herr Kriminal.«

»Und nun ab mit dir nach Hause, deine Mutter wartet sicher schon auf dich.«

Hannes salutierte erneut und strahlte. »Zu Befehl.« Dann wandte er sich um und rannte davon.

Christian sah ihm eine Weile nach, dann begab er sich ins Innere der Wache. Der Gendarm stand neben Tscharre. Er hatte die Beine auseinandergestellt und die Arme vor der Brust verschränkt wie ein zu allem entschlossener Torwächter. Die Anwesenheit des Badekommissars brachte Seiten an Kuddel Müller zutage, die Christian bislang nicht gekannt hatte.

Eduard von Treptow baute sich vor Tscharre auf. »Der Diener meiner Schwester hat uns draußen mitgeteilt, dass er sich nicht mehr sicher ist, ob Sie der gesuchte Herr sind«, erklärte er ohne Umschweife.

Über Tscharres Gesicht glitt ein erfreutes Lächeln.

»Offenbar ist die Sehkraft von Herrn Specht eingeschränkt, und ihn haben zunehmend Zweifel beschlichen. Damit haben wir keine Veranlassung, Sie weiter festzuhalten. Es liegt ein Irrtum vor.«

Christian sah, wie Viktoria die Nase kräuselte und etwas sagen wollte. Er bedeutete ihr mit einem Blick zu schweigen. Tscharre hatte davon nichts mitbekommen.

Der Badekommissar wandte sich zu Christian um. »Der Herr Kriminalassistent ist ein wenig über das Ziel hinausgeschossen und hat einen unschuldigen Bürger verdächtigt. Ich habe ihn angewiesen, sich auf das Offensichtliche zu konzentrieren, und zwar dass ausländische Kräfte meine Nichte entführt haben. Ich kann mich nur bei Ihnen für das Verhalten meines Beamten entschuldigen, Herr Tscharre.«

Christian versuchte, möglichst zerknirscht auszusehen.

In diesem Moment begann das Telefon an der Wand zu läuten. Obwohl Gendarm Müller keine zwei Schritte davon entfernt stand, rührte er sich nicht.

»Sie können gehen, Herr Tscharre. Aber halten Sie sich bitte weiterhin zu unserer Verfügung«, sagte der Badekommissar.

Tscharre stand zögernd auf.

Der Badekommissar ging zum Tresen, um die Klappe für ihn zu öffnen. »Wann hatten Sie geplant, die Insel zu verlassen?«, fragte er wie beiläufig.

»Nun, frühestens in einer Woche. Vielleicht bleibe ich auch noch länger.«

Von Treptow nickte. »Gut. Verlassen Sie die Insel nicht ohne unsere ausdrückliche Erlaubnis.«

Das Telefon klingelte weiter. Der Gendarm war anscheinend so gefesselt von dem Geschehen, dass er das Läuten nicht bemerkte. Jedenfalls nicht, bis ihm der Badekommissar einen Blick zuwarf. Im selben Augenblick war er beim Telefon und hob ab.

Herr von Treptow wandte sich an Christian. »Hinrichs, Sie besprechen sich mit Adjutant von Brenkendorf und folgen seinen Anweisungen. Keine Alleingänge mehr, haben Sie verstanden!«

»Jawohl, Herr Badekommissar.« Christian salutierte.

Der Gendarm stand noch immer am Telefon, nickte dienstbeflissen. »Selbstverständlich, sofort«, sagte er schließlich.

Er wandte sich zu Christian um. »Für Sie, Herr Kriminalassistent.«

Christian wechselte einen Blick mit dem Badekommissar. Tscharre war unterdessen auf dem Weg zur Tür stehen geblieben. Er sah zurück, offenbar verwundert darüber, dass er nicht mehr im Mittelpunkt des Interesses stand. Er setzte seinen sandfarbenen Hut auf. Christian behielt den Mann im Auge, während er dem Gendarmen den Telefonhörer abnahm. »Hinrichs«, meldete er sich.

Es war Kapitän Wilken von dem Schnelldampfer der Reederei Frisia. »Sie hatten uns gebeten, Ausschau zu halten nach einem Fräulein mit einer hellblauen Stola, auf die ein Schiff gestickt ist.«

»Das ist richtig.« Christian sah, wie Tscharre die Tür öffnete.

»Gerade ist ein Herr an Bord gekommen. Seinem Akzent nach ein Engländer. Der Herr wird von einem jungen Fräulein begleitet. Sie trägt eine hellblaue Stola, so wie sie von Ihnen beschrieben wurde. Sie ist etwa eins fünfundfünfzig, etwas stämmig, dunkelblondes Haar.«

Christian schnappte nach Luft. »Bitte, was?«

»An Bord unseres Dampfers ist eine junge Dame, die so aussieht, wie das Fräulein, nach dem Sie suchen.«

Christian langte mit der Hand nach seinem Pistolenholster, das in seiner Schreibtischschublade lag. »Legen Sie nicht ab! Warten Sie, bis ich komme! Wenn die beiden versuchen, das Schiff zu verlassen, halten Sie sie auf. Ich bin unterwegs!« Er warf den Hörer auf die Gabel, legte sich hastig das Holster um. »Das war Kapitän Wilken von der *Juist*. Auf dem Schiff wurde eine junge Dame mit einer hellblauen Stola gesehen, und auch ansonsten gleicht sie der Beschreibung von Fräulein Ilse. Sie ist in Begleitung eines Engländers!«

In diesem Moment fiel die Haustür ins Schloss. Tscharre war gegangen.

»Sie gehen zum Hafen!«, entschied Herr von Treptow. »Gendarm Müller wird Tscharre übernehmen.«

Christian warf einen Blick auf den Gendarmen, der seine Tasche vom Boden aufgenommen hatte, um endlich Feierabend zu machen. Jetzt runzelte er fragend die Stirn.

»Na los, Hinrichs!«, drängte der Badekommissar verärgert.

Es gefiel Christian gar nicht, dass er die Überwachung des Verdächtigen dem Gendarmen überlassen musste, aber es war nicht zu ändern. Hastig schob er seine Pistole in das Holster, setzte seinen Hut auf.

Viktoria hatte die ganze Sache schweigend verfolgt. Sie nahm ihren Sonnenschirm, den sie vorhin zusammengeklappt an die Wand gelehnt hatte.

Christian war sofort klar, was sie vorhatte. Sie würde Tscharre selbst folgen. Er warf ihr einen beschwörenden Blick zu. Sie ignorierte ihn, und er verfluchte ihre verdammte Halsstarrigkeit. Sie würde sich erneut in Gefahr bringen.

»Was ist, Hinrichs? Zum Hafen«, wiederholte der Badekommissar.

Viktoria nestelte in aller Seelenruhe an ihrem Schirm, so als habe sie es nicht eilig. Aber er wusste es besser. Sie wartete nur darauf, dass er verschwand. Wütend blickte er sie an. Dann ging er hinaus.

29

Zeter und Mordio

Viktoria wartete noch einige Sekunden, nachdem Christian hinausgegangen war. Sein Blick hatte Bände gesprochen. Wenn der Badekommissar ihn nicht gedrängt hätte, wäre er vermutlich geblieben, um sie höchstpersönlich ins Hotel zurückzubegleiten. Aber sie hatte nicht vor, ins Hotel zu gehen. Die Geschichte, dass der Diener seine Aussage draußen zurückgezogen hätte, war so fadenscheinig, dass sie kaum glauben konnte, dass Tscharre sie geschluckt hatte. Jetzt instruierte Herr von Treptow den Gendarmen, Tscharre nicht aus den Augen zu lassen. Wenn nötig die ganze Nacht. Kuddel Müllers Gesicht wurde lang und länger.

»Ich darf mich jetzt auch verabschieden«, sagte sie und wandte sich zur Tür.

Der Badekommissar war so auf Müller konzentriert, dass er sie nicht beachtete.

Sie ging hinaus, spannte den Sonnenschirm auf. Noch immer brannte die Sonne unerbittlich. Die Hitze war jetzt am frühen Abend sogar noch drückender als am Mittag. Tscharre war nirgends zu sehen. Vermutlich hatte er sich auf den Weg zu seiner Pension gemacht. Viktoria ging eilig die Straße hinunter, zur Bismarckstraße war es nicht weit.

Doch gerade als sie an dem Feinkostgeschäft de Boers vorbeiging, ergriff jemand von hinten ihren Arm.

Erschrocken fuhr sie herum. Und schaute in Christians wütendes Gesicht.

»Wohin willst du?«

Sie befreite sich aus seinem Griff. »Solltest du nicht auf dem Weg zum Hafen sein?«, gab sie zurück.

Er ging nicht darauf ein. »Du wirst Tscharre nicht überwachen. Überlass das der Polizei!«

Sie wusste, dass es keinen Zweck hatte zu leugnen. Deswegen ging sie gleich zum Gegenangriff über. »Mit Polizei meinst du Gendarm Müller? Ich bitte dich, der Mann kann nicht mal einen Goldfisch im Glas überwachen.«

»Das hast du nicht zu entscheiden. Es ist Polizeiarbeit, und damit basta!«

»Ich verbringe meine Zeit, wie ich will. Das Restaurant im Hotel Falk bietet einen Abendtisch an. Ich wollte schon immer dort dinieren.«

»Viktoria, ich möchte nicht, dass dir etwas passiert. Wir haben doch gerade erst gesehen, wozu Tscharre fähig ist. Der Mann ist gefährlich.«

»Musst du nicht zum Hafen? Wenn der Badekommissar dich sieht, wird es mächtig Ärger geben.«

Doch Christian griff erneut nach ihrem Arm. »Im Zweifel wird das warten müssen, bis ich dich bei deiner Tante abgeliefert habe. Du lässt mir keine andere Wahl.«

»Du lässt mich sofort los, Christian. Oder ich schreie Zeter und Mordio. Das würde einen schönen Aufstand geben.«

»Ich werde sagen, dass ich dich verhaftet habe. Mal sehen, wie die Bekannten deiner Tante darauf reagieren. Fräulein Berg auf offener Straße festgenommen.«

Sie versuchte, ihren Arm zu befreien. Plötzlich stand sie direkt vor ihm. Roch sein Rasierwasser. Spürte seinen Körper direkt an ihrem. Seine blauen Augen flackerten, und für einen winzigen Augenblick verlor sich Viktoria in ihnen. Doch dann ließ er sie los, trat einen Schritt zurück.

»Dammich! Ich will doch nur, dass dir nichts passiert. Ist das denn so schwer zu begreifen?«

Ihr Zorn war mit einem Mal verflogen. Zurück blieb nur das irritierende Gefühl, das seine Nähe bei ihr ausgelöst hatte. »Ich setze mich in das Hotelrestaurant. Das liegt direkt gegenüber der Pension, in der Tscharre abgestiegen ist. Von dort kann ich sehen, ob er die Villa verlässt.«

»Aber du folgst ihm nicht! Hörst du?«

»Ich verspreche dir, dass ich nichts Unüberlegtes tue. Ich werde ihm nicht allein folgen, sondern auf der Wache Bescheid geben, sollte er die Pension verlassen. Und Gendarm Müller ist ja auch noch in der Nähe.«

Christian holte tief Luft. »Also gut«, stieß er zwischen den Zähnen hervor. »Aber sobald ich zurück bin, gehst du ins Hotel.«

Sie nickte.

Er sah sie noch einmal ernst an, dann wandte er sich ab und lief die Straße hinunter.

Als Viktoria bei der Pension »Villa Nordsee« ankam, war von Gendarm Müller weit und breit nichts zu sehen, was vermutlich nicht daran lag, dass der Gendarm sich so gut zu tarnen verstand, sondern daran, dass er auf dem Weg getrödelt hatte. Was, wenn Tscharre gar nicht in der Pension war? Wenn er womöglich zu dem Ort gegangen war, wo er Ilse versteckt hielt? Dann würden sie hier nutzlos herumstehen. Sie wusste, dass sie Christian versprochen hatte, nicht eigenmächtig zu handeln. Aber sie konnte auch nicht wertvolle Zeit ungenutzt verstreichen lassen. Sie hatten nur noch zwei Tage, um Ilse zu finden. Bevor sie sich in das Restaurant setzte, musste sie zumindest überprüfen, ob Tscharre tatsächlich in der Pension war.

Kurz entschlossen betrat Viktoria den kleinen Vorgarten. Mit drei Schritten war sie bei der Haustür. Sie öffnete leise die Tür. Im Flur stand die Pensionswirtin, die Viktoria heute Morgen so verächtlich angesehen hatte. Die Frau starrte die Treppe hinauf, sie lauschte offenbar. Dann bemerkte sie Viktoria. Sie drehte sich um.

»Sie schon wieder?«

»Ist Herr Tscharre im Haus?«, fragte Viktoria.

»Haben Sie ihn nicht getroffen? Ich hatte ihm ausgerichtet, dass Sie im Restaurant auf ihn warten.«

»Ich müsste nur wissen, ob er im Haus ist.«

Die Pensionswirtin stemmte die Hände in die Hüften. »Wo kämen wir da hin, wenn ich jedem Frauenzimmer Auskunft über meine Gäste erteilen würde. Damenbesuche sind nicht gestattet. Wir sind ein anständiges Haus.«

Oben polterte es laut. Die Pensionswirtin ließ von Viktoria ab und blickte wieder hinauf. Unwillkürlich trat Viktoria hinter sie und sah ebenfalls hoch. Man hörte eine

Schranktür, die zugeschlagen wurde. Dann ein Schaben, als würde ein Koffer über den Boden gezogen werden. Konnte es sein, dass da oben Sigismund Tscharre seine vorzeitige Abreise vorbereitete?

»Ist das Herr Tscharre?«, fragte Viktoria.

Die Pensionswirtin fuhr herum. »Sind Sie immer noch hier? Machen Sie, dass Sie rauskommen! Oder ich rufe die Polizei.«

30

British Commonwealth

Der Dampfer *Juist* lag noch fest vertäut am Kai, als Christian am Hafen ankam. Trotz drückender Hitze hatte er die Strecke vom Ort im Laufschritt zurückgelegt. Sein Hemd klebte am Oberkörper. Dennoch zog er seine Jacke wieder über, er konnte schließlich nicht in Hemdsärmeln auf dem Schiff erscheinen.

Der Kapitän erwartete ihn bereits am Landesteg. »Wo bleiben Sie denn? Wir hätten vor zwanzig Minuten ablegen müssen.«

»Wo ist die Dame?«, fragte Christian atemlos.

»Sie sitzt mit dem Herrn auf dem Vorderdeck. Am besten, Sie befragen die beiden an Land, damit wir ablegen können. Folgen Sie mir, ich zeige Ihnen, wo sie sind.« Der Kapitän ging in großen Schritten voraus. Die meisten Passagiere waren der stickigen Luft im Bauch des Dampfers entflohen und saßen auf den Bänken an Deck. Vom Meer her wehte eine leichte Brise, die etwas Erfrischung brachte. Als der Kapitän das Deck überquerte, stand eine ältere Dame auf. »Wann legen wir endlich ab? Wir müssen die Bahn erreichen. Es ist die letzte heute.« Viele Passagiere nickten mit besorgten Mienen, es wurde getuschelt und gemurrt. Die Aussicht, womöglich in der Kleinstadt Norden übernachten zu müssen, war für niemanden besonders erfreulich.

»Es handelt sich nur noch um Minuten«, versicherte der Kapitän, ohne seine Schritte zu verlangsamen. Er deutete auf ein Paar, das am Heck stand und aufs Meer schaute. Die Frau trug ein beiges Sommerkleid, eine hellblaue Stola aus Chiffon und hatte dunkelblondes Haar. Von der leicht stämmigen Statur her konnte es sich tatsächlich um Ilse von Manteuffel handeln.

Christian bedankte sich beim Kapitän, der an seine Mütze tippte und sich dann sofort zurückzog. Christian holte seine Dienstmarke hervor, trat zu dem Paar. »Kriminalassistent Hinrichs. Ich habe einige Fragen an Sie.«

Der Herr wandte sich um, blickte mit großen Augen zunächst Christian an, dann seine Marke. Die Frau sah verlegen zu Boden, als wage sie es nicht, Christian ins Gesicht zu sehen.

»Was hat das zu bedeuten?«, fragte der Mann mit englischem Akzent. Er war Mitte dreißig, hatte dunkelblonde Haare und trug einen Bowler.

»Das erkläre ich Ihnen, wenn wir von Bord sind.« Christian deutete Richtung Ausgang. »Sie gehen voraus.«

Doch der Mann blieb stehen. »Wir müssen die Bahn in Norden erreichen. Ich werde morgen zu einem Termin beim Botschafter in Berlin erwartet.« Wie zur Bestätigung seiner Worte zog er die goldene Taschenuhr aus seiner Westentasche, klappte sie auf.

»Den Termin werden Sie verschieben müssen. Sie folgen mir.« Der Mann klappte den Deckel verärgert zu, steckte die Uhr weg, machte aber keine Anstalten, sich in Bewegung zu setzen. Christian nahm seinen Arm. Jetzt hob der Mann beschwichtigend die Hände. »Schon gut. Ich würde gern unnötiges Aufsehen vermeiden. Wir kommen mit.«

Das Fräulein ging mit gesenktem Blick voraus. Christian blieb direkt hinter dem Mann, um bei einem Fluchtversuch sofort reagieren zu können. Es war still geworden auf dem Schiff, alle Passagiere verfolgten das Geschehen, sahen ihnen nach, wie sie von Bord gingen. Die Matrosen hatten das Gepäck der beiden schon an die Kaimauer gestellt. Einen Lederkoffer und eine kleine, abgeschabte Reisetasche. Kaum hatten Christian und das Paar das Schiff verlassen, wurden die letzten Taue gelöst und der Landesteg eingezogen. Die Maschinen begannen zu arbeiten. Der Dampfer legte ab.

Der Engländer sah dem Schiff mit mürrischer Miene hinterher. »Ich hoffe, Sie haben eine gute Erklärung für das hier. Ansonsten bekommen Sie Probleme, das kann ich Ihnen sagen! Ich arbeite für die britische Botschaft.«

»Ihre Ausweispapiere, bitte!«, sagte Christian ungerührt. Die Dame begann hektisch in ihrer Handtasche zu kramen, während der Herr lässig in seine Jacketttasche griff und Christian seinen Ausweis überreichte. Mr James Clarkson. Er hatte tatsächlich einen Diplomatenpass. Christian holte tief Luft. Das konnte gewaltigen Ärger geben, so viel war klar.

Clarkson baute sich vor Christian auf. »Ich werde mich beim Botschafter persönlich über diese Behandlung beschweren.«

Christian wandte sich an die Frau. »Und wer sind Sie?«

»Fräulein Helene Bartocki«, antwortete Clarkson an ihrer Stelle.

Christian hörte Hufgetrappel, eine Kutsche kam im hohen Tempo angefahren. Auf der Rückbank saß Brenkendorf. Noch bevor der Kutscher die Pferde zum Halten gebracht hatte, sprang der Adjutant hinunter, lief zu Christian und dem Paar. »Der Badekommissar hat mich telefonisch informiert.«

Christian war froh, dass Brenkendorf hier war. Er würde Ilse von Manteuffel zweifelsfrei identifizieren können. Doch der starrte das Fräulein Bartocki an. Er wirkte verwirrt. Dann schüttelte er resigniert den Kopf.

»Das … das ist nicht Fräulein Ilse«, stammelte er und sah von der jungen Frau zu Christian.

Christian spürte, wie ihm das Blut aus dem Gesicht wich. Für einen kurzen Moment hatte er gehofft, dass sie Ilse gefunden hätten und sich ihr Verschwinden als harmlos aufklären würde. Er spürte den finsteren Blick des britischen Diplomaten auf sich. Wie sollte er sich jetzt vor ihm rechtfertigen? Er wollte gerade zu einer Erklärung ansetzen, als Brenkendorf ihn am Arm berührte und flüsterte: »Der Schal! Der Schal gehört Fräulein Ilse.«

Christian sah ihn erstaunt an. »Sind Sie sicher?«

Brenkendorf nickte.

Christian räusperte sich und wandte sich an die Frau. »Sie sind Helene Bartocki? Und Sie wohnen?«

Ihre Mundwinkel zuckten. »In Schwerin.«

»Ihren Ausweis bitte.«

»Den habe ich im Hotelzimmer vergessen.« Wieder sah sie beschämt zu Boden.

Ihr Begleiter schaltete sich ein. »Dürfen wir jetzt bitte endlich wissen, was diese ganze Sache zu bedeuten hat? Ich bin mir sicher, der Botschafter wird sehr verärgert darüber sein, dass ich aufgehalten wurde.«

»Botschafter Goschen?« Brenkendorf runzelte die Stirn. »I met him some months ago in Berlin. He told me, that he is very concerned about the situation in Serbia. What do you think about this?«

Christian verstand kein Englisch und fragte sich, was der Adjutant Clarkson gefragt hatte. Doch der Mann sah Brenkendorf nur von der Seite an. »Ihre Aussprache lässt zu wünschen übrig. Ich ziehe es daher vor, mich auf Deutsch zu unterhalten. Also, was liegt gegen mich und meine Begleiterin vor?«

Brenkendorfs Blick wurde nachdenklich. »Darf ich noch einmal Ihren Ausweis sehen, bitte?«

Clarkson hatte ihn bereits wieder eingesteckt. »Ich verstehe nicht, was das soll. Fräulein Bartocki und ich wollten nur einen Ausflug machen, und nun halten Sie uns fest, als seien wir Schwerverbrecher.«

»Den Ausweis!«, wiederholte Christian die Aufforderung Brenkendorfs.

Mit hochgezogenen Augenbrauen reichte Clarkson Brenkendorf den Ausweis. Der sah ihn sich genau an. »You were born in London at Queens Gate? That is near Kensington Gardens and the Royal Albert Hall, isn't it?«

»Es ist eine Schande, wie Sie unsere schöne Sprache verhunzen.« Clarkson wandte sich Christian. »Wegen welchen Vergehens werden wir festgehalten?«

»Warum antworten Sie Adjutant von Brenkendorf nicht?«, fragte Christian. Denn dass Clarkson den Fragen Brenkendorfs auswich, war mehr als offensichtlich.

»Weil es unhöflich ist, sich auf Englisch zu unterhalten, wenn die anwesende Dame die Sprache nicht versteht. Dieser Herr scheint von Etikette nicht viel zu verstehen.«

Christian wechselte einen Blick mit Brenkendorf. Irgendetwas stimmte mit dem angeblichen Diplomaten nicht.

»Sie beide begleiten uns zur Wache. Und da werden wir uns ausführlich unterhalten. Über den Botschafter und über die Stola, die Ihre Begleiterin trägt.«

31

Raue Hände

Clarkson ließ auch auf der Fahrt zur Wache nicht davon ab, lautstark zu protestieren, und er drohte, dass der britische Botschafter die Verhaftung als Affront werten und dies eine Staatskrise heraufbefördern würde.

Als sie die Wache betraten, kam ihnen der Badekommissar schon unruhig entgegen. Sein Blick fiel auf das Fräulein, und die Enttäuschung zeichnete sich deutlich auf seinem Gesicht ab. Doch dann bemerkte er die Stola. »Woher haben Sie die?«, fuhr er die Frau an.

»Sie gehört mir.« Fräulein Bartockis Stimme zitterte.

Der Badekommissar trat näher, betrachtete das Kleidungsstück genau, sah das aufgestickte Schiff. »Diese Stola gehört meiner Nichte. Diese Stickerei stammt von ihr.« Er kniff die Augen zusammen, drohte der Frau mit dem Zeigefinger. »Wo ist Ilse?«

Die Frau fing an zu weinen. »Ich hab nichts Böses getan.«

Christian hatte sich auf dem Weg in der Kutsche das Kleid der Dame genauer angesehen. Es war eine Spur zu eng und hätte an Schultern und Oberarmen ausgelassen werden müssen. »In den letzten Wochen sind aus den Koffern der Gäste in der Gepäckhalle immer wieder Kleidungsstücke verschwunden. Soll ich einen Dienstmann holen, damit er uns beschreibt, wie die gestohlenen Kleider aussahen?«

Clarkson, der bislang bei dem Fräulein gestanden hatte, machte einen Schritt zur Seite. »Ich habe mit dieser Sache nichts zu tun. Ich kenne diese Frau kaum. Sie hat sich mir aufgedrängt. Sie wollte nach Berlin und hat mich gefragt, ob …«

»James, wie kannst du so etwas sagen?«, fiel die junge Frau ihm ins Wort. »Du hast mich gebeten, dich zu begleiten. Es war deine Idee.«

Aber offensichtlich hatte Clarkson nicht vor, mit ihr gemeinsam unterzugehen. »Wie gesagt, ich kenne sie kaum. Offensichtlich wurde ich von ihr ebenso getäuscht wie Sie.«

Fräulein Bartocki drückte ihre Handtasche fest an sich. Christian fielen die kräftigen Hände auf. Die Fingernägel waren kurz, die Haut gerötet. Das waren Hände, die harte Arbeit gewohnt waren. »Sie sollten aufhören zu lügen«, sagte er. »Also – wer sind Sie?«

Sie fing an zu schluchzen. »Er hat gesagt, dass ich mit ihm nach Berlin gehen kann. Er würde für mich aufkommen, wenn ich ihm gewisse ... Dienste erweisen würde.«

Die Art dieser Dienste konnte sich Christian gut vorstellen. Das Fräulein öffnete ihre Handtasche und holte einen Ausweis heraus. Christian nahm ihn entgegen. Demnach hieß sie Ottilie Miegel und wohnte im Schafweg am Rand des Dorfes. Dort gab es den Badekutschenschuppen, und außer einem Schmied wohnten in der kleinen Straße nur der Schafhirte und eine Arbeiterfamilie.

»Sie haben in den letzten Wochen immer wieder Kleider aus den Koffern in der Gepäckhalle gestohlen, um sich an einen reichen Herrn heranmachen zu können. Habe ich recht, Fräulein Miegel?«, fragte Christian.

Tränen liefen ihr über die Wangen, und sie wischte sie hastig fort. »Ich wollte niemandem Schaden zufügen, ich habe nur eine Gelegenheit gesucht, um von hier fortzukommen.«

Der Badekommissar hatte sich bislang nicht eingemischt, aber jetzt konnte er sich offenbar nicht mehr zurückhalten. »Woher haben Sie die Stola meiner Nichte?«

»Die hat James mir geschenkt.«

Clarkson lachte auf. »Ich? Wie käme ich dazu, dir ein solches Geschenk zu machen?«

Christian war es leid. Er hatte genug Zeit mit dieser Farce verschwendet, während der Täter draußen frei herumlief. Er wandte sich an Clarkson. »Sie sagen mir auf der Stelle, woher Sie die Stola haben! Ansonsten werde ich Ihre Fingerabdrücke an alle Wachen im Land verschicken. Ich bin mir sicher, irgendwo werde ich einen Treffer landen.«

Clarkson brütete eine Weile vor sich hin. Schließlich seufzte er resigniert. »Na schön, wenn Sie es unbedingt wissen wollen. Die Stola wurde am Strand angeschwemmt. Ich wollte Fräulein Bartocki eine Freude machen und habe die Stola im Hotel für sie reinigen lassen. Da habe ich noch nicht geahnt, dass sie eine Betrügerin ist.«

Ottilie Miegels Augen funkelten, jetzt nicht vor Tränen, sondern vor Wut. »Wer von uns beiden ist denn hier wohl der Betrüger? Mir hast du gesagt, du hättest sie aus dem Kaufhaus. Wahrscheinlich hast du überhaupt kein Geld. Den Kuchen in der Viktoriahalle musste ich auch selber bezahlen, weil dir angeblich die Börse gestohlen worden war. Du hast gesagt, der Botschafter würde dir Geld anweisen, damit du es mir zurückzahlen kannst. Aber darauf kann ich wohl bis zum Sankt-Nimmerleins-Tag warten, du …«

Christian unterbrach die junge Frau. »Wo genau haben Sie die Stola gefunden?«, fragte er, an Clarkson gewandt.

Der tat, als dächte er nach. Aber Christian war sich sicher, dass er es sehr genau wusste. »In der Nähe des Damenbadestrands. Ich war abends spazieren, und mir ist aufgefallen, dass etwas im Wasser schwamm.«

»Wann?«

»Gestern Abend, so gegen neun.«

Zu dem Zeitpunkt war Fräulein Ilse bereits seit Stunden verschwunden gewesen. Entweder dieser ominöse Herr Clarkson log erneut, oder er hatte wirklich nichts mit der Entführung zu tun. »Sie zeigen uns jetzt, wo Sie die Stola gefunden haben wollen«, befahl Christian. »Und währenddessen kontaktiert Adjutant von Brenkendorf die Botschaft und wird Erkundigungen über Sie einziehen.«

»Es ist nicht notwendig, den Botschafter zu behelligen. Dieses Vorgehen könnte zu diplomatischen Komplikationen führen, womit niemandem gedient wäre. Außerdem möchte ich gern vermeiden, dass bekannt wird, dass ich einer Betrügerin aufgesessen bin. Das verstehen Sie hoffentlich.«

Ottilie Miegel sah ihn verächtlich an. »Er hat im Europäischen Hof übernachtet, Zimmer 25. Ich musste vorhin an der Hintertür auf ihn warten, seinen Koffer hat er selbst rausgetragen. Er hat mir gesagt, er habe es so mit dem Concierge vereinbart, damit er unbehelligt abreisen kann, weil ein Engländer in diesen Zeiten nicht überall wohlgelitten ist. Aber ich wette, das war gelogen. Er ist mit Sicherheit klammheimlich abgehauen und hat sein Zimmer nicht bezahlt.«

Clarkson lachte auf. »Das ist doch alles Unsinn. Dieser Frau kann man einfach nicht glauben.«

»Das werden wir sehen«, sagte Christian. »Die Stola, die Sie angeblich am Strand gefunden haben, gehört einer jungen Dame, die entführt wurde.«

Clarksons Augen wurden groß. »Entführt?«, echote er.

»Die junge Dame ist meine Nichte«, sagte der Badekommissar mit düsterer Miene. Christian sah ihm an, dass er sich beherrschen musste, um nicht laut zu werden.

Clarkson lächelte unsicher. »Gerade fällt mir ein, dass mich die Badefrau gesehen haben könnte, als ich die Stola fand. Sie wird bezeugen, dass alles, was ich sage, wahr ist. Sie sehen – es ist ein Missverständnis. Ich habe mit dem Verschwinden der jungen Dame nichts zu tun.«

»Dann beten Sie zu Gott, dass die Badefrau Ihre Geschichte bestätigt!«, sagte Christian. Er packte Clarkson und führte ihn hinaus.

32

Spuren im Sand

Es war bereits nach sieben, alle Tische im Restaurant des Hotels Falk waren besetzt. Der Kellner bedachte Viktoria daher mit einem missmutigen Blick, als sie nur eine weitere Zitronenlimonade bestellte und nichts zu essen. Aber es war ihr egal, was der Kellner von ihr dachte. An ihrem Tisch hatte sie direkten Blick nach draußen auf das gegenüberliegende Haus. Im ersten Stock der Pension gab es vier Zimmer, deren Fenster weit geöffnet waren. Im Raum ganz rechts war Tscharre schemenhaft zu erkennen, wie er aufgeregt hin und her lief. Den Gendarmen hatte Viktoria auch entdeckt – er war schließlich nicht zu übersehen. Statt die Pension verdeckt zu beobachten, stand er auf dem Gehweg und plauderte mit dem Obst- und Gemüsehändler, dessen Geschäft rechter Hand neben der Pension lag. Eine Frau, offensichtlich die Ehefrau des Ladenbesitzers, hatte Müller ein belegtes Brot gebracht, das der Gendarm genüsslich verspeist hatte. Gerade trank er einen Korn mit dem Ladenbesitzer. Die Pension würdigte er keines Blickes. Viktoria hatte nichts anderes erwartet.

»Eine Zitronenlimonade, die Dame.«

Die Stimme des Kellners, der ihr das Getränk brachte, ließ Viktoria zusammenzucken. »Vielen Dank«, sagte sie und bemühte sich um ein Lächeln. Doch der Kellner hatte sich bereits zum Nebentisch gewandt.

Als Viktoria wieder hinaus auf die Straße sah, bemerkte sie Tscharre, der ans Fenster getreten war und verstohlen die Lage sondierte. Als sein Blick auf den Gendarmen fiel, zuckte er zurück. Halb verdeckt von der Gardine, beobachtete er Müller eine Weile, dann schloss er mit einer energischen Bewegung das Fenster. Für Viktoria das Zeichen, dass Tscharre im Begriff stand, die Pension zu verlassen.

Sie winkte dem Kellner, der am Nebentisch eine Bestellung aufnahm. »Bitte zahlen!«

Er wandte sich zu ihr um. »Einen Moment, ich komme gleich zu Ihnen.«

»Ich habe es eilig!«, sagte Viktoria. Sie sah hinaus. Tscharre war noch nicht aus der Tür getreten.

Wieder winkte sie dem Kellner. Doch die Familie am Tisch nebenan ließ sich Zeit, beriet, welche Gerichte sie wählen wollte. Viktoria nahm ihre Geldbörse aus der Tasche. Die Limonade kostete fünfundzwanzig Pfennig. Sie legte eine Mark auf den Tisch und stand auf. Der Kellner wandte sich um. »Ich bin gleich bei Ihnen.«

»Kassieren Sie ruhig erst bei der jungen Dame ab«, sagte der Familienvater am Nebentisch.

Viktoria dankte ihm mit einem Lächeln. Sie nahm die Mark und reichte sie dem Kellner. »Stimmt so«, sagte sie und eilte hinaus. Draußen auf der Straße blieb Viktoria stehen. Sie erwartete jeden Moment, Tscharre aus der Tür der Pension treten zu sehen, doch der kam nicht. Ihr Blick ging zu Gendarm Müller, der sich vor dem Gemüseladen mittlerweile auf eine Kiste gesetzt hatte und mit dem Ladenhändler Karten spielte. Viktoria wartete noch eine Weile, bis ihr schlagartig die Erkenntnis kam: Tscharre hatte vom Fenster aus den Gendarmen gesehen und beschlossen, die Villa über den Hinterausgang zu verlassen.

Sofort lief sie über die Straße. Sie nahm den akkurat geharkten schmalen Sandweg neben dem Haus, der zum dahinter liegenden Gemüsegarten führte. Dieser war von einem Staketenzaun vom Weg abgetrennt. Auf einer kleinen Anbaufläche wuchsen Kartoffeln, Karotten, Kohlrabi und Bohnen an hohen Stangen. Eine rot getigerte Katze kam durch ein Loch in der Tür des Schuppens im hinteren Teil des Gartens, querte dann den Garten und schlängelte sich behände durch den Staketenzaun, an dem Viktoria stand. Das Tier strich auffordernd um Viktorias Beine, drückte seinen Kopf an ihr Kleid. Viktoria ging in die Hocke, streichelte die Katze. Die legte sich auf die Erde, streckte sich genussvoll. In diesem Moment bemerkte Viktoria Spuren im Sand. Eindeutig die Schuhabdrücke eines Mannes. Er war durch die Pforte beim Staketenzaun getreten und dann offenbar wieder umgekehrt.

Die Hintertür der Pension öffnete sich. »Miez, Miez – komm, es gibt Futter.« Es war die Stimme der Pensionswirtin.

Die Katze zögerte nicht lange, ließ Viktoria im Stich und lief mit hocherhobenem Schwanz durch den Staketenzaun und dann nach rechts in Richtung Hintertür.

»Ist doch viel zu heiß heute. Komm rein, jetzt gibt es erst einmal Milch.« Die Tür wurde wieder geschlossen.

Viktoria erhob sich, folgte der Fußspur mit den Augen. Sie führten zum hinteren Teil des Gartens und endeten vor dem Schuppen, aus dem soeben die Katze gekommen war. Dessen Tür stand ein kleines Stück offen. Viktoria fragte sich, was Tscharre in dem Schuppen gesucht haben mochte.

33

Dösbaddel

Es war bereits halb acht, als Christian die Wache verließ. Er war verärgert. Der angebliche Mr Clarkson und das Fräulein Miegel waren ein Fehlschlag gewesen. Clarkson hatte Christian die Stelle am Nordstrand gezeigt, wo die Stola angeschwemmt worden war. Eine Badefrau vom Damenbad bestätigte seine Geschichte mehr oder weniger. Danach hatte sie die Stola außerhalb des Damenbades am Strand entdeckt und Clarkson gebeten, sie ihr herüberzureichen. Doch Clarkson hatte behauptet, seine Verlobte habe die Stola am Strand verloren, und sei eilig mit dem Kleidungsstück davongegangen.

Christian hatte sich die Stelle am Strand genau angesehen. Aber er hatte keine Hinweise entdeckt, die darauf hätten schließen lassen, dass Fräulein Ilse an dieser Stelle entführt worden war.

Nach der Rückkehr auf die Wache berichtete Adjutant Brenkendorf, dass die britische Botschaft in Berlin zwar einen Angestellten namens Clarkson habe. Aber der sei in der Stadt und habe außerdem vor einiger Zeit seinen Pass als verloren gemeldet. Christian brauchte nicht lange, um herauszufinden, dass der angebliche Mr Clarkson schon auf anderen Inseln als Heiratsschwindler sein Unwesen getrieben hatte. In Wirklichkeit hieß er Heribert Wagner. Er glaubte in Ottilie Miegel ein reiches Fräulein gefunden zu haben, auf deren Kosten er eine Weile leben konnte. Während Ottilie ihrerseits darauf hoffte, dass er sie aushalten würde. So waren beide Betrogene. Wagner saß nun in der Zelle auf der Wache, und Ottilie Miegel war ihrer Mutter übergeben worden. Christian war sich nicht sicher, wer von den beiden leidender ausgesehen hatte.

Als Christian in die Bismarckstraße einbog, konnte er den Gendarmen schon von Weitem erkennen. Kuddel Müller saß mit einem weiteren Mann vor der Tür einer Gemüsehandlung auf Obstkisten und spielte Karten. Sie waren so darin vertieft, dass der Gendarm Christian erst bemerkte, als der direkt neben ihm stand und ihn ansprach.

»Müller! Was treiben Sie hier?«

Mit einem Ruck sprang der Gendarm auf, sodass die Obstkiste, die ihnen als Tisch diente, gefährlich ins Wanken geriet. »Ich habe hier Posten bezogen, weil die Pension doch gleich nebenan liegt.«

»Sie Dösbaddel! Sie können sich doch nicht für alle sichtbar hier hinsetzen. Der Verdächtige soll nicht mitbekommen, dass er bewacht wird.«

»Genau deswegen habe ich Gesbert gegeben, mit mir Karten zu spielen. Da denkt der Verdächtige, dass ich nur deswegen hier bin, und merkt nichts von der Überwachung.«

Für einen Moment war Christian sprachlos. So einfältig der Gendarm auch sein mochte, um eine Ausrede war er nie verlegen. »Wann haben Sie Tscharre das letzte Mal gesehen?«

»Ich bin ihm von der Wache gefolgt. Er ist direkt in die Pension gegangen. Da ist er auch jetzt noch.«

Christians Blick ging zum Haus. Vier Fenster lagen nach vorne. Drei von ihnen waren geöffnet. Nur Tscharres Fenster war geschlossen. Und das, wo jeder nach frischer Luft lechzte. Christian ahnte, was das bedeutete: Tscharre war weg. Er ließ Müller stehen, lief mit großen Schritten zur Pension.

Die Haustür war bereits abgeschlossen, und er hämmerte dagegen. Als die Pensionswirtin endlich aufschloss, sah sie ihn empört an. »Wollen Sie die Tür einschlagen?«

Christian ging auf ihren Vorwurf nicht ein. »Ist Herr Tscharre da?«

»Das weiß ich nicht. Ich schnüffle meinen Gästen schließlich nicht hinterher.«

»Ich muss das überprüfen«, sagte Christian und schob sich an der Frau vorbei. Für lange Erklärungen hatte er keine Zeit.

»Junger Mann, was fällt Ihnen ein? Sie können doch nicht einfach meine Gäste belästigen!«, rief ihm die Pensionswirtin hinterher.

Doch Christian lief bereits die Treppe hinauf, wandte sich im oberen Flur nach rechts, riss die Tür von Tscharres Zimmer auf. Es war leer. »Dammich!«

Christian ging wieder hinunter. Stolperte fast über eine Katze, die ihm vor die Füße lief. Unten im Flur traf er auf Müller.

»Ist der Verdächtige nicht mehr da?«, fragte der Gendarm und wirkte dabei so überrascht, dass Christian es nicht fassen konnte.

»Ja, er ist nicht mehr da! Dammich noch eins!« Wie sollte er das dem Badekommissar erklären? Es war Christians Idee gewesen, Tscharre auf freien Fuß zu setzen. Er hatte ihm zugesichert, ihn nicht aus den Augen zu lassen.

»Da hätte ich ja noch stundenlang sitzen können. Ich hab ja gleich gesagt, das bringt nix«, sagte Müller. Er tippte sich nachdenklich an die Lippe. »Der ist bestimmt über den Hinterausgang hinaus.«

Christian sah ihn überrascht an. »Ja natürlich! Weil er Sie vorn auf der Straße gesehen hat, Sie Riesendösbaddel!« Christian wandte sich zur Pensionswirtin um. »Geht es hier zum Hinterausgang?«, fragte er und wies auf den Flur, der vom Empfangsraum abging.

»Ja, aber …!«

Christian hatte sich schon in Bewegung gesetzt.

Die Wirtin lief ihm nach. »Das sind Privaträume! Sie können da nicht einfach …«

Christian schritt durch eine geräumige Küche, dann war er bei der Tür. Sie war unverschlossen. Er öffnete sie und stieg die wenigen Stufen zum Garten hinab.

Die Pensionswirtin war hinter ihm aufgetaucht, ihre Katze auf dem Arm. Sie wollte gerade erneut anheben zu protestieren, als ein deutlich vernehmbares Rumpeln aus dem Schuppen hinten im Garten zu ihnen drang.

Die Augen der Pensionswirtin wurden groß. »Da macht sich jemand an meinen Sachen zu schaffen.« Sie setzte die

Katze ab und griff nach einer Harke, die an der Wand des Hauses gelehnt hatte. »Na warte, dem werde ich helfen.«

Sie schickte sich an, zum Schuppen zu gehen. Doch Christian hielt sie zurück. »Sie bleiben hier. Das ist meine Aufgabe.« Er zog seine Waffe. Die Wirtin blieb erschrocken stehen. »Gehen Sie ins Haus zurück«, flüsterte er.

Fräulein Dippell nickte, nahm ihre Katze auf den Arm und entfernte sich.

Christian ging langsam auf den Schuppen zu. Lauschte. Er hörte das entfernte Rauschen der Wellen, vereinzeltes Rufen und Gelächter von der Straße. Und die polternden Geräusche aus dem Schuppen. Jemand schien Holzscheite aufeinanderzustapeln.

Er spannte den Hahn seiner Pistole, trat zur Tür. »Hände hoch!«

34

Fundstücke

Viktoria zuckte zusammen, ließ das Holzscheit fallen, das sie gerade aufgenommen hatte. In der Tür stand Christian mit gezogener Pistole.

»Dammich! Viktoria!« Er senkte die Waffe und steckte sie in das Holster. »Was um Himmels willen machst du hier?«

»Ich habe Tscharre überwacht, wie besprochen«, gab sie zurück und stand auf.

Christian war vor Wut rot angelaufen. »Du wolltest dich ins Restaurant setzten. Du solltest dich unter keinen Umständen einmischen!«

»Ich habe mich nicht ›eingemischt‹. Tscharre hat sich aus dem Staub gemacht, und ich wollte ihm folgen.«

»Du hättest Müller Bescheid sagen müssen.«

Viktoria warf ihm nur einen bedeutsamen Blick zu und schwieg.

Neben Christian erschien die Pensionswirtin. »Was macht das Fräulein in meinem Schuppen?«

»Gehen Sie zurück ins Haus, Fräulein Dippell!«, fuhr Christian sie an.

»Ich dulde nicht …«

Doch Christian ließ sie nicht zu Wort kommen. »Raus!«

Fräulein Dippell zuckte zusammen. Sie schloss den Mund, der vor Schreck offen geblieben war, wandte sich um und ging zurück zur Villa.

»Also, was wolltest du hier?«, wandte sich Christian wieder an Viktoria.

Sie wusste, dass er wütend war, und vielleicht zu Recht. Trotzdem konnte sie das leise Lächeln des Triumphs, das sich in ihre Mundwinkel schlich, nicht verhindern. Nachdem sie die Spuren auf dem Sandweg entdeckt hatte, hatte sie sich vorsichtig dem Schuppen genähert. Wie erwartet war im Innern niemand. An der hinteren Wand hingen Gartengeräte der Größe nach sortiert. An den Wänden links und rechts war Feuerholz gestapelt. Die Scheite auf der rechten Seite lagen mit der Rinde nach oben und fein säuberlich parallel nebeneinander. Die Scheite links hingegen waren kreuz und quer aufeinandergeworfen worden, wie in großer Eile. Daraufhin hatte Viktoria sich den Holzstapel genauer angesehen. Sie hatte ihn fast komplett abgetragen, als eine Blechdose zum Vorschein gekommen war.

Viktoria sah Christian an und kniete sich hin. »Das hier habe ich gefunden. Ich wollte gerade nachsehen, was drin ist, da bist du hereingestürmt.«

Sie stand auf, öffnete den Deckel der Blechdose. Im Innern waren Fotografien. Sie stellte sich neben ihn, und Christian nahm den Stapel heraus. Die beiden ersten zeigten eine Straße, in der Sommergäste flanierten. Sie waren unscharf, verwaschen – eindeutig ohne Stativ aufgenommen. Dann kam eine Fotografie einer jungen Frau vor einem Laden.

»Ob das Fräulein Ilse ist?«, fragte Viktoria. Die Beschreibung, die sie von Frau von Manteuffel erhalten hatte, passte genau.

Christian betrachtete die Fotografie näher. »Gut möglich. Sie trägt die Kleidung, die sie bei ihrem Verschwinden anhatte.« Christian sah nachdenklich vor sich hin. »Das muss natürlich nicht heißen, dass die Aufnahme auch hier aufgenommen wurde. Trotzdem … Tscharre hat sie verfolgt.« Er ließ die Fotografien sinken. Viktoria sah die Müdigkeit in seinen Augen. »Hätte ich nicht diese vermaledeite Idee gehabt, den Mann auf freien Fuß zu setzen, dann wäre er jetzt in Gewahrsam.«

»Du hattest Gründe, so zu handeln. Er bestand die Gefahr, dass er uns nicht sagt, wo sie ist. Dann würde sie in ihrem Gefängnis elendig verdursten.«

Doch Christian schüttelte den Kopf. »Aber ich haben sie auch nicht geschützt. Vielleicht ist er gerade jetzt bei ihr. Er kann mit ihr tun und lassen, was er will. Und das ist meine Schuld.«

35

Schuld

Christian hatte sich auf den Weg zur Villa Fresena gemacht. Schon lange war ihm kein Gang mehr so schwergefallen wie dieser. Wie sollte er dem Admiral und seiner Frau gegenübertreten? Aber sie hatten das Recht, unverzüglich zu erfahren, was geschehen war.

Am Damenpfad traf er auf Adjutant von Brenkendorf. »Hinrichs, ich dachte, Sie wollten den Gendarmen bei der Überwachung Tscharres ablösen.«

Christian berichtete, was geschehen war. Für einen Moment schwieg Brenkendorf. Dann nickte er. »Es ist nicht Ihre Schuld«, sagte er schließlich. »Sie konnten nicht ahnen, dass er dem Gendarmen entwischt.«

Genau das war der Punkt. Christian hatte es geahnt, sonst hätte er Viktoria niemals erlaubt, Tscharre zu überwachen. Er hätte darauf bestehen müssen, die Überwachung selbst zu übernehmen. Der Gendarm hätte stattdessen das Paar auf dem Dampfer überprüfen können. Jetzt war der Hauptverdächtige verschwunden, ein weiterer Tag vergangen, und sie hatten nicht den geringsten Ansatzpunkt dazu gewonnen.

Der Diener öffnete ihnen die Tür. »Herr Hinrichs! Gibt es Neuigkeiten?«

Christian schüttelte den Kopf. Er wollte Johann nicht sagen, was passiert war. Zuerst musste er den Admiral und dessen Frau informieren.

Johann bat sie herein. Christian wandte sich zum Adjutanten um. »Kommen Sie?«

Brenkendorf war vor der Haustür stehen geblieben, hatte den Blick zum Boden gesenkt und runzelte die Stirn. »Da liegt etwas.« Er bückte sich, hob es auf. Es war ein Brief.

Christian fühlte, wie sich sein Magen zusammenzog. Der zweite Brief des Entführers. Mit versteinertem Gesicht trat Brenkendorf in den Flur, den Brief in den Händen.

»Er lag halb versteckt hinter dem Blumengesteck beim Eingang. Gott weiß, wie lange er dort schon liegt.«

»Ich habe vor Kurzem noch vor die Tür geschaut«, warf der Diener ein. »Ich hätte ihn sicherlich bemerkt.«

Christian wollte den alten Mann nicht kränken. Aber er glaubte kaum, dass der halb blinde Johann Specht den Brief hinter dem Blumengesteck so leicht bemerkt hätte.

»Der Herr Admiral ist im Salon.« Johann ging voran und öffnete die Tür.

Christians erster Blick fiel auf den Badekommissar, der neben seiner Schwester auf dem Sofa saß. Gut, dann musste er nicht zweimal beichten, was passiert war. Der Admiral saß in dem Sessel beim Fenster.

Von Treptow sah Christian fragend an, als er eintrat. »Hinrichs, ist etwas geschehen?«

Sein Blick fiel von Christian auf Brenkendorf – auf den Brief in dessen Hand. Für einen Moment herrschte eisiges

Schweigen im Raum. Dann erhob sich der Admiral. Langsam ging er auf Brenkendorf zu, nahm den Brief entgegen und schlitzte ihn mit zitternden Fingern auf. Er nahm eine Fotografie heraus, schaute darauf und wankte plötzlich. Sofort waren seine Frau und der Badekommissar bei ihm. Frau von Manteuffel nahm ihm das Bild ab. Sie stieß einen spitzen Schrei aus und ließ es fallen, als hätte sie sich die Finger daran verätzt. Der Badekommissar hob es auf, blickte darauf und reichte es mit ernster Miene an Christian weiter, bevor er Frau von Manteuffel zurück zum Sofa führte.

Christian betrachtete die Aufnahme. Es war ein Autochrom, eine farbige Fotografie, die die abgebildete Person grausam realistisch erscheinen ließ. Darauf zu sehen war Ilse von Manteuffel. Sie saß auf einem steinernen Boden, wie in einem Keller. Ihre Hände lagen in ihrem Schoß, und der Rock war um sie ausgebreitet, als wäre sie eine dekorative Puppe auf einem Regal. Um Ilses linken Fuß war eine schwere Eisenschelle mit einer Metallkette gelegt. Die Kette führte zu einem Ring, der in der Wand eingeschlagen worden war. Tränen hatten Spuren auf ihren Wangen hinterlassen. Ihr Kopf war kahl geschoren, die langen Strähnen ihres Haares lagen um sie herum auf dem Boden. Auf der Fotografie stand eine Zahl: »2«. In zwei Tagen würde der Täter Ilse töten.

36

Durst

Ilses Hände schmerzten, ihre Fingerkuppen waren aufgeschürft und bluteten. Trotzdem umfasste sie das Kettenglied fester. Mit der anderen Hand fühlte sie nach dem Eisendorn, der in der Wand eingeschlagen war. Der Mörtel um ihn herum war rau, ein großes Stück war bereits abgebröckelt. Irgendwann würde sie den Mörtel so weit weggeschlagen haben, dass sie den Eisendorn aus der Wand lösen konnte. Dann wäre sie frei und konnte nach oben klettern und fliehen. Vorausgesetzt, die Falltür war nicht verriegelt. Aber daran mochte sie nicht denken. Stattdessen versuchte sie, sich voll und ganz auf die Arbeit zu konzentrieren, die vor ihr lag. Sie presste die Lippen aufeinander, hob die Eisenkette, schlug weiter mit dem Glied der Kette auf den Mörtel ein.

Als sie von weit her die Kirchturmuhr hörte, unterbrach sie ihre Arbeit und zählte mit. Elf Schläge. Draußen war es inzwischen dunkel, das wusste sie, denn tagsüber zeichnete sich ein schwacher Lichtschein an den Umrissen der Falltür ab.

Gestern war ihr Peiniger nachts gekommen. Sie fragte sich, ob er heute Nacht zurückkehren würde. Sie fürchtete sich davor – und gleichzeitig sehnte sie es herbei. Denn das wenige Wasser, das er ihr hingestellt hatte, hatte sie längst ausgetrunken. Ihr Mund war trocken, die Zunge klebte an ihrem Gaumen. Ilse atmete tief durch. Sie musste weitermachen.

Sie versuchte, den quälenden Durst auszublenden, und nahm die Kette wieder auf, um weiterzuarbeiten. Sie hatte vielleicht eine halbe Stunde auf den Mörtel eingeschlagen, als ein Geräusch sie innehalten ließ. Das Quietschen einer Tür. Ein eisiger Schauder durchfuhr sie. Er war zurück.

Hastig legte sie die Kette neben sich auf den Boden, setzte sich so, dass ihr Körper den Ring und die Spuren ihrer Arbeit verdeckte.

Oben wurde etwas von der Falltür gezogen, die Klappe geöffnet. Der Schein einer Petroleumlampe fiel in ihr Verlies. Dann stieg er die Leiter hinunter, stellte die Lampe auf das Holzregal an der Wand. Sein Blick ging zu ihr. Er hatte eine Flasche Wasser dabei, stellte sie ohne ein Wort neben sie. Am liebsten hätte sie sich sofort darauf gestürzt und ihren Durst gelöscht. Aber sie hielt sich zurück, wollte ihm gegenüber keine Schwäche zeigen.

Er schien es heute eilig zu haben. Er griff sofort nach der Kamera, die an der Wand lehnte. Also würde er noch eine Fotografie machen. Sollte er. Solange er sie nur nicht wieder schlug. Sie setzte sich wie beim letzten Mal in Position, legte die Hände in den Schoß. Hoffte, dass er ihre blutigen Fingerkuppen nicht bemerkte.

Er befestigte etwas an der Linse, sah durch den Sucher und entzündete die Lunte am Blitzlichtbeutel. Dann nahm er die Abdeckung von der Kameralinse. Das Pulver flammte auf. Ilse schloss reflexartig die Augen, sah den hellen Widerschein hinter ihren Lidern.

Als sie die Augen wieder öffnete, wechselte er bereits den Filter. Er machte noch zwei weitere Aufnahmen. Sie hatte gehofft, dass er gehen würde, nachdem er die Fotografien geschossen hatte. Aber als er die Kamera beiseitegestellt hatte, trat er zu ihr. Ging vor ihr in die Hocke. Mit seiner Hand strich er über ihren kahlen Kopf.

Ihr stockte der Atem. Sie spürte, wie ihre Unterlippe zu zittern begann. Er strich mit dem Finger über ihre Wange. Dort, wo er gestern seinen Daumen hineingedrückt hatte. Es schmerzte noch immer. »Hast du Angst?«, fragte er. Er kam mit dem Kopf ganz nah. Sah ihr in die Augen und lächelte. »Das solltest du. Denn du gehörst jetzt mir.«

»Warum tun Sie das?«, stieß Ilse hervor. Ihre heisere Stimme klang ihr selbst fremd.

Er runzelte die Stirn. »Tu nicht so, als ob du das nicht wüsstest.« Er stand auf. Sah mit finsterer Miene auf sie herab. Er war wütend, das konnte sie sehen. Plötzlich beugte er sich erneut herunter. Ilse hob die Hände vor das Gesicht, erwartete einen Schlag. Aber er hatte nur nach der Flasche gegriffen, die er ihr hingestellt hatte. Mit dem Daumen drückte er gegen den Bügelverschluss, mit einem leisen Geräusch öffnete sie sich. Dann goss er das Wasser vor ihre Füße. Es versickerte im Boden.

»Du brauchst nichts zu trinken. In zwei Tagen bist du ohnehin tot.« Er wandte sich ab, stieg die Leiter wieder hinauf. Sie hörte sein kehliges Lachen. Leise und unterdrückt, aber sie hörte es. Ilse begann am ganzen Leib zu zittern.

37

Niemals

Es klopfte an der Tür. Christian öffnete die Augen und setzte sich abrupt im Bett auf. »Sieben Uhr, Herr Kriminal.« Die Stimme seiner Zimmerwirtin. Er ließ sich wieder aufs Kissen fallen. Durch das Fenster schien ihm die Sonne ins Gesicht. Er stöhnte und wünschte sich nichts sehnlicher, als noch eine Stunde liegen bleiben zu können.

»Sind Sie wach?«, fragte seine Zimmerwirtin. »Soll ich Ihnen Frühstück machen? Vielleicht ein Ei?«

Christian rieb sich über die Augen. »Vielen Dank, aber ich habe nicht viel Zeit.«

»Sie müssen doch etwas essen! Ich mache schnell alles fertig.« Er hörte, wie die Witwe Paulsen mit leichten Schritten die Treppe hinunterging. Kurz darauf drang das Klappern von Töpfen zu ihm herauf.

Christian quälte sich aus dem Bett, gab Wasser in die Schüssel und wusch sich. Er fühlte sich wie erschlagen. Gemeinsam mit dem Adjutanten hatte er gestern Abend umgehend die Suche nach Tscharre eingeleitet. Doch als es dunkel geworden war, hatten sie aufgegeben. Die Erinnerung an Tscharres Entkommen lastete bleiern auf ihm. Warum war er nur auf diese verflixte Idee gekommen, Tscharre auf freien Fuß zu setzen?

In der Küche saßen die Kinder seiner Zimmerwirtin auf der Bank. Hauke, Onno und Gretje stritten sich, wer von ihnen den Knust des Brotes essen durfte. Onno griff danach, aber Hauke war schneller. Er war der Älteste und setzte sich meistens durch. Doch Christian zog ihm das Brot aus der Hand. »Du hattest ihn gestern und Onno vorgestern. Heute ist Gretje dran.«

Hauke zog eine Fratze. »Aber die ist doch nur ein Mädchen.«

»Umso wichtiger, dass du lernst zu teilen«, erklärte Christian und gab der Jüngsten das Brot. Die strahlte.

»Kinder, macht dem Herrn Kriminal Platz.« Frau Paulsen scheuchte sie mit der Hand zur Seite, und Christian setzte sich ans Kopfende des Tisches auf die Bank. Seit dem letzten Winter saß er in der Küche und nicht mehr in der Wohnstube, wo die anderen Gäste aßen. Nachdem die Sommergäste abgereist waren, war das Frühstück einsam gewesen. Irgendwann hatte er gefragt, ob er nicht auch in der Küche sitzen könne. Dabei war es geblieben.

»Sie sind spät nach Hause gekommen«, bemerkte Frau Paulsen. Ihr Mann war vor drei Jahren an einer Blutvergiftung verstorben. Seitdem hielt die junge Witwe sich und ihre drei Kinder mit Zimmervermietungen über Wasser.

»Ich hatte viel zu tun«, antwortete Christian knapp. Er wollte nicht an gestern Abend denken. Daran, dass Tscharre entkommen war.

Frau Paulsen stellte ihm ein Ei vor den Teller.

»Das wäre doch nicht nötig gewesen«, sagte Christian. »Einfach Brot und Käse tut es auch.«

»Sie sind der Mann im Haus, und Sie müssen gut essen«, antwortete Frau Paulsen. Sie schob den Topf vom Herd, brachte noch schnell den Kaffee zu den Gästen in der Wohnstube. In der Zwischenzeit half Christian Gretje dabei, ihr Brot zu schmieren.

»Die Kinder sollen Sie nicht immer so in Beschlag nehmen«, sagte Witwe Paulsen, als sie zurückkam. Sie war an der Tür stehen geblieben und betrachtete ihn mit einem Blick, den Christian nicht recht deuten konnte.

»Sie stören mich nicht, das wissen Sie doch, Frau Paulsen«, sagte Christian. Im Gegenteil, dachte er, sie bringen mich wenigstens auf andere Gedanken. Wieder dachte er an gestern Abend. Die Gardinenpredigt des Badekommissars war nicht einmal das Schlimmste gewesen. Auch nicht, dass der Admiral Christian laut angefahren und ihm Unfähigkeit attestiert hatte. Das Schlimmste war der Blick von Frau von Manteuffel gewesen. Die Angst um ihre Tochter, die sich darin widerspiegelte.

Frau Paulsen wischte sich die Hände an ihrer Schürze ab, strich ihre Haare glatt und setzte sich zu ihnen an den Tisch. »Sie sind für die Kinder schon wie ein Vater. Ich wüsste nicht, was ich ohne Sie täte.« Sie lächelte.

Christian hatte kaum zugehört. Er nickte gedankenverloren. Vielleicht kam Tscharre im Laufe des Tages zurück, um die Fotografien aus dem Schuppen zu holen. Brenkendorf hatte zur Sicherheit die Bewachung des Schuppens und der Pension Villa Nordsee durch seine Männer angeordnet. Mehr hatten sie gestern nicht mehr tun können.

Die Witwe nahm eine Scheibe Brot vom Brett und begann es zu schmieren. »Ist Fräulein Berg inzwischen angekommen?«

»Ja«, antwortete Christian kurz angebunden. An Viktoria wollte er auch nicht denken. Bevor er zu den von Manteuffels gegangen war, hatte er sie noch zum Hotel begleitet. Er wollte sichergehen, dass sie sich nicht auch noch auf die Suche nach Tscharre machte. Er hoffte nur, dass sie heute Vormittag auf ihrem Zimmer blieb, so wie er es verlangt hatte.

»Bleibt sie länger?« Witwe Paulsen sah auf.

»Das ist noch nicht sicher«, sagte er. Er wechselte abrupt das Thema. »Wenn Sie sich auf der Insel verstecken müssten, wo würden Sie das tun?«

Frau Paulsen sah ihn überrascht an, dachte kurz nach. »Auf jeden Fall nicht hier im Dorf, da würde es jeder mitbekommen. Aber sonst … ich weiß nicht.«

Die Kinder waren hellhörig geworden. Onno machte ein kluges Gesicht. »Ich würde jemanden in den Dünen verstecken«, sagte er. »Wenn die Soldaten über das Meer kommen, dann nehme ich einen gefangen.« Er hielt ein imaginäres Gewehr im Anschlag, mit dem er offensichtlich seinen Gefangenen vor sich hertrieb.

»Du kannst einen Soldaten gar nicht festsetzen«, höhnte Hauke. »Der ist doch viel stärker. Außerdem sind die Dünen ein blödes Versteck. Dort sind überall Leute. Ich würde meinen Gefangenen woanders verstecken, wo nie jemand hinkommt.«

»Und wo?«, fragte Onno, beleidigt, dass sein großer Bruder glaubte, er könne keinen Soldaten überwältigen.

»In der Mühle.«

Onno machte große Augen. »Da, wo das Restaurant ist? Wie willst du da denn einen Gefangenen verstecken?«

Doch Hauke ließ sich nicht beirren. »Das ist ein Trick. Ich bringe meinen Gefangenen in den Keller und kneble ihn. Dann kann ihn niemand hören.«

»Ich würde ein Segelboot nehmen und ganz weit wegfahren.« Gretje ließ ihren Knust in der Luft wie ein Boot schaukeln. Onno nutzte die Gelegenheit und schnappte sich das Brotstück. Gretje schrie auf und griff danach. Doch ihr Bruder hielt es hoch, sodass sie nicht drankam. Im nächsten Moment riss Hauke es Onno aus der Hand, grinste und biss hinein. Was zu einem noch größeren Geschrei führte.

Frau Paulsen stand auf, nahm Hauke das Brot ab und gab es Gretje zurück. »Jetzt ist Ruhe! Der Herr Kriminalassistent will euer Gezeter am frühen Morgen nicht hören. Wenn ich noch einen Mucks höre, dann gibt es was.«

Tatsächlich wurde es schlagartig ruhig, auch wenn Onno und Hauke einen wütenden Blick auf Gretje warfen, die mit einem triumphierenden Lächeln in ihr Brot biss.

Christian trank seinen Kaffee aus, stand auf. »Ich muss los.«

Sofort erhob sich Frau Paulsen, griff nach der Dose, in die sie die Brote tat, die sie für ihn geschmiert hatte. »Ihr Mittagessen, Herr Hinrichs. Oder kommen Sie zwischendurch noch mal rein?«

Er nahm die Dose, schüttelte den Kopf. »Nein, bedaure.«

Sie nickte. »Dann bis heute Abend.« Sie lächelte ihn an, und wieder lag etwas in ihrem Blick, was er nicht deuten konnte. Aber er hatte keine Zeit, länger darüber nachzudenken. Vermutlich überlegte sie nur, was sie zum Abendessen besorgen musste.

Ein Gast klopfte an den Türrahmen zur Küche. »Dürfte ich noch um etwas Kaffee bitten?«

»Selbstverständlich.« Frau Paulsen nahm die Kanne vom Herd. Christian verabschiedete sich, ging hinaus. Wie immer in diesen frühen Morgenstunden war noch alles ruhig auf der Insel. Nichts deutete auf den Trubel hin, der in wenigen Stunden ausbrechen würde. Christian genoss es für gewöhnlich, um diese Zeit unterwegs zu sein. Aber heute war er mit seinen Gedanken woanders. Die Öffentlichkeit musste informiert werden, dass Sigismund Tscharre zur Fahndung ausgeschrieben war. Er würde Herrn von Treptow vorschlagen, in der *Badezeitung* eine entsprechende Bekanntmachung zu veröffentlichen.

Zu Christians Überraschung war der Gendarm bereits auf der Wache, als er ankam. Und nicht nur das, er arbeitete. Vor Müller lag ein Bogen Papier, auf dem er sich eifrig Notizen machte. Er blickte auf. »Guten Morgen, Herr Kriminalassistent.«

Christian setzte sich an seinen Schreibtisch. Er kam aus dem Staunen nicht mehr heraus. Es war das erste Mal, dass Müller ihn begrüßte. Er lächelte sogar, zumindest verzog sich sein blonder Backenbart. Sollte Kuddel Müller tatsächlich ein schlechtes Gewissen haben, weil Tscharre durch seine Nachlässigkeit entkommen war? Wenn, dann völlig zu Recht. Christian hatte nicht vor, ihm so schnell zu vergeben. Wenn Müller gestern seine Arbeit vernünftig gemacht hätte, wäre Fräulein Ilse jetzt vielleicht schon in Sicherheit.

Der Gendarm stand auf, nahm die Liste, an der er geschrieben hatte, und ging um den Schreibtisch herum. »Ich habe alle Gendarmeriebrigaden in Ostfriesland informiert, dass wir Tscharre suchen, Herr Kriminalassistent. Sollte er irgendwo auftauchen, wird er festgenommen.«

»Hm«, brummte Christian. Die Brigaden zu informieren war das Mindeste, was der Gendarm tun konnte.

»Darf ich einen weiteren Vorschlag machen, Herr Kriminalassistent?«

Christian sah auf. Das wertete Müller offenbar als Zustimmung. »Wir sollten auch sämtliche Krämer informieren, dass wir nach Herrn Tscharre suchen. Dort gehen die Einheimischen und die Dienstboten ein und aus. Wenn wir eine Beschreibung des Tatverdächtigen hinterlassen, dürfte sich die Nachricht schnell verbreiten.«

Das war keine schlechte Idee, das musste er Kuddel Müller lassen. Der Gendarm nahm einen Zettel von seinem Schreibtisch, reichte ihn Christian. »Wir können das hier verwenden.« Er hatte tatsächlich ein Fahndungsschreiben erstellt, in dem er den Flüchtigen genau beschrieb.

»Gut, informieren Sie die Ladeninhaber, am besten auch alle Hotels. Irgendwo muss der Mann ja stecken.«

Müller nickte dienstbeflissen. »Wird gemacht, Herr Kriminalassistent.«

Er ging zu seinem Schreibtisch, nahm seine Tschapka und setzte sie auf, befestigte den Schlagstock an seinem Koppel und ging eilig hinaus. Christian erkannte den Gendarmen kaum wieder.

Christian sah eine Weile gedankenverloren vor sich hin. Wo konnte Tscharre sich aufhalten?

Christian nahm sein Notizheft heraus, blätterte es Seite für Seite durch. Vielleicht hatte er irgendetwas übersehen. Irgendetwas, das ihnen einen Hinweis geben konnte. Aber als er die letzte Seite umblätterte, war er so schlau wie zuvor. Seufzend stand er auf und ging zum Telefon. Er ließ sich mit der Oberpostdirektion in Lübeck verbinden. Vielleicht erfuhr er von Tscharres Arbeitskollegen etwas Neues über den Mann.

Es wurde ein überraschend langes Gespräch, dem weitere Telefonate folgten. Als Christian endlich auflegte, fühlte er sich noch schlechter als zuvor. Niemals hätte er Tscharre laufen lassen dürfen. Niemals.

38

Menetekel

Viktoria hatte in der Nacht kaum geschlafen. Tausend Gedanken gingen ihr im Kopf herum. Sie dachte an Sigismund Tscharre, der Frau von Manteuffel nachgestellt hatte und jetzt womöglich ihre Tochter in seiner Gewalt hatte. Sie dachte an Ilse von Manteuffel, die seit fast zwei Tagen diesem skrupellosen Menschen ausgeliefert war. Wie erging es ihr? Was machte sie durch? Sie musste wie von Sinnen sein vor Angst.

Und immer wieder musste Viktoria an Christian denken, an seinen Heiratsantrag, an die vielen Gespräche, die sie bereits geführt hatten und die immer wieder im Streit endeten. In Gedanken führte sie all die Gespräche noch einmal, wiederholte einzelne Formulierungen, versuchte, eine akzeptable Lösung für sie beide zu finden …

Irgendwann musste sie schließlich eingeschlafen sein. Als sie erwachte, war es bereits fast neun.

Viktoria stand auf, zog sich an. Ihre Tante war bestimmt längst mit dem Frühstück fertig. Fast hoffte Viktoria, dass sie bereits das Hotel verlassen hatte, um einen ihrer Besuche zu machen. Aber als sie in den Salon ihrer Suite trat, saß ihre Tante auf dem Sofa und war in einen Brief vertieft. Sie blickte auf, legte das Blatt rasch zur Seite. Doch

Viktoria hatte den Brief erkannt. »Warum liest du meine Post?«

Ihre Tante legte das Schreiben auf den Tisch, als sei nichts geschehen. »Du musst eben nicht alles herumliegen lassen.«

»Der Brief lag nicht herum, sondern war in einem Buch.«

Ihre Tante ging nicht darauf ein. »Was sagt denn dein Herr Kriminalassistent dazu?«

»Das ist allein meine Sache. Ich will nicht, dass du dich einmischst.«

»Als hätte ich das jemals getan.« Tante Rosamunde nahm sich die *Badezeitung* vom Tisch. Viktoria ahnte, dass Tante Rosamunde die Gelegenheit nutzen würde, um zu ihrem Lieblingsthema zurückzukehren. Vermutlich würde sie vorschlagen, diese oder jene Familie zu besuchen, damit deren unverheirateter Sohn Viktoria kennenlernen konnte. Schlagartig hatte Viktoria das Gefühl, ersticken zu müssen. Sie nahm ihre Handtasche, Sonnenschirm und Hut. »Ich mache einen Spaziergang.« Ohne eine Antwort abzuwarten, ging sie hinaus. Die Tür fiel lauter als beabsichtigt hinter ihr ins Schloss. Ein Zimmermädchen, das gerade den Teppich abbürstete, zuckte erschrocken zusammen. Viktoria lief die Treppe hinab, durchquerte die Halle und trat hinaus in die Sonne. Mit großen Schritten ging sie zum Nordstrand. Dort hätte sie am liebsten einmal laut in den Wind geschrien. Stattdessen starrte sie nur auf das Meer, betrachtete die unermüdlich heranrollenden Wellen.

Die wohltuende Wirkung ließ wie üblich nicht lange auf sich warten, der weite Himmel, der Wind, der ihr um die

Ohren blies, all das beruhigte und belebte Viktoria gleichermaßen.

Schließlich wandte sie sich ab und ging zurück zur Kaiserstraße. Vor dem runden Gebäude von Scherls Lesehalle hatte sich eine Menschentraube versammelt.

»Was ist denn los?«, fragte ein älterer Herr, der wie sie soeben hinzugetreten war.

Ein Mann mit Strohhut wandte sich um. »Kaiser Franz Joseph hat die Mobilmachung bekannt gegeben. Alle österreichischen Reservisten werden zurück ins Land gerufen.« Seine Augen leuchteten.

»Glauben Sie, es gibt Krieg?«, entfuhr es Viktoria. Ein eisiger Schauder kroch ihr über den Rücken.

Der Mann strahlte. »Das ist so sicher wie das Amen in der Kirche. Sollte der österreichische Kaiser uns rufen, werden ihm alle Deutschen in dieser schweren Zeit freudig zur Seite zu stehen.«

Viktoria fühlte sich schlagartig elend. Alle Deutschen? Christian war Reserveoffizier. Was, wenn Deutschland in den Krieg eintrat und er einberufen wurde? Sie versuchte, den Gedanken zu verscheuchen. Er war Polizist und damit unabkömmlich. Doch der Gedanke setzte sich in ihrem Kopf fest: Was, wenn Christian in den Krieg ziehen musste?

39

Kühler Pfefferminztee

Die Buchdruckerei Soltau lag mitten im Ort. Ein schönes weiß verputztes Gebäude mit rot abgesetzten Klinkern. Über einem der Fenster stand in großen Lettern *Badezeitung*. Christian ging hinein, zeigte seine Dienstmarke. »Ich möchte gern Herrn Soltau sprechen.«

Er wurde in ein Zimmer im hinteren Teil des Hauses geführt. Der Geschäftsführer, ein Mann mittleren Alters, der in Hemd und Ärmelschonern an einem Pult arbeitete, kam auf ihn zu, als Christian eintrat. Der schilderte ihm in knappen Worten, was vorgefallen war. Schließlich bat er ihn, ein Extrablatt mit einem Zeugenaufruf zu veröffentlichen, und reichte ihm das Fahndungsschreiben von Gendarm Müller.

Soltau nickte ernst. »Ich werde es sogleich setzen lassen.«

Christian bedankte sich. Ein Extrablatt war die beste Möglichkeit, um an Hinweise aus der Bevölkerung zu kommen, auch wenn der Admiral und der Badekommissar zunächst dagegen gewesen waren. Aber Christian hatte darauf bestanden. Sie durften nichts unversucht lassen, denn die Zeit lief ihnen davon.

Christian verabschiedete sich, setzte seinen Hut auf und

ging hinaus. Als Nächstes machte er sich auf die Suche nach dem Ausrufer. Um diese Zeit war der vermutlich beim Kaiser-Wilhelm-Denkmal. Tatsächlich sah Christian den Mann schon von Weitem dort stehen, in der Hand die Glocke, mit der er die Leute auf sich aufmerksam zu machen pflegte. Christian trat zu ihm, zog seine Dienstmarke hervor. Aber der Ausrufer winkte ab. »Die brauche ich nicht, ich weiß, wer du bist.«

Er hatte Plattdeutsch gesprochen, also redete Christian auch auf Platt mit ihm, als er sein Anliegen vortrug.

Der Ausrufer nickte. »Sie suchen also nach einem glatzköpfigen Mann um die fünfzig mit Spitzbart, dunkler Nadelstreifenanzug, beiger Hut mit hochgeschlagener Krempe im Kolonialstil«, wiederholte er.

Christian nickte. »Wer etwas sieht, soll auf der Wache Bescheid geben. Auf keinen Fall sollte irgendjemand etwas auf eigene Faust unternehmen. Das ist wichtig.«

»Ich werde es ausrufen.«

Christian verabschiedete sich, ging eilig davon. Hinter sich hörte er, wie der Ausrufer mit seiner Glocke läutete, um die Leute anzulocken.

Sein nächster Weg führte ihn zur Villa Fresena. Nach wie vor war Tscharre ihr Hauptverdächtiger. Aber es wäre sträflich, sich allein auf Tscharre zu konzentrieren. Christian passierte die Marinesoldaten, die das Haus bewachten, und ging zum Dienstboteneingang. Aus der Küche war Geschirrgeklapper zu hören. Eine Frauenstimme summte eine Melodie. Christian klopfte an. Das Dienstmädchen Anna Visher öffnete ihm.

»Herr Kriminalassistent. Herr Specht ist gerade beschäftigt.«

Er trat ein. »Schon gut. Ich wollte ohnehin mit Ihnen sprechen.«

Sie wirkte überrascht, sah sich dann in der Küche um. »Setzen Sie sich doch«, sagte sie und deutete zum Tisch, auf dem noch das Frühstück der Hausangestellten stand. »Ich räume nur schnell ab.« Sie begann, Teller und Tassen zusammenzustellen. »Möchten Sie einen Kaffee? Ich kann schnell einen aufsetzen.«

»Ein Glas Wasser wäre mir lieber.«

»Wie wäre es mit kaltem Pfefferminztee? Ich habe eine Kanne zubereitet.«

Christian nickte dankbar. Während Anna noch schnell über den Tisch wischte, zog er einen Stuhl zurück und setzte sich. »Arbeiten Sie schon lange für die Familie?«

Sie faltete das Wischtuch zusammen, legte es in die Spüle. »Ich helfe seit fünf Jahren im Sommer aus. Mein Mann ist damals gestorben, und ich war froh, etwas dazuverdienen zu können. Inzwischen sind meine Kinder aus dem Haus. Ich habe nach einer festen Anstellung gesucht, und Herr Specht hat sich für mich verwendet. Ich werde die Herrschaften nach Kiel begleiten.« Sie holte eine Kanne aus dem Vorratsschrank, schenkte Christian ein Glas ein.

»Werden Sie Ihre Familie nicht vermissen?«

Sie lächelte. »Meine drei Töchter leben auf dem Festland, und mein Jüngster arbeitet auf einem der Fischkutter aus Norden. Ich freue mich darauf, mal was anderes zu sehen als nur Sommergäste.« Sie schenkte sich selbst auch etwas Tee in ihre Tasse ein, stellte die Kanne zurück in den Schrank und setzte sich wieder an den Tisch. »Herr Specht glaubt, dass Fräulein Ilse irgendwo auf der Insel ist. Wenn er könnte, würde er den ganzen Tag nach ihr suchen.« Sie lächelte. »Er ist ein feiner Mensch, mitfühlend und hilfsbereit. Die Herrschaften können froh sein, dass er in ihren Diensten steht.«

»Stimmt es, dass Herr Specht entlassen werden soll?«

Sie schob die Tasse ein Stück weg und verschränkte die Arme vor der Brust. »Erich Pohl hat Ihnen das erzählt, nicht wahr? Er hofft darauf, die Stellung von Herrn Specht zu übernehmen.«

»Und, wird er das?«

»Der Herr Admiral hat es noch nicht entschieden«, sagte Anna ausweichend. Aber er entnahm ihren Gesichtsausdruck, dass es für Pohl keine Zukunft in dem Haus gab.

Christian nahm einen Schluck kalten Tee, der herrlich erfrischend war. »Es muss Herrn Specht hart treffen, dass er nicht mehr für die von Manteuffels arbeiten wird. Niemand möchte beim Altwerden einsam sein.«

»Es ist das Schicksal von Dienstboten. Keiner kann ewig arbeiten.« Sie warf ihm einen nachdenklichen Blick zu. »Sie denken doch wohl hoffentlich nicht, Herr Specht könnte etwas mit der …« Sie schüttelte energisch den Kopf. »Nein, ganz ausgeschlossen! Johann hat Fräulein Ilse aufwachsen sehen, für ihn ist sie wie seine eigene Tochter.«

»Und wie ist das Verhältnis von Herrn Pohl zu Fräulein Ilse?«

Anna Visher runzelte die Stirn. »Wenn Sie glauben, dass

Sie von mir Gerüchte über Erich hören, muss ich Sie enttäuschen. Ich mag es nicht, wenn man über andere schlecht spricht, und Herr Specht würde es auch nicht schätzen.«

Christian rieb sich über die Augen. Das war zwar ehrenvoll, brachte ihn aber keinen Schritt weiter. »Bitte sagen Sie mir, was Sie über ihn wissen. Selbst wenn es nur dazu dient, Herrn Pohl auszuschließen, hilft es. Denken Sie an Fräulein Ilse. Sie hofft auf Rettung. Und uns bleibt nicht mehr viel Zeit.«

Doch Anne Visher schüttelte den Kopf. »Bitte fragen Sie Herrn Specht.«

Er seufzte. »Dann formuliere ich es anders. Der Herr Admiral hat gestern seinen Zigarrenkürzer gesucht. Sind in der letzten Zeit eventuell Gegenstände aus dem Haus verschwunden?«

Anne Visher zögerte. Schließlich nickte sie. »Frau von Manteuffel vermisst ihren silbernen Füllfederhalter.«

»Vorgestern Abend gab es eine Auseinandersetzung zwischen Herrn Pohl und Herrn Specht. Ging es dabei vielleicht um die verschwundenen Gegenstände?«

Wieder zögerte sie, aber ihr Gesicht sprach Bände. Pohl hatte also erneut lange Finger gemacht. Aber das hieß nicht zwangsläufig, dass er in die Entführung Fräulein Ilses verwickelt war. »Vorgestern Nachmittag – war Herr Pohl da im Haus tätig?«

Anna Visher dachte kurz nach. »Am späten Nachmittag hatte er um Ausgang gebeten. Er ist um kurz nach vier gegangen und um halb sechs zurückkehrt.«

»Wissen Sie, wo Pohl war?«

»Er hält in der Zeitung nach neuen Stellenangeboten für Diener Ausschau. Ich vermute, er hat ein Vorstellungsgespräch gehabt, weil er seinen guten Anzug angezogen hat.«

Das mochte stimmen oder auch nicht. Auf jeden Fall war Pohl zur Tatzeit nicht in der Villa gewesen. Was, wenn er kein Vorstellungsgespräch gehabt hatte – sondern stattdessen Fräulein Ilse überfallen hatte?

40

Einzigartig

Nachdem Christian die Villa Fresena über den Dienstboteneingang wieder verlassen hatte, führte ihn sein Weg zum Fotoatelier von Gottlieb Sasse beim Damenpfad. In den letzten Monaten war er oft hier gewesen. Der Fotograf war bisher der Einzige auf der Insel, der Christian zu sich nach Hause eingeladen hatte. Es war ein Abend gewesen, an den er sich gern erinnerte. Sie hatten viel über Kameras und die Kunst des Fotografierens gesprochen. Seitdem besuchte Christian Herrn Sasse regelmäßig in seinem Atelier.

Als die Türglocke klingelte, schaute Sasse auf. »Ah, der Herr Kriminalassistent. Möchten Sie Platten zum Entwickeln bringen?«

»Diesmal nicht, ich bin dienstlich hier.« Christian trat in den angenehm kühlen Verkaufsraum.

Herr Sasse legte die Aufnahmen beiseite, die er eben studiert hatte. »Geht es um das verschwundene Fräulein? Ich habe davon gehört. Schrecklich, dass so etwas auf unserer Insel geschehen konnte. Ich habe meiner Frau gesagt, sie soll das Haus nicht mehr allein verlassen. Was ist, wenn ein Sittenstrolch durch die Straßen schleicht? Aber sie meinte, wenn sie warten soll, bis ich sie zum Einkaufen begleite, wären wir verhungert. Und da hat sie natürlich auch wieder recht.«

Christian konnte ein Lachen nicht unterdrücken. Aber er wurde sofort wieder ernst. Er nahm die Fotografie aus seiner Jackentasche. »Ich würde Ihnen gern etwas zeigen. Doch ich muss Sie bitten, absolutes Stillschweigen darüber zu bewahren.«

»Selbstverständlich, Herr Kriminalassistent.« Sasse sah neugierig zu der Fotografie, die Christian ihm reichte.

»Diese Aufnahme wurde nach ihrem Verschwinden von Ilse von Manteuffel gemacht«, fuhr Christian fort. »Können Sie mir vielleicht etwas zu dem Fotopapier sagen und zu der Kamera, mit der sie gemacht wurde?«

Sasse nahm das Bild. Er zog überrascht die Luft ein. »Ein Autochrom«, sagte er. Er nahm eine Lupe aus einer Schublade im Verkaufstresen und betrachtete damit das Bild ausführlich. »Wirklich sehr schön …« Er brach ab, sah schuldbewusst zu Christian auf. »Also rein technisch gesehen, versteht sich.« Dann beugte er sich wieder mit seiner Lupe über die Aufnahme. »Ich habe noch nie eins in Händen gehabt, aber viel darüber gelesen. Die Farben sind einzigartig.«

»Wie wird es aufgenommen?«

»Die Belichtung erfolgt durch gefärbte Stärkepartikel auf der Glasplatte. Ein aufwendiges Verfahren. Man muss drei Aufnahmen mit verschiedenen Filtern machen.«

»Kennen Sie jemanden, der das kann?«

Sasse schüttelte den Kopf. »Auf der Insel niemand, zumindest habe ich noch nie derartige Platten bekommen.«

»Könnte man die Fotografie selbst entwickeln?«

Der Fotograf nickte. »Wenn man über die entsprechende Ausrüstung verfügt, gewiss. Die Aufnahmen zu machen ist aufwendig, aber für die Entwicklung braucht man nur die üblichen Utensilien, die man auch für andere Platten benötigt.«

»Haben Sie in der letzten Zeit an jemanden derartige Materialien verkauft?«

»Es kommt immer mal wieder jemand, der selbst entwickelt. Aber in der letzten Zeit …« Er dachte nach, nickte schließlich. »Doch, da war jemand. Ein Herr hat Silbernitrat, Kollodiumemulsion und Sodiumthiosulfat gekauft.«

»Wie hieß der Mann?«

»Das entzieht sich leider meiner Kenntnis.«

Es wäre auch zu schön gewesen, dachte Christian. »Können Sie ihn beschreiben?«

»Nicht genau. Weiße Haare, so viel ist sicher.« Sasse überlegte. »Sie sahen irgendwie merkwürdig aus. Eine Spur zu lang. Und er trug einen Spitzbart.«

Tscharre. Natürlich – er musste die Bilder, die er heimlich von Ilse gemacht hatte, selbst entwickelt haben. Zwar unterschieden sich die Fotografien, die Viktoria gestern in der Metalldose im Schuppen von Tscharres Pension gefunden hatte, deutlich von den Autochromaufnahmen. Viele waren verwackelt gewesen und mit einer einfachen Kamera aufgenommen worden. Aber das hieß nicht, dass Tscharre nicht in der Lage war, bessere Aufnahmen zu machen. Fest stand, er hatte Ilse nachgestellt und sie heimlich fotografiert. Es würde in das Muster passen, wenn er jetzt weitere Aufnahmen von ihr machte. Aufnahmen von hoher Qualität und noch dazu in Farbe.

Christian verabschiedete sich von Sasse und ging hinaus. Doch kaum stand er auf der Straße, als er ein lautes Rufen hörte. »Herr Kriminal! Herr Kriminal! Ich hab ihn gesehen.« Hannes Abben kam über den Damenpfad gerannt. Bei Christian angekommen blieb er keuchend stehen. Er hatte Mühe, zu Atem zu kommen, und stieß seine Worte einzeln aus. »Ich habe gerade den Ausrufer gehört. Er sagte, dass Sie einen Mann suchen.« Hannes holte einmal tief Luft, dann ging es wieder. »Ich weiß, wo der Gesuchte ist.«

Christian seufzte. Er hätte dem Jungen nicht solche Flausen in den Kopf setzen sollen. Jetzt wollte er unbedingt beweisen, dass er als Polizist taugte. »Wie sah der Mann denn aus?«

»Genauso wie der Ausrufer es gesagt hat: Er trug einen dunklen Anzug, eine schwarze Hose mit Streifen und einen Hut im Kolonialstil.«

Es klang eher, als würde er die Worte des Ausrufers wiederholen. »Wo willst du ihn denn gesehen haben?«

»Im Schuppen bei der Waschanstalt.«

Christian sah den Jungen skeptisch an. Vielleicht war es reine Zeitverschwendung. Andererseits musste er jedem Hinweis nachgehen.

Schließlich nickte er. »Gut, gehen wir nachsehen!«

41

Drahtzieher

Christian und Hannes mussten einmal quer durch den Ort, die Kampstraße entlang, an der Schule vorbei. »Meine Mutter arbeitet in der Waschanstalt«, plapperte Hannes aufgeregt. »Manchmal gehe ich ihr zur Hand und sortiere die Kleidung vor. Heute Morgen habe ich mit ihr die Laken zusammengefaltet. Aber ich hab dabei immer die Augen aufgehalten, weil ein guter Polizist das so macht. Deswegen hab ich auch gemerkt, dass die Tür zum Lagerraum nur angelehnt war. Ich bin hingeschlichen und hab durch das Fenster geguckt. Ein Mann lag auf einer Decke und hat geschlafen. Ich hab's meiner Mutter gesagt, aber die meinte, wir sollen ihn einfach liegen lassen, der würde schon von allein wieder verschwinden.«

»Hast du sonst noch jemanden dort gesehen?«

Hannes schüttelte den Kopf.

Inzwischen waren sie auf der Chausseestraße angekommen. Links lagen das Maschinengebäude der Kanalisation und der Schlachthof. Gleich dahinter sah man die Waschanstalt, die aus mehreren roten Backsteingebäuden bestand. Das grün gestrichene Tor des Hauptgebäudes war weit geöffnet, und man sah Frauen, die an riesigen Bottichen standen und mit einem langen Holzstab weiße Laken durch das Wasser zogen. Ihre Gesichter waren vom Wasserdampf gerötet.

»Es ist da vorne!« Der Junge deutete auf einen Lagerraum, der rechts neben dem Hauptgebäude lag. Er wollte darauf zugehen, aber Christian hielt ihn zurück. »Du gehst zu deiner Mutter. Sag ihr, sie sollen das Tor zumachen und in der Halle bleiben, bis ich Bescheid gebe.« Christian wollte nicht riskieren, dass dem Jungen oder den Frauen etwas passierte.

Hannes machte ein langes Gesicht. »Sie brauchen doch einen zweiten Mann bei der Verhaftung.«

»Geh zu deiner Mutter, sofort!«, sagte Christian nachdrücklich.

Der Junge nickte traurig und ging mit hängendem Kopf zu den Frauen in die Halle. Christian wartete, bis er drinnen war und das Tor hinter sich geschlossen hatte. Dann zog er seine Waffe aus dem Holster, ging auf den Lagerraum zu. Er hatte keine Vorstellung, was ihn erwartete. Vielleicht hatte nur ein Landstreicher in dem Gebäude Unterschlupf gefunden. Christian sah durch das Fenster. Eine Wolldecke lag auf dem Steinboden. Daneben stand ein Holzbottich, über dessen Rand eine dunkle Jacke hing. Auf dem Boden lag ein Hut. Seine Krempe war im Kolonialstil hochgeschlagen. Das sah durchaus nicht nach einem Landstreicher aus!

Christian öffnete vorsichtig die Tür und betrat langsam den Raum, die Waffe im Anschlag. Er trat näher an die Schlafstelle heran. Plötzlich nahm er hinter sich eine Bewegung wahr. Als er sich umdrehte, sah er einen Schatten auf sich zukommen. Christian versuchte, die Waffe hochzureißen, doch der Mann hatte schon ausgeholt und schlug zu. Scheppernd fiel Christians Pistole zu Boden. Er erkannte Tscharre, doch im nächsten Moment wurde sein Kopf von einem Schlag zur Seite geschleudert. In einer reflexartigen Bewegung griff er nach dem Mann, seine Finger gruben sich in den Stoff seines Ärmels. Tscharre brüllte verzweifelt auf, seine Augen waren blutunterlaufen. Ein Tritt traf Christian am Knie. Stechender Schmerz fuhr durch sein Bein. Tscharre riss sich los, stieß Christian gegen die Schulter. Der taumelte einen Schritt zurück, seine Füße verfingen sich in der Decke am Boden. Im selben Moment war Tscharre bei der Tür, wollte hinausstürmen. Doch er stolperte und stürzte wie ein gefällter Baum zu Boden. Christian lief hinterher und warf sich auf ihn. Er bekam Tscharres Hand zu fassen, zog sie nach hinten. Tscharre schrie vor Schmerz, als Christian sie nach oben bog.

»Ich hole ein Seil!«, rief Hannes, der plötzlich neben der Tür aufgetaucht war. Bevor Christian etwas sagen konnte, rannte der Junge los zur großen Halle. Dort standen die Frauen mit verschränkten Armen vor dem offenen Tor und beobachteten die Szene ohne Regung. Dampf aus den Waschzubern drang nach draußen. Kurz darauf kam Hannes mit einem Hanfseil zurück, das er Christian übergab. Der fesselte Tscharres Hände auf dem Rücken und ließ ihn liegen wie ein fest verschnürtes Paket.

Christian erhob sich, wischte sich den Schweiß von

der Stirn. Er schmeckte Blut im Mund, und sein Knie schmerzte. Der Junge lief in den Lagerraum, hob Christians Hut auf, der ihm beim Kampf vom Kopf gefallen war. Er klopfte ihn ab und stieg vorsichtig über einen Draht, der vor die Tür gespannt war.

»Hast du den Draht da festgemacht?«, fragte Christian, als Hannes ihm seinen Hut zurückgab.

Der Junge nickte strahlend.

»Hab ich dir nicht gesagt, du sollst zu deiner Mutter gehen und die Tür schließen?«

Das Lächeln auf den Lippen des Jungen erstarb.

»Du hast meinen Befehl missachtet«, fuhr Christian mit seiner Schelte fort. Nicht auszudenken, wenn dem Jungen etwas passiert wäre! Christian drohte mit dem Zeigefinger. »Ein Polizist muss seinen Vorgesetzten gehorchen. Verstanden?«

Hannes senkte den Blick.

Seine Mutter trat aus dem dampfenden Waschraum zu ihnen. »Hat der Junge was angestellt?«

Christian sah auf. »Nein, nein«, sagte er, um einen unbekümmerten Ton bemüht. »Im Gegenteil. Er hat mir einen großen Dienst erwiesen. Ihr Sohn ist sehr mutig.« Christian strich Hannes über den Kopf und sah den Jungen an. »Das nächste Mal hörst du auf mich.«

Hannes lächelte. »Zu Befehl, Herr Kriminal.«

Christian betrachtete Tscharre, der mit aufgerissenen Augen dalag und noch immer nach Atem rang. Christian fühlte ein leises Triumphgefühl. Er hatte Tscharre. Und noch mal würde er ihn nicht laufen lassen.

Als Christian sich zu ihm herabbeugte, funkelte der Mann ihn wütend an. »Glauben Sie ja nicht, dass ich Ihnen was sage!«

Christian packte ihn an den Armen, um ihn hochzuziehen. »Das werden wir sehen!«

42

Seenixe

Viktoria läutete an der Tür der Villa Fresena. Johann öffnete ihr.

»Ich möchte mit Frau von Manteuffel sprechen«, sagte sie. Sie wollte hören, ob sich etwas ergeben hatte. Aber wenn sie ehrlich zu sich selbst war, war das nicht der einzige Grund. Seitdem sie vor der Lesehalle die Bemerkung des Mannes vom drohenden Krieg gehört hatte, war sie unruhig.

Der Diener ließ sie ein. »Die gnädige Frau ist im Salon.«

»Ist Herr Hinrichs zufällig im Haus?«

»Nein. Er hat vorhin mit Anna gesprochen, aber er ist schon wieder fort.«

Viktoria war enttäuscht und erleichtert zugleich. Sie hätte nicht gewusst, was sie ihm sagen sollte.

Sie waren durch den Flur gegangen, Herr Specht wollte die Tür zum Salon öffnen, doch Viktoria hielt ihn auf. »Sie kennen Fräulein Ilse gut, nicht wahr?«

Der Blick des Mannes wurde vorsichtig. »Seit ihrer Kindheit.«

»Hatte sie ein Geheimnis? Etwas, was ihre Eltern nicht wissen durften?«

Die Augen des Dieners weiteten sich, und für einen Moment war sich Viktoria sicher, dass er an etwas Bestimmtes dachte. Trotzdem schüttelte er den Kopf. »Mir ist nichts bekannt.«

»Wirklich nicht?«, setzte Viktoria nach. »Es könnte helfen, Fräulein Ilse zu finden.« Doch der Diener schüttelte nur den Kopf und öffnete die Tür zum Salon.

Frau von Manteuffel saß an dem Sekretär, wandte sich um. »Fräulein Berg, gibt es Neuigkeiten?« Sie stand auf.

Johann schloss die Tür, und Viktoria hörte, wie er davoneilte. »Leider nein.«

Frau von Manteuffel schien bei dieser Nachricht kleiner zu werden, deutete mit müder Hand auf den Sessel, setzte sich selbst in den Sessel daneben. Sie zog ein Taschentuch aus dem Ärmel ihres Kleides, tupfte damit über ihre Augen. »Ich muss ständig daran denken, dass Ilse in der Gewalt dieses Mannes ist, ihm hilflos ausgeliefert …«

Viktoria ergriff die Hand der Frau, drückte sie. »Die Polizei unternimmt alles, um den Mann zu fassen. Sie dürfen nicht den Mut verlieren.«

Frau von Manteuffel presste die Lippen aufeinander, und Viktoria spürte, dass sie kurz davor war, in Tränen auszubrechen. »Wenn dieser Herr Tscharre meine Bücher nicht gelesen hätte, wäre er mir und Ilse niemals gefolgt.«

Viktoria beschloss, das Thema Tscharre nicht zu vertiefen. Es führte zu nichts, sondern streute nur Salz in die Wunde. »Erzählen Sie mir von Ihrer Tochter.«

Frau von Manteuffel lächelte wehmütig. »Ich fürchte, ich habe sie zu sehr verwöhnt. Ilse war ein wildes Kind, ständig unterwegs und viel zu neugierig auf die Welt. Meist trieb sie sich mit den Jungs unseres Kutschers herum, dabei waren die allesamt älter. Am Wochenende sind sie oft auf der Ostsee gesegelt, und Ilse wollte unbedingt selbst segeln lernen. Sie war eine regelrechte Seenixe. Mein Mann war dagegen, es schickt sich nicht für eine junge Dame. Aber ihr Wunsch erinnerte ihn daran, dass er früher selbst viel gesegelt war. Seine Dienstpflichten hatten ihn nur all die Jahre davon abgehalten. Er charterte daher eine Jolle und nahm Ilse mit. Im Jahr darauf kaufte er das Boot sogar. Mein Mann und Ilse haben seither eine enge Beziehung, die viel stärker ist, als dies bei meinen anderen Kindern der Fall ist. Diese gemeinsamen Wochenenden auf dem Wasser haben sie zusammengeschweißt. Adolph ist sehr stolz auf sie. Das Segeln liegt ihr einfach im Blut. Mit zwölf schlug sie allen Ernstes vor, dass sie sich an einer Regatta beteiligen wolle. Uns wurde klar, dass wir einen Schlussstrich ziehen mussten. Ilse sollte andere junge Damen ihres Alters kennenlernen, sich mit Dingen beschäftigen, die Mädchen interessieren sollten. Wir haben lange gezögert, aber schließlich entschieden wir uns, sie auf ein Internat zu schicken.«

»Was hat Ilse dazu gesagt?«

»Sie war wütend. Tagelang hat sie kein Wort mit uns gesprochen. Aber als sie in Flensburg an der Schule war, gewöhnte sie sich rasch ein. Der Aufenthalt dort hat ihr gutgetan. Sie ist ein kontaktfreudiges Mädchen, hat viele Freundinnen. Allerdings war es wohl vermessen von uns zu glauben, sie würde sich mit Dingen beschäftigen, die junge Damen können sollten. Sticken kann sie leidlich, doch für das Klavierspiel hat sie keinerlei Geduld aufgebracht. Sie sagte, die Unterrichtsstunden kämen ihr vor wie eine Strafe Gottes. Manchmal hat sie sich davongestohlen, um den Übungsstunden zu entgehen. Sie glauben nicht, wie oft mich ein erzürnter Brief des Rektors erreicht hat.«

»Was hat Ilse stattdessen gemacht?«

Frau von Manteuffel sah Viktoria erstaunt an. Offenbar hatte sie sich darüber nie Gedanken gemacht. »Sie war vermutlich irgendwo und hat gelesen. Sie sagte, dass sie oft am Hafen gesessen hätte.« Frau von Manteuffel schüttelte den Kopf. »Das bringt doch alles nichts. Ilse ist nicht aus freien Stücken verschwunden.«

»Wenn wir herausbekommen, wo sie zum Zeitpunkt ihres Verschwindens war, finden wir vielleicht eine Spur zu dem Ort, an dem sie gefangen gehalten wird. Irgendjemand muss etwas gesehen haben.«

»Das hat Herr Hinrichs auch gesagt. Er schlug vor, einen Zeugenaufruf in der *Badezeitung* zu veröffentlichen.«

»Das ist ein guter Gedanke«, bestätigte Viktoria.

Frau von Manteuffel schüttelte den Kopf. »Ich weiß nicht. Was ist, wenn der Entführer es als Bedrohung empfindet und die Nerven verliert?« Sie knetete ihr Taschentuch mit den Händen und sah zum Fenster hinaus, zum Strand, an dem sich hohe Wellen brachen.

Viktoria versuchte, Frau von Manteuffel wieder auf ihr Thema zu lenken. »Herr Hinrichs hat mir erzählt, dass er bei dem Kommandanten des Torpedobootes war, Kapitän Boysen«, sagte sie. »Offenbar hatte dieser Streit mit Ihrem Mann. Wissen Sie, worum es dabei ging?«

Die Antwort kam schnell. »Ich kenne Kapitän Boysen kaum.« Frau von Manteuffel sah zur Standuhr, erhob sich. »Fräulein Berg, wenn Sie mich jetzt bitte entschuldigen wollen. Ich bin erschöpft und möchte eine Weile ruhen.«

Viktoria stand ebenfalls auf. »Selbstverständlich.«

Herma von Manteuffel läutete, und kurz darauf erschien ein junger Diener. Sie runzelte die Stirn. »Erich? Wo ist Johann?«

»Johann hat den Herrn Admiral gebeten, für eine Stunde von seinen Aufgaben entbunden zu werden. Er ist gerade aus dem Haus.«

Viktoria merkte auf. Der Diener hatte vorhin bei ihrer Frage nach Ilse gewirkt, als sei ihm etwas eingefallen. War er ihr womöglich auf der Spur?

Frau von Manteuffel schien die Worte des Mannes kaum wahrzunehmen. »Schön, schön. Begleiten Sie Fräulein Berg bitte hinaus.« Sie lächelte höflich. Aber ihr war anzusehen, wie mitgenommen sie war. Trotzdem hatte Viktoria das unbestimmte Gefühl, dass Frau von Manteuffel sich etwas zu eilig verabschiedete. So als hätte Viktoria an etwas gerührt, was sie verbergen wollte. Und zwar in dem Moment, als Viktoria nach dem Kapitän fragte. Was hatte Frau von Manteuffel mit diesem Mann zu tun?

43

Humbug

Auf der Wache angekommen führte Christian Tscharre zu seinem Schreibtisch und setzte ihn auf einen der Besucherstühle. Dann ging er zum Telefon und ließ sich mit dem Badekommissar verbinden. Es war kurz nach zwölf, und Christian hoffte, dass er nicht schon zum Mittagessen gegangen war. Aber er hatte Glück. Der Sekretär stellte ihn durch.

»Ich habe den Verdächtigen festgesetzt«, sagte Christian ohne Umschweife. »Er hatte sich in einem Lagerraum der Waschanstalt versteckt. Ein Junge, Hannes Abben, hat ihn dort entdeckt und Meldung gemacht.«

»Kolossal!« Es klang, als wäre der Badekommissar vor Begeisterung aufgesprungen. »Sie warten mit dem Verhör, bis ich bei Ihnen bin.«

Nachdem er aufgelegt hatte, klopfte Christian sich erst einmal den Staub vom Anzug. Noch immer schmeckte er Blut im Mund, das von dem Kinnhaken rührte, den Tscharre ihm verpasst hatte, und sein Knie pochte heftig. Er trat an das Waschbecken, das von einem Paravent halb verdeckt war, wusch sich das Gesicht und trank gierig Wasser.

Kurz darauf ging die Tür zur Wache auf. Herr von Treptow stürmte herein. Seine Wangen waren gerötet, und er atmete schwer. Christian hob die Tresentür, um den Badekommissar hereinzulassen. Der baute sich umgehend vor Tscharre auf. »Wo ist meine Nichte?«

»Ich habe Fräulein Ilse nicht entführt. Warum glaubt mir denn keiner?«, antwortete Tscharre weinerlich. »Ich wusste, dass Sie mir das anhängen würden. Deswegen habe ich mich versteckt.«

Christian bot dem Badekommissar einen Stuhl an. Doch der schüttelte den Kopf. »Sie sagen mir auf der Stelle, wo meine Nichte ist!« Er schwang seinen Stock, als wollte er Tscharre damit schlagen.

»Es wäre wirklich besser, Sie würden sich setzen, Herr von Treptow«, sagte Christian nachdrücklich.

Der Badekommissar schien ihn nicht zu hören, starrte nur Tscharre an. Doch schließlich ließ er sich auf den Stuhl sinken. Atmete durch. »Sie führen das Verhör, Hinrichs.«

Christian war froh, dass Herr von Treptow zur Vernunft gekommen war. Es brachte nichts, sich bei einer Befragung von seinen Gefühlen leiten zu lassen.

Zunächst löste Christian Tscharres Fesseln. Dann nahm er einen Stuhl und setzte sich zu ihm. »Sie haben gestern ausgesagt, Sie seien Oberpostsekretär.«

Tscharre rieb sich die wunden Handgelenke, nickte zögerlich.

»Ich habe mit Ihrem Vorgesetzten telefoniert.« Er ließ die Worte eine Weile im Raum stehen. Tscharre saß angespannt auf dem Stuhl, starrte ihn an.

»Herr Oberpostdirektor Jacobi und ich haben uns lange

über Sie unterhalten. Können Sie sich vorstellen, was er mir berichtet hat?«

Tscharre presste die Lippen zusammen, in seinen Augen lag ein nervöses Flackern.

»Herr Jacobi hat mir erzählt, dass Sie immer wieder nicht zur Arbeit erschienen sind, weil Sie krank gewesen seien. Angeblich machte Ihnen ein hartnäckiges Lungenleiden zu schaffen. Allerdings hat der Herr Oberpostdirektor Sie eines Tages dabei beobachtet, wie Sie sich, statt krank im Bett zu liegen, in der Stadt herumgetrieben haben.«

Tscharre begann nervös mit dem Bein zu wippen.

»Der Herr Oberpostdirektor war verständlicherweise sehr verärgert.« Christian machte eine kurze Pause und beobachtete Tscharre genau. »Und dann sagte er etwas Merkwürdiges: Er will mit Ihnen und Ihren Machenschaften nichts zu tun haben. Sie hätten den guten Ruf der Lübecker Post geschädigt. Was könnte er damit gemeint haben?«

Tscharre war aschfahl geworden, sagte aber keinen Ton.

Christian nahm sein Notizheft aus der Jackentasche, schlug es auf. »Sagt Ihnen der Name Elvira Metzenich etwas?«

Christian fühlte den ungeduldigen Blick des Badekommissars auf sich. Dennoch ließ er Tscharre Zeit zu antworten. Er musste dessen Schweigen durchbrechen. Tscharre so sehr in Bedrängnis bringen, dass er irgendwann aufgab und zu reden anfing. »Ich habe auch mit dem Vater von Fräulein Metzenich telefoniert. Zuerst wollte er nicht mit mir sprechen, hat gleich aufgelegt, als er Ihren Namen hörte. Aber bei meinem zweiten Anruf verstand er, um was es ging, und nahm sich Zeit, mich von den Vorfällen in Kenntnis zu setzen. Offenbar haben Sie seine Tochter auf der Post kennengelernt, als sie Briefe aufgab, und sind dabei mit ihr ins Gespräch gekommen. Für die junge Frau sei es nur eine harmlose Plauderei gewesen. Doch Sie hätten angefangen, ihr aufzulauern. Sie konnte letztlich kaum noch das Haus verlassen, ohne von Ihnen verfolgt zu werden. Eines Tages sind Sie sogar in ihr Zimmer eingedrungen und haben ihr einen unsittlichen Antrag gemacht. Erst als die junge Frau schrie und ein Diener alarmiert wurde, ergriffen Sie die Flucht.«

Jetzt endlich reagierte Tscharre. »Das war kein unsittlicher Antrag. Ich habe Fräulein Elvira meine Liebe gestanden, sie gebeten, meine Frau zu werden. Ich wollte ihr erklären, dass ich mich gleich vom ersten Moment an in sie verliebt hatte. Aber dann ist dieser Diener gekommen und hat alles verdorben.«

»Elviras Vater hat erzählt, das Mädchen sei vollkommen verstört gewesen, habe sich kaum noch vor die Tür getraut.«

»Weil ihre Familie sie gegen mich aufgehetzt hat. Sie wusste nicht mehr, wem sie glauben konnte. Deswegen bin ich zu ihr ins Zimmer gegangen. Ich wollte ihr klarmachen, dass ich ihr eine Zukunft bieten kann. Doch ihre Familie hat sie von mir getrennt und sie aufs Land geschickt.«

»Um sie vor Ihnen zu schützen.«

Tscharre runzelte die Stirn. »Humbug. Ich habe ihr niemals etwas getan. Jemandem seine Liebe zu gestehen ist kein Verbrechen, sondern erfordert Mut. Ihr Vater hat nicht verstehen wollen, um was es geht. Stattdessen hat er seine Kontakte spielen lassen, und ich musste meine Stelle aufgeben.«

»Sie wurden rausgeworfen. Der Oberpostdirektor ist mir gegenüber sehr deutlich geworden. Er hat Ihnen gedroht, die Sache zur Anzeige zu bringen, wenn Sie nicht aufhören, die junge Frau zu verfolgen. Er hat Ihnen nachdrücklich geraten, einen Nervenarzt aufzusuchen«, entgegnete Christian.

Tscharre atmete verächtlich aus. »Nervenarzt! Mit Verlaub, den hätte eher Fräulein Elviras Vater nötig. Er hat sie vor mir versteckt.«

»Dieser Vorfall ereignete sich im Sommer und Herbst letzten Jahres. Im Frühling dieses Jahres hat Frau von Manteuffel Sie das erste Mal bemerkt. Sie standen vor ihrem Haus und haben es beobachtet. Warum?«

Tscharre fixierte Christian. Aber er hatte offenbar beschlossen, wieder zu schweigen.

Christian erhob sich und entnahm seiner Schreibtischschublade *Ein wildes Kind*, den jüngsten Roman von Leopold von Löwitz. »Kennen Sie dieses Buch?«

»Leopold von Löwitz findet sich in jeder gut sortierten Buchhandlung.«

»Erstaunlich, nicht wahr? Wenn man bedenkt, dass niemand weiß, wer Leopold von Löwitz ist. Viele Verehrer des Romans haben bereits versucht, etwas über diesen Autor herauszufinden. Sie sind alle gescheitert. Aber Sie haben es geschafft. Als Einziger.«

Tscharres Mund verzog sich zu einem stolzen Lächeln.

»Sie müssen sehr geschickt vorgegangen sein«, setzte Christian nach. »Selbst im Verlag wissen nur wenige Menschen, wer sich hinter dem Pseudonym verbirgt. Nicht einmal den Journalisten ist es gelungen aufzudecken, wer Leopold von Löwitz ist. Ich bin neugierig – wie haben Sie es geschafft?«

»Man muss wissen, wo man ansetzen muss.« Es war seine Eitelkeit, die Tscharre zum Sprechen brachte.

Christian nickte, tat aber skeptisch. »Der Zufall hilft sicher auch.«

Tscharre machte eine wegwerfende Handbewegung. »Unsinn, damit hatte es nichts zu tun. Ich habe einen Plan entwickelt und ihn Stück für Stück umgesetzt. Als Erstes war ich auf der Leipziger Buchmesse. Ich habe den Stand des Verlags beobachtet und bei Gesprächen gehört, welcher Lektor Leopold von Löwitz betreut. Diesem bin ich gefolgt. Er hat sich häufig mit Autoren in einem Café getroffen. Ich habe mich an einen Nachbartisch gesetzt und gelauscht. Viele Stunden habe ich dort verbracht. Doch nie war Leopold von Löwitz darunter. Eines Tages dann traf sich der Lektor mit einer Frau. Ich dachte zunächst, ich verschwende meine Zeit. Aber dann hörte ich, wie sie über *Ein wildes Kind* sprachen. Und mit einem Mal wurde mir klar, warum bisher niemand herausgefunden hatte, wer Leopold von Löwitz ist: weil der Autor eine Frau ist! Zuerst war ich schockiert. Der große Autor Leopold von Löwitz sollte eine Frau sein? Kein Wunder, dass der Verlag diese Tatsache geheim hält. Ich fühlte mich getäuscht, wollte Frau von Manteuffel sagen, wie sehr ich ihr Verhalten missbillige. Aber dann habe ich Fräulein Ilse das erste Mal gesehen, und mir wurde klar: Frieda aus dem Roman – das ist Fräulein Ilse. Frau von Manteuffel hat sie nach dem Vorbild ihrer Tochter geschaffen. Und je länger ich die junge Frau beobachtete, desto klarer wurde mir: In ihrem Leben fehlt Bruno, der männliche Held im Roman. Ein Mann, der ihr die Flausen aus dem Kopf treibt. Der ihr zeigt, wie sie ihre Rolle als Ehefrau und Mutter auszufüllen hat. Mir war sofort klar: Ich muss dieser Bruno für Fräulein Ilse sein. Es war Liebe auf den ersten Blick. Fräulein Ilse mag es vor ihrer Familie verheimlicht haben. Aber mir war klar, dass sie nur auf mich wartete.«

»Wo ist Ilse?«, fragte Herr von Treptow, den es nicht länger auf dem Stuhl hielt. Er sprang auf, stieß laut knallend den Spazierstock auf den Dielenboden. »Sie sagen mir auf der Stelle, wo das Kind ist.«

»Aber ich weiß es nicht!«

Wieder stieß der Badekommissar den Stock auf. »Sie haben Ilse verfolgt, jeden ihrer Schritte überwacht, so wie Sie es bei Fräulein Elvira auch getan haben. Sie hatten sogar die Dreistigkeit, Ilse in Kiel während eines Theaterbesuchs anzusprechen. Haben Sie es erneut versucht, als sie allein auf der Insel unterwegs war? Ilse hat Sie zurückgewiesen, und Sie haben sie daraufhin entführt!« Herr von Treptow war puterrot angelaufen.

Tscharre rang die Hände. »Nein, nein, so war es nicht. Ich weiß nicht, wo sie ist. Ich suche sie doch auch, seitdem ich weiß, dass sie verschwunden ist. Ich war überall, wo sie sich aufgehalten hat. Aber ich habe sie nicht gefunden.«

Der Badekommissar packte Tscharre am Kragen seines Jacketts. »Hören Sie mit Ihren Lügen auf. Sie weiden sich doch an unserem Leid.«

Christian trat zwischen Herrn von Treptow und Tscharre. »Setzen Sie sich wieder, Herr Badekommissar«, sagte er freundlich, aber bestimmt.

Herr von Treptow funkelte ihn aus seinen eisgrauen Augen an. »Gehen Sie aus dem Weg, Hinrichs! Dieser Mann hat Ilse, und ich werde schon aus ihm herausbekommen, wo sie ist.«

Christian legte eine Hand auf die Schulter des Badekommissars. Eine viel zu vertraute Geste gegenüber einem Vorgesetzten, aber er musste unbedingt erreichen, dass Herr von Treptow sich beruhigte. »Wenn Sie Ilse helfen wollen, überlassen Sie das Gespräch mir«, sagte er nachdrücklich.

Eine Weile hielt der Badekommissar Tscharre noch gepackt, aber dann stieß er ihn verächtlich von sich. Herr von Treptow setzte sich.

Christian wandte sich wieder dem Verdächtigen zu. »Ich glaube Ihnen, Herr Tscharre.« Der Badekommissar warf ihm einen empörten Blick. Doch Christian ließ sich nicht beirren. »Sie sind der Einzige, der uns helfen kann, Herr Tscharre. Sie kennen Fräulein Ilse. Sie sind ihr auf der Insel gefolgt, wissen, mit wem sie sich getroffen hat. Wir müssen jetzt zusammenarbeiten, um sie zu finden und vor einem großen Unheil zu bewahren. Also: Was können Sie uns sagen?«

Tscharre ließ sich Christians Worte offensichtlich durch den Kopf gehen, denn schließlich nickte er. »Ich tue es für Fräulein Ilse. Sie darf nicht in der Hand dieses Verbrechers bleiben.«

»Das klingt, als hätten Sie eine Vermutung, wer es ist«, sagte Christian.

Tscharre nickte. »Das habe ich. Dieser Mann ist ihrer nicht würdig. Er muss sie bedroht haben, sonst hätte sie sich niemals mit ihm getroffen. Ich bin sicher, dass er sie entführt hat. Vermutlich weil sie sich geweigert hat, sich nochmals mit ihm zu treffen.«

Herr von Treptow beugte sich vor. »Von wem reden Sie?«

»Vom Kapitän des Hochseetorpedoboots.«

»Boysen?«, fragte der Badekommissar mit erhobenen Brauen. »Das kann nicht sein. Ich kenne den Mann. Er genießt einen tadellosen Ruf.«

Tscharre lachte höhnisch auf. »Sie wissen nichts über ihn. Rein gar nichts. Aber ich habe ihn beobachtet. Er hat versucht, Ilse den Kopf zu verdrehen, hat sich wie zufällig mit ihr getroffen, im Restaurant in der Mühle. Pah! Es war ihr sichtlich unangenehm. Ich konnte sehen, dass sie sich von ihm abgestoßen fühlte. Wie sollte es auch anders sein, schließlich wartet sie auf mich.«

Auch wenn Tscharres Sicht auf die Welt reichlich verquer war, so war Christian sich doch sicher, dass in der Aussage ein wahrer Kern steckte: Kapitän Boysen hatte sich offensichtlich um Fräulein Ilse bemüht. Etwas, was er verschwiegen hatte, als Christian ihn befragt hatte. Er wechselte einen Blick mit dem Badekommissar. Der starrte nachdenklich vor sich hin. Schließlich nickte er.

»Also schön«, sagte er mit gepresster Stimme, »nehmen wir uns Boysen vor.«

44

Ränkeschmied

Der Diener Erich begleitete Viktoria zur Haustür.

»Herr Specht sorgt sich offenbar sehr um Fräulein Ilse«, sagte sie, als er ihr die Tür öffnete.

Die Augen des Dieners wurden schmal. »Das tut er.«

»Warum überlässt er es nicht Ihnen, nach ihr zu suchen? Herr Specht ist nicht mehr der Jüngste.«

»Johann nimmt die Dinge nun mal lieber selbst in die Hand.«

»Wissen Sie, wohin er vorhin gehen wollte?«

»Er sagte, er wolle sich am Hafen umsehen.«

Viktoria bedankte sich für die Auskunft und wandte sich zum Gehen, doch der Diener war noch nicht fertig. Er räusperte sich. »Ich nehme an, es hat etwas mit diesem Arbeiter zu tun, der gestern zu uns kam«, sagte er mit verschwörerischer Miene.

Viktoria sah ihn überrascht an. »Was meinen Sie?«

»Ich habe mich auch gewundert, warum Johann diese Sache dem Herrn Admiral nicht mitgeteilt hat. Aber Johann ist nun mal Johann, und wer bin ich, seine Entscheidungen infrage zu stellen.« Sein nachsichtiges Lächeln wirkte aufgesetzt. Viktoria spürte, dass dieser Mann darauf brannte, seine Geschichte loszuwerden. »Worum ging es?«

Der Diener senkte die Stimme, als würde er Viktoria ein Geheimnis anvertrauen. »Niemand von uns will, dass Fräulein Ilse etwas Schlimmes widerfährt. Ich bin zwar erst wenige Wochen im Dienst der Herrschaften. Aber Fräulein Ilse war immer freundlich zu mir. Ich würde alles tun, um ihr zu helfen.«

Viktoria hatte eher den Eindruck, der Mann würde alles tun, um den Diener Johann vom Thron zu stoßen.

»Dieser Arbeiter«, fuhr Erich fort, »er sagte, dass Johann Fräulein Ilse ausrichten möchte, dass Berta am Hafen warte.«

»Berta?«, fragte Viktoria überrascht. »Wer ist Berta?«

Der Diener lächelte erneut. »Das entzieht sich leider meiner Kenntnis. Johann schien jedoch Bescheid zu wissen. Ich habe ihm gesagt, dass es besser wäre, wenn er die Herrschaften oder die Polizei davon unterrichtet. Aber Johann hat mir regelrecht verboten, darüber zu sprechen.« Er zuckte mit den Schultern. »Nun dachte ich, dass ich zumindest Sie informiere. Sie können dann selbst entscheiden, wie Sie mit dieser Auskunft verfahren.«

Viktoria mochte Ränkeschmiede nicht, und sie war mehr denn je überzeugt, dass Erich seine Aussage nicht in erste Linie gemacht hatte, um Ilse von Manteuffel zu helfen, sondern um Johann zu diskreditieren. Und Viktoria musste sich eingestehen, dass es ihm gelungen war. Eilig schlug sie den Weg zum Hafen ein.

45

Eine patente Deern

Vor der Wartehalle am Hafen standen Sommergäste in einer langen Schlange, um Einlass auf die Fähre zu bekommen, die gerade angelegt hatte. Viktoria hatte gehört, dass viele Gäste vorzeitig abreisten, weil sie den Ausbruch des Krieges fürchteten. Aber dass es *so* viele waren, hätte sie nicht gedacht.

Sie sah sich um. Irgendwo musste der Diener Johann sein. Sie betrachtete die Menschen, die am Kai bei den beiden Hochseetorpedobooten standen. Johann war offensichtlich nicht darunter. Sie wandte sich um, blickte den Anleger entlang. Und für einen Moment schien ihr Herz auszusetzen. Da war Christian! Er eilte dem Badekommissar hinterher, der mit finsterer Miene voranschritt, energisch den Spazierstock schwingend. Die beiden gingen auf das Hochseetorpedoboot G113 zu. Der Matrose am Landesteg salutierte, als er den Badekommissar erblickte. Herr von Treptow ging unverzüglich an Bord, und Christian folgte ihm. Was die beiden wohl auf dem Schiff machten? Für einen Moment überlegte Viktoria, ihnen zu folgen. Aber sie verwarf die Idee. Zum einen würde der Matrose sie kaum auf das Schiff lassen, zum anderen hatte sie andere Pläne.

Sie wandte sich ab, ging den Kai entlang, bis zu der Stelle, wo die kleineren Schiffe vertäut waren – Privatjachten, aber auch Segelboote, die vermietet wurden. Die Mietboote waren sehr beliebt und der Menschenandrang groß. Viktoria reckte den Hals, und tatsächlich glaubte sie Johann Specht zu erblicken. Seine leicht gebeugte Haltung, den vorgeschobenen Kopf, der seinen schlechten Augen geschuldet war. Viktoria zwängte sich durch die Menschen. Sie hatte sich nicht getäuscht. Der Diener stand vor einer kleinen Jolle und unterhielt sich mit einem Mann in blauer Kapitänsjacke und mit Pfeife im Mund. Viktoria trat näher.

»Sie sind also sicher, dass sie einen Törn gemacht hat?«, hörte sie Johann fragen.

»Erst war ich ja skeptisch, wollte sie begleiten. Aber das hat das Fräulein sich verbeten. Sie wisse schon, wie sie mit der Jolle umgehen müsse, hat sie gesagt. Und das wusste sie wirklich, sapperlot! Die war in null Komma nichts draußen auf dem Wasser. Eine wirklich patente Deern.«

Viktoria trat dazu. »Fräulein Ilse hat ein Boot gemietet?«

Johann zuckte zusammen, als er ihre Stimme vernahm. »Sie hier, Fräulein Berg?«

Viktoria sah den Diener ernst an. »Was hat das mit der Jolle auf sich?«, fragte sie. Ihr gingen die Worte von Herma von Manteuffel durch den Kopf. Wie sehr Ilse das Segeln geliebt hatte … Damit also hatte sie ihre Zeit verbracht: mit Segeln.

Johann Specht seufzte. »Sie hat mich am ersten Tag unseres Aufenthalts gebeten, ihr eine Jolle zu besorgen«, sagte er. »Ich wusste, dass der Herr Admiral dagegen war, aber ich konnte ihr noch nie etwas abschlagen. Es macht ihr doch solche Freude, segeln zu gehen. Als sie verschwunden ist, habe ich nicht mehr daran gedacht. Ich war davon ausgegangen, dass sie keine Zeit für einen Törn gehabt hatte. Aber als Sie vorhin danach fragten, ob Ilse ein Geheimnis habe, fiel es mir wieder ein.«

»Wann war Fräulein Ilse mit dem Boot draußen?«, fragte Viktoria den Besitzer der Jolle.

»Sie hat sich die *Berta* immer mal wieder genommen, ich habe nicht so darauf geachtet. Aber ich denke, das letzte Mal habe ich sie am Samstag gesehen.«

Das war der Tag ihres Verschwindens. »Wann ist sie zurückgekommen?«

Der Mann zog an seiner Meerschaumpfeife und zuckte mit den Schultern. »Das weiß ich nicht. Ich war mit einer Gruppe Urlauber auf Helgoland, bin erst heute zurückgekommen.« Der Mann winkte einen Arbeiter herbei, der gerade Kisten zu einem der größeren Segelschiffe gebracht hatte.

»Jan!«, rief er. »Du warst doch vorgestern hier. Das junge Fräulein, das die *Berta* gemietet hat, wann ist die zurückgekommen?«

Der Mann kam zu ihnen. Er zuckte mit den Schultern. »Weiß nicht. Gestern Morgen lag die Jolle jedenfalls wieder hier. Ich hab klar Schiff gemacht und in der Villa Fresena Bescheid gegeben.«

»Jo, ist gut.«

Der Arbeiter tippte sich an die Mütze und ging weiter.

Viktoria überlegte laut. »Fräulein Ilse ist also am Tag ihres Verschwindens mit der Jolle unterwegs gewesen, und niemand weiß, wann sie zurückgekommen ist – und ob sie überhaupt zurückgekommen ist.« Sie sah Johann an. »Wo wollte sie hin?«

Johann sah aufs Meer, dachte nach, schüttelte schließlich den Kopf. »Ich weiß es nicht, sie hat mich in ihre Pläne nicht eingeweiht. Ich sollte nur das Boot anmieten.«

Der Besitzer der *Berta* nahm seine Pfeife aus dem Mund. »Das Fräulein hat mich nach dem Wrack gefragt«, sagte er. »Ich hab ihr gesagt, da dürfte sie nicht hin. Das ist viel zu gefährlich.« Er runzelte die Stirn. »Jetzt, wo wir darüber reden … Die *Berta* hat einen Kratzer an der Seite. Nix Schlimmes, wir machen Farbe drüber und gut is'. Aber durchaus möglich, dass sie sich den geholt hat, als das junge Fräulein beim Wrack festgemacht hat.«

Viktoria hatte von dem Wrack gehört. Im Winter war ein Dampfer auf eine Sandbank gelaufen und havariert. Seitdem lag er vor dem Nordstrand.

»Können Sie mich dorthin bringen?«, fragte sie.

Der Kapitän schüttelte den Kopf. »Ich hab gleich einen Törn mit Sommergästen. Morgen kann ich Sie einplanen.«

Morgen war es zu spät. Aber Viktoria hatte schon eine andere Idee, wie sie zu der Unglücksstelle kommen konnte.

46

Aber fix

Der Badekommissar schritt forsch an Deck des Hochseetorpedobootes. »Wir müssen den Kapitän sprechen. Sofort.«

Der Seekadett salutierte. »Es tut mir leid, Herr Badekommissar. Kapitän Boysen ist nicht an Bord.«

»Wo ist er?«, fragte Herr von Treptow barsch.

»Das ist mir nicht bekannt. Er hat das Schiff etwa vor zwanzig Minuten verlassen.«

Erzürnt stieß Herr von Treptow seinen Stock auf das Deck, wandte sich an Christian. »Wir müssen den Mann suchen lassen.«

Christian betrachtete den Seekadetten nachdenklich. »Sie hatten vorgestern Wache. Sie sagten, Sie hätten nicht gesehen, dass Kapitän Boysen das Schiff verlassen habe.«

»Das ist richtig, Herr Kriminalassistent.«

»Als ich gestern hier war, hat der Kapitän Sie wegen eines Vergehens gerügt. Worum ging es da?«

Der Mann lief rot an. »Wir haben am Samstag den ganzen Tag Übungen abgehalten. Der Kapitän hat uns mehrfach das Boot in Gefechtsbereitschaft versetzen lassen. Als ich anschließend Wache hatte, muss ich kurz eingenickt sein.« Der Kadett machte ein verzagtes Gesicht. »Die Hitze den ganzen Tag … Mir sind einfach die Augen zugefallen.«

Der Badekommissar runzelte die Stirn. »Das heißt, Sie können gar nicht bezeugen, dass der Kapitän das Schiff nicht doch verlassen hat?«

»Wann war das mit Ihrem Nickerchen?«, hakte Christian nach.

»Ich weiß nicht. So um halb sechs. Maat Wilhelm hat mich um sechs abgelöst.«

»Dann bringen Sie den mal her, aber fix!«, sagte Herr von Treptow.

Der Seekadett salutierte und verschwand. Kurz darauf kam er mit seinem Kameraden zurück.

Herr von Treptow fixierte den jungen Mann. »Können Sie mir sagen, wann Kapitän Boysen am Samstag auf das Schiff zurückkam?«

Der Maat nickte. »Ich habe gerade im Wachbuch nachgesehen. Kapitän Boysen kam um halb sieben zurück.«

»Wie wirkte er? Vielleicht angespannt?«

Der Matrose sah Christian irritiert an. »Er war sehr aufgebracht. Aber ich dachte, es ginge um das verschwundene Beiboot.«

»Was hat es damit auf sich?«, fragte Christian.

Er presste die Lippen zusammen. »Es war anscheinend nicht richtig vertäut und ist abgetrieben, während Wehrbein geschlafen hat. Ich wollte meinen Kameraden nicht verraten. Aber der Kapitän hat am nächsten Tag trotzdem herausbekommen, wie es passiert ist.«

Der Badekommissar runzelte die Stirn. »Lassen Sie

mich das zusammenfassen: Der Kapitän hat das Schiff am Samstag offensichtlich unbemerkt verlassen, und gleichzeitig ist ein Beiboot verschwunden. Habe ich das richtig verstanden?« Wehrbein nickte.

Herr von Treptow warf Christian einen vielsagenden Blick zu, bevor er sich wieder an die Matrosen wandte. »Wo ist der Kapitän jetzt?«

»Er hat gesagt, wir dürften ihn nur im Notfall stören«, sagte Wehrbein zögerlich.

»Dies ist ein Notfall!«, schrie der Badekommissar den Mann an.

»Er ist im neuen Cafépavillon am Nordstrand.«

Die Kutsche setzte sie ein wenig später an der Kaiserstraße ab. Der Pavillon, der Anfang des Jahres errichtet worden war, lag direkt am Nordstrand. Der Kellner öffnete eilfertig die Tür, als er den Badekommissar kommen sah. »Herr von Treptow, wie schön, dass Sie uns beehren. Wünschen Sie zu speisen?«

»Nein«, antwortete von Treptow kurz angebunden. »Wir sind dienstlich hier.«

Der Ober nickte. »Wie Sie wünschen, Herr Badekommissar.«

Christian entdeckte den Kapitän an einem Tisch am Fenster und deutete in die Richtung. Herr von Treptow schnappte nach Luft. Denn der Kapitän war nicht allein. Eine Frau saß bei ihm. Herma von Manteuffel.

47

In den Fluten

Viktoria hatte eine Droschke genommen, die sie zum Hotel brachte. Dort hatte sie ihre Badesachen zusammengeklaubt und war mit schnellen Schritten zum Strand gegangen. Außer Atem betrat sie den Damenbadestrand. Sie strebte auf eine Badekutsche zu, die als Sichtschutz Richtung Promenade diente. Drei Mädchen in weißen Kleidern rannten vorbei, spielten Fangen. Jauchzend lief die Flüchtende zwischen Strandkörben hindurch, in denen ihre Eltern, ermattet von der Sommerhitze, saßen.

Viktoria lächelte. Der Anblick von Kindern bereitete ihr immer Freude. Selbst jetzt. Sie löste eine Marke bei der Badefrau, die auf den Badekarren deutete, in dem sie sich umziehen konnte. Keine zehn Minuten später verließ Viktoria den stickigen Karren wieder, ging zum Wasser. Durch die Hitze der vergangenen Tage hatte sich das Meer aufgewärmt, trotzdem bot es eine herrliche Abkühlung. Sie ließ sich in die Wellen gleiten, rückte ihre Badehaube zurecht und begann zu schwimmen. Das Wrack des im Winter havarierten Dampfers *Stadt Norden* lag weit außerhalb der Badezone. Gegen die gleißende Sonne konnte sie die Umrisse des Schiffes nur vage ausmachen. Es lag schräg auf der Sandbank, ein dunkler Schornstein ragte in die Luft.

Die Badefrau hatte es sich nicht nehmen lassen, Viktoria darauf hinzuweisen, dass es verboten war, zum Wrack zu schwimmen. Erst im letzten Monat war ein junger Mann ertrunken, den auf dem Weg vom Wrack zurück die Kräfte verlassen hatten. Viktoria hatte davon gelesen, und trotzdem wagte sie sich jetzt hinaus. Sie musste ihrem Verdacht nachgehen. Wenn Ilse mit der Jolle zum Wrack gesegelt war, dann war dies womöglich der Ort, an dem sie entführt worden war, und wer weiß, vielleicht auch der Ort, an dem sie gefangen gehalten wurde.

Viktoria schwamm mit ruhigen Zügen. Sie war darauf bedacht, ihre Kräfte gut einzuteilen. Als sie weit draußen war, wurden die Wellen immer höher. Sie spürte die kalte Strömung, ein eisiges Prickeln, das sie für einen Moment erstarren ließ. Doch im nächsten Moment trug die Welle sie hoch, und sie schwamm weiter. Das Kindergeschrei vom Strand war längst nicht mehr zu hören, sie hörte nur noch das Rauschen des Meeres. Immer wieder klatschten ihr Wellen ins Gesicht, das Salz brannte in ihren Augen. Für einen Moment befiel sie Panik, sie hatte das Gefühl, keine Kraft mehr in den Armen zu haben und keinen Meter voranzukommen. Doch sie zwang sich zur Ruhe, atmete unter Wasser aus und reckte den Oberkörper auf, um tief Luft zu holen. Als sie das nächste Mal von einer Welle hochgehoben wurde, sah sie den Dampfer direkt vor sich. Der hintere Teil des Schiffs lag unter Wasser. Sie schwamm auf den Bug zu, der aus dem Meer ragte. Die Wellen, die gegen das Schiff schlugen, waren höher, als Viktoria erwartet hatte, immer wieder glitt sie ab, als sie nach der eisernen Leiter griff, die an der Schiffswand befestigt war. Aber schließlich bekam sie sie zu fassen. Sie setzte einen Fuß auf die erste Sprosse und begann den kurzen, aber mühsamen Aufstieg. Viktorias Beine zitterten, als sie hochkletterte. Schließlich hatte sie die Reling erreicht. Mit einer letzten Kraftanstrengung schwang sie sich an Bord.

Erschöpft blieb sie am Boden liegen. Sie musste erst wieder zu Kräften zu kommen. Ihr Badekleid lag nass und schwer auf ihrem Körper, aber sie spürte die wärmenden Strahlen der Sonne auf ihrer Haut. Viktoria schloss für einen Moment die Augen, hörte nur noch das Rauschen der Wellen. Als sie merkte, dass Müdigkeit sie zu übermannen drohte, erhob sie sich. Sie hielt sich an der Reling fest, kletterte dann zu der anderen Seite des Schiffes. In der Ferne konnte sie einen großen Dampfer am Horizont erkennen, dessen Schornsteine dichten Rauch in die Luft bliesen. Sicher die *Vaterland* der Hamburg-Amerika-Linie. Wahrscheinlich würden oben auf der Georgshöhe einige Sommerfrischler stehen, um das Schiff durch das Fernrohr zu beobachten.

Viktoria hangelte sich über das Deck zu der dunklen Öffnung, von der Stufen in das Unterdeck hinabführten. Es war, als schaute sie in das gefräßige Maul eines Ungeheuers. Durch den Riss in der Bordwand drang Licht ins Innere. Vorsichtig stieg Viktoria hinab. An den Wänden hingen Petroleumlampen, die bei der Havarie zurückgelassen worden waren. Die Bänke waren am Boden festgeschraubt, weiter hinten waren sie tief im dunklen Nordseewasser verborgen.

»Ilse?«, rief Viktoria in die Dunkelheit hinein. Sie erhielt keine Antwort. Viktoria ging um die Treppe herum. Der vordere Teil des Unterdecks lag im Trockenen. War Ilse hier überwältigt worden? Viktoria konnte keine Hinweise darauf finden.

Sie ging weiter. Beklemmung machte sich in ihr breit. Alles schien so unwirklich. Die Vorhänge vor den Fenstern, die Bänke und Tische. Geschirr lag auf dem Boden, das Wasser musste eine der Schranktüren geöffnet haben. Am Ende des Decks verschloss eine Tür den Weg in den dahinter liegenden Raum, von dem Viktoria annahm, dass es die Kombüse war. Sie öffnete sie, starrte ins Dunkel. »Ilse?«

Viktoria ging hinein, hielt die Tür jedoch fest. Sie glaubte ein Geräusch zu hören, ein Scharren. »Ist da jemand?«, fragte sie. Ein kalter Schauer lief ihr über den Rücken.

Nur langsam gewöhnten sich ihre Augen an die Dunkelheit. Ein Herd, Schränke mit offenen Türen. Da war das Geräusch wieder. Sie lauschte. Hörte die Wellen, die an die Schiffswand schlugen. Möwen, die hoch im Himmel über dem Wasser kreisten. Und wieder – das leise Scharren. Es kam aus der fensterlosen Kombüse, die wie ein schwarzer Kerker vor ihr lag. Sie ging hinein und ließ die Tür los. Mit einem lauten Knall schlug diese zu. Viktoria zuckte zusammen. In die Dunkelheit hinein rief sie erneut: »Ilse?«

Keine Antwort. Aber das Scharren war lauter geworden. Oder bildete Viktoria sich es nur ein? Zentimeter um Zentimeter tastete sie sich voran. Das Geräusch war von da gekommen, wo sie den Herd auszumachen glaubte. Sie ging langsam darauf zu, hörte es erneut. Es kam vom Boden. Sie beugte sich hinunter, fühlte mit zitternden Händen. Es war eine Tasse, die auf dem Boden hin und her rollte. Viktoria hätte am liebsten laut gelacht. Sie hob die Tasse auf, stellte sie auf den Herd. Hier war niemand. Sie wandte sich um. Ging zurück, öffnete die schwere Tür und war froh, das dunkle Verlies hinter sich lassen zu können.

Viktoria ging zur Treppe, stieg hinauf. Bei der Tür zum Deck glitzerte etwas auf dem Boden. Ein goldener Knopf. Sie hob ihn auf. Noch etwas fiel ihr ins Auge. Halb verborgen in einer Nische der Schiffswand, hatte sich etwas verfangen. Ein Stück Stoff, wie von einem Kleid. Sie nahm es in die Hand, strich darüber.

Plötzlich hörte sie von draußen auf Deck ein Poltern. Sie erstarrte. Schritte. Jemand war an Bord.

48

Schatten

Viktoria lauschte. In ihrem Badekleid fühlte sie sich plötzlich nackt und schutzlos. Die Schritte waren lauter geworden. Sie schaute vorsichtig auf das Deck. Der Schatten eines Mannes fiel auf die Wand bei der Kapitänskajüte. Viktoria zuckte zurück.

Sie sah sich nach einem Gegenstand um, den sie als Waffe benutzen konnte. Unten, neben der Treppe, ragte eine Eisenstange aus dem Wasser. Viktoria steckte das Stück Stoff und den Knopf unter ihre Badehaube, schlich leise die Stufen hinunter und hob die Stange auf. Dann lauschte sie auf die Schritte des Mannes. Er schien zum Brückenhaus zu gehen. Viktoria stieg die Treppe vorsichtig wieder hoch, sah erneut aufs Deck. Dort stand der Mann, beim Brückenhaus. Viktoria erkannte ihn sofort – es war Johann Specht, der Diener. Ihre Gedanken überschlugen sich. Steckte er hinter Ilses Verschwinden? War er ihr gefolgt, um sie wie Ilse in seine Gewalt zu bringen? Sie umklammerte die schwere Eisenstange fester. Sie würde nicht kampflos aufgeben. Sie holte tief Luft und trat an Deck. »Was machen Sie hier?«

Johann Specht fuhr herum. Erleichterung spiegelte sich in seinem Gesicht. »Fräulein Berg! Gott sei Dank sind Sie wohlauf, ich hatte schon befürchtet …« Er verstummte, als er sah, was sie in Händen hielt. Er sah sie mit großen Augen an. »Sie müssen keine Angst vor mir haben.« Wie zur Bekräftigung hob er die Arme.

»Warum sind Sie mir gefolgt?«, fragte Viktoria, die Stange noch immer erhoben.

»Sie erwähnten, dass Sie zu dem Wrack wollten. Ich wollte Ihnen vorschlagen, ein Ruderboot zu nehmen. Aber bevor ich was sagen konnte, waren Sie ja schon davongestürmt …«

Viktoria blieb vorsichtig. Specht war ein alter Mann, und wahrscheinlich würde er sie nicht ohne Weiteres überwältigen können. Trotzdem wollte sie es nicht darauf ankommen lassen.

»Ich wollte nur helfen«, sagte Specht und ließ die Arme sinken. »Ich mache mir Sorgen um Fräulein Ilse. Als sie klein war, ist sie immer zu uns in die Küche gekommen. Sie war ein wissbegieriges Kind, wollte ganz genau wissen, wie wir arbeiten. Ich habe ihr gezeigt, wie man die Teller beim Servieren hält und wie das Besteck ausgerichtet wird. Natürlich war es nur ein Spiel für sie. Aber sie hat es nie vergessen. In den letzten Jahren hat sie mir abends vorgelesen, sie wusste, dass es mit meinen Augen nicht mehr gut bestellt ist. Fräulein Ilse ist ein feiner Mensch. Ich ertrage den Gedanken nicht, dass sie in der Hand eines Gewalttäters ist.« Er stand da, im dunklen Anzug, der ihn als Diener auswies, mit trüben Augen und einem verlorenen Ausdruck im Gesicht. Mit einem Mal wurde Viktoria bewusst, wie einsam der Mann sein musste. Sein ganzes Leben hatte er der Familie von Manteuffel gewidmet, vielleicht sogar den Wunsch nach einer eigenen Familie zurückgestellt. Für ihn war Ilse von Manteuffel fast wie sein eigenes Kind.

Viktoria ließ die Eisenstange sinken. »Es ist sehr freundlich von Ihnen, dass Sie gekommen sind. Und ich bin froh, dass ich nicht zurückschwimmen muss.«

Specht sah sich um. »Haben Sie irgendwelche Spuren von Fräulein Ilse entdeckt?«

»Möglicherweise.« Sie zog das Stück Stoff und den goldenen Knopf unter ihrer Badehaube hervor. »Das hier lag bei der Tür zum Deck.«

Specht nahm den Stoff, besah ihn mit zusammengekniffenen Augen, fuhr mit der Hand darüber. »Das ist von Fräulein Ilses Kleid. Sie hat es letztes Jahr schneidern lassen.«

»Sind Sie sicher?«

Er nickte. »Sie trug dieses Kleid am Samstag, ganz gewiss.«

Sie hatten ihn also gefunden, den Ort, an dem Fräulein Ilse entführt wurde. Kein Wunder, dass niemand etwas bemerkt hatte. Der Täter musste sie überwältigt, weggebracht und anschließend ihre Jolle wieder beim Hafen festgemacht haben. Vermutlich in der Nacht. Vielleicht hatten sie nun auch endlich einen Hinweis auf den Täter. »Erkennen Sie auch das hier?« Sie reichte ihm den Knopf.

Specht kniff erneut die Augen zusammen. Er schüttelte den Kopf. »Es tut mir leid, er ist zu klein. Können Sie ihn mir beschreiben?«

»Er ist golden und mit der Kaiserkrone und einem Anker verziert.«

Der alte Mann nickte. »Ein Uniformknopf der Marine.«

»Kann man anhand des Knopfes erkennen, wer ihn getragen haben könnte? Ein Offizier oder ein Matrose?«

»Nun, die Uniformknöpfe der oberen Ränge sind golden, die der einfachen Matrosen aus Messing. Was steht hinten drauf?«

Sie drehte den Knopf um. »Kaiserliche Marine, Kiel.«

»Dann ist der Träger dort stationiert. Haben Sie den Knopf bei dem Stück Stoff gefunden?«

Sie nickte. »Was natürlich nicht besagt, dass er im Zusammenhang mit Fräulein Ilses Verschwinden steht«, räumte sie ein. »Er könnte auch jemandem gehören, der auf diesem Dampfer als Passagier mitgefahren ist.«

Trotzdem waren sie jetzt einen entscheidenden Schritt weiter. Sie wussten, dass Ilse hier gewesen war. Der Täter musste ihr entweder gefolgt sein, oder er war mit ihr auf das Wrack gekommen. Vielleicht hatten die beiden gemeinsam einen Segelausflug unternommen? »Hatte Fräulein Ilse einen Verehrer? Jemanden, mit dem sie sich heimlich traf?«

Specht runzelte die Stirn und blickte in die Ferne. »Es ist sicher nichts.«

»Alles ist wichtig. Bitte erzählen Sie.«

»Letzte Woche Donnerstag habe ich nach dem Abendessen einen Spaziergang am Strand gemacht, der Herr Admiral und seine Gattin waren im Theater. Als ich zurückgekommen bin, glaubte ich, eine männliche Stimme aus dem Schlafgemach zu hören. Ich dachte, der Herr Admiral sei schon zurück, und wunderte mich. Ich dachte, es sei etwas geschehen. Deswegen bin ich sofort dorthin geeilt. Aber das Schlafzimmer des Admirals und seiner Frau war leer. Ich wollte wieder zurück in die Küche gehen, aber dann glaubte ich ein Flüstern aus Fräulein Ilses Raum zu hören. Ich klopfte bei ihr und fragte, ob sie etwas bräuchte. Sie kam an die Tür und sagte, sie würde in ihrem Zimmer noch lesen, bis die Eltern wiederkämen.« Johann sah Viktoria mit besorgter Miene an. »Ich habe mich gewundert. Gewöhnlich ruft sie einfach ›Herein‹ und kommt nicht selbst an die Tür. Aber es war auch nicht so seltsam, dass ich mir viele Gedanken darüber gemacht hätte. Ich bin dann hinunter und habe die silbernen Kerzenleuchter geputzt. Natürlich brauchen wir die heutzutage nicht mehr so häufig, weil es ja elektrischen Strom gibt. Aber ich halte es für wichtig, alles in Ordnung zu halten.«

»Die Stimme, die Sie zu hören geglaubt haben. Kam sie Ihnen vielleicht vertraut vor?«

Der Diener dachte nach. »Ich bin mir nicht sicher. Zuerst glaubte ich, es wäre der Admiral. Aber jetzt, da ich darüber nachdenke, meine ich, dass die Stimme anders geklungen hat.«

»War sie Ihnen bekannt?«

»Das wäre zu viel gesagt. Aber es könnte Kapitän Boysen gewesen sein. Doch was sollte er in Fräulein Ilses Zimmer zu suchen gehabt haben?«

Viktoria drehte den goldenen Knopf in ihren Fingern. Kapitän Boysen. Der trug natürlich eine Marineuniform. Die Frage war, ob an ihr ein Knopf fehlte.

49

Ungehorsam

Der Badekommissar stürmte auf Kapitän Boysen zu. »Wo ist Ilse?« Die anderen Gäste des Cafépavillons wandten sich neugierig um.

Boysen schob den Stuhl zurück, stand mit einer ruhigen Bewegung auf. »Ich weiß nicht, wo sie ist. Wenn ich es wüsste, hätte ich es längst gesagt.«

Frau von Manteuffel war ebenfalls aufgestanden. »Eduard, was hat das zu bedeuten?«

»Herma, warum triffst du dich mit diesem Mann?«, fuhr der Badekommissar seine Schwester an.

Christian hatte ihn noch nie so aufgebracht gesehen. Seine Wangen waren fleckig, die Stirn in wütende Falten gelegt.

»Ich denke, wir sollten diese Angelegenheit nicht hier in der Öffentlichkeit besprechen«, sagte Christian leise.

Erst jetzt nahm der Badekommissar wahr, dass alle Augen auf sie gerichtet waren. »Sie haben recht.« Er räusperte sich. »Boysen, Sie folgen uns zur Villa Fresena. Herma, du ebenfalls.«

Den ganzen Weg über brütete der Badekommissar vor sich hin. Erich Pohl öffnete ihnen die Tür. »Der Herr Admiral hält Mittagsruhe. Soll ich ihn wecken?«

»Selbstverständlich!« Der Badekommissar ging mit grimmigem Gesicht an dem Diener vorbei in den Salon. Kaum hatten sie den Raum betreten und der Diener die Tür hinter ihnen geschlossen, drehte sich Herr von Treptow zu Boysen um. »Wo waren Sie, als Ilse verschwunden ist?«

Der Kapitän hob abwehrend die Hände. »Ich schwöre Ihnen, dass ich mit der Entführung nichts zu tun habe.«

»Dann beantworten Sie meine Frage: Wo waren Sie zu dem Zeitpunkt, als meine Nichte entführt wurde? Sie haben Herrn Hinrichs nicht die Wahrheit gesagt. Als Ilse entführt wurde, waren Sie nicht an Bord.«

Bevor der Kapitän antworten konnte, betrat Admiral von Manteuffel den Salon. Er hatte offensichtlich einen Mittagsschlaf gehalten. Jetzt zog er hastig seine Uniformjacke an.

»Adolph, gut, dass du da bist«, sagte Herr von Treptow aufgeregt. »Ich habe soeben Boysen in Gewahrsam genommen.«

»Es ist bislang nur ein Verdacht«, wandte Christian ein. Aber der Badekommissar ging nicht darauf ein. Er war puterrot angelaufen, stützte sich schwer auf seinen Stock.

Frau von Manteuffel schüttelte den Kopf. »Ich verstehe das nicht. Warum verdächtigst du Kapitän Boysen, Eduard? Ich …«

»Es ist ganz einfach«, schnitt Herr von Treptow ihr das Wort ab. »Kapitän Boysen hat Herrn Hinrichs gesagt, er sei zum Zeitpunkt von Ilses Entführung auf dem Torpedoboot gewesen. Das war er aber nicht. Stattdessen hat er sich heimlich von Bord geschlichen. Hinzu kommt, dass zur gleichen Zeit ein Beiboot verschwunden ist. Vermutlich hat er Ilse in seine Gewalt gebracht und an einen noch unbekannten Ort verfrachtet.«

»Also doch. Und ich habe noch Ihre Unschuld beteuert!«, rief der Admiral aus. Er trat mit offener Uniformjacke zu Boysen, das Hemd unter seinem Bauch spannte, und er starrte den Kapitän an, als würde er ihn zum ersten Mal sehen.

Der zog seine Uniform stramm. »Ich verstehe Ihre Aufregung, meine Herren. Aber seien Sie versichert, ich habe Fräulein Ilse nichts getan.«

Es klopfte. Erich Pohl öffnete die Tür, und herein kam – Viktoria. Angesichts der vielen Menschen blieb sie überrascht stehen. »Verzeihen Sie, ich wollte nicht stören. Aber ich muss dringend mit Herrn Hinrichs sprechen.« Ihre Haare waren nass und zu einem nachlässigen Dutt gebunden. Sie blickte kurz zum Kapitän, trat dann beherzt zu Christian und zog ihn zur Seite. »Ich glaube, ich weiß, wo Fräulein Ilse entführt wurde. Auf dem Wrack beim Nordstrand«, flüsterte sie.

»Sag mir nicht, dass du dorthin geschwommen bist.« Christian konnte es nicht fassen. »Das ist lebensgefährlich!«

»Wie du siehst, bin ich noch am Leben«, wandte Viktoria ungeduldig ein. Sie nahm ihre Handtasche, öffnete sie und holte das Stück Stoff heraus. »Das hier habe ich an Bord gefunden.«

»Das ist von Ilse!«, rief Frau von Manteuffel aus, drängte

sich am Kapitän vorbei zu Viktoria. Sie nahm den Stoff in die Hand, strich darüber und drückte ihn an ihre Brust. »Wo haben Sie das gefunden?«

»Auf dem Wrack der *Stadt Norden*. Ilse hat sich am Hafen offenbar eine Jolle ausgeliehen und ist dorthin gesegelt.«

»Wie bitte?«, rief der Admiral überrascht. »Wie kommen Sie darauf?«

»Ich habe mit dem Bootsvermieter gesprochen. Sie ist mehrfach mit der Jolle rausgesegelt. Sie hatte sich nach dem Wrack erkundigt, deswegen bin ich dorthin geschwommen und habe nachgesehen.«

Christian schüttelte den Kopf. Er hätte es wissen müssen. Viktoria ließ sich weder von ihm noch sonst jemandem davon abbringen, ihren Kopf durchzusetzen. Egal, wie groß die Gefahr für ihr Leben war.

Viktoria ignorierte Christians vorwurfsvollen Blick. »Wie mir Ihre Frau erzählte«, sagte sie, an den Admiral gewandt, »liebt Ilse das Segeln über alles. Ich vermute, sie hat einfach jede Gelegenheit genutzt.«

Der Admiral schnappte nach Luft. Er blickte zu seiner Frau. »Hast du davon gewusst?«

Die schüttelte den Kopf. »Ich hätte es ihr niemals erlaubt. Sie ist ganz allein gesegelt?«

»Der Mann beim Hafen, von dem sie die Jolle gechartert hat, geht davon aus.« Viktorias Blick fiel auf Boysen. »Aber sie könnte sich natürlich auf dem Wrack mit jemandem verabredet haben.« Sie nahm einen goldglänzenden Gegenstand aus ihrer Handtasche. »Diesen Knopf habe ich ebenfalls in dem Wrack gefunden. Er lag in der Nähe von dem Stück Stoff.«

Der Badekommissar nahm Viktoria den Knopf ab. »Der stammt von einer Marineuniform.« Sein Blick fiel auf Boysen. »Zeigen Sie mir Ihre Jacke.«

Der Kapitän streckte die Arme aus, als wäre er beim Schneider zum Maßnehmen. Der Badekommissar trat näher, betrachtete die Uniform von allen Seiten. Schüttelte dann den Kopf. »Da fehlt nichts. Aber das beweist gar nichts. Vielleicht haben Sie sich einen neuen annähen lassen.«

Boysen senkte die Arme. »Der Zeugwart wird Ihnen bestätigen, dass ich keinen meiner Knöpfe verloren habe.«

»Geben Sie zu, dass Sie am Samstag, den 25. Juli, das Schiff am Nachmittag heimlich verlassen haben?«, schaltete sich Christian ein, bevor der Badekommissar den Kapitän mit neuerlichen Beschuldigungen überhäufen konnte.

»Ich habe das Schiff nicht heimlich verlassen. Aber es stimmt. Ich bin um diese Uhrzeit in den Ort gegangen.«

»Bei unserer ersten Befragung gaben Sie an, an Bord geblieben zu sein«, fuhr Christian fort.

»Ich wollte verhindern, dass Sie falsche Schlüsse ziehen und Ihre Kraft vergeuden mit einer Spur, die keine ist. Jetzt sehe ich, dass es nur dazu geführt hat, dass Sie sich erst recht mit mir beschäftigten.«

Christian ließ das unkommentiert. »Wo waren Sie tatsächlich?«

»Ich war bei der Post, um einen Brief aufzugeben. Anschließend bin ich durch den Ort gegangen. Gehen Sie zum Postschalter und fragen Sie den Schalterbeamten. Vielleicht erinnert er sich an mich.«

Viktoria trat näher. »Kapitän Boysen, letzte Woche hat man Ihre Stimme im Zimmer von Fräulein Ilse gehört.«

Der Admiral stieß einen knurrenden Laut aus.

Christian fügte eins und eins zusammen. »Herr Tscharre hat ebenfalls ausgesagt, dass er Sie mit Fräulein Ilse beobachtet habe. Bei einem heimlichen Treffen im Restaurant in der Mühle. Herr Kapitän, haben Sie sich mit Fräulein Ilse getroffen, ja oder nein?«

Frau von Manteuffel wankte einen Schritt zurück. »Das kann doch nicht sein.« Entsetzen stand in ihrem Gesicht geschrieben.

Ihr Mann war rot angelaufen. »Boysen – was haben Sie mit meiner Tochter gemacht?«

Der Kapitän zog erneut seine Uniform gerade. »Fräulein Ilse trifft keinerlei Schuld, auch hat sie zu keinem Zeitpunkt die Grenze des Schicklichen übertreten. An dem Tag in der Villa war ich keineswegs in Fräulein Ilses Zimmer. Ich war zufällig in der Gegend, als sie aus dem Fenster schaute. Wir haben uns nur unterhalten.«

»Und im Restaurant in der Mühle?«, hakte Christian nach.

»Ich gebe zu, das habe ich bewusst arrangiert. Ich habe Fräulein Ilse um ein heimliches Treffen gebeten, und ich bin mir bewusst, dass dies gegen jede Konvention verstößt. Verzeihen Sie, Admiral von Manteuffel, aber ich sah einfach keine andere Möglichkeit. Ich habe Fräulein Ilse an diesem Tag meine Liebe gestanden.«

Frau von Manteuffel schnappte hörbar nach Luft. Die Miene des Admirals verdüsterte sich noch mehr.

»Ich glaube Ihnen kein Wort!«, donnerte er. »Ilse würde sich niemals hinter unserem Rücken mit einem Mann treffen! Sie haben sich an sie herangemacht und sie in Ihre Gewalt gebracht. Halten Sie meine Tochter versteckt, um mich zu bestrafen?«

»Ich habe mit der Entführung nichts zu tun, und dass Sie jetzt auf diese Art und Weise von meinen Absichten erfahren, bedaure ich zutiefst. Ich wünschte, ich hätte mich Ihnen zu gegebener Zeit offenbart, Herr Admiral.«

Adolph von Manteuffel blickte wütend zum Badekommissar. »Eduard, welche Beweise brauchst du noch, um ihn zu verhaften?«

Der Badekommissar sah Christian an. »Hinrichs, walten Sie Ihres Amtes.«

Christian nickte. Er trat einen Schritt vor. »Kapitän Friedrich Boysen, ich verhafte Sie hiermit im Namen des Gesetzes.«

Frau von Manteuffel hatte bislang kaum etwas gesagt. Nun erhob sie ihre Stimme: »Kapitän Boysen kann nicht der Täter sein.«

Ihr Mann schnaubte durch die Nase. »Dieser Mann hat uns hintergangen, Herma. Und jetzt spielt er sein widerliches Spiel mit uns.«

Doch seine Frau schüttelte den Kopf. »Ich weiß, dass er es nicht war.« Sie atmete tief ein. »Er war zu dem Zeitpunkt, an dem Ilse verschwunden ist, mit mir zusammen.«

Der Admiral erbleichte. »Herma, was sagst du da?«

Seine Frau trat vor ihn. »Adolph, als ich dich geheiratet habe, habe ich dir versprochen, meine Schriftstellerei zu beenden. Aber ich habe mein Wort gebrochen.« Der Admiral blickte seine Frau mit versteinerter Miene an. Doch die wirkte entschlossen. »Ich habe das Schreiben nicht aufgegeben. Im Gegenteil, ich habe seither drei Bücher veröffentlicht. Kapitän Boysen ist der Bruder meines Verlegers. Er hat mir den Vertrag für mein neues Buch zum Unterschreiben gebracht. Ich wollte ihn nicht in die Villa schicken lassen, damit du nichts davon merkst. Also war Kapitän Boysen so freundlich, die Verträge in Empfang zu nehmen und sie für mich auch wieder aufzugeben.«

Der Admiral riss die Augen auf. »Deswegen also hast du so viele Stunden allein in deinem Zimmer verbracht. Weil du geschrieben hast – trotz meines Verbotes! Währenddessen war unsere Tochter unbeaufsichtigt, hat sich sogar mit diesem Mann getroffen. Wer weiß, mit wem darüber hinaus noch! Du bist schuld, dass sie entführt wurde!«

Tränen traten in die Augen seiner Frau. »Ich konnte doch nicht ahnen, dass hier auf der Insel etwas Derartiges passieren könnte. Ich hätte Ilse sonst niemals allein gehen lassen.«

Der Admiral schüttelte den Kopf. »Deine Nachlässigkeit und dein Egoismus haben dazu geführt, dass Ilse verschwunden ist. Wenn sie nicht zurückkommt, dann hast du unsere Tochter auf dem Gewissen.«

Frau von Manteuffel schlug die Hände vors Gesicht.

Der Badekommissar trat zu ihr, legte einen Arm um sie.

»Schluss jetzt, Adolph. Es ist nicht Hermas Schuld. Ilse ist fast erwachsen. Niemand hätte für möglich gehalten, dass sie auf Norderney Opfer eines Verbrechens wird.«

Der Admiral warf seinem Schwager einen skeptischen Blick zu. »Dir erzählt sie doch immer alles, Eduard. Vermutlich wusstest du sogar, dass meine Frau mich derart hintergeht.«

Der Badekommissar schüttelte den Kopf. »Du hast nie verstanden, wie viel das Schreiben Herma bedeutet. Sie hat gelitten in den ersten Jahren eurer Ehe. Monatelang war sie allein zu Haus, weil du unterwegs warst. Kein Wunder, dass sie schwermütig wurde. Erst als ich sie ermuntert habe, wieder mit dem Schreiben zu beginnen, ging es ihr besser. Zugegeben, es war nicht richtig, dass sie ihre Manuskripte gegen deinen ausdrücklichen Willen an einen Verlag geschickt hat. Aber schließlich geschah es unter Pseudonym. Niemand ahnt, dass es sich bei Leopold von Löwitz um Herma handelt. Du solltest stolz auf sie sein. Ihre Bücher werden von der Kritik hochgelobt.«

»Ich bin der Mann im Haus und bestimme, was sie zu tun und zu lassen hat!«, rief der Admiral. »Ihre Aufgabe ist, sich um die Kinder zu kümmern. Und was ist passiert? Sie hat Ilse vernachlässigt, und jetzt ist meine Tochter in der Hand von Verbrechern!«

»Adolph, es ist genug!«, sagte der Badekommissar entschieden. »Es nützt nichts, wenn wir uns gegenseitig mit Vorwürfen überhäufen.«

Doch der Admiral sah nicht aus, als würde er sich so leicht beruhigen lassen. Jetzt wandte er sich zu Boysen um.

»Glauben Sie ja nicht, dass Sie noch einen Fuß in unser Haus setzen werden. Sie verlassen so bald als möglich die Insel in Richtung Kiel. Da übernehmen Sie den Posten an Land, den ich Ihnen zugewiesen habe.«

Der Kapitän salutierte. Seine Miene war reglos. »Zu Befehl.«

Der Badekommissar trat vor. »Adolph, du machst einen Fehler. Wir sind alle besorgt um Ilse. Gerade deswegen müssen wir unsere Kräfte bündeln.«

Der Admiral sah ihn durchdringend an. »Mach du deine Arbeit, ich mache meine. Bislang habe ich auf dich gehört. Wie ich jetzt sehe, war das ein Fehler.«

Es klopfte an der Tür. Der Admiral drehte sich wütend um. »Was?«

Johann trat ein, das silberne Tablett in seiner Hand zitterte. »Einer von den Marinesoldaten, die die Villa bewachen, ist gerade beim Dienstboteneingang hereingekommen. Dieses Schreiben lag vor der Tür.«

Mit einem Mal herrschte Schweigen. Alle Augen waren auf den Umschlag auf dem Tablett gerichtet. Der Admiral trat vor, griff nach dem Brief, riss ihn mit einer hastigen Bewegung auf. Eine Fotografie kam zum Vorschein. Christian sah auf den ersten Blick, dass es ein Autochrom war. Der Admiral starrte darauf, legte es dann auf den Tisch. Die Aufnahme zeigte Ilse von Manteuffel, die in die Kamera sah. An ihrer Wange war ein blauer Fleck zu sehen. Ihre Lippe war aufgesprungen und blutig. Rechts oben auf der Fotografie stand eine Zahl geschrieben: »1«. Es blieb ihnen nur ein Tag. Und sie hatten noch immer keine Spur von Ilse.

50

Entscheidung

Die Sonne stand schon tief am Himmel. Wellen rauschten an den Strand, der sich um diese Uhrzeit zu leeren begann. Die meisten Gäste waren in ihre Hotels und Pensionen zurückgekehrt und zogen sich um für den abendlichen Theaterbesuch, die Tanzréunion oder für ein Essen in einem der vielen Restaurants auf der Insel. Auf der Promenade schlenderten einzelne Paare. Es wirkte alles so friedlich. Und doch war irgendwo eine junge Frau an eine Wand gekettet und sah dem letzten Tag ihres Lebens entgegen.

Christian blickte aufs Meer. Er fühlte eine bleischwere Erschöpfung. Alle Spuren, denen er gefolgt war, hatten sich als Sackgassen erwiesen. Sie hatten praktisch nichts in der Hand.

Viktoria wandte sich ihm zu. »Glaubst du, wir werden Ilse rechtzeitig finden?«

»Ich weiß es nicht«, sagte Christian. »Wo können wir noch ansetzen? Tscharre behauptet, er habe keine Ahnung, wo Ilse ist. Ich halte den Mann zwar für geistesgestört, aber dennoch glaube ich nicht, dass er hinter der Entführung steckt. Der Täter muss ihr auf das Wrack gefolgt sein, sie dort überwältigt und zu dem Versteck gebracht haben. Danach musste er ihr Segelboot wieder zurück zum Hafen bringen. Tscharre hätte zwar alle Zeit der Welt gehabt, dennoch kann ich es mir einfach nicht vorstellen. Dieser Mann hätte nicht den Scharfsinn, all das minutiös zu planen. Und ich bezweifle, dass er mutig genug wäre, das Risiko einzugehen.«

»Den Kapitän können wir ebenfalls ausschließen. Er war zum Tatzeitpunkt mit Frau von Manteuffel im Café.«

»Der Badekommissar hat Gendarm Müller losgeschickt, um die Angaben zu überprüfen. Aber ich bin mir sicher, dass die beiden dort waren. Warum sollte Ilses Mutter lügen?«

Viktoria sah aufs Meer. »Vielleicht müssen wir noch einmal ganz neu ansetzen. Wer wusste, dass Fräulein Ilse heimlich ein Boot gechartert hatte?«

»Ihre Eltern jedenfalls nicht. Die waren völlig überrascht. Was ist mit Johann?«

Viktoria schüttelte den Kopf. »Wie soll dieser alte Mann Ilse überwältigen und sie in ein Versteck bringen?«

»Er könnte sie mit einer Waffe bedroht haben.«

Viktoria schüttelte den Kopf. »Wenn er wirklich der Täter wäre, hätte er mich auf dem Wrack überwältigen können. Dann wüssten wir noch immer nicht, wo Ilse entführt wurde. Stattdessen hat er mich zurückgerudert.«

Christian gab Viktoria recht. Der Mann war halb blind. Außerdem hätte ihm seine Arbeit kaum Zeit gelassen, Ilse zu folgen und sie anschließend zu verstecken.

Viktoria schob ihre Hand in Christians. »Ich muss immer daran denken, wie es Ilse wohl gerade geht. Allein in diesem Verlies, dem Entführer ausgeliefert.«

Christian nickte stumm. Dann wandte er sich um. Sie mussten Ilse finden, um jeden Preis.

Gemeinsam gingen sie zurück zu Schuchardts Hotel. Den Weg vom Damenpfad die Strandstraße entlang legten sie schweigend zurück. Beim Hotel angekommen blieb Christian stehen. Er sah Viktoria ernst an. »Wer auch immer Ilse entführt hat, er ist skrupellos«, sagte er. »Ich möchte nicht, dass du dich noch einmal in Gefahr bringst, Viktoria. Bitte versprich mir, dass du morgen im Hotel bleibst.« Er strich über ihre Hand.

Viktoria ging nicht auf seine Bitte ein. »Was wirst du als Nächstes tun?«

»Ich weiß es nicht. Es gibt keinen Anhaltspunkt, keine Spur, der ich noch folgen könnte.« Er blickte in ihre Augen. »Versprich mir, morgen im Hotel zu bleiben.«

In diesem Moment trat eine Dame in Abendgarderobe aus dem Hotel und enthob Viktoria einer Antwort. »Viktoria! Da bist du ja.« Rosamunde Jenisch streifte Christian mit einem missbilligenden Blick. Der ließ sofort Viktorias Hand los. »Ich bin auf dem Weg zu einem Abendessen im Restaurant Richter. Wo hast du gesteckt? Ich habe einen wundervollen Tag verlebt. Ich war in der Nachmittagsvorstellung im Theater. Du hast eine hervorragende Aufführung des Zauberkünstlers Uferini verpasst.«

Viktoria sah ihre Tante mit eisiger Miene an. »Und wen hast du dort getroffen? Hofbraurat Huber und seine Familie inklusive unverheiratetem zweiundvierzigjährigem Sohn? Oder Herrn Generalmajor Mutzenbecher, der seit drei Jahren Witwer ist und eine neue Frau sucht?«

Ihre Tante lächelte. »Aber Kind, das hört sich ja an, als würde ich einen Ehemann für dich suchen. Dabei weiß ich doch, dass ich dich damit nicht locken kann. Du hast ja andere Pläne für dein Leben.«

Viktoria sah ihre Tante fragend an.

Die blickte zu Christian. Ein spöttisches Lächeln trat auf ihre Lippen.

»Sie müssen sehr enttäuscht sein, dass Viktoria sich anders entschieden hat. Ich selbst habe es lange nicht einsehen wollen, aber nun verstehe ich, dass sie niemals heiraten wird. Dieses Angebot, das sie erhalten hat, ist einfach zu verlockend.«

Viktoria hob drohend einen Zeigefinger. »Sei still, Tante Rosamunde.«

»Was für ein Angebot?«, fragte Christian.

Rosamunde Jenisch betupfte mit der behandschuhten Hand ihre zu einer großen Rolle aufgesteckten Haare. »Ach, das hat sie Ihnen noch gar nicht erzählt? Das tut mir leid, ich wollte nicht die Überbringerin der schlechten Nachricht sein. Ich dachte, sie hätte mit Ihnen gesprochen. Schließlich betrifft es ja Sie beide.«

Christian sah Viktoria fragend an. Die war rot angelaufen und schien ihre Tante mit Blicken töten zu wollen. »Lass uns das ein andermal besprechen, Christian. Ich gehe rein, ich bin müde.« Sie wandte sich zur Tür.

Doch er griff nach ihrer Hand. Er wusste genau, dass Viktorias Tante es darauf angelegt hatte, dass sie Streit bekamen. Aber so wollte er Viktoria nicht davonkommen lassen. »Was für ein Angebot hast du erhalten? Und überlass es nicht deiner Tante, es mir zu erzählen. Ich möchte es von dir wissen.«

Christians Herz klopfte fast schmerzhaft in seiner Brust. Was hatte sie ihm die ganze Zeit verschwiegen? Viktoria sah ihn an. Schließlich atmete sie tief durch.

»In Winterhude wird eine neue Lehranstalt eingerichtet. Es wird eine einzigartige Schule werden, in der die Schüler mitbestimmen können. Selbst der Schulleiter wird nicht von außen bestimmt, sondern vom Lehrerkollegium gewählt. Wir müssten keine vorgeschriebenen Lehrpläne befolgen, sondern würden die Schüler ihren jeweiligen Neigungen entsprechend fördern.«

»Wir?«, fragte Christian. Es war, als würde eine kalte Welle über ihn hinwegschwappen.

»Ich habe das Angebot erhalten, am Aufbau dieser Schule mitzuwirken.«

»Seit wann weißt du davon?« Seine Stimme klang heiser.

Viktoria presste die Lippen aufeinander. Schließlich antwortete sie: »Das Schreiben kam direkt vor meiner Abreise nach Norderney.«

Christian starrte sie fassungslos an. »Du hast es also die ganze Zeit gewusst?«

»Es ist eine einmalige Chance. Diese Schule ermöglicht alles, was ich mir immer für meine Schüler gewünscht habe.«

Er sagte nichts, weil es darauf nichts zu sagen gab. Ihre Worte waren eindeutig: In diesen Wünschen kam er nicht vor.

Sie schien seine Gedanken zu erraten. »Ich wollte mir das Angebot erst gut durch den Kopf gehen lassen. Für dich ist es einfach, du musst nichts aufgeben, wenn wir heiraten. Aber ich darf nicht mehr in meinem Beruf arbeiten. Ist es da so verwunderlich, dass ich zögere?«

Als ob es darum gehen würde. Die Frage war doch, ob sie ihn genug liebte, um mit ihm zusammen sein zu wollen. Das war offensichtlich nicht der Fall. »Du brauchst diese Entscheidung nicht mehr zu fällen, Viktoria. Ich nehme sie dir ab. Du bist frei. Du kannst dein Leben leben, wie du es möchtest. Ich stehe dir nicht im Weg. Du wolltest unabhängig sein. Nun bist du es!«

»Christian, lass uns in Ruhe darüber reden. Ich habe noch gar nichts entschieden.«

Er löste ihre Hand von seinem Arm. »Du belügst dich selbst, Viktoria. Du bist nicht bereit, mich zu heiraten. Ob mit dem Angebot dieser Schule oder ohne. Wenn du dir sicher gewesen wärst, hättest du meinen Antrag schon längst angenommen. Ich war nur zu verblendet, um es zu merken. Das ist jetzt vorbei. Du kannst offensichtlich keine Entscheidung treffen, aber ich kann es. Tu und lass, was du willst, Viktoria. Es kümmert mich nicht mehr. Wir beide sind miteinander fertig.«

Er drehte sich um und ging davon. Sie kam ihm nicht nach, und er war froh darüber. Es war vorbei. Endgültig.

51

Rosarot

Viktoria sah Christian nach, wie er mit schnellen Schritten beim Conversationshaus abbog. Dann war er verschwunden.

»Wenn du mich fragst, Viktoria, es ist kein Verlust. Sei froh, dass er diesen Schlussstrich gezogen hat. So bleibt dir die peinliche Auflösung der Verlobung erspart.« Tante Rosamunde lächelte selbstgefällig.

Viktoria kochte innerlich. »Warum hast du dich eingemischt?«, fuhr sie ihre Tante an.

Die strich ihre Abendhandschuhe glatt. »Ich konnte doch nicht ahnen, dass du Herrn Hinrichs nicht eingeweiht hast.«

»Das wusstest du genau! Du hast es darauf angelegt, uns auseinanderzubringen. Seit Wochen schon scharwenzelst du um mich herum, versuchst mich zu verkuppeln. Und das alles nur, weil du nichts Besseres zu tun hast. Du langweilst dich, und statt dir eine vernünftige Beschäftigung zu suchen, mischst du dich in mein Leben ein. Selbst Papa hat genug von dir. Was glaubst du, warum er nicht mit in die Sommerfrische gefahren ist?«

Sie schien einen Nerv bei ihrer Tante getroffen zu haben. Mit zusammengekniffenen Augen sah sie Viktoria an.

»Jetzt hör mal gut zu, Viktoria. Es wird Zeit, dass du eins verstehst. Als Frau hast du nur eine Chance im Leben: eine aussichtsvolle Heirat. Du musst an deine Zukunft denken, und jemand wie dieser Christian Hinrichs hat dir in dieser Hinsicht nichts zu bieten, und wenn er noch so blaue Augen hat. Es geht nicht um Liebe, sondern einzig und allein um Sicherheit für dich und deine Kinder.« Sie trat näher an Viktoria heran. »Du musst endlich erwachsen werden. Du hast nur eine Ware, die du zum Verkauf anbieten kannst: dich selbst. Das Leben ist nicht rosarot. Diese Welt bietet uns Frauen nicht viel. Deswegen müssen wir unsere Entscheidungen weise fällen.«

»Frauen müssen nicht mehr heiraten, um etwas wert zu sein oder um sich versorgen zu lassen. Sie können sich selbst ihren Lebensunterhalt verdienen«, gab Viktoria zurück.

Ihre Tante sah sie kühl an. »Dann beschwer dich nicht, dass ich diese Entscheidung herbeigeführt habe. Denn jetzt kannst du deinem Beruf nachgehen, so wie du es ja offenbar willst.« Sie hob die Hand, um eine der Droschken herbeizuwinken, die vor dem Hotel warteten.

Viktoria schnaubte wütend. Ohne ein weiteres Wort wandte sie sich ab und stürmte ins Hotel. Oben in ihrem Zimmer angekommen ging sie auf und ab. Es dauerte eine ganze Weile, bis die Wut auf ihre Tante sich legte und ihr bewusst wurde, was gerade geschehen war: Christian hatte sich von ihr getrennt. Sie setzte sich auf ihr Bett und stützte den Kopf in die Hände. Jedes Wort, das Christian ihr entgegengeschleudert hatte, hallte in ihr nach. Sie wusste, dass er recht hatte. Sie hätte ihm das Angebot der Schule in Winterhude niemals verschweigen dürfen. Sie liebte Christian, daran hatte auch der Brief nichts geändert. Gleichwohl liebte sie auch ihren Beruf. Die Freude, den Kindern etwas beizubringen. Etwas im Leben zu bewirken. Und doch …

Sie stand wieder auf, ging unruhig hin und her. Der Streit mit Christian ließ ihr keine Ruhe. Sie blieb vor dem Fenster stehen, sah hinaus, doch ihr Blick ging ins Leere. Es durfte so nicht enden. Sie musste mit ihm reden.

52

Warme Körper

»Noch einen.« Christian deutete auf sein Schnapsglas.

»Is' nich' langsam genug, Herr Kriminal?«, fragte der Wirt.

Christian schüttelte den Kopf. »Genug ist, wenn ich es sage.«

Der Mann goss mit einem Schulterzucken einen weiteren Klaren ein. Christian nahm das Glas, stürzte die Flüssigkeit herunter. Er wusste nicht, das wievielte Glas es war. Aber es war ihm auch egal. Er wollte nicht mehr denken müssen, wollte nur noch vergessen. Er griff nach seinem Bier und drehte sich mühsam an der Theke um, blickte in die Kneipe. Rauchschwaden hingen an der Decke. Beim Fenster saßen einige Männer und spielten Karten. Christian kannte sie vom Sehen. Er wünschte, sein Freund Willy wäre hier. Der würde ihn auf andere Gedanken bringen. Eine von seinen Räuberpistolen erzählen. Er vermisste seinen Freund. Letztes Jahr war Willy hier gewesen, aber nach ihrem Streit war er zurück nach Hamburg gereist. Seitdem hatten sie keinen Kontakt mehr. Christian hatte niemanden, mit dem er beisammensitzen und klönen konnte. Hatte niemanden, der ihn verstand. Und wie sollte er so einen Freund auf dieser Insel finden? Er war in einem heruntergekommenen Viertel aufgewachsen, in dem die Menschen dicht aufeinanderhockten. Die Luft war geschwängert vom Rauch der Fabriken. Norderney dagegen war ein Paradies. Die Weite, die frische Luft, kein Schmutz, kein Elend. Im Sommer die Gäste in ihren vornehmen Kleidern, im Winter die Stille. Es gefiel ihm. Aber heute wünschte er, er hätte seine Heimat nie verlassen. Bei ihrem letzten Treffen hatte Willy ihm vorgeworfen, dass er immer nach Höherem gestrebt habe und dass seine Verbindung mit Viktoria nur ein Traumgespinst sei. Er hätte damals auf Willy hören sollen. Er hätte sich längst ein nettes Fräulein von der Insel suchen sollen, ein normales Mädchen, vielleicht eine Handwerkertochter. Eine aus dem einfachen Volk wie er, dann müsste er nicht ständig das Gefühl haben, unterlegen zu sein.

Christian trank einen Schluck Bier. Er war dumm gewesen, so unendlich dumm. Hatte sich Hoffnung auf ein Leben mit Viktoria gemacht. In Wahrheit war er immer nur an zweiter Stelle gekommen. Ihr Beruf war ihr immer wichtiger gewesen. Gut, dass jetzt alles zu Ende war. Es war richtig gewesen, einen Schlussstrich zu ziehen.

Er trank den letzten Schluck Bier, wandte sich um. »Noch eins.«

Der Wirt putzte ein Glas und stellte es ins Regal. »Ist genug für heute, Herr Kriminal. Feierabend, ich mach gleich zu.«

Christian sah auf die Uhr, die an der Wand hing. Es fiel ihm schwer, den Blick scharf zu stellen. Irgendwas mit zehn vor. Ein Bier würde sicher noch gehen. Doch der

Wirt schüttelte den Kopf. »Gehen Sie nach Hause, Herr Kriminal.«

Dann eben nicht. Es gab genug Kneipen auf der Insel. Christian würde schon jemanden finden, der ihm ein Bier verkaufte. Er zahlte, stand auf. Der Boden begann zu schwanken.

Die Männer am Tisch schauten zu ihm rüber. »Wollen Sie Kuddel Müller Konkurrenz machen, Herr Kriminal?« Sie lachten.

Christian versuchte, halbwegs geradlinig durch die Tür zu gehen. Es gelang ihm nur mäßig. Es war wohl doch Zeit, nach Hause zu gehen.

Draußen war es inzwischen dunkel. Zum Glück war es vom Gasthof Frisia nicht weit bis zur Gartenstraße, wo er wohnte. Allerdings hatte er Mühe, auf dem Gehweg zu bleiben, deshalb dauerte der Weg deutlich länger als sonst. Doch endlich stand er vor der Pension. Er zog seinen Schlüssel aus der Hosentasche, brauchte eine Weile, bis er die Tür geöffnet hatte.

Im Flur blieb er stehen, stützte sich mit der Hand an der Wand ab. War wohl besser, Wasser mit aufs Zimmer zu nehmen, ging es ihm durch den Kopf. Er machte das elektrische Licht an, schwankte in die Küche, öffnete den Schrank und suchte nach einer Flasche, in die er Wasser füllen konnte. Laut scheppernd fiel eine Emailleschüssel auf den Boden. Irgendwo musste doch eine Flasche sein, er wusste genau, dass Frau Paulsen sie irgendwo aufbewahrte.

Hinter sich hörte er ein Geräusch. Er drehte sich um und sah die Zimmerwirtin im Nachthemd in der Tür stehen, einen Besen als Waffe in Händen. »Herr Hinrichs! Ich dachte, es wären Einbrecher.« Sie stellte den Besen beiseite. »Was suchen Sie denn?«

»Eine Flasche, damit ich Wasser abfüllen kann«, sagte Christian, bemüht, klar zu sprechen.

Sie schüttelte den Kopf. »Aber doch nicht da. Warten Sie, ich gebe Ihnen eine.« Sie ging zur Bank, klappte den Deckel nach oben, holte eine Flasche daraus hervor und füllte am Spülstein Wasser für Christian ab. Sie drehte sich zu ihm um. Sie sah ganz anders aus als tagsüber. Ihre dunklen Haare waren zu einem lockeren Zopf geflochten. Unter dem weißen Nachthemd zeichneten sich ihre wohlgeformten Brüste ab. Sie stand direkt vor ihm, sah ihm in die Augen. Zögernd hob sie die Hand, strich ihm über die Wange. »Was machen Sie denn für Sachen, Herr Hinrichs.«

Er fühlte ihre Nähe, die Wärme ihres Körpers. Und bevor er wusste, was geschah, beugte er sich vor und küsste sie.

Wie aus weiter Ferne hörte er, dass jemand hereinkam. Die Zimmerwirtin löste sich von ihm, schaute zur Tür. Christian folgte ihrem Blick und erstarrte. Dort stand Viktoria. Ihre Augen waren weit geöffnet. Dann wandte sie sich ruckartig um und hastete davon.

53

Flucht

Ilse schabte und hämmerte mit dem Kettenglied auf den Stein ein. Ihre Fingerkuppen brannten vor Schmerz. Sie biss die Zähne zusammen, unterdrückte Tränen der Verzweiflung und Ohnmacht. Seit Stunden arbeitete sie jetzt schon, sie hatte mitgezählt, als die ferne Turmuhr zwölf schlug. Und doch bewegte sich der Eisendorn, mit dem sie angekettet war, kaum mehr als am Anfang. Ilse ließ die Kette sinken. Sie würde es nicht schaffen. Ihr Kopf dröhnte, ihr Mund war wie ausgedörrt. Sie griff nach der Flasche, die er vor ihren Augen ausgegossen hatte. Sie wusste, dass keine Flüssigkeit mehr darin war. Trotzdem versuchte sie, einen letzten Tropfen daraus zu trinken. Aber es war sinnlos. Sie ließ die Flasche fallen.

In plötzlich aufflammender Wut schrie sie auf, nahm die Kette und schlug wie von Sinnen auf die Wand ein. Wieder und wieder. Schließlich ließ sie die Kette fallen, sackte in sich zusammen und weinte. Bilder flammten vor ihr auf. Sein hasserfüllter Blick. Ihre abgeschnittenen Haare auf dem Boden. Die Zahl, die er an die Wand geschrieben hatte. Ilse ballte die Hände. Sie wollte nicht sterben. Nicht hier in diesem Loch. Sie wischte sich die Tränen von den Wangen. Griff erneut zur Kette. Ignorierte den beißenden Schmerz. Suchte mit den Fingern die Stelle, wo der Eisendorn eingeschlagen war. Plötzlich hielt sie inne.

Da war ein Riss im Backstein. Ein Teil war abgesplittert. Sie musste ihn gerade mit der Kette zertrümmert haben. Sie krallte ihre Fingernägel in den Stein. Ein Brocken fiel polternd zu Boden. Ilse lachte, konnte es kaum fassen. Dann nahm sie die Kette wieder zur Hand. Schlug auf die Mauer ein. Sie würde nicht aufgeben. Sie würde kämpfen. Die Worte ihres Vaters kamen ihr in den Sinn. Dass sich erst in der Schlacht der wahre Soldat zeige. Wenn man einem feindlichen Schiff gegenüberlag, die Geschosse flogen und man plötzlich realisierte, dass einen nur eine dünne Bordwand von der unendlichen Tiefe des Meeres trennte. Wenn es plötzlich nur noch ums nackte Überleben ging. Ilse würde nicht wie ein Kaninchen in der Falle zitternd auf ihr Ende warten. Sie war eine von Manteuffel!

Sie schlug mit der Kette zu. Immer wieder. Endlich, als sie glaubte, sie könnte ihre Arme nicht noch einmal anheben, löste sich wieder ein großer Brocken. Ilse wackelte an dem Dorn. Er bewegte sich. Nur ein winziges bisschen. Aber er bewegte sich. Wieder und wieder hieb sie auf den Stein ein, ruckte an dem Dorn. Dann endlich gab er nach. Sie war frei.

Einen Moment lang konnte sie es kaum fassen. Doch dann stand sie hastig auf. Sie nahm die Kette auf, die an dem Eisenring an ihrem Fuß befestigt war, und trat zu der Leiter. Sie kletterte hinauf. Von unten drückte sie gegen die Falltür. Sie schien nicht verriegelt zu sein, aber sie ließ sich nur wenige Millimeter anheben. Etwas Schweres drückte die Klappe nieder. Ilse sammelte all ihre Kräfte. Nur diese Falltür stand zwischen ihr und der Freiheit. Sie machte den Rücken krumm, drückte damit nach oben. Etwas auf der Klappe kam ins Rutschen. Ilse drückte weiter. Es polterte, eine Kiste kippte um, und der Widerstand gab ruckartig nach. Ilse klappte die Falltür auf. Griff nach der Kette, kletterte die letzten Stufen der Leiter hinauf und hinaus aus dem Loch. Sie war in einer Art Lagerschuppen, links stand eine Werkbank mit braunen Flaschen und Gläsern, offenbar Chemikalien, daneben ein Stuhl. Sie lief auf das Fenster zu, durch das der Mond hereinschien. Wollte es öffnen. Da sah sie einen Schatten vor der Tür. Ein Schlüssel wurde umgedreht. Ilse öffnete hastig das Fenster. Die Tür ging auf. *Er* war es. Ohne zu zögern, sprang sie hinaus, lief los. Sie hörte ihn hinter sich fluchen. Die Kette an ihrem Fuß schepperte, der Eisenring riss ihre Haut auf. Die Kette ließ sie straucheln, sie stürzte, versuchte, sich aufzurappeln. Doch da war er schon bei ihr. Packte sie, drehte sie um, holte aus. Ihr Kopf wurde zur Seite geschleudert. »Du verdammtes Biest!«, schrie er. Seine Augen sprühten vor Wut. Wieder schlug er zu. Ilses Oberlippe platzte auf. Sie schrie, vielleicht hörte sie ja jemand. Doch in diesem Moment traf sie sein Stiefel in die Seite. Die Luft blieb ihr weg. Ihr Körper krümmte sich. Im nächsten Moment packte er sie an den Armen und zog sie auf die Beine. Noch immer rang sie nach Atem. Der Boden unter ihren Füßen schwankte, und in ihrem Ohr pfiff ein schriller Ton. Er nahm die Kette, stieß Ilse vor sich her, zurück zum Schuppen, zurück zur Falltür. »Runter!«, befahl er.

Sie wagte nicht mehr, sich zu widersetzen. Sie trat auf die Leiter. Stieg mit zitternden Gliedern die erste Sprosse hinab. Sah, wie er zur Werkbank ging. Er nahm etwas zur Hand. Es war ein schwerer Hammer.

54

Abschied

Christian nahm seinen Rucksack. Die wenigen Habseligkeiten, die er besaß, waren darin verstaut. Er schloss das Fenster, durch das die Morgensonne hereinfiel. An der Tür sah er sich noch einmal um, ob er nichts vergessen hatte. Dann ging er die Treppe hinunter. Frau Paulsen beobachtete, wie er den Rucksack in den Flur stellte. »Sie müssen nicht gehen, Herr Hinrichs.«

»Es ist besser so.«

»Ich werfe Ihnen nicht vor, was passiert ist. Seit mein Mann gestorben ist, bin ich allein. Es ist schön, dass Sie hier eingezogen sind.« Sie sah ihn an mit diesem Blick, den er schon einige Male an ihr bemerkt hatte. Scheu und doch voller Hoffnung.

Genau deswegen musste er ausziehen. Er hatte sich gestern Abend gehen lassen. Er hatte viel zu viel getrunken und die Kontrolle über sich verloren. Aber das war keine Entschuldigung für sein Verhalten. Es war falsch gewesen. Nicht nur gegenüber Viktoria, wie auch immer er zu ihr stand, sondern auch gegenüber Frau Paulsen.

Er schüttelte den Kopf. »Sie sind eine wunderbare Frau, Frau Paulsen. Sie kümmern sich vorbildlich um die Pension und um Ihre Kinder. Aber ich will nicht, dass Sie sich

Hoffnungen machen, die ich nicht erfüllen kann … Es ist an der Zeit, dass ich mir eine neue Bleibe suche.«

»Wo wollen Sie denn mitten in der Saison hin?«

»Ich werde schon etwas finden.« Er blickte in die Küche, wo die Kinder saßen und frühstückten. Der Älteste schaute auf.

»Fährst du weg, Krischan?«

Die Kinder sprachen ihn mit seinem Spitznamen an, er hatte es zugelassen, denn es hatte sich wie zu Hause angefühlt. Warum war er nur so blind gewesen? Er hatte nicht bemerkt, dass die Witwe sich eine gemeinsame Zukunft ausmalte und auch die Kinder ihn immer mehr als Teil der Familie ansahen.

Er trat in die Küche. »Ich muss mich leider von euch verabschieden.«

Jetzt blickte auch die Jüngere auf. »Wann kommst du wieder?«, fragte Gretje.

»Ich bleibe auf der Insel, ich ziehe nur woanders hin.«

Sie sah ihn an, dachte darüber nach. »Aber du winkst mir noch zu, wenn du an der Schule vorbeikommst? Der Edgar hat nämlich Angst vor dir, und wenn er dich sieht, dann lässt er mich in Ruhe.«

Er lächelte. »Das werde ich. Und wenn der Edgar frech wird, kommst du zur Wache und sagst es mir.«

Damit schien die Sache für Gretje geklärt, und sie wandte sich wieder ihrem Brot zu.

Der Abschied fiel Christian schwerer, als er gedacht hatte, bestärkte ihn aber nur in seinem Entschluss. Er gehörte nicht hierher, er war nicht der Vater dieser Kinder.

Ein Leben mit der Witwe wäre sicherlich einfach, aber das war nicht, was er wollte.

Er schwang den Rucksack auf den Rücken, verabschiedete sich von der Witwe Paulsen, tat, als bemerkte er die Tränen in ihren Augen nicht, und trat hinaus auf die Straße.

Es war noch vor acht Uhr, als Christian wenig später die Wache betrat. Gendarm Müller war noch nicht da. Es war ihm recht, so hatte er noch einige Minuten für sich. Er stellte seinen Rucksack neben seinen Schreibtisch und setzte sich. Hinter seiner Stirn pochte es unablässig. Er stützte seinen Kopf auf die Hände und schloss für einen Moment die Augen. Was hatte er gestern nur getan?

Wenig später ging die Tür auf, und Gendarm Müller kam herein. Christian griff nach dem *Polizeianzeiger* und vertiefte sich in eine der Suchmeldungen. Wie immer verbreitete Müller sofort große Unruhe, schlug lautstark die Tresenklappe zu, rückte den Stuhl quietschend zurück, holte den Henkelmann und die Butterbrote aus seiner Ledertasche und räumte sie laut klappernd in die Schreibtischschublade. Sein Blick fiel auf Christians prall gefüllten Rucksack. Er stutzte. »Nanu? Sind Sie ausgezogen?«

Christian erhob sich, ohne zu antworten, und griff nach seinem Hut. Er musste ohnehin los. »Ich bin in der Villa Fresena zu erreichen, falls mich jemand sucht.«

Er spürte Müllers neugierigen Blick im Rücken, als er den Raum verließ. Mit Sicherheit würde sich die Neuigkeit auf dem Rundgang des Gendarmen verbreiten. Kuddel Müller war schneller als jede Zeitung.

Das erste Mal seit Wochen lag die Sonne hinter dicken Wolken, die sich dunkel am Himmel auftürmten. Doch Christian nahm es kaum wahr. Kurz vor der Villa Fresena, beim Damenpfad, trat Adjutant von Brenkendorf aus einem Seitenweg auf ihn zu. Christian, der ganz in Gedanken versunken war, zuckte unwillkürlich zusammen.

»Pardon, ich wollte Sie nicht erschrecken«, sagte der Adjutant.

Christian begrüßte ihn mit einem Kopfnicken, und sie gingen den Rest des Weges gemeinsam. Als sie beim Damenpfad zur Villa abbogen, blickte Christian sich um. Er sah keinen Matrosen auf dem Weg, aber er wusste, dass Brenkendorf seine Leute rund um die Villa verteilt hatte. Falls der Entführer einen neuen Brief brachte, würde er – so hofften sie – diesmal in die Falle tappen. Aber Christian machte sich nichts vor. Gestern hatte der Täter es geschafft, an den Wachen vorbeizukommen. Er musste sich im Schutz der Dünen an die Dienstbotentür herangeschlichen haben. Brenkendorf hatte die Anzahl seiner Männer inzwischen verdoppelt. Doch die Frage war, ob der Entführer überhaupt erneut versuchen würde, sich der Villa zu nähern. Denn heute war der letzte Tag. Der Tag, an dem er Ilse töten wollte.

»Wir haben die Villa die ganze Nacht überwacht«, sagte Brenkendorf, der Christians Blick bemerkt hatte. »Aber es war alles ruhig.«

Der Adjutant wirkte blass und übermüdet. Christian

wusste, dass er die halbe Nacht selbst Wache gehalten hatte. Diese wichtige Aufgabe hatte er nicht seinen Untergebenen allein überlassen wollen.

Brenkendorf deutete auf das Haus auf der anderen Seite des Damenpfads. »Zwei meiner Leute sind im Restaurant Blühende Schifffahrt. Drei sind an der Promenade platziert, zwei bei der Villa Edda. Ich selbst habe bei der Villa Knyphausen gleich nebenan gestanden.«

Christian nickte. »Der Täter rechnet vermutlich damit, dass wir das Haus bewachen.«

»Meine Männer halten sich so bedeckt wie möglich. Sobald jemand sich vor der Haustür zu schaffen macht, werden sie zugreifen«, sagte Brenkendorf.

Aber Christian hörte am Tonfall des Adjutanten, dass dieser sich kaum noch Hoffnung auf einen guten Ausgang der Geschichte machte.

Der Adjutant blieb stehen. »Mir ist aufgefallen, dass Sie immer von ›dem‹ Täter sprechen. Glauben Sie wirklich, es ist nur ein Mann, der uns in Atem hält? Wie soll er das bewerkstelligt haben?«

»Sie haben recht, es könnten durchaus mehrere Täter sein. Einer bewacht Ilse, einer bringt die Briefe, und einer behält die Familie im Blick. Das spräche für eine strategisch geplante Aktion und damit für eine politisch motivierte Tat. Aber eine solche halte ich für unwahrscheinlich. Ginge es um politische Motive, hätten längst Forderungen auf dem Tisch liegen müssen. Auch die Aufnahmen sprechen dagegen. Auf den Farbbildern wird Fräulein Ilses Angst überdeutlich. Der Täter will den Eltern Schmerzen zufügen, sie sollen sehen, dass Ilse leidet. Diesem Mann geht es nicht um militärische Geheimnisse und auch nicht um Geld. Nein, mir scheint, es geht hier um etwas Persönliches: Rache.«

Der Adjutant nickte nachdenklich. »Das klingt plausibel. Aber wer könnte den Admiral und seine Frau so hassen, dass er dafür jemanden entführt?«

Christian blieb ihm die Antwort schuldig. Sie waren vor der Tür angekommen. Brenkendorf beugte sich zu dem Blumengesteck neben dem Eingang, betrachtete es von allen Seiten. Aber da war kein Brief.

Er läutete, und kurz darauf ließ Johann sie hinein. »Die Herrschaften erwarten Sie im Salon. Fräulein Berg ist ebenfalls bereits eingetroffen.«

Christian spürte einen heißen Stich in der Brust. Viktoria! Gott, wie sollte er ihr nur gegenübertreten nach dem, was gestern Nacht geschehen war? Bevor er auch nur einen klaren Gedanken fassen konnte, standen sie schon im Salon. Viktoria saß neben Frau von Manteuffel auf dem Sofa und sah auf, als er und der Adjutant eintraten. Christian wich ihrem Blick aus.

Admiral von Manteuffel saß in dem Sessel beim Fenster. Er erhob sich ächzend und trat auf seinen Adjutanten zu. »Hat sich in der Nacht jemand dem Haus genähert?«

Christian war bei der Tür stehen geblieben. Aus den Augenwinkeln sah er, dass Viktoria auf die Tasse in ihrer Hand starrte, die Lippen zusammenpresste.

Brenkendorf salutierte. »Nein, Herr Admiral. Aber ich habe die Männer postiert wie besprochen. Sollte der Täter versuchen, einen weiteren Brief abzugeben, werden wir ihn fassen.« Er hörte sich zuversichtlich an, aber Christian wusste, dass sie sich an einen Strohhalm klammerten.

Der Admiral schien das Gleiche zu denken. »Ich bin es leid, zur Untätigkeit verdammt zu sein, und uns bleiben nur noch Stunden, bis …« Er brach ab, sah betreten zu Boden.

Für einen Moment herrschte Schweigen. Als es an der Tür klopfte, sah Frau von Manteuffel mit bangem Blick auf.

»Herein!«, sagte der Admiral mit fester Stimme.

Johann kam in den Raum, ihm folgte das Dienstmädchen. »Entschuldigen Sie die Störung. Frau Visher hat diesen Umschlag vor wenigen Minuten gefunden. Jemand muss ihn ihr während des Einkaufs zugesteckt haben.«

Der Admiral ging zu dem Dienstmädchen, wollte nach dem Brief greifen.

»Warten Sie!«, rief Christian. »Wenn Sie erlauben, würde ich den Herrn Adjutanten bitten, den Umschlag zu öffnen. Er trägt Handschuhe. Vielleicht hat der Täter Fingerabdrücke hinterlassen.«

Der Admiral funkelte ihn an. »Haben Sie bei den anderen Briefen Fingerabdrücke feststellen können?«, fragte er unwirsch.

»Nein, aber …«

»Dann werden Sie es auch diesmal nicht.« Er nahm den Umschlag, riss ihn auf und zog eine Fotografie heraus. Der Admiral warf einen Blick darauf und legte sie sofort auf den Tisch, sodass alle es sehen konnten. Das Bild zeigte

Ilse von Manteuffel. Es war unverkennbar, dass sie geschlagen worden war. Ihr Gesicht war übersät mit Blutergüssen, ihre Lippe aufgeplatzt. Hinter ihr an der Wand war etwas mit Kreide geschrieben worden: »o.«

Frau von Manteuffel schluchzte auf. »Meine Kleine.« Sie nahm die Fotografie, starrte darauf. »Was hat er nur mit dir gemacht?«

Viktoria ging zu ihr, nahm sie in den Arm. Herma von Manteuffel konnte ihre Tränen nicht mehr zurückhalten, sie wimmerte und drückte das Bild an sich.

Der Admiral wandte sich zu dem Dienstmädchen um. »Anna! Wie konnte Ihnen der Brief untergeschoben werden – haben Sie denn gar nichts bemerkt?«

Anna Visher schüttelte den Kopf. »Nein, Herr Admiral.«

»Stand der Korb irgendwo unbeaufsichtigt herum?«, fragte Christian.

Sie nickte. »Ich habe heute früh bei Namuth Blumen besorgt, wie jeden Dienstag. Um die Sträuße aussuchen zu können, habe ich ihn bei der Tür abgesetzt. Die Geldbörse habe ich natürlich herausgenommen, aber ich habe nicht erwartet, dass sich jemand an dem Korb zu schaffen macht. Ich habe den Brief erst entdeckt, als ich vom Einkauf zurückkam und das Tuch ausschütteln wollte.«

Christian konnte es nicht fassen. Der Täter hatte die Abläufe in der Villa offenbar lange genug ausgekundschaftet. Es bereitete ihm jedenfalls keine Mühe, ihre Überwachung zu unterlaufen. Brenkendorfs Männer hatten umsonst die ganze Nacht Wache gestanden. Er wechselte einen Blick mit dem Adjutanten. Der schien den gleichen Gedanken zu haben und presste die Lippen aufeinander.

Der Täter hatte sie ausgetrickst. Sie standen wieder mit leeren Händen da.

55

Miserabel

Christian ging die Strandstraße entlang, bemerkte kaum die vielen Menschen. Beim Blumenhandel Namuth konnte sich niemand erinnern, jemanden gesehen zu haben, der sich an dem Korb von Frau Visher zu schaffen gemacht hatte. Auch den Ladeninhabern der umliegenden Geschäfte war nichts aufgefallen. Christian rieb seine Stirn. Das Pochen in seinem Kopf hatte nicht nachgelassen, er spürte jedes einzelne Schnapsglas, das er gestern Abend getrunken hatte.

Vor der Apotheke war eine Schlange, und Christian stellte sich an. Er brauchte dringend etwas gegen seine Kopfschmerzen, er konnte kaum einen klaren Gedanken fassen. Doch er musste sich in Geduld üben. Der Apotheker stand allein hinter dem Tresen und verschwand immer wieder im Hinterraum, um Medikamente anzumischen. Als Christian endlich an der Reihe war, bat er um ein Schmerzmittel und gleich um ein Glas Wasser. Der Apotheker brachte es ihm, löste das Medikament für Christian darin auf.

»Haben Sie eine lange Nacht gehabt, Herr Kriminal?« In den Augen des Apothekers funkelte Neugier. Offenbar hatte Gendarm Müller seine Runde bereits gemacht. Die nächsten Worte des Apothekers bestätigten Christians Mutmaßung. »Wie man hört, sind Sie bei der Witwe Paulsen ausgezogen. Waren Sie nicht mehr zufrieden?«

Christian stellte das Glas zurück auf den Tresen. »Ich hatte gestern nach Silbernitrat gefragt. Haben Sie seitdem etwas davon verkauft?«

Der Apotheker schüttelte den Kopf. »Nein, Herr Kriminal. Sonst hätte ich Sie umgehend informiert.«

»Sie haben doch noch andere Mitarbeiter, oder?« Christian erinnerte sich, schon einmal von einem jüngeren Mann bedient worden zu sein.

»In den Sommermonaten hilft mir Herr Thönebohm aus. Allerdings hat er heute frei.«

»Haben Sie ihn darüber informiert, dass wir nach einem Käufer von Silbernitrat suchen?«

Der Apotheker zog die Augenbrauen hoch. »Doch, gewiss.«

Eine etwas vage Antwort, wie Christian fand. »Würden Sie bitte im Kassenbuch nachsehen, ob Herr Thönebohm Silbernitrat verkauft hat?«

»Ich werde den Eintrag in der Mittagspause überprüfen.« Er rief den nächsten Kunden zu sich.

»Ich muss leider darauf bestehen, dass Sie es jetzt tun«, sagte Christian.

Aus der Schlange war ungeduldiges Murren zu hören. Doch Christian wich nicht von der Stelle.

Der Apotheker seufzte, griff unter den Verkaufstresen und zog ein in Leder gebundenes Buch heraus. Er schlug es auf, blätterte zurück, fuhr mit dem Finger die Positionen entlang, blieb dann bei einer hängen. »Tatsächlich. Gestern kurz vor Ladenschluss hat Herr Thönebohm Silbernitrat verkauft.«

Endlich eine Spur! »An wen?«, fragte Christian.

Doch der Apotheker schüttelte den Kopf. »Diese Information notieren wir nicht.«

»Wo erreiche ich Herrn Thönebohm?«

»Er ist auf dem Festland, in Norden. Ich kann Ihnen die Adresse geben, wenn Sie die Fähre nehmen wollen.«

Christian winkte ab. »Haben Sie ein Telefon?«

Der Apotheker nickte. »Gleich hier im Hinterzimmer.« Er deutete hinter sich. »Aber die Familie von Herrn Thönebohm hat keinen Apparat.«

»Ich versuche es über die Polizeiwache.«

Christian ging um den Tresen herum, betrat das Hinterzimmer und ließ sich vom Fräulein vom Amt verbinden. Der Gendarm in Norden war auf Zack, er begriff sofort den Ernst der Lage. »Ich lasse ihn sofort holen. Herr Thönebohm wird Sie dann zurückrufen.«

Christian ging ungeduldig auf und ab, während er auf den Rückruf wartete. Natürlich konnte ein x-beliebiger Gast Silbernitrat gekauft haben, es musste nichts mit Ilses Verschwinden zu tun haben. Trotzdem war es ein Ansatzpunkt, und sie durften einfach nichts unversucht lassen.

Endlich klingelte das Telefon. Christian nahm ab, aber es war nur Medizinalrat Dr. Mertens, der eine Medikamentenmischung bestellen wollte. Christian holte den Apotheker, der notierte die Bestellung. Kaum hatte er den Hörer eingehängt, klingelte das Telefon erneut. Der Apotheker nahm ab, meldete sich. »Ah, Herr Thönebohm. Kriminalassistent Hinrichs möchte Sie sprechen.«

Er reichte den Hörer weiter. Christian erklärte, was er wissen wollte.

»Ja, ich erinnere mich, dass jemand Silbernitrat gekauft hat. Ist damit etwas nicht in Ordnung?«

»Wie sah der Mann aus, der es gekauft hat?«

Es dauerte eine Weile, bis Thönebohm antwortete, und die Antwort war enttäuschend: »Das kann ich Ihnen beim besten Willen nicht sagen. Ich kann mir wirklich nicht jeden Kunden merken.«

»Bitte versuchen Sie, sich zu erinnern«, drängte Christian.

Wieder entstand eine längere Pause. Dann sagte Thönebohm zögerlich: »Ich glaube, es war ein Herr mittleren Alters. Ein Sommergast, kein Einheimischer. Aber ich weiß noch, dass er kurz vor Ladenschluss kam. Ich hatte es eilig, weil ich die Fähre nach Norden nehmen wollte.«

»Können Sie den Mann beschreiben? War irgendetwas auffällig? Hatte er eine Glatze?«

»Glatze? Nein, ich denke nicht.«

»Graue Haare oder eher dunkel?«

»Eher dunkel.« Es klang nicht gerade überzeugend.

Christian hätte den Mann am liebsten geschüttelt. »Was trug er für einen Anzug?«

Es folgte eine lange Pause, es knackte in der Leitung. »Hören Sie«, fuhr der Mann fort. »Ich kann mich nicht erinnern. Es war einfach zu voll, und ich hatte es eilig.«

Na herrlich. Christian fluchte leise. Laut sagte er: »Hat

der Mann etwas gesagt, wozu er die Chemikalien benötigt?«

»Ich nehme an, er wird Fotografien damit entwickeln wollen. Ich habe ihm noch eine Salbe angemischt, und er hat bezahlt. Mehr weiß ich nicht.«

»Eine Salbe?«, fragte Christian überrascht.

»Für seine Hand. Er hatte eine Verbrennung vom Blitzlichtpulver. Mit der Salbe dürfte sich das in ein paar Tagen erledigt haben.« Im Hintergrund waren Rufe zu hören. »Haben Sie noch weitere Fragen?«, fragte Thönebohm. »Ich bin mit Freunden verabredet, sie warten bereits.«

»Hören Sie, Herr Thönebohm, Sie nehmen die Fähre und kommen her.« Er wollte sich mit dem Mann noch einmal in Ruhe unterhalten. Vielleicht erinnerte er sich etwas besser, wenn er nicht den Kopf woanders hatte. »Es tut mir leid, es handelt sich um eine polizeiliche Ermittlung von höchster Dringlichkeit. Die nächste Fähre geht in einer halben Stunde. Wenn Sie sich sofort auf den Weg machen, sollten Sie sie erreichen. Melden Sie sich in der Villa Fresena.« Christian verabschiedete sich von dem Mann, hängte ein und ging zurück zum Apotheker, der gerade eine ältere Dame bediente.

»Vielen Dank für Ihre Hilfe. Herr Thönebohm wird die nächste Fähre nehmen.«

Der Apotheker nickte. Dann nahm er das Kassenbuch, wollte es zuschlagen. Doch er hielt inne. »Ich hoffe nur, dass der Kunde weiß, was er da gekauft hat.«

Christian sah ihn an. »Was meinen Sie?«

»Er hat nicht nur Silbernitrat gekauft, sondern auch Natriumazid. Mischt man die beiden Stoffe zusammen, ergibt sich Silberazid.«

»Und?«

»Es ist hochexplosiv, wenn es trocknet. Die Menge, in der er die Stoffe gekauft hat, ist viel mehr, als man für die Entwicklung von Fotografien benötigt. Damit könnte man ein ganzes Haus in die Luft jagen.«

Ein eisiger Schauder durchlief Christian. Mit einem Mal wurde ihm klar, was der Täter vorhatte.

56

Versteckte Zeichen

In Frau von Manteuffels kleiner Schreibstube war es noch immer heiß, obwohl es draußen inzwischen abgekühlt war. Viktoria trank noch einen Schluck des kühlen Pfefferminztees, den Johann ihnen bereitgestellt hatte.

Nachdem Christian gegangen war, um den Ladeninhaber des Blumengeschäfts zu befragen, und der Adjutant wieder seinen Posten bezogen hatte, hatte Frau von Manteuffel nur stumm aus dem Salonfenster gestarrt. Viktoria hatte sich ebenfalls verabschieden wollen, aber Ilses Mutter hatte sie zurückgehalten. »Ich wäre Ihnen dankbar, wenn Sie mir in meinem Zimmer noch ein wenig Gesellschaft leisten könnten, meine Liebe.« Sie würdigte ihren Mann keines Blickes und verließ den Raum ohne ein weiteres Wort.

Seitdem hatte sie nur wenig gesagt. Doch jetzt sah sie auf. »Wenn Ilse etwas zustößt, weiß ich nicht, was ich tue.«

»Sie dürfen die Hoffnung nicht aufgeben«, sagte Viktoria, aber sie spürte, wie schal ihre Worte klangen. Sie hatten keinen Hinweis, wo Ilse sein könnte. Nicht einmal eine Vorstellung davon, warum sie entführt worden war.

»Wäre ich bei ihr gewesen, wäre sie nicht entführt worden. Was auch immer passiert – das werde ich mir nie verzeihen.« Tränen der Verzweiflung traten in ihre Augen. »Ich weiß nicht, was wir jetzt noch tun können.«

»Alle verfügbaren Männer sind im Einsatz«, sagte Viktoria, »irgendwann wird der Entführer einen Fehler machen, und dann werden sie ihn fassen.« Sie versuchte, die Hoffnung nicht aufzugeben. Aber sie wusste nicht, ob sie sich nicht etwas vormachte. Was, wenn der Entführer seine Drohung längst wahr gemacht hatte? Was, wenn Ilse bereits tot war?

Frau von Manteuffel schüttelte den Kopf. »Dieses Herumsitzen macht mich verrückt. Ilse ist irgendwo da draußen. Und der Entführer schreibt, dass er sie heute …« Sie brach ab, nahm die letzte Fotografie von Ilse zur Hand, die zusammen mit den anderen vor ihr auf dem Tisch gelegen hatte. Frau von Manteuffel strich darüber, als könne sie so ihre Tochter berühren. »Sie hat solche Angst.«

Viktoria schaute auf die Bilder. Bislang hatte sie sich vor allem den Hintergrund der Fotografien angesehen und versucht, aus dem wenigen, was gezeigt wurde, Hinweise zu ziehen. Aber die Wand aus roten Ziegeln und der Boden aus Kopfsteinen könnte sich überall befinden. Eine Werkstatt, ein Lagerraum, ein Keller. Es war erschreckend, wie sich Ilses Gesicht von einem Bild zum anderen veränderte. Aber es waren vor allen Dingen Ilses dunkle Augen, die Viktoria anzogen. Ilse blickte direkt in die Kamera, als wollte sie dem Betrachter etwas sagen. Aber was?

»Darf ich einmal das andere Bild sehen?«, fragte Viktoria.

Frau von Manteuffel nickte und reichte ihr die Fotografie. Der Täter hatte Ilse die Haare abgeschnitten, sie waren kurz wie die eines Jungen und standen vom Kopf ab. Ilses Gesicht wirkte schmal, kindlich, der Blick intensiv. Viktoria fiel Ilses Hand auf, die in ihrem Schoß lag. Ihre Finger waren blutig, so als habe sie an etwas damit gekratzt, und sie hielt sie seltsam verkrampft. Irritiert nahm Viktoria die zweite Fotografie. Betrachtete auch dort die Hände. Auch hier hielt sie sie seltsam.

»Kann ich einmal die Fotografie von heute Morgen sehen?«, fragte Viktoria.

Herma von Manteuffel blickte auf. »Ist Ihnen etwas aufgefallen?«

»Ich bin mir nicht sicher.« Viktoria nahm das Bild entgegen. Legte alle drei nebeneinander. Auf jeder Fotografie hielt Ilse ihre Hände seltsam. Auf der ersten formte sie mit dem Daumen und den anderen Fingern der rechten Hand eine Art Halbmond. Bei der zweiten Fotografie lagen die Daumen beider Hände waagerecht übereinander, die restlichen Finger nach oben gestreckt. Und beim dritten Bild streckte Ilse den Zeigefinger aus, die anderen Finger zur Faust geballt. Viktoria war sich sicher, dass Ilse ihnen damit etwas sagen wollte. Aber was?

»Könnte ich vielleicht ein Blatt Papier haben?«, fragte sie.

Frau von Manteuffel stand auf, ging zu ihrem Sekretär, nahm ein Blatt und einen Bleistift heraus, reichte beides Viktoria.

Die zeichnete die Formen der Hände ab.

Ilses Mutter setzte sich wieder und beugte sich zu Viktoria. »Was haben Sie da?«

»Ich weiß es nicht.« Sie starrte auf die Zeichen, die Ilses Fingern nachempfunden waren. Dann fiel es ihr plötzlich wie Schuppen von den Augen, und sie wusste, was sie sah: Buchstaben.

57

Silbriges Kristall

Christians Lunge stach, als er den Weg zur Villa zurückrannte. Silberazid. In einer Menge, mit der man Häuser sprengen konnte. Seine Gedanken überschlugen sich, während er Sommergästen auswich und Haken schlug. Vielleicht war es nie um Ilse gegangen, sondern immer nur um den Admiral. Der in der Villa Fresena auf die Rückkehr seiner Tochter wartete. Der sich in sein Heim zurückgezogen hatte, nicht ausging, aus Angst, Nachrichten von seiner Tochter zu verpassen. Was, wenn der Täter den Brief gar nicht bei Namuth in den Korb geschoben hätte, sondern schon früher? Wenn er Zugang zum Haus hatte.

Christian hechtete zwischen zwei Ehepaaren hindurch, die ihm wilde Flüche hinterherschickten. Er sprang über einen Dackel, der von einem Pagen an der Leine ausgeführt wurde. Duckte sich unter einem Sonnenschirm hindurch, dessen Besitzerinnen ihm unwissentlich den Weg blockierten. Er spürte die Blicke der Gäste, hörte ihre empörten Rufe. Doch in seinem Kopf gab es nur ein Bild: Viktoria, die bei Frau von Manteuffel saß. In der Villa, die jeden Augenblick in die Luft fliegen konnte.

Christian bog um die Ecke beim Damenpfad, überquerte den Vorplatz, hämmerte gegen die Tür. Warum hörte ihn denn niemand? Endlich wurde geöffnet, Johann stand in der Tür. Christian eilte an ihm vorbei. »Viktoria?«, rief er noch im Flur. »Wo bist du?« Er starrte die Treppe hinauf.

Im selben Moment trat der Admiral aus dem Salon. »Was hat das zu bedeuten? Hinrichs – was machen Sie hier?«

Christian sah sich hektisch um. Wo war nur Viktoria? »Ich habe Hinweise, dass der Täter Sprengstoff in der Villa versteckt haben könnte. Wir müssen das Haus evakuieren und die Räume durchsuchen.«

Der Admiral sah ihn ungläubig an. »Mein Haus ist sicher. Niemand kommt rein oder raus, der nicht hierhergehört.«

Christian atmete ungeduldig ein. »In der Apotheke hat jemand Silberazid in großen Mengen gekauft. Es ist hochexplosiv. Wenn das der Entführer war, dann sind Sie in Gefahr.«

Eine Tür im ersten Stock ging auf, und Frau von Manteuffel kam hinaus. »Adolph, was ist los?«

Hinter ihr trat Viktoria aus dem Zimmer. Ihre Augen weiteten sich, als sie Christian sah. Er wartete nicht auf eine Reaktion des Admirals, sondern rannte die Treppe hinauf, griff nach Viktorias Hand. »Du musst sofort hier raus!« Er wollte auch Frau von Manteuffels Hand nehmen.

»Hinrichs! Sie vergessen sich!«, polterte der Admiral.

Aber Christian ließ sich nicht beirren. »Bitte, es ist zu Ihrer Sicherheit!«

Viktoria sah ihn überrascht an, wechselte einen Blick mit Frau von Manteuffel. Zu seiner Erleichterung folgten ihm beide Frauen die Treppe hinunter.

Ein Soldat trat durch die Haustür, offenbar war auch er durch den Lärm angelockt worden. Er sah den Admiral fragend an.

Der Admiral brummte. »Holen Sie von Brenkendorf her.«

Ein Soldat salutierte. »Zu Befehl, Herr Admiral.« Er verschwand.

»Wir können nicht warten, bis der Adjutant hier ist«, warf Christian ein. »Wir müssen sofort mit der Suche beginnen. Bitte, verlassen Sie ebenfalls das Haus, Herr Admiral.«

Der Admiral verengte die Augen zu Schlitzen. »Sagen Sie mir nicht, was ich zu tun und zu lassen hab. Ich bleibe.« Ein zweiter Soldat war in der Haustür erschienen. »Kadett, Sie begleiten meine Frau und Fräulein Berg nach draußen. Sie sollen am Damenpfad warten.«

Christian sah Viktoria an, dass sie sich lieber an der Suche beteiligen wollte. »Bitte, Viktoria«, sagte er leise zu ihr.

Sie wechselten einen Blick, schließlich nickte sie und verließ mit Frau von Manteuffel die Villa.

»Herr Admiral, bitte beauftragen Sie zwei Ihrer Soldaten, hier oben mit der Suche zu beginnen. Ich werde mich in den unteren Räumen umsehen«, sagte Christian.

Admiral von Manteuffel war anzusehen, dass er das Vorgehen für überzogen hielt. »Welche Hinweise haben

Sie, dass es wirklich der Täter war, der diese Chemikalien gekauft hat?«

Mit seiner Frage traf er einen wunden Punkt. Christian hatte keinerlei Sicherheit. Der Admiral deutete seinen Gesichtsausdruck richtig. »Es ist also nur eine Vermutung«, sagte er schnaubend.

Christian hob eine Hand. »Bitte, Herr Admiral. Lassen Sie mich nachsehen. Wenn ich mich irre, haben wir nichts verloren.«

»Außer Zeit.«

Die Worte des Admirals hingen im Raum. Doch schließlich nickte er. »Also gut. Wir können ohnehin nichts anderes tun als warten. Sie fangen unten an, die Dienerschaft soll Ihnen helfen.«

Johann, der noch immer im Flur stand, verbeugte sich leicht. »Sehr wohl, Herr Admiral.«

»Oben werde ich selbst nachsehen, das sind Privaträume. Wonach halten wir Ausschau?«, fragte der Admiral.

»Irgendein Gefäß, eine Dose, eine kleine Kiste, gefüllt mit einer größeren Menge von silbrig glänzendem Kristall. Vermutlich versehen mit einem Zünder«, erläuterte Christian.

Der Admiral ging die Treppe hinauf. Christian lief die Dienstbotentreppe hinunter, Johann folgte ihm.

Anna Visher saß gerade am Tisch, stopfte ein Loch in einer Bluse.

»Verlassen Sie sofort das Gebäude«, wies Christian sie an.

Ihre Augen wurden groß, sie sah Johann an.

Der nickte. »Tun Sie bitte, was der Herr Kriminalassistent gesagt hat. Wir sind in Gefahr.«

Sie wirkte noch immer verwirrt. Dennoch legte sie den Stoff beiseite, stand auf und ging hinaus.

Der Diener Erich hatte am Tisch gesessen und war aufgestanden, als sie hereinkamen. »Ist etwas passiert?«

»Es besteht der Verdacht, dass jemand Sprengstoff im Haus versteckt hat. Ist Ihnen irgendwo im Haus ein Gefäß mit einer verdächtigen Substanz aufgefallen?«, fragte Christian den Mann.

Erich schüttelte den Kopf. »Nein.«

»Bitte gehen Sie die Räume hier unten durch und halten Sie Ausschau nach einer Dose oder Kiste mit einem kristallinen Pulver. Wenn Sie etwas finden, fassen Sie es nicht an. Geben Sie mir Bescheid.«

Der Mann nickte und ging davon.

»Wo steht für gewöhnlich der Korb, den Frau Visher zum Einkaufen benutzt?«

Johann wies auf den Küchenschrank, neben dem der leere Korb stand. Christian öffnete die Schranktüren, nahm die Töpfe vorsichtig heraus, schaute in jeden hinein.

»Ich verstehe das alles nicht«, sagte Johann. »Glauben Sie wirklich, dass der Täter im Haus war? Wir müssten doch bemerkt haben, wenn sich ein Fremder hier zu schaffen macht.«

»Ich möchte vor allem ausschließen, dass das Silberazid hier ist«, stieß Christian hervor. Er nahm den letzten Topf heraus. Aber auch da war nichts. Er schloss die Schranktüren.

»Herr Hinrichs, hier ist etwas!«

Es war Pohl, der rief, er war im Vorratsraum. Christian ging eilig zu ihm. Der Diener stand bei einem Regal und zeigte auf eine Blechdose. »Dort«, sagte er mit heiserer Stimme.

Christian drückte sich an ihm vorbei. Er sah ein weißes Pulver und ging in die Hocke, um es sich näher zu besehen. Aber er wusste sofort, dass dies nicht Silberazid war. »Das ist Kristallsoda zum Reinigen.«

Erich wischte sich den Schweiß von der Stirn. »Wie soll ich wissen, was genau wir suchen?«

Doch Christian antwortete nicht. Er hatte etwas gehört. »Still!«, zischte er. Es war ein Ticken.

Erichs Augen weiteten sich. »Ich hab genug. Ich lass mich doch nicht für einen Hungerlohn in die Luft jagen.« Damit stieß er Johann, der hinter ihn getreten war, beiseite und lief hinaus. Seine Schritte hallten auf dem Steinboden des Flurs, dann flog die Dienstbotentür hinter ihm zu. Christian lauschte noch immer. Er war sich sicher, ein leises Ticken zu hören. Er wandte sich um, das Geräusch war nun lauter. Es kam von einem der Regale an der Wand, in dem große Blechdosen standen.

»Darin lagern wir Mehl und Zucker«, erklärte Johann.

Christian schob die beiden schweren Dosen beiseite. Hinter ihnen verborgen stand eine Holzkiste, die etwa dreißig mal vierzig Zentimeter maß. Das Geräusch kam unzweifelhaft von dort. Vorsichtig zog er die Kiste zu sich, sie war schwer. Er öffnete den Deckel. Drinnen sah er glitzerndes Kristall, von dem ein Kabel zu einem Wecker führte. Christians Mund war plötzlich trocken, und seine Hände begannen zu zittern. Trotzdem nahm er die Kiste vorsichtig hoch, wandte sich um.

Johann trat zurück. »Ich gehe vor und mache die Tür auf.«

Vorsichtig ging Christian über den Flur, dann zum Dienstboteneingang, wo Johann die Tür aufhielt und ihn hinausließ. »Kommen Sie mit«, sagte Christian zu dem Soldaten, der vor dem Gebäude Wache stand.

Sie gingen den Weg zum Strand hinunter, langsam, Schritt für Schritt. »Die Leute müssen weg«, sagte Christian zu dem Soldaten.

Der wies umgehend die Sommergäste mit lauter Stimme an, sich zu entfernen. Wie eine Schafherde trieb er sie zur Seite, sodass sich eine breite Gasse zum Meer bildete. Christians Arme wurden schwer, begannen zu zittern. Dennoch wartete er, bis die Urlauber weit genug entfernt standen. Erst dann ging er die letzten Schritte zum Wasser. Setzte die Kiste ab. Öffnete vorsichtig den Deckel. Ihr Inneres war in zwei Teile geteilt. Im linken Fach befand sich das kristallene Pulver. Er glaubte, einige rostige Nägel darin zu entdecken. Rechts lag ein Wecker, von dem ein Draht zu dem Pulver führte. Christian atmete tief durch. Versuchte, seine zitternden Hände unter Kontrolle zu bringen, wischte sie an seiner Hose ab. Vorsichtig nahm er den Wecker hoch, ohne dabei den Draht zu stark zu dehnen. Er öffnete das Glas des Uhrenfelds. Hielt den Zeiger an. Das Ticken erstarb. Christian legte die Uhr vorsichtig zurück, schloss den Deckel. Auch wenn er den Mechanismus entschärft hatte – das Pulver war noch immer hochexplosiv. Schweiß rann ihm in die Augen, nahm ihm die Sicht. Er atmete tief ein, hob die Kiste hoch, holte aus – und warf sie in einem hohen Bogen in Richtung Wasser. Sie schlug auf. Im selben Moment explodierte der Sprengstoff.

58

Hinterlist

Viktoria zuckte zusammen. Der Knall war ohrenbetäubend. Menschen begannen zu schreien, Kinder weinten. Was war mit Christian? Viktoria hielt nichts mehr beim Damenpfad. Sie ließ Ilses Mutter stehen und rannte den Weg entlang, an der Villa vorbei. Doch dort war kaum ein Durchkommen. Alle Menschen drängten zur Straße. Viktoria zwängte sich an der Seite an den Fliehenden vorbei. Endlich war sie am Strand. Sie konnte kaum glauben, was sie sah. Die Explosion hatte einen großen Krater in den Sand gesprengt. Nur wenige Schritte vor dem Krater lag ein Mann, die Wucht der Explosion hatte ihn zu Boden geworfen. Es war Christian.

In ihren Ohren tönte es schrill. Alles um sich her vergessend lief sie los. In dem Sand kam sie kaum vorwärts. Sie stolperte mehr, als dass sie lief. Doch endlich war sie bei ihm. Sie warf sich neben ihn in den Sand. Er hatte die Augen geschlossen. Blut klebte an seiner Stirn. Sie strich über seine Wange. »Christian!«, rief sie. »Christian, sag etwas!«

In diesem Moment schlug er die Augen auf.

»Viktoria«, flüsterte er. »Du solltest doch beim Damenpfad warten.«

Viktoria lachte und weinte zugleich. Für einen schrecklichen Moment hatte sie geglaubt, er sei tot. Sie sah ihn an. »Du blutest.«

Christian befühlte seinen Kopf. »Es ist nichts. Die Wucht der Explosion hat mich nur in den Sand geschleudert.« Er lächelte, verzog aber schmerzverzerrt das Gesicht, als er sich aufsetzte.

Viktoria reichte ihm die Hand, half ihm aufzustehen. »Gehen wir zurück in die Villa. Von dort können wir Medizinalrat Mertens rufen.«

Er schüttelte den Kopf. »Das ist nicht notwendig.« Er stützte sich auf sie, und gemeinsam gingen sie zurück zur Villa. Auf halber Strecke kamen ihnen zwei Soldaten entgegen. »Sperren Sie den Strand ab und holen Sie einen Waffenmeister her«, sagte Christian mit belegter Stimme. »Er soll die Reste der Kiste bergen.«

Viktoria führte ihn zur Villa. Kurz vor dem Haus löste er sich von ihr. »Ich schaffe das schon allein.«

Schwankend trat er ein. Der Admiral erwartete sie bereits im Flur. »Hinrichs – sind Sie verletzt?«

Christian schüttelte den Kopf. »Das Wasser hat dem Sprengstoff die Wucht genommen.«

»Kommen Sie herein, setzen Sie sich.« Frau von Manteuffel war ebenfalls zurückgekehrt, deutete in den Salon.

Christian hob abwehrend die Hand. »Es geht schon.«

»Ich bestehe darauf«, sagte Frau von Manteuffel. Sie nahm seinen Arm und führte ihn zum Sofa. Der Admiral gab Cognac in ein Glas, hielt es Christian hin. »Trinken Sie das.«

»Ich hätte lieber etwas Wasser«, sagte er matt.

Viktoria ging zur Anrichte und schenkte aus einer Karaffe Wasser in ein Glas und reichte es Christian. Der trank in gierigen Schlucken. Besorgt beobachtete sie ihn. Er blutete an der Stirn, am rechten Arm war seine Anzugjacke gerissen, sie konnte sehen, dass er dort blutete.

Als er das Glas absetzte, trat der Admiral vor ihn hin. »Ich muss mich bei Ihnen entschuldigen, Hinrichs. Sie hatten recht mit Ihrer Vermutung. Das war gute Arbeit.«

»Danke, Herr Admiral.«

Die Tür ging auf, und Adjutant von Brenkendorf kam mit großen Schritten herein. »Sind alle unverletzt?«, fragte er besorgt.

Der Admiral nickte. »Hinrichs hat uns das Leben gerettet. Jemand hatte eine Bombe im Vorratsraum platziert. Herr Hinrichs hat sie rechtzeitig hinausgebracht.«

Christian war aufgestanden, stützte sich auf die Lehne des Sofas. »Der Sprengstoff war in einer Kiste versteckt.«

Der Adjutant runzelte die Stirn. »Der Täter war hier?«

»Brenkendorf, ich erwarte, dass Sie alle Ihre Männer noch einmal überprüfen«, befahl der Admiral. »Wie kann es sein, dass jemand ins Haus eindringt und niemand es bemerkt?«

Brenkendorf nahm Haltung an. »Zu Befehl.«

»Ich denke nicht, dass Ihren Männern ein Vorwurf zu machen ist«, wandte Christian ein.

Der Adjutant wandte sich zu ihm um. Wie immer schlussfolgerte er schnell und präzise: »Sie meinen, es war jemand vom Personal?«

Der Admiral schüttelte den Kopf. »Herr Hinrichs, ich bin Ihnen zu Dank verpflichtet. Aber diese Theorie entbehrt jeder Grundlage. Niemand in meinem Hausstand wäre zu so einer Tat fähig.«

Viktoria lief ein Schauder über den Rücken. Sie dachte an die Buchstaben, die Ilse geformt hatte. Sie sah Christian an. »Vielleicht doch.«

59

Juist

Christian sah Viktoria fragend an. »Was meinst du?«

»Mir ist vorhin auf den Fotografien etwas aufgefallen.« Sie lief hinaus, kam kurz darauf mit den Aufnahmen zurück und legte sie nebeneinander auf den Tisch. Christian, der Admiral, Brenkendorf und Frau von Manteuffel stellten sich dazu. Viktoria deutete auf Ilses Hände. »Ich habe es erst bemerkt, als ich die Fotografien in eine Reihe gelegt habe. Fräulein Ilses Handhaltung ist nicht natürlich. Sie will uns etwas mitteilen.«

Der Admiral setzte einen Zwicker auf. »Ich weiß nicht, was Sie da sehen.«

Auch der Adjutant blickte Viktoria fragend an.

Sie deutete auf die erste Fotografie. »Es ist nicht leicht zu erkennen. Aber ich denke, Ilse hat Buchstaben geformt.«

Der Admiral brummte, beugte sich über die Fotografie. »Und was für Buchstaben sollen das sein?«

»Ein J.« Viktoria deutete auf die nächste Fotografie. »Hier ist es besser zu erkennen. Ilse hat die zwei Daumen übereinandergelegt, die anderen Finger hält sie gerade nach oben. Ein U.«

Auch Christian beugte sich vor. Er nickte. Sie könnte recht haben. Ein U. Auf dem letzten Bild hatte Ilse nur eine

Hand in ihrem Schoß liegen. Sie streckte den Zeigefinger aus, die anderen Finger waren zur Faust geballt, der Daumen wies zur Seite.

Brenkendorf deutete mit seiner behandschuhten Hand darauf. »Ein gerader Strich. Ein ›I‹«, er blickte auf. »Sie will uns keinen Namen sagen, sondern den Ort, an dem sie gefangen gehalten wird. J – U – I. Juist.«

Der Admiral nickte aufgeregt. »Sie haben recht, Brenkendorf. Nehmen Sie sich so viele Männer, wie Sie brauchen, und durchkämmen Sie die Insel.« Er wirkte erleichtert und warf seiner Frau einen Blick zu. Auch sie wirkte hoffnungsvoll. Aber Christian war aufgefallen, dass Viktoria die Nase kräuselte. »Stimmt etwas nicht?«, fragte er.

»Ich glaube nicht, dass Fräulein Ilse hier ein ›I‹ formt. Sie spreizt den Daumen unnatürlich ab. Wenn sie ein ›I‹ formen würde, würde sie einfach nur den Zeigefinger ausstrecken. Das tut sie aber nicht. Der Daumen zeigt zur Seite. Wir haben hier kein ›I‹, sondern ein ›L‹.«

Der Admiral zog die Brauen zusammen. »J – U – L. Was soll das bedeuten?«

Christian wechselte einen Blick mit Viktoria, und auf einmal verstand er, was sie meinte. »Ilse deutet keinen Ort an, sondern den Namen ihres Entführers.«

Viktoria nickte. »Es gibt hier nur eine Person, die diese drei Buchstaben im Namen hat.« Sie blickte zum Adjutanten. »Julius von Brenkendorf.«

Der Admiral schüttelte den Kopf. »Das ist doch Unsinn! Sie wird auf Juist gefangen gehalten. Wir haben keine Zeit zu verlieren. Brenkendorf, machen Sie sich auf den Weg.«

Der Adjutant salutierte. Aber Christians Blick ging zu den Händen des Adjutanten. Der Aushilfsapotheker hatte gesagt, dass sich der Kunde beim Entwickeln von Fotografien die Finger mit der Chemikalie verätzt und eine Salbe dafür erhalten hatte.

Er trat zu Brenkendorf. »Herr Adjutant, würden Sie bitte Ihre Handschuhe ausziehen?«

Brenkendorf lächelte ungläubig. »Wie bitte?«

Admiral von Manteuffel runzelte verärgert die Stirn. »Hinrichs, ich weiß, dass ich Ihnen unrecht getan habe und dass ich auf Sie hätte hören sollen. Aber mir scheint, dass Ihnen die Explosion die Sinne vernebelt hat.« Er wandte sich an Brenkendorf. »Ich werde im Innenministerium Bescheid geben. Sie sollen die umliegenden Schiffe informieren und Verstärkung schicken.«

Der Adjutant nickte und wandte sich zur Tür, aber Christian stellte sich ihm in den Weg. »Bevor Sie gehen, will ich einen Blick auf Ihre Hände werfen!«

»Hinrichs!«, polterte der Admiral. »Es reicht!« Er warf Christian einen vorwurfsvollen Blick zu. »Sie wissen, was die Entführer gesagt haben: Sie wollen Ilse heute töten. Nach dem feigen Sprengstoffattentat habe ich keine Zweifel mehr, dass sie ihre Drohung wahr machen.«

»Gerade deswegen dürfen wir jetzt keine Fehler machen«, entgegnete Christian. »Der Apotheker berichtete mir, dass der Mann, der große Mengen Silberazid gekauft hat, eine Verätzung hatte. Ziehen Sie die Handschuhe aus, Herr Adjutant.«

»Brenkendorf, zeigen Sie in Gottes Namen dem Kriminalassistenten Ihre Hände. Dann können wir endlich weitermachen«, befahl der Admiral.

Der Adjutant zuckte mit den Schultern und zog seinen rechten Handschuh aus. Es waren keine Verletzungen zu sehen.

»Sind Sie nun zufrieden?«, fragte der Admiral. »Damit ist diese Aufführung beendet.«

»Den anderen bitte auch«, beharrte Christian.

Der Adjutant warf Christian einen gereizten Blick zu. »Lassen Sie mich vorbei.«

Er wollte um Christian herumgehen, doch der ließ das nicht zu. »Den Handschuh, bitte.«

Brenkendorf schüttelte verärgert den Kopf, schließlich tat er, was von ihm verlangt wurde. Auf dem Handrücken war ein großer roter Fleck zu sehen, an dem sich die Haut ablöste.

»Woher haben Sie die Verletzung?«, fragte Christian.

»Ein Unfall an Bord. Keine große Sache, so etwas passiert. Aber ich habe befürchtet, dass Sie die falschen Schlüsse daraus ziehen. Aber Sie täuschen sich, Hinrichs.«

Christians Gedanken überschlugen sich. Konnte Brenkendorf der Täter sein? Sollte er sich so in dem Mann getäuscht haben? Er wollte es nicht glauben, aber gleichzeitig nagte der Zweifel an ihm. Brenkendorf war es gewesen, der Kapitän Boysen als Erstes ins Spiel gebracht hatte. Er hatte so getan, als wollte er darüber nicht reden. Was, wenn das eine Finte gewesen war? Dann hätte Brenkendorf Christian bewusst in die falsche Richtung gelockt. Zudem hatte der Adjutant die Suche organisiert. Es wäre ein Leichtes für ihn gewesen, sie in die falsche Richtung zu locken. Und dennoch: Die Verbrennung konnte sich Brenkendorf auch woanders zugezogen haben. Und Viktorias Theorie, dass Ilses Finger Buchstaben formten, war genau das – nur eine Theorie.

Als Brenkendorf sah, wie Christian zögerte, lächelte er selbstzufrieden. Es war dieses Lächeln, dass Christian in seinem Verdacht bestätigte. Brenkendorf war der Täter. Und sie konnten ihm nichts beweisen.

60

Stille

Viktoria beobachtete, wie Adjutant von Brenkendorf seine Handschuhe gelassen wieder überstreifte.

»Ich verstehe Ihre Besorgnis, Hinrichs«, sagte er mit ruhiger Stimme. »Aber Ihre Verdächtigungen halten uns nur auf. Ich bin sicher, dass wir Fräulein Ilse auf Juist finden. Ich melde mich, sobald ich dort bin.«

Viktoria konnte es nicht fassen. Er wollte tatsächlich gehen. Sie stellte sich an Christians Seite. »Wo ist Fräulein Ilse?«, fragte sie.

Der Admiral ging dazwischen. »Das ist lächerlich! Brenkendorf ist seit vielen Jahren in meinen Diensten. Und er weiß, was er mir verdankt. Nicht jeder hätte ihn trotz seiner – nun, sagen wir, zweifelhaften Herkunft in Dienst genommen. Aber ich habe es getan, und er hat mein volles Vertrauen.«

Das Lächeln in Brenkendorfs Gesicht gefror für einen kurzen Moment zu einer eisigen Maske. Viktoria lief ein Schauder über den Rücken. Was sie in seinen Augen erblickte, war Hass. Blanker Hass.

In diesem Moment klopfte es an der Tür. Johann trat ein. »Ein Herr Thönebohm möchte Herrn Hinrichs sprechen.«

Viktoria hatte die Türglocke nicht gehört, und der Name sagte ihr nichts. Aber sie sah, wie Christians Mienenspiel sich änderte, als schöpfe er neue Hoffnung.

»Den Mann habe ich herbestellt. Er arbeitet in der Apotheke und hat dem Täter die Chemikalien verkauft.«

Ein dünner, hochgewachsener Mann mit Brille kam herein. Er hielt eine Schiebermütze in Händen. Christian trat zu ihm. »Es tut mir leid, dass Sie sich herbemühen mussten, Herr Thönebohm. Aber Sie kommen gerade zur rechten Zeit.« Er wies auf den Adjutanten. »Ist dies der Mann, der bei Ihnen Brandsalbe und Silberazid gekauft hat?«

Thönebohm runzelte die Stirn, als er Brenkendorf ansah. »Der Herr kommt mir bekannt vor. Allerdings bin ich mir nicht sicher, ob er es war, der die besagten Artikel gekauft hat.«

Christian verzog das Gesicht, als sei er geschlagen worden. Viktoria konnte es ihm nicht verdenken. Der einzige Mensch, der den Täter identifizieren konnte, war sich nicht sicher. Aber vielleicht musste er nur einen anderen Anknüpfungspunkt finden, einen Anker für seine Erinnerung. »Bitte sehen Sie sich die Hand des Herrn an«, sagte sie.

Brenkendorf warf Viktoria einen Blick zu, der sie frösteln ließ. Da war wieder dieser Hass in seinen Augen. Aber Viktoria hielt seinem Blick stand.

»Zeigen Sie ihm Ihre Hand, Brenkendorf!«, befahl der Admiral.

Der Adjutant nickte seinem Vorgesetzten zu und zog widerwillig seinen linken Handschuh aus.

»Ist das die Verletzung, für die Sie die Salbe angerührt haben?«, fragte Viktoria.

Thönebohm trat zu Brenkendorf und rückte seine Brille zurecht. »Darf ich?« Er nahm die Hand des Adjutanten und betrachtete sie.

Angespannte Stille herrschte im Raum, nur das Ticken der Standuhr war zu hören.

»Die Wundränder sind noch gut zu sehen. Aber das ist normal, eine Verätzung heilt nur langsam.«

»Das ist also der Kunde?«, fragte Christian.

Thönebohm nickte. »Ich erinnere mich an die Wunde. Außerdem ist mir schon damals aufgefallen, dass an seinem Ärmel ein Knopf fehlte. Statt drei goldener Knöpfe sind es nur zwei.«

Für Viktoria fügte sich in diesem Moment alles zusammen. »Genau so einen Knopf habe ich auf dem Wrack gefunden.«

Der Admiral schnappte nach Luft. »Brenkendorf – was hat das zu bedeuten?«

»Eine Verwechslung, Herr Admiral, nichts weiter. Ich war in der Apotheke und habe mir die Salbe besorgt. Das ist richtig. Aber von Silberazid weiß ich nichts. Und der Knopf ist mir erst heute Morgen abgefallen. Ich wollte die Jacke am Abend dem Zeugmeister übergeben, damit er einen neuen annäht.«

Frau von Manteuffel, die sich vom Sofa erhoben hatte, klammerte sich an die Lehne eines Stuhls. Sie starrte Brenkendorf an, als würde ein Fremder vor ihr stehen. »Wie *konnten* Sie nur? Nach allem, was mein Mann für Sie getan hat! Er hat Sie wie seinen eigenen Sohn behandelt. Sie sind in unserem Haus ein und aus gegangen. Sie kennen Ilse seit Jahren, haben gesehen, wie sie vom Kind zur Frau wurde.« Tränen rannen über ihr Gesicht.

Alle Augen richteten sich auf den Adjutanten. Dessen Miene verzerrte sich zu einem hässlichen Lächeln. Im nächsten Moment griff er zu dem Holster an seinem Uniformgürtel und zog seine Pistole heraus.

61

Geständnis

Christian zog seine Waffe, doch Brenkendorf zielte auf Herrn von Manteuffel. »Keine Bewegung, Hinrichs. Oder der Admiral ist ein toter Mann. Legen Sie Ihre Waffe auf den Boden und schieben Sie sie zu mir.«

Christian tat wie befohlen, richtete sich mit erhobenen Händen wieder auf. »Geben Sie auf, Brenkendorf. Sie haben keine Chance zu fliehen.«

Der Adjutant lachte auf. »Natürlich habe ich das! Ich habe alle Trümpfe in der Hand. Zugegeben – Sie haben meinen ursprünglichen Plan durchkreuzt. Ich hatte eigentlich erwartet, dass ich allein mit der Suche beauftragt werde. Und dann tauchten Sie und dieses Fräulein auf. Aber es hatte doch auch etwas Unterhaltsames. Es hat mich amüsiert zu beobachten, wie Sie bei Ihrer Suche nach dem Täter heillos in die Irre liefen. Ich war Ihnen immer um Längen voraus.« Er lächelte selbstgefällig.

Viktoria empfand nichts als Verachtung für diesen Mann. Er hatte die ganze Zeit sein grausames Spiel mit ihnen gespielt. Doch sein Plan war offenbar nicht so perfekt, wie er sich einbildete. »Die Bombe hat Herr Hinrichs aber gefunden, bevor sie im Haus explodieren konnte«, warf sie ein.

Brenkendorfs Kieferknochen mahlten. »Zugegeben, das hatte ich anders geplant. Aber es ändert nichts. Ilse wird sterben.«

»Sagen Sie endlich, wo meine Tochter ist!«, schrie Frau von Manteuffel. Sie sah aus, als wollte sie sich auf Brenkendorf stürzen. Doch ihr Mann hielt sie zurück.

Brenkendorf lächelte, offenbar bereitete ihm die Angst der Eltern Vergnügen. »Ich werde Ihnen niemals verraten, wo sie ist. Wenn Sie sie finden, wird es längst zu spät sein.«

Herma von Manteuffel schien einer Ohnmacht nahe, und ihr Mann musste sie stützen.

Aber auch dessen Atem ging stoßweise. »Warum tun Sie das?« Seine Stimme war nur ein heiseres Flüstern. »Ist es, weil wir Ihnen Ilse nicht zur Frau gegeben haben? Ist es das, Brenkendorf?«

»Natürlich ist es das, was sollte es sonst sein? Dass Sie meinen Antrag zurückgewiesen haben, hat mir die Augen geöffnet. Ich war Ihnen nicht gut genug. All die Jahre, in denen ich für Sie gearbeitet und mich für Sie aufgeopfert habe – für nichts und wieder nichts. Dabei hätte sich Ilse keinen besseren Mann wünschen können. Ich kenne sie, weiß, wie man sie nehmen muss. Sie braucht eine starke Hand, die sie leitet und formt.«

»Ihnen ging es doch nie um Ilse«, sagte Frau von Manteuffel mit eisiger Stimme. »Sie wollten mit dieser Heirat aufsteigen, Ilse sollte als Trittbrett für Ihre Karriere dienen.«

Der Adjutant verengte die Augen zu Schlitzen. »Das machen Sie mir zum Vorwurf? Ausgerechnet Sie? Warum haben Sie mir Fräulein Ilses Hand denn nicht gegeben – weil Sie wollten, dass sie eine bessere Partie macht!«

Frau von Manteuffel presste die Lippen aufeinander und schwieg.

»Es gibt nur einen Grund, warum Sie mich abgelehnt haben«, fuhr Brenkendorf fort. »Weil ich unehelich geboren wurde.« Er wandte sich an den Admiral. »Ich habe gedacht, Sie würden meine Loyalität zu schätzen wissen. Dass Sie meine Arbeit anerkennen und mir die Karriere bieten, die mir zustehen sollte. Als ich um Ilses Hand anhielt, war ich zuversichtlich. Drei Tage Bedenkzeit hatten Sie erbeten. Drei Tage, in denen ich voller Hoffnung war. Ich habe mich bereits mit Ilse vor dem Traualtar gesehen. Mir meine Beförderung ausgemalt und mich im engsten Kreis der Berater des Kaisers gewähnt. Und dann haben Sie alle Hoffnungen zerstört. Sie haben noch nicht einmal damit hinter dem Berg gehalten, dass Sie Ilse niemals einem Unehelichen geben würden. Sie haben es mir entgegengeschleudert und sind danach zur Tagesordnung übergegangen, als wäre nichts passiert. Für Sie war es nicht wichtig. Aber für mich bedeutete es das Ende meiner Träume.«

»Ich habe getan, was jeder Vater in meiner Position getan hätte.« Der Admiral atmete flach.

Frau von Manteuffel bemerkte es, ging zum Tisch und schenkte ein Glas Wasser ein, das sie ihrem Mann reichte. Dessen Hand zitterte, als er danach griff.

»Wie auch immer«, sagte Brenkendorf. »Jede Entscheidung hat Konsequenzen, auch die Ihre. Ilse wird sterben.«

Der Admiral sah auf. »Sagen Sie mir, wo meine Tochter ist, und ich werde mich für Sie einsetzen, wenn es zur Verhandlung kommt.«

Brenkendorf lachte höhnisch auf. »Darauf kann ich verzichten.«

Die Hand des Admirals ging zu seiner Brust. »Sie kommen hier niemals lebend raus«, ächzte er.

Brenkendorf lächelte. »Das sehe ich anders. Es ist alles eine Frage der Verhandlungsmittel.« Im nächsten Moment machte er einen Schritt nach vorn, packte Frau von Manteuffel und zog sie an sich.

62

Festgenommen

Wenn Julius von Brenkendorf geglaubt hatte, in Herma von Manteuffel eine wehrlose Geisel in seine Gewalt bringen zu können, so hatte er sich getäuscht. Wie eine Furie wirbelte sie herum und stieß ihm ihre Fingernägel ins Gesicht. Der Adjutant stieß einen überraschten Schrei aus. Christian nutzte den Moment. Er stürzte sich auf Brenkendorf, riss ihn zu Boden. Dessen Pistole schlitterte über die Holzdielen. Er versetzte dem Adjutanten einen Schlag ins Gesicht, doch Brenkendorf war stärker. Er fasste Christians Arm, drückte ihn zur Seite und holte aus. Erwischte ihn mit der Faust am Kinn. Für einen Moment verschwamm Christians Blick.

»Hände hoch!«, rief Viktoria in diesem Moment. Sie stand neben ihnen und hielt Brenkendorfs Waffe in Händen. Der Adjutant ließ von Christian ab.

Der stand auf, zog den Adjutanten hoch und bog dessen Arme auf den Rücken. »Sie sind festgenommen.«

Viktoria ließ die Waffe sinken, sah zu Christian. Er lächelte zurück. Sie hatten es geschafft.

»Adolph, was ist mit dir?« Ein entsetzter Aufschrei von Frau von Manteuffel lenkte Christians Aufmerksamkeit für eine Sekunde ab. Der Admiral war zusammengesunken, stöhnte, glitt zu Boden. Im nächsten Moment spürte Christian Brenkendorfs Ellenbogen in seinem Magen. Der Schlag nahm ihm den Atem. Er krümmte sich. Brenkendorf sprang nach vorn, riss Viktoria die Waffe aus der Hand, mit der anderen Hand griff er nach ihr und zog sie an sich. Er richtete die Waffe abwechselnd auf die Männer im Raum. »Keiner rührt sich!«

Thönebohm hatte die ganze Zeit abseitsgestanden, die Hände erhoben. Er zitterte am ganzen Leib.

»Lassen Sie Viktoria los«, stieß Christian hervor.

Brenkendorf hatte den Arm um ihren Hals geschlungen. Er zog sie rückwärts zur Tür. »Aufmachen!«

Viktoria drückte die Klinke, die Tür schwang auf.

Christian konnte sich vor Schmerz kaum bewegen. »Lassen Sie sie gehen. Draußen sind die Leute des Admirals. Sie haben keine Chance.«

»Das werden wir sehen.« Brenkendorf zog Viktoria in den Flur. Die Tür fiel ins Schloss, ein Schlüssel wurde gedreht. Er war weg. Und Viktoria war in seiner Gewalt.

63

Verlorene Schlacht

Julius von Brenkendorf hielt Viktorias Taille umklammert, presste die Waffe schmerzhaft in ihre Seite. »Keinen Mucks, oder ich drücke ab«, zischte er.

Ein Soldat, der Wache gehalten hatte, trat ihnen entgegen. »Benötigen Sie Hilfe, Herr Adjutant?«

»Wir haben eine feindliche Spionin gefasst. Ich bringe die Frau zur Befragung. Unterdessen darf niemand das Haus betreten oder verlassen, haben Sie mich verstanden?«

Der Soldat salutierte. »Zu Befehl.«

Er schob Viktoria Richtung Strand. »Wohin bringen Sie mich?«

»Das werden Sie schon sehen.« Er wandte sich Richtung Süden, schlug den Weg zu einem kleinen Waldstück ein. Viktoria sah sich verzweifelt um, hoffte, jemand würde auf sie aufmerksam werden. Aber ihr kam nur ein junges Dienstmädchen entgegen, das achtlos an ihnen vorbeieilte.

Vor ihnen lag ein Spielplatz, Viktoria sah lachende Kinder und Frauen, die sie beaufsichtigten. Aber Brenkendorf zog Viktoria tiefer ins Unterholz, ohne dass sie jemand bemerkte. Brombeerdornen rissen an ihrem Kleid, auf dem weichen Laubboden knickte Viktoria immer wieder um.

Schließlich stiegen sie über eine umgestürzte Birke und standen wieder auf dem Weg. Von der Villa Hanebuth kommend näherte sich ihnen eine Dame. Brenkendorf drehte Viktoria zu sich, presste seine feuchten Lippen auf ihre.

Die Frau kam näher. Brenkendorf strich Viktoria über die Wange. Sie spürte seinen Atem auf ihrer Haut. »Ein Ton, und du bist tot«, flüsterte er. Alles in ihr wollte schreien. Aber sie blieb stumm.

Die Dame ging vorbei, verschämt zu Boden blickend. Brenkendorf wartete noch eine Sekunde, dann schob er Viktoria wieder vor sich her. »Hier rechts«, knurrte er. Ein verfallener Lagerschuppen kam in Sicht. Brenkendorf ging darauf zu, schloss die Tür auf und schob Viktoria hinein. Die hintere Wand des Schuppens wurde vollständig von einer Werkbank eingenommen, auf der sich zahlreiche Flaschen und Tiegel befanden, gefüllt mit Chemikalien, wie Viktoria vermutete. Außerdem Reagenzgläser und Bunsenbrenner. Brenkendorf nahm einen Stuhl, der an der Wand gestanden hatte, platzierte ihn vor der Werkbank. Mit seiner freien Hand griff er ein Seil. Er drückte Viktoria auf den Stuhl und schlang es um ihren Oberkörper. Es schnitt schmerzhaft in ihre Arme und nahm ihr fast den Atem, als er es festzog und verknotete. Tränen traten ihr in die Augen, doch Viktoria unterdrückte sie. »Sie werden nicht weit kommen«, sagte sie mit gepresster Stimme. »Es ist nur eine Frage der Zeit, dass man Sie findet und stellt. Sie haben verloren, Brenkendorf. Warum geben Sie nicht auf?«

Der Adjutant sah sie kopfschüttelnd an. »Seien Sie nicht dumm. Eine verlorene Schlacht bedeutet keinen verlorenen Krieg. Ich hatte nie vor, in Deutschland zu bleiben. In Zeiten wie diesen ist mein Wissen über die strategischen Stärken und Schwächen unserer Marine Gold wert.«

»Sie wollen Landesverrat begehen?«

»Ich habe gute Kontakte zur Admiralität in Frankreich. Dort ist man weit weniger verbohrt als in Deutschland. Mir wurde ein hoher Posten angeboten. Warum sollte ich darauf verzichten?«

Er schaute zur Werkbank, als suche er etwas.

»Was haben Sie vor?«, flüsterte Viktoria.

Er lächelte. »Das werden Sie gleich sehen.« Er griff ein Stück Stoff, drückte es ihr in den Mund. Sie versuchte, sich zu wehren, aber sie hatte keine Chance. Der raue Stoff und dessen metallischer Geschmack ließ sie würgen. Brenkendorf wandte sich zur Werkbank. Er nahm einen Bunsenbrenner und stellte ihn unter einen Kolben, in dem sich eine kristalline Chemikalie befand.

»Sollte tatsächlich jemand zu Ihrer Rettung kommen, wird er nur ein brennendes Lagerhaus vorfinden.« Er nahm eine Schachtel mit Streichhölzern zur Hand, riss eins an. »Genießen Sie die letzten zehn Minuten Ihres Lebens.« Er drehte das Gas auf und entzündete es.

64

Kettenrasseln

Ilse hatte gehört, wie oben die Tür geöffnet wurde. Er war also zurück. Aber er war nicht allein, jemand war bei ihm. Sie lauschte. Es war eine Frau, das konnte sie hören, aber nicht, was sie sprachen. Vielleicht steckte sie mit ihm unter einer Decke. Oder sie war ein weiteres Opfer.

Ilse sackte in sich zusammen. Brenkendorf hatte gestern einen neuen Eisenring in die Wand geschlagen, nachdem sie versucht hatte zu fliehen. Er hatte gedroht, ihr das Fußgelenk zu zertrümmern, sollte sie es noch einmal versuchen. Sie konnte sehen, dass er einen Moment überlegt hatte, es bereits jetzt zu tun. Sie hatte kaum zu atmen gewagt. Mit einem Finger hatte er über ihre Fesseln gestrichen. »Wirst du jetzt brav sein?«

Sie hatte eilig genickt.

Jetzt wurde die Falltür geöffnet. Er stieg hinab. Ilse wich zurück. Er kam zu ihr, zog einen Schlüssel aus seiner Hosentasche und löste das Vorhängeschloss. Rasselnd zog er die Kette aus dem Ring in der Wand. »Komm!«

Er ging voran. Die Kette, die noch immer um ihren Fuß lag, klirrte bei jeder Stufe, die Ilse hinaufging, ihr Fußgelenk war wund gescheuert und brannte. Oben angekommen packte er sie grob an der Hand. Sie hörte jemanden erstickt rufen. Eine Frau saß gefesselt auf einem Stuhl, sie hatte einen Knebel im Mund und zerrte an den Seilen, sah sie mit großen Augen an. Ilse blickte sich hektisch um. Sie sah den Bunsenbrenner auf der Werkbank, der einen Kolben erhitzte, in dem es brodelte. Daneben lag eine Pistole. Brenkendorf ergriff sie und steckte sie in sein Holster. Dann nahm er einen breitkrempigen Hut mit Schleier von einem Haken an der Wand. »Setz den auf.« Sie tat, was er von ihr verlangte. Er löste ihre Fußfessel, klirrend fiel sie zu Boden. Dann griff er nach Ilses Hand, quetschte ihre Finger. »Komm!«, sagte er und grinste. »Wir beide machen jetzt eine kleine Bootstour.« Damit zog er sie zur Tür hinaus.

65

Landesverräter

Christian rüttelte an der Salontür, hämmerte dagegen, rief nach dem Diener. Endlich waren Schritte zu hören. »Johann? Schnell, lassen Sie uns raus!«

Das Schloss knirschte, dann öffnete sich die Tür. Johann sah ihn verwundert an.

»Brenkendorf hat Fräulein Berg in seiner Gewalt. Er ist der Täter. Haben Sie gesehen, wohin er gegangen ist?«

Johann schüttelte den Kopf. »Nein, ich war im Untergeschoss.«

»Holen Sie einen Arzt für den Herrn Admiral. Er hatte einen Herzanfall.«

Johann trat in den Salon, sah den Admiral, der auf dem Boden lag und flach atmete. Seine Augen weiteten sich. Er eilte zum Telefon, ließ sich verbinden.

Christian ging zum Admiral und seiner Frau. Er musste herausfinden, wo der Adjutant sein Versteck hatte. Er kniete sich neben den Admiral. »Hat Brenkendorf vielleicht ein Büro auf der Insel, in dem er arbeitet?«

Statt des Admirals antwortete seine Frau. »Nein, er benutzt das Büro der Marine im Ort. Aber dort kann er Ilse nicht versteckt halten, ein Schreibfräulein ist jeden Tag dort.«

»Gibt es ein anderes Gebäude, zu dem er Zugang hat? Eine Lagerhalle, ein Depot?«

Jetzt nickte der Admiral und flüsterte etwas. Christian beugte sich vor, aber er konnte nichts verstehen. Von Manteuffel versuchte, sich aufzurichten, seine Stimme versagte. Er sackte plötzlich in sich zusammen. Seine Frau schrie auf. »Adolph! Um Gottes willen!«

Johann hatte das Telefonat beendet, eilte zu ihr. »Medizinalrat Mertens kommt sofort. Seine Praxis ist ganz in der Nähe, es wird nicht lange dauern.«

Christian stand auf. »Ich muss Brenkendorf suchen.«

Frau von Manteuffel sah ihn mit festem Blick an. »Finden Sie meine Tochter und Fräulein Berg.«

Er nickte, hob seine Waffe vom Boden auf und steckte sie ins Holster. Dann stürmte er hinaus. Eine Wache, die auf dem Weg patrouilliert hatte, drehte sich zu ihm um.

»Brenkendorf, in welche Richtung ist er?«, rief Christian.

Doch statt einer Antwort stellte der Mann sich ihm in den Weg, hob die Hand. »Halt! Niemand verlässt das Haus. Befehl vom Adjutanten!«

Christian starrte den Mann an. Er war jung, nach der weiß-blauen Uniform und der Kokarde an seiner Matrosenmütze zu urteilen ein Seeoffiziersanwärter. »Sie lassen mich durch«, sagte Christian. »Brenkendorf hat Fräulein Ilse in seiner Gewalt. In diesem Moment ist er mit einer weiteren Geisel flüchtig. Also sagen Sie mir jetzt sofort, in welche Richtung er gegangen ist.«

Der junge Soldat sah sich hilfesuchend um, aber von seinen Kameraden war niemand in Sicht.

Christians Geduld war am Ende. »Mann Gottes! Sagen Sie mir endlich, wo Brenkendorf hingerannt ist, und lassen Sie mich durch! Kümmern Sie sich lieber um Frau von Manteuffel im Salon. Ihr Mann hatte einen Schwächeanfall.«

In diesem Moment war vom Damenpfad ein Rufen zu hören. »Herr Kriminalassistent! Ich bin so schnell gekommen, wie ich konnte. Wo ist der Patient?« Medizinalrat Mertens eilte mit seiner schweren Arzttasche auf sie zu, sah erwartungsvoll die beiden Männer an.

Christian funkelte den Soldaten an. »Nehmen Sie jetzt endlich Vernunft an? Also – wo ist Brenkendorf?«

Der Soldat wies zum Südweststrand. »Da runter!«

Christian sah in die Richtung, in die der Soldat gewiesen hatte. Hinter dem Südweststrand lag ein kleines Wäldchen. Dort befanden sich das Kabelhaus, der Spielplatz und in der Nähe des Strandes der Schießstand. Schlagartig erinnerte sich Christian. Brenkendorf hatte gesagt, dass er die Gegend überprüft habe. Er selbst hatte dort gesucht, nicht irgendeiner seiner Männer. Und gestern war er aus der Richtung des Schießstandes gekommen.

Christian lief los, den Promenadenweg entlang bis zur Höhe des Kabelhauses. Er ließ den Spielplatz hinter sich und rannte weiter geradeaus – er wollte nicht zum Schießstand, sondern zu dem alten Schuppen, der ein Stück weiter entfernt lag. Ein verfallenes Gebäude, aus verwittertem Backstein und einem moosbewachsenen Dach, das früher einmal zur Lagerung von Waffen und Munition verwendet worden war, nun aber schon lange leer stand.

Christian näherte sich dem Schuppen im Schutz der Bäume. Als er ihn fast erreicht hatte, verharrte er. Nichts rührte sich, alles war still. Er hörte nur das ferne Rauschen der Wellen. Schließlich trat er näher. In der Seitenwand des Schuppens befand sich ein schmales Fenster. Dessen Scheibe war verdreckt, eine Kreuzspinne hatte ihr Netz davor gewoben. Christian konnte im Inneren des Schuppens nur Schemen erkennen. Trotzdem war er sich sicher, dass dort eine Frau gefesselt auf einem Stuhl saß. Er schlug die Scheibe ein. Als sie das Klirren der Scheibe hörte, drehte sie ihren Kopf zu ihm. Es war Viktoria! Er sah den Knebel in ihrem Mund, die flackernde Angst in ihren Augen.

Das Fenster war zu klein, als dass Christian hätte hindurchsteigen können. »Ich bin sofort bei dir.« Er lief zur Tür, rüttelte daran. Sie war abgeschlossen. Christian trat wütend dagegen. Doch so verfallen der Schuppen auch wirkte, die Tür war stabil. Hastig sah er sich um, entdeckte aber nichts, was er als Rammbock hätte benutzen konnte. Mehrere rostige Drähte fielen ihm ins Auge, die im sandigen Boden lagen. Vermutlich waren sie beim Schießstand verwendet worden. Willy hatte ihm vor einigen Jahren gezeigt, wie man damit eine Tür öffnen konnte. Christian bog einen Draht zurecht. Schob ihn ins Schlüsselloch, bis er den Widerstand spürte. Seine Finger zitterten. Er steckte den zweiten Draht hinein. Drehte ihn. Der Draht hakte sich fest. Er rüttelte daran. Schweiß rann ihm über die Stirn. Er hörte Viktorias ersticktes Rufen. Fluchend nahm Christian die Drähte aus dem Schlüsselloch, steckte sie in die Hosentasche. Er musste auf einem anderen Weg hinein. Er lief um das Gebäude und fand ein weiteres Fenster, es war größer als das andere. Mit dem Ellenbogen schlug er die Scheibe ein, trat mit dem Fuß die Splitter weg. Dann stieg er hindurch. Ein scharfer Schmerz fuhr in seine Hand, als er sich festhielt, aber er achtete nicht darauf. Stattdessen lief er zu Viktoria, nahm ihr den Knebel ab. Sie hustete und würgte. »Ausmachen«, keuchte sie mit heiserer Stimme. Er wandte sich um. Auf einer Werkbank stand ein Bunsenbrenner, der ein dampfendes Gebräu in einem Glasgefäß erhitzte. Hastig zog Christian den Bunsenbrenner weg. Was immer in diesem Gefäß brodelte – sie mussten hier raus. Er löste Viktorias Fesseln, nahm ihre Hand, zog sie zu dem Fenster. Half ihr hindurch. Kletterte selbst hinterher. Draußen nahm er erneut ihre Hand, sie liefen in den Wald. Im selben Moment schien der Boden unter ihnen zu beben. Ein ohrenbetäubender Knall ertönte. Holz- und Steinsplitter flogen umher, gruben sich in die Rinde der Bäume. Christian warf sich schützend über Viktoria.

66

Gretchen

Der Schuppen stand in lodernden Flammen, als Christian vorsichtig den Kopf hob. Er strich Viktoria übers Haar. »Bist du verletzt?«, fragte er.

Sie schüttelte den Kopf und rappelte sich schon wieder auf. »Wir müssen zum Hafen! Brenkendorf hat gesagt, er würde mit Ilse eine Bootstour machen.«

Christian nickte und stand ebenfalls auf. Notdürftig klopfte Viktoria Erde und Späne von den Kleidern, dann liefen sie los. Auf dem Fährdamm kam ihnen ein uniformierter Mann entgegen. Viktoria erkannte Gendarm Müller. Prustend blieb er vor ihnen stehen. »Ich wollte gerade zur Villa Fresena. Ich hab das Fräulein von Manteuffel gesehen!« Er beugte sich vor, stemmte die Arme auf den Oberschenkeln ab und schnappte nach Luft. Seine Worte waren kaum zu verstehen. »Sie hatte einen Hut mit Schleier auf, aber sie war es. Adjutant von Brenkendorf war bei ihr und hat sie auf eine Jolle gebracht.« Wieder atmete er stoßweise aus. »*Gretchen*, sie heißt *Gretchen*.«

»Benachrichtigen Sie die Marine«, stieß Christian hervor. »Sie sollen Boote ausschwärmen lassen und nach Brenkendorf suchen. Die Häfen des Festlands müssen kontrolliert werden.« Er griff nach Viktorias Hand. »Komm!«

Doch Viktoria schüttelte den Kopf. »Ich habe in dem Schuppen eine Fluttabelle gesehen. Ich bin mir ziemlich sicher, er fährt mit ihr nicht aufs Festland. Er bringt sie dahin zurück, wo er sie überwältigt hat. Auf das Wrack! Er braucht sie nur dort einzusperren, und während er verschwindet, ertrinkt Ilse.«

Christian sah sie mit großen Augen an. Dann wandte er sich an den Gendarmen. »Der Badekommissar soll ein Boot zum Wrack schicken.«

Müller salutierte. »Zu Befehl!«

Sie liefen weiter. Viktoria spürte, wie ihre Kräfte nachließen. Ihre Lunge brannte wie Feuer. Doch sie gab nicht auf. Als sie zurückfiel, blieb Christian stehen, nahm ihre Hand und zog sie mit sich fort.

Schließlich erreichten sie den Hafen. Am Anleger sahen sie sich um. Eine Jolle namens *Gretchen* war nirgendwo zu sehen.

Ein Mann ordnete gerade Seile auf einem Boot.

»Wir müssen zum Wrack!«, rief Christian dem Mann zu.

Der Mann schaute nicht mal zu ihnen auf. »Ist verboten, dahin zu fahren.«

»Das ist mir schietegal!«, rief Christian. »Es geht um Leben und Tod.«

Jetzt endlich blickte der Mann ihn an. »Sie sind der Herr Kriminal, nicht wahr? Ich hab schon von Ihnen gehört.«

»Dies ist ein polizeilicher Notfall. Bringen Sie uns zum Wrack!«

Doch der Mann schüttelte den Kopf. »Es kommt ein

Sturm auf. Mit dem Segelboot können Sie heute nicht mehr raus. Viel zu gefährlich.«

Tatsächlich hatte sich das Wetter verschlechtert. Dunkle Wolken türmten sich am Horizont.

»Gibt es keine andere Möglichkeit?«, fragte Viktoria.

Der Mann runzelte die Stirn. »Sie können es mit der *Gertrud* versuchen. Die hat einen Außenbordmotor.« Er deutete auf ein Boot ohne Segel.

»Wir können so ein Ding nicht bedienen. Sie müssen uns rüberbringen«, sagte Christian.

Der Mann schüttelte erneut den Kopf. »Bei dem Wetter fahr ich nicht raus. Ich hab Frau und Kinder. Sie müssen selbst fahren. Kommen Sie, ich zeige es Ihnen.«

Ohne eine Antwort abzuwarten, ging er zu dem Boot, das neben seinem Segler am Kai festgemacht war. Mit einer Handkurbel setzte er den Außenbordmotor in Gang, der tuckernd zu vibrieren begann. Christian sprang an Bord, half Viktoria beim Einsteigen. Der Mann erklärte ihm, wie man Gas gab und wie man den Motor abstellte, dann stieg er aus und machte die Leinen los. Christian drehte den Gasgriff und manövrierte das Boot hinaus auf das Meer.

Kaum hatten sie das geschützte Hafengebiet verlassen, wurden die Wellen höher. Das flache Boot schwankte beachtlich, und Viktoria hielt sich an der Sitzplanke fest. Doch sie kamen zügiger voran als gedacht. Schon bald zeigten sich die Umrisse des Wracks. Eine Jolle lag daneben. »Das muss Brenkendorf sein!«, rief Viktoria aufgeregt. Sie bemerkte eine Bewegung auf dem Wrack. Ein

Mann und eine Frau waren auf dem Deck zu sehen. Der Hut war Ilse vom Kopf geflogen, man konnte ihre kurzen Haare erkennen. Brenkendorf stand neben ihr, schob sie die Treppe hinunter in den Bauch des havarierten Dampfers. Sie verschwanden.

67

Widerling

Ilse stemmte sich mit jedem Schritt gegen Brenkendorf, aber es war sinnlos. Er hatte ihre Hände mit der Kette gefesselt und drückte sie die Stufen hinunter. Wellen schlugen an den Rumpf des Schiffs, und ein grässliches Knarren hallte im Innern wider. Ilse glaubte zu spüren, dass das Wrack sich unter ihren Füßen bewegte wie ein sterbender Wal. »Vorwärts!« Brenkendorf stieß sie weiter. Das Unterdeck stand halb unter Wasser, es schwappte an die Stufen. Sie ahnte, was er vorhatte. Aus schierer Verzweiflung klammerte sie sich an dem Treppengeländer fest. Schrie. Aber Brenkendorf war stärker. Er stieß sie vor sich her, immer tiefer in die Dunkelheit. Das Wasser ging ihr bis zur Hüfte. Es war eiskalt und zerrte an ihrem Kleid. Brenkendorf führte sie zu einem der Metallpfeiler, griff ihre Hände, schlang die Kette um die Säule.

Ilse begann zu wimmern. »Nein, bitte nicht.«

Brenkendorf umfasste grob ihr Kinn, drehte ihr Gesicht zu sich. »Du hättest es gut bei mir haben können, Ilse. Aber du wolltest ja nicht. Ich hab gehört, wie du deinen Vater angefleht hast, meinen Antrag abzuweisen. Ich sei ein Widerling, hast du zu ihm gesagt. Jetzt wirst du die Konsequenz dafür zu spüren bekommen.« Er strich über ihre Haarstoppeln. Ein fiebriger Glanz lag in seinen Augen. »Ich werde mich immer daran erinnern. An diesen Tag, an dem Fräulein Ilse von Manteuffel vor meinen Augen elendiglich ertrunken ist.« Er zog ein Vorhängeschloss aus der Hosentasche, führte es durch die Kettenringe. Ließ das Schloss einschnappen.

68

Ächzen und Seufzen

Die Wellen schlugen am Bug hoch, Gischt spritzte ihnen ins Gesicht. Der Wind war stärker geworden. Ihr kleines Boot wurde hin und her geworfen wie die sprichwörtliche Nussschale. Längst hatten sich dichte Wolken herangeschoben. Schwarz und voller Regen.

»Halt dich fest, Viktoria!«, schrie Christian gegen den Wind an, bevor ihn eine erneute Ladung Gischt traf. In diesem Moment setzte der Regen ein, dicke Tropfen prasselten auf sie herab. Christian sah blinzelnd Richtung Wrack, das jetzt schnell größer wurde. Er steuerte es auf der windabgewandten Seite an, damit sie nicht gegen den Schiffsrumpf gedrückt würden.

Als sie nahe genug waren, ergriff Viktoria ein Seil, das im Boot lag, beugte sich vor, legte es um die eiserne Leiter und machte das Boot fest. Christian stellte sich breitbeinig hin und versuchte, eine der Sprossen zu ergreifen. Doch eine Welle hob das Boot plötzlich an, er verlor das Gleichgewicht und wäre fast über Bord gegangen. Erst im letzten Moment konnte er sich halten. Er versuchte es erneut. Diesmal bekam er die Leiter zu fassen und zog sich hinüber. Er sah sich zu Viktoria um, die ebenfalls aufgestanden war. Christian stieg einige Sprossen hinauf, um ihr

Platz zu machen. Das Schiff hob und senkte sich erneut, dann griff Viktoria zu und zog sich ebenfalls hinüber. Der Wind zerrte an ihrem Rock. Das Wrack ächzte, Christian spürte eine Erschütterung durch das Metall laufen. So schnell es im zunehmenden Wind und dem Regen ging, kletterte er hinauf. Dann war er oben und stieg über die Reling. Anschließend streckte er Viktoria die Hand entgegen und half ihr hoch. Ein Schrei aus dem Inneren des Wracks drang zu ihnen herauf.

»Das war Ilse!«, rief Viktoria. Sie stemmte sich gegen den Wind und ging über das schräge Deck zu der Tür, durch die man ins Unterdeck gelangte. Christian folgte ihr.

Im Halbdunkel bot sich ihnen eine gespenstische Szene dar. Bleich wie der Tod und mit kahl geschorenem Schädel stand Ilse bis zu den Hüften im Wasser an einem Metallpfeiler, an den Brenkendorf sie soeben angekettet hatte. Als der Adjutant die Schritte auf der Treppe hörte, fuhr er herum. Ungläubig starrte er Christian und Viktoria an.

Christian zögerte keine Sekunde. Er warf sich noch von der Treppe aus auf Brenkendorf. Sie rangen unter Wasser, doch Brenkendorf konnte sich seinem Griff entziehen. Sie tauchten auf, Brenkendorf hieb mit der Faust zu, Christian fiel zurück. Er strampelte, verschluckte sich. Brenkendorf watete auf die Treppe zu.

Viktoria war unterdessen bei Ilse. »Er muss einen Schlüssel haben!«, schrie sie gegen das Donnern der Wellen an. Christian kämpfte sich durch das Wasser und machte einen langen Satz. Er erwischte Brenkendorf an der Uniformjacke, zog ihn zurück. Im selben Moment erfasste eine Erschütterung das Schiff, es bebte und wankte. Christian verlor den Halt, ging unter. Als er wieder auftauchte, sah er Brenkendorf bereits an der Treppe. Der Adjutant zog etwas aus der Tasche. Es war ein Schlüssel. Für einen Moment schien die Zeit stillzustehen. Dann warf Brenkendorf den Schlüssel ins Wasser.

Christian sah mit Entsetzen zu der Stelle, wo der Schlüssel versunken war. Er tauchte. Seine Hände tasteten über den Boden. Doch es war sinnlos. In der Dunkelheit würde er den Schlüssel niemals finden. Als er den Kopf aus dem Wasser reckte, hörte er Viktoria.

»Christian – hilf ihr!« Ihre Stimme überschlug sich vor Verzweiflung.

Er wandte sich um. Durch die Erschütterung hatte sich die Lage des Schiffs verändert. Das Wasser stand Ilse jetzt bis zur Brust. Sie zerrte in Todesangst an der Kette.

Christian watete zu den beiden Frauen. Suchte in seiner nassen Hosentasche nach den beiden Drähten, die er vorhin eingesteckt hatte. Das Schloss, das die Kette zusammenhielt, war größer als das beim Lagerschuppen. Christian führte den einen Draht in die Öffnung, dann den anderen. Er dachte daran, wie oft er schon vergeblich versucht hatte, Schlösser zu knacken.

Christian bewegte den Draht im Schloss, hoffte den Widerstand zu spüren, um dann den Stift zu lösen. Doch seine Finger waren nass, der Draht rutschig, er glitt ab – der Draht fiel ins Wasser. Ilse stieß einen entsetzten Schrei aus.

Viktoria griff in ihr Haar, zog eine Nadel heraus. »Versuch es damit!«, rief sie.

Die Haarnadel war fester als der weiche Draht. Christian führte die Spitze in das Schloss, spürte, wie er damit die Sperrfeder im Inneren zur Seite drücken konnte.

Wieder wankte das Schiff, und Christian verlor für einen Moment den Halt. Ilse wimmerte, sah Christian mit flehendem Blick an.

Der nahm das Schloss fester in die Hand, konzentrierte sich, versuchte Ilse, das steigende Wasser und das bedrohliche Seufzen des Schiffes auszublenden. Erneut führte er die Haarnadel in das Schloss, schob die Sperrfeder hinunter, führte den zweiten Draht hinein. Spürte einen Widerstand. Drückte dagegen – und plötzlich schnappte das Schloss auf.

Hastig löste er die Kette. Ilse war frei. Sie zitterte am ganzen Körper. Christian stützte sie, legte ihren Arm um seine Schulter. Gemeinsam mit Viktoria kämpften sie sich zur Treppe. Doch dann ließ ein lauter Knall sie zusammenzucken. Metall quietschte ohrenbetäubend. Christian starrte Viktoria an. Das Wrack schien endgültig in den Fluten versinken zu wollen.

69

Sogwelle

Viktoria stolperte die Treppe hinauf, ihr nasses Kleid klebte an ihren Beinen. Christian folgte ihr mit Ilse, die sich schwer auf ihn stützte. Wieder durchlief ein Zittern das Schiff, es gab einen Schlag, und Viktoria wurde von den Beinen gerissen. Hart stürzte sie auf die rutschigen Planken, Schmerzen rasten durch ihren Körper. Mit zusammengebissenen Zähnen rappelte sie sich auf. Draußen regnete es inzwischen in Strömen. Viktoria kämpfte sich an der Reling voran bis zu der Stelle, wo sie ihr Boot vertäut hatten. Als sie über die Reling sah, glaubte sie ihren Augen nicht zu trauen. Das Boot war fort! Es trieb in einiger Entfernung wild schaukelnd auf den Wellen.

Christian war mit Ilse hinter sie getreten. Viktoria fuhr herum. »Das Boot! Brenkendorf muss das Seil gekappt haben.«

Ihre Gedanken rasten. Aber es blieb ihnen keine Zeit zum Nachdenken.

»Springt!«, schrie Christian gegen Wind und Regen an. »Das Schiff kann jeden Moment kippen. Wir müssen weg, sonst werden wir mit untergehen.«

Viktoria starrte in die weiße Gischt unter sich. Wieder erbebte das Wrack.

»Los!«, schrie Christian.

Viktoria kletterte über die Reling. Packte Ilse mit der einen und Christian mit der anderen Hand. Dann sprangen sie.

Das eiskalte Wasser schlug über Viktoria zusammen. Für einen Moment war sie ohne jede Orientierung. Fühlte den Sog der Wellen an ihrem nassen Kleid. Sie trat mit den Beinen, kämpfte sich nach oben, durchstieß die Oberfläche. Ein Stück vor sich sah sie Christian, daneben Ilse. Christian schwamm auf das schaukelnde Motorboot zu. Als er es schließlich erreichte, griff er ein herunterhängendes Seil. Er versuchte, sich hochzuziehen, aber das Tau glitt ihm aus den Händen. Sein Kopf verschwand unter einer Welle. Dann war er wieder beim Boot. Packte das Seil. Und zog sich hinauf.

Mit verzweifelten Zügen schwamm Viktoria auf die *Gertrud* zu. Dort versuchte Ilse gerade, das Seil zu ergreifen. Christian beugte sich zu ihr hinunter. Er griff an Ilses Rücken in das Kleid, zog sie hoch. Viktoria hielt auf die beiden zu. Ihre Arme wurden schwer, und die Kälte sog die letzten Kräfte aus ihrem Leib.

Plötzlich erklang ein lautes Brausen hinter ihr, und sie wandte den Kopf um. Der vordere Teil des Schiffes richtete sich auf. Eine klaffende Lücke war in das Schiff gerissen worden. Für eine Sekunde schwebte das Vordeck in der Luft. Dann fiel es mit einem ohrenbetäubenden Krachen auf die Sandbank zurück. Der hintere Teil versank langsam im Meer. Viktoria spürte die Sogwelle, die von dem untergehenden Wrackteil ausging. Mit einem Mal war sie unter Wasser. Doch im selben Moment legte sich eine Hand um ihren Arm und zog. Es folgte eine zweite Hand. Es waren Christian und Ilse. Zusammen beugten sie sich weit über die Reling und hielten Viktoria fest. Millimeter für Millimeter entrissen sie dem Meer seine Beute. Einige Herzschläge später war Viktoria im Boot und rang, auf dem Rücken liegend, nach Atem.

Christians Gesicht erschien über ihr, schob sich vor die grauen Wolken am Himmel. Sanft strich er ihr das nasse Haar aus dem Gesicht.

»Brenkendorf! Er versucht zu fliehen!«, schrie Ilse auf. Sie deutete auf eine Jolle, die Fahrt aufgenommen hatte. Brenkendorf – er hatte trotz des Sturms die Segel gesetzt!

Christian setzte sich zum Motor, betätigte die Kurbel. Nach dem dritten Versuch sprang er an. Doch die kleine Maschine hatte Mühe, das Boot durch die schräg laufenden Wellen zu manövrieren. Es schwankte bedrohlich, und für einen Moment glaubte Viktoria, sie würden kentern.

Ilse kletterte nach hinten zu Christian. »Ich übernehme!« Sie schlug das Ruder hart zur Seite. Viktoria wurde umgeworfen. Doch kurz darauf wurde es plötzlich ruhiger. Geschickt steuerte Ilse das Boot durch die Wellen, die nun von achtern kamen und sie vorantrieben.

Die Segel der Jolle waren zum Zerreißen gebläht, doch Brenkendorf schien das Boot gut im Griff zu haben.

Die Distanz zwischen ihnen und der Jolle wurde immer größer.

»Können wir nicht schneller fahren?«, rief Viktoria.

»Nein, das ist schon volle Kraft«, antwortete Ilse.

Viktoria presste die Lippen aufeinander. Brenkendorf würde ihnen entkommen. Doch plötzlich neigte sich das Segelschiff ruckartig zur Seite, richtete sich dann wieder auf. Viktoria kniff die Augen zusammen. Etwas stimmte nicht bei Brenkendorf. Sein Segel flatterte im Wind. Der Mast stand schief. Er war gebrochen, drohte zu kippen.

Die *Gertrud* kämpfte sich durch die aufgepeitschte See und holte langsam auf. Die Jolle schien nun fast auf der Stelle zu stehen.

»Wir schaffen es!«, rief Viktoria. Sie sah, dass Christian nach einem Bootshaken griff, vermutlich um das andere Schiff entern zu können. Endlich waren sie da. Brenkendorf kämpfte mit der Takelage. Das Segel hatte einen langen Riss und knatterte laut in den Böen.

Ilse brachte das Motorboot längsseits. Christian zog die Jolle mit dem Bootshaken nah heran und sprang hinüber. Brenkendorf hatte versucht, ihn abzuwehren, doch eine Welle brachte beide zu Fall. Viktoria sah hilflos mit an, wie Brenkendorf zuerst auf die Beine kam und Christian einen heftigen Schlag in die Seite versetzte. Der krümmte sich mit einem Aufschrei und erhielt gleich darauf den nächsten Hieb. Brenkendorf erwischte ihn am Kinn. Christian verlor das Gleichgewicht. Brenkendorf warf sich auf ihn, seine Hände schlossen sich um Christians Hals. Viktoria dachte nicht lange nach. Als die Wellen ihr Boot wieder anhoben, sprang sie hinüber auf den Segler.

Christian strampelte mit den Beinen, versuchte, sich zu befreien. Aber Brenkendorf war wie von Sinnen. Immer fester drückte er zu.

»Du musst die Schot lösen!«, hörte Viktoria Ilses Stimme über das Getöse der Wellen hinweg. Das Mädchen deutete auf ein Seil, das seitlich am Boot mit einer Schlaufe befestigt war. Viktoria zog an der Schlaufe. Die löste sich, der hölzerne Mastbaum rauschte quer über das Boot – und traf Brenkendorf am Hinterkopf. Leblos sackte er über Christian zusammen. Der schob Brenkendorfs Körper beiseite, richtete sich auf. Hastig löste Viktoria ein Seil vom Boot, reichte es ihm. Mit schnellen Bewegungen fesselte Christian Brenkendorfs Arme auf dem Rücken.

»Das Torpedoboot!«, hörte Viktoria Ilse in diesem Moment durch das Rauschen des Sturmes. Sie hatte das Motorboot längs der Jolle gesteuert und deutete aufs Meer hinaus. Und tatsächlich schob sich dort das große Schiff durch die Wogen. Es hielt auf sie zu, wollte sie offenbar an Bord nehmen, es verlangsamte seine Fahrt zusehends. Viktoria erkannte an der Reling Matrosen, sie hielten Rettungsringe bereit.

Plötzlich nahm Viktoria eine Bewegung hinter sich wahr. Brenkendorf hatte sich aufgerichtet. Der Adjutant sah mit stierem Blick zu dem Torpedoboot. Als Viktoria schrie, war es bereits zu spät. Brenkendorf ließ sich in einer langsamen Bewegung über die Reling kippen. Bruchteile von Sekunden später hatte das schwarze Wasser sich über ihm geschlossen.

70

Lebewohl

Das Torpedoboot war keine Minute zu früh aufgetaucht. Viktoria sah vom Deck des Schiffes aus, wie Brenkendorfs Jolle zur Seite kippte und im Meer verschwand.

Sie zog die Decke fest um sich, die ihr ein Matrose umgelegt hatte, als sie auf Deck gekommen war. Christian trat zu ihr. Er sah fürchterlich aus: ein Riss an der Wange, das Auge geschwollen, das Kinn blau verfärbt. Er nahm ihre Hand, und sie zog ihn an sich. Eine Weile standen sie so da. Wetterumtost, windzerzaust. Sie hatte das Gefühl, als würden sie einander nie mehr loslassen.

»Herr Kapitän, das Marinekabinett wartet auf unsere Antwort. Sie wollen wissen, wann wir in Kiel einlaufen.« Der Erste Offizier war zu Boysen getreten.

»Geben Sie durch, dass wir drei Zivilisten aus Seenot gerettet haben. Wir setzen sie auf Norderney ab und brechen dann unverzüglich auf«, antwortete Boysen.

»Das Kabinett duldet keinen Aufschub, Käpt'n.«

»Funken Sie, was ich Ihnen gesagt habe.«

Der Erste Offizier salutierte und ging davon.

Wenig später saßen sie bei Boysen in der Kapitänskajüte. Dort war es eng, aber warm.

»Ich hätte niemals gedacht, dass Brenkendorf zu so etwas fähig ist«, sagte Ilse. Sie saß auf Boysens Platz hinter dem Schreibtisch, umklammerte eine heiße Tasse Tee, die der Kapitän hatte bringen lassen. »Er war mir schon immer unheimlich, diese Art, wie er mich ansah, wenn er glaubte, ich merke es nicht. Als ich hörte, er hätte bei meinem Vater um meine Hand angehalten, habe ich Papa angefleht, er solle Brenkendorf deutlich zu verstehen geben, dass ich nicht interessiert bin.« Sie schüttelte den Kopf. »Ich hatte immer das Gefühl, ich müsste ersticken, wenn ich mit Brenkendorf in einem Raum war. Es war, als ob er mir die Luft zum Atmen nähme.«

»Er war ein kranker Mann, der aus Hass Ihr Leben und das Ihrer Eltern vernichten wollte«, sagte Viktoria.

Eine Weile herrschte Schweigen. Dann räusperte sich der Kapitän. »Wir laufen in Kürze ein. Wir sollten an Deck gehen. Ihre Eltern sind verständigt, Fräulein Ilse. Ihre Mutter wird Sie abholen.« Er verwendete das förmliche Sie, doch in seinen Augen war unschwer zu erkennen, was er für Ilse empfand. Er reichte ihr die Hand, sie stand auf, lehnte sich an ihn.

An Deck konnte Viktoria schon Frau von Manteuffel erkennen, die am Anleger auf und ab lief. Der Sturm zerrte an ihren Kleidern, aber der Regen hatte inzwischen aufgehört. Neben ihr wartete der Badekommissar, den Bowler in die Stirn gezogen, die Hand auf den Spazierstock gestützt.

Als das Schiff festgemacht hatte, führte der Kapitän Ilse den Landesteg hinunter, wo ihre Mutter sie in die Arme schloss und in Tränen ausbrach. Frau von Manteuffel hielt Ilse fest, berührte vorsichtig ihr kurz geschorenes Haar. »Was hat er dir nur angetan?«, flüsterte sie.

»Das wächst wieder«, sagte Ilse. In ihren Worten lag die Zuversicht einer Siebzehnjährigen. Viktoria musste lächeln. Ilse war eine starke Persönlichkeit. Sie hatte um ihr Leben gekämpft und gesiegt.

Herr von Treptow wischte sich über die Augen, wandte sich ab. Schließlich trat er zu Christian und gab ihm die Hand. »Danke, Hinrichs.« Er presste die Lippen zusammen, nickte ernst. »Und auch Ihnen, Fräulein Berg. Sie haben Ihr Leben riskiert, um meine Nichte zu retten.«

Ilse blickte sich um. »Wo ist Papa?«

»Dort drüben.« Frau von Manteuffel deutete auf den geschlossenen Landauer am Anleger. Der Admiral hatte die Tür der Kutsche geöffnet, über seinen Beinen lag eine Decke. Ilse lief zu ihm, stieg ein, warf sich in seine Arme.

»Er wollte unbedingt mitkommen. Obwohl ihm der Arzt davon abgeraten hat«, erklärte Frau von Manteuffel, an Christian und Viktoria gewandt.

Ilse löste sich von ihrem Vater. »Was ist passiert? Bist du krank?«

Der Admiral winkte ab. »Nur ein kleiner Schwächeanfall, nichts, das geht vorüber. Hauptsache, du bist wieder da.« Sein Blick fiel auf Christian und Viktoria, die mit Frau von Manteuffel an die Kutsche getreten waren. »Herr Hinrichs, ich habe Ihnen unrecht getan. Sie lagen mit Ihrem Verdacht richtig. Ich kann Sie nur erneut um Verzeihung bitten.«

»Sie konnten nicht ahnen, dass Brenkendorf hinter all dem steckte«, sagte Christian müde. »Er hat uns alle getäuscht.«

»Wo ist er?«, fragte der Admiral.

»Er ist ertrunken«, sagte Christian.

Der Admiral machte ein finsteres Gesicht. »Ich hätte mir gewünscht, den Kerl vor Gericht zu bringen.«

Der Erste Offizier war auf den Kai gekommen. Er trat zu Boysen. »Wir sind bereit zum Ablegen, Käpt'n.«

Boysen nickte. »Ich komme.« Er reichte Ilse die Hand. »Auf Wiedersehen, Fräulein Ilse. Ich muss mich jetzt verabschieden. Die gesamte Flotte kehrt zurück in ihre Heimathäfen.«

Viktoria ahnte, was das bedeutete. »Hat Österreich-Ungarn Serbien den Krieg erklärt?«

Der Kapitän wechselte einen Blick mit dem Admiral. Dann nickte er.

»Was ist mit Deutschland? Werden wir dem Krieg beitreten?«, fragte sie atemlos.

»Es muss sich niemand Sorgen machen«, entgegnete Herr von Treptow. »Wir müssen keine Auswirkungen auf unser Leben befürchten.«

Der Admiral schien anderer Meinung zu sein. »Wir werden Österreich die Bündnistreue halten. Daran besteht kein Zweifel.«

Viktoria fühlte, wie sich etwas Dunkles um ihr Herz legte. »Was ist, wenn Russland in den Krieg eintritt? Werden dann nicht England und Frankreich als Russlands Bündnispartner folgen?«

Der Admiral schüttelte den Kopf. »Wenn England klipp und klar seine Neutralität erklärt, wird es nicht zu einem Krieg kommen. Dennoch, wir sollten auf alles vorbereitet sein.« Er blickte zu Christian. »Unsere Streitkräfte sind auf Menschen wie Sie angewiesen, Herr Hinrichs. Wir brauchen Leute, die für ihre Überzeugungen kämpfen. Sollte es zum Krieg kommen, sollten Sie sich freiwillig melden.«

Viktoria blickte entsetzt zu Christian. Doch der nickte nur unergründlich und schwieg.

Kapitän Boysen gab Ilse die Hand und hielt sie einige Sekunden länger als notwendig, blickte ihr in die Augen. »Leben Sie wohl, Fräulein Ilse.« Dann wandte er sich um und ging an Bord.

Viktoria sah ihm hinterher. Krieg. Das Wort klang ihr in den Ohren. Nach allem, was sie erlebt hatten – sollte da ein Krieg Christian und sie auseinanderreißen?

71

Entscheidung

Viktoria war am Ende ihrer Kräfte. Trotzdem lehnte sie es ab, in der Kutsche von Frau von Manteuffel in den Ort zurückzufahren. Sie musste erst etwas klären, sonst würde sie nicht zur Ruhe kommen.

Sie und Christian gaben ein komisches Paar ab, wie sie da durch die Dünen zurückwankten, in Decken gehüllt, mit zerrissenen Kleidern und Blessuren im Gesicht.

»Wenn es Krieg gibt – wirst du dich freiwillig melden?«, fragte Viktoria, als sie die Süddünen betraten. Der Wind war hier weniger stark. Es war, als ob der Sturm eine Atempause eingelegt hätte. Viktoria kam alles unwirklich vor: der Strandflieder, an dem glitzernde Tropfen hingen, die in der Ferne liegenden weiß schimmernden Hotels, das Rauschen der Wellen. So als sei dies eine Scheinwelt, die es bald nicht mehr geben würde.

Christian ging nicht direkt auf ihre Frage ein. »Wahrscheinlich hat sich die Lage bis Ende des Jahres wieder entspannt.«

»Und wenn nicht?« Sie nahm seine Hand, die eiskalt war. »Ich will nicht, dass du gehst.« Sie sah ihn an, verlor sich in seinen Augen.

Er räusperte sich. »Viktoria, ich muss mich bei dir entschuldigen. Dass ich Frau Paulsen geküsst habe – das hätte niemals passieren dürfen. Du sollst wissen, dass sie mir nichts bedeutet und nie bedeutet hat.«

Sie fühlte einen Stich im Herzen. Dieses Bild von Christian und seiner Zimmerwirtin hatte sich ihr eingebrannt. Aber sie glaubte ihm.

Er sah sie an. »Ich habe immer nur dich gewollt. Aber ich kann verstehen, dass du das Angebot der Schule annehmen willst. Es ist eine einmalige Chance. Ich freue mich für dich, Viktoria.« Er lächelte gequält.

Sie schüttelte den Kopf, strich ihm über die Wange. »Ich hätte dir von Anfang an von dem Brief erzählen sollen. Ich habe geglaubt, ich müsste meine Unabhängigkeit verteidigen. Dabei hatte ich nur Angst – Angst, mich falsch zu entscheiden und es später zu bereuen. Es war dumm. Wir wissen schließlich nie, welche Konsequenzen eine Entscheidung mit sich bringt. Wir können nicht in die Zukunft schauen. Als wir da draußen auf dem Meer waren und jeden Moment in den Fluten hätten untergehen können, da habe ich nicht an die Schule gedacht, an ein Leben als Lehrerin. Sondern an das Leben, das ich an deiner Seite führen könnte. Ich weiß nicht, was die Zukunft bringt. Ich weiß nicht, ob wir immer glücklich sein werden. Aber ich weiß, dass ich heute, im Hier und im Jetzt, bei dir sein will.« Sie strich über seine Hand, die sich langsam wärmte. »Christian Hinrichs, willst du mich immer noch heiraten?«

Seine Augen weiteten sich. »Bist du sicher, dass du das möchtest?«

Sie nickte. Dann zog sie ihn zu sich heran und küsste ihn.

72

Aurora

Viktoria rutschte nervös auf ihrem Stuhl hin und her. Seit zwei Stunden wurden ihre Haare nun schon gemacht. Erst gewaschen, dann getrocknet, nun onduliert. Warum dauerte das nur so lange?

Tante Rosamunde warf ihr einen vorwurfsvollen Blick zu. »Viktoria, bleib endlich still sitzen. Wie soll das Mädchen denn eine halbwegs passable Frisur hinbekommen?«

»Es hätte mir vollkommen gereicht, meine Haare selbst aufzustecken«, sagte Viktoria.

»Papperlapapp. Der Herr Badekommissar wird deine Hochzeit mit seiner Anwesenheit beehren. Da kannst du doch nicht aussehen wie Lieschen Müller. Zum Glück sind in den letzten Wochen deine blauen Flecke von diesem unseligen Tag verheilt.« Sie wies auf die Strähne, die die Friseurin gerade über den Ondulierstab gezogen hatte. »Die müssen Sie noch mal machen.«

Viktoria seufzte. Ihr Blick ging zur Uhr an der Wand. In zwanzig Minuten würden sie zur Kirche aufbrechen müssen. Ihr Magen kribbelte, als sie daran dachte.

»Wenn du weiter so rumzappelst, wirst du nicht rechtzeitig fertig«, sagte Tante Rosamunde und schüttelte den Kopf. Als sie eingesehen hatte, dass die Hochzeit ihrer

Nichte unausweichlich war, hatte sie umgeschwenkt und es sich zu ihrem obersten Ziel gemacht, diesen Tag so feierlich wie möglich zu gestalten. Viktoria und auch Christian hatten sich eine kleine Feier gewünscht. Aber in diesem Punkt war weder mit ihrem Vater noch mit ihrer Tante zu reden gewesen.

Es klopfte an der Tür. »Viktoria, wie weit bist du?« Es war ihr Vater, der vor drei Tagen angereist war.

»Wir sind gleich fertig«, sagte Viktoria. »Komm ruhig rein.«

»Das tust du auf keinen Fall, Conrad. Wir kommen runter, sobald das Kind vorzeigbar ist«, fuhr ihre Tante dazwischen.

»Fräulein Ilse ist hier«, hörte sie erneut die Stimme ihres Vaters durch die Tür.

Die Tür öffnete sich einen Spalt, und Ilse schaute hinein. »Ich wollte alles Gute wünschen, bevor Sie zur Kirche aufbrechen.« Nach den Ereignissen vor sechs Wochen war Ilse mit ihrer Familie abgereist. Seitdem hatten sie und Viktoria sich regelmäßig geschrieben. Ilse hatte versprochen, zur Hochzeit zurückzukehren.

Viktoria wandte sich erfreut um. »Kommen Sie herein, Fräulein Ilse. Wie schön, dass Sie bereits da sind.«

Durch Viktorias Bewegung war der Friseurin die Haarsträhne aus der Hand geglitten. Ihre Tante stöhnte. »Jetzt ist die Welle wieder nichts geworden.«

Ilse schlüpfte ins Zimmer. Auch ihre blauen Flecke waren verheilt, an ihrer Lippe war eine rote Narbe zu sehen. Die kurzen Haare hatte sie unter einem Hut verborgen.

»Wie geht es Ihnen?«, fragte Viktoria und streckte ihr die Hände entgegen.

Ilse nahm sie, setzte sich neben sie auf einen Stuhl. »Es ist gut, wieder hier zu sein. Ich muss mich den Dingen stellen.«

Viktoria wusste nur zu gut, was Ilse meinte. Auch sie war in mancher Nacht aus dem Schlaf aufgeschreckt, von Bildern geplagt, dem sinkenden Wrack, den Wogen, von dem Gefühl, hinab in die Tiefe gezogen zu werden. Für Ilse musste es noch viel schwieriger sein.

Tante Rosamunde schüttelte den Kopf. »Bitte Fräulein Ilse – bringen Sie meine Nichte dazu, endlich still zu halten. Sonst werden wir nie fertig.«

Ilse lachte, sah Viktoria verschwörerisch an. »Wir werden uns einfach unterhalten, dann vergeht die Zeit schneller.«

»Wie geht es Ihrem Vater? Hat er sich erholt?«, fragte Viktoria.

Ilse nickte. »Er brennt darauf, seine Tätigkeit wieder aufzunehmen. Aber die Ärzte sagen, es wird noch Wochen dauern. Er fürchtet, dass bis dahin der Krieg vorbei ist.«

Viktoria hoffte, dass der Admiral mit seiner Einschätzung der Lage recht behalten würde. »Das wäre zu wünschen. Im Moment werden mehr Soldaten auf der Insel beherbergt als Sommergäste.« Mit der Kriegserklärung Deutschlands an Russland am 1. August hatten die letzten Sommergäste fluchtartig die Insel verlassen. Der Seebadbetrieb wurde eingestellt und die Bäder an der Nordsee zum militärischen Sperrgebiet erklärt. Das Leben auf Norderney hatte sich von einer Stunde auf die andere vollständig verändert. Auch wenn die meisten Insulaner glaubten, der Krieg würde nicht lange dauern – es war ein schmerzlicher Einschnitt. Wie sollten die Restaurants, Hotels und Pensionen überleben, wenn keine Gäste mehr kamen?

»Wurde Herr Hinrichs der Inselwache zugeteilt?«, fragte Ilse.

Viktoria nickte erneut. Zum Schutz der Küste war ein Landsturm eingerichtet worden. Alle auf der Insel wohnenden Offiziere, Unteroffiziere und Reservisten mussten sich melden. Christian durfte nicht einmal warten, bis seine Wunden verheilt waren, er wurde sofort eingezogen. Aber Viktoria war froh, dass er wenigstens hatte hierbleiben können. »Was ist mit Kapitän Boysen?«, fragte sie.

Ilses Blick wurde traurig. »Ich habe zuletzt vor zwei Wochen von ihm gehört. Mein Vater hat dafür gesorgt, dass er die Führung des Torpedobootes behält. Er sagte, er könne seinen zukünftigen Schwiegersohn nicht an Land versetzen.« Ilse presste die Lippen aufeinander. »Ich hoffe, er kommt heil aus dem Krieg zurück.«

Viktoria konnte sie gut verstehen. Seit der Kriegserklärung fürchtete sie, dass Christian an die Front musste.

Ilse atmete tief ein, als wolle sie die bösen Gedanken verscheuchen. »Aber dieser Krieg hat auch etwas Gutes: Ich konnte meinen Vater überzeugen, Johann nicht zu entlassen. Ich habe ihm erklärt, dass er in diesen Zeiten keinen Ersatz finden wird. Schließlich werden die jungen Männer woanders gebraucht. Und was nach dem Krieg wird – da wird mir schon noch was einfallen.« Sie zwinkerte Viktoria zu.

»Ich habe übrigens dem Prozess gegen Erich Pohl beigewohnt«, fuhr Ilse fort. »Er hoffte wohl auf die Milde des Gerichts und hat ohne Umschweife zugegeben, Papas silbernen Zigarrenkürzer und andere Gegenstände entwendet zu haben. Aber die Aussagen des Goldschmieds, an den er die Sachen verkaufen wollte, haben ihn schwer belastet. Der konnte sich noch gut an den Nachmittag erinnern, als Pohl mit den Sachen bei ihm auftauchte.« Ilse erstarrte einen Moment, und Viktoria ahnte, woran sie dachte. Es war der Tag gewesen, an dem Brenkendorf sie überfallen hatte.

Viktoria drückte Ilses Hände, die noch immer in den ihren lagen. »Ilse, ich möchte mich nochmals bei Ihnen und Ihrer Familie für Ihre großzügige Spende bedanken. Mit diesem Geld kann ich den Hilfsverein für die Kinder einrichten.«

Der Schatten, der vor wenigen Sekunden über Ilses Gesicht gelaufen war, verschwand. »Ich finde es bewundernswert, was Sie machen wollen. In Zeiten wie diesen ist es wichtiger denn je, dass Kinder eine gute Bildung erhalten.«

Der Verein war Christians Idee gewesen. Er hatte vorgeschlagen, dass Viktoria Schülern aus armen Familien am Nachmittag Nachhilfe geben könnte. Je länger Viktoria darüber nachdachte, desto mehr konnte sie sich für den Gedanken erwärmen. Sie könnte noch weit mehr tun. Etwa mit den Kindern Wanderungen durch das Watt unternehmen, damit sie etwas über die Natur lernten, ihnen Malen und Zeichnen beibringen oder ein Instrument lehren – je nach ihren Begabungen. Vor einigen Wochen hatte sie Ilse von diesen Plänen geschrieben. Kurz darauf hatte Admiral von Manteuffel Viktoria eine hohe Summe übermittelt. Viktoria konnte es kaum glauben und wollte das Geld zunächst nicht annehmen. Aber Ilse hatte ihr geschrieben, dass ihr Vater es als Affront verstehen würde, wenn sie das Geld zurückwiese. Und so nahm Viktoria es an. Die Summe reichte aus, um damit einen Raum zu mieten, in dem sie die Kinder nach der Schule betreuen konnte. Sogar Lehrtafeln hatte sie bestellen können und Bücher für eine kleine Bibliothek. Bereits nächste Woche wollte sie beginnen. Einen ersten Schüler hatte sie auch schon: Der junge Hannes Abben hatte gefragt, ob er kommen dürfe. Offenbar hatte Christian ihm erklärt, dass eine gute Schulbildung unbedingt notwendig sei, wenn man Polizist werden wolle.

Ilse erhob sich. »Nicht Sie müssen mir danken, sondern ich Ihnen. Ohne Ihre und Herrn Hinrichs Hilfe wäre ich jetzt nicht hier«, sagte sie und lächelte dankbar.

Als die Friseurin schließlich mit einem erleichterten Seufzen den Ondulierstab sinken ließ, klatschte Tante Rosamunde in die Hände. »Formidable!«, rief sie. »Jetzt noch der Schleier!«

Der lag auf dem Bett, Ilse holte ihn. Die Friseurin steckte ihn mit einem silbernen Haarreif vorsichtig fest. Viktoria stand auf, trat vor den Spiegel. Im ersten Moment konnte sie es kaum glauben, sie erkannte sich kaum wieder. Ihre

Haare lagen in sanften Wellen um ihren Kopf, das seidene Kleid schmiegte sich an ihren Körper. Eigentlich hatte sie etwas Einfaches kaufen wollen, einen Rock, den sie auch später noch tragen konnte. Aber jetzt war sie froh, dass sie sich in diesem Punkt hatte umstimmen lassen.

Ilse war neben sie getreten. »Wunderschön.«

Selbst Tante Rosamunde schien ergriffen. Sie zupfte das Kleid mit geröteten Wangen zurecht. »Weiße Seide und der Schleier mit der feinen Spitze – ich hab es doch gleich gesagt. Niemand mit ein wenig Modebewusstsein heiratet noch in Schwarz.« Sie trat einen Schritt zurück. »So, und nun husch. Dein Zukünftiger soll schließlich nicht auf dich warten.« Sie öffnete die Tür.

»Einen Moment noch«, sagte Viktoria. Sie nahm die Brosche vom Frisiertisch, die ihrer verstorbenen Mutter gehört hatte. Einen Aurorafalter mit Feueropalen auf den Flügeln. Sie steckte sie am Kleid fest. Betrachtete sich im Spiegel. »Jetzt bin ich fertig.«

Im Salon saß Oberstaatsanwalt Conrad Berg in einem Sessel beim Fenster und sah hinaus. Als sie aus dem Zimmer traten, stand er auf. »Meine Kleine.« Sein Blick ging zu der Brosche. Er nahm Viktoria in den Arm. »Sie wäre stolz auf dich, wenn sie dich heute sehen könnte«, flüsterte er.

Von der Ferne hörte Viktoria die Kirchenglocken läuten. Ein Kribbeln machte sich in ihrem Magen breit. Nun war es also so weit.

73

Glaube, Liebe, Hoffnung

Christian ging vor der Kirche auf und ab, schob den Finger hinter den engen Kragen der Paradeuniform, die ihm die Luft abschnürte. Jemand klopfte ihm auf die Schulter. »Sie wird schon kommen.«

Willy grinste ihn an. Er war gestern aus Hamburg mit Christians Schwester Herta und deren Mann angereist. Die beiden waren gerade rechtzeitig zum Essen im Conversationshaus gekommen, zu dem Viktorias Vater geladen hatte. Herta hatte sich in der vornehmen Umgebung sichtlich unwohl gefühlt. Viktoria hatte es bemerkt, und kurz darauf waren die beiden in ein Gespräch über die neuesten Methoden der Kindererziehung vertieft gewesen. Willy hatte dagegen keine Berührungsängste gezeigt. In seinem bordeauxroten Anzug saß er am Tisch, erzählte eine Räuberpistole nach der anderen und war ohne großes Federlesens bei Viktorias Tante zum Du übergegangen, die kaum wusste, wie ihr geschah.

»Na siehste, jetzt lachste wieder, Jung. Es gibt keinen Grund, nervös zu sein.«

Willy grinste wieder. Christian war ihm dankbar, dass er gekommen war. Seit ihrem Streit im letzten Jahr hatte er ihn nicht mehr gesehen. Christian hatte sich gefragt, wie es wohl sein würde, ihn wiederzutreffen. Seine Sorge war unbegründet. Schon nach fünf Minuten war es zwischen ihnen so wie immer gewesen.

Jetzt blickte Willy die Straße entlang und pfiff durch die Zähne. »Das muss man dir lassen – du hast dir echt eine feine Braut ausgesucht.«

Christian folgte seinem Blick. Für einen Moment konnte er es kaum glauben. Viktoria trat in einem weißen Brautkleid an der Seite ihres Vaters auf die Kirche zu. Ein Schleier verhüllte ihr Gesicht. Aber als sie näher kam, hätte er schwören können, dass sie ihr spöttisches Lächeln trug, das er so an ihr liebte.

Ihr Vater räusperte sich und legte Viktorias Hand in Christians. Die Miene von Oberstaatsanwalt Berg war unbewegt, aber Christian wusste, wie schwer es für ihn war, seine einzige Tochter gehen zu lassen. Viktoria hatte ihrem Vater vorgeschlagen, für die Zeit des Krieges zu ihnen nach Norderney zu ziehen. Aber Conrad Berg hatte entgegnet, das Verbrechen schlafe auch in Zeiten des Krieges nicht und er werde in Hamburg gebraucht.

Christian hatte das Gefühl, alles wie durch einen Schleier wahrzunehmen. Er konnte sich nur schwer auf den Gottesdienst konzentrieren. Selbst Viktoria spielte nervös mit einer Schlaufe an ihrem Kleid und sah während der Predigt immer wieder zu ihm. Hinter Christian schnäuzte sich jemand. Er wandte den Kopf. Es war Viktorias Tante, die neben dem Badekommissar saß und sich mit einem Spitzentuch die Augen trocknete. Christian war sich nicht sicher, ob sie aus Rührung weinte oder weil sie Viktoria nun endgültig an einen kleinen Beamten verloren hatte.

»Nun aber bleiben Glaube, Hoffnung, Liebe. Diese drei. Doch die Liebe ist die Größte unter ihnen«, sagte der Pfarrer und zog damit Christians Aufmerksamkeit wieder auf sich. Der Pfarrer gab Viktoria und ihm ein Zeichen. Sie traten vor den Altar, zusammen mit ihren Trauzeugen: Willy und Conrad Berg. Der Pfarrer legte Christians und Viktorias Hände zusammen.

»Christian Hinrichs, willst du Viktoria Berg, die Gott dir anvertraut hat, als deine Ehefrau lieben und ehren und die Ehe mit ihr nach Gottes Gebot und Verheißung führen, in guten und in bösen Tagen, bis dass der Tod euch scheidet, so antworte: Ja, mit Gottes Hilfe.«

Christian sah Viktoria an. Für einen Moment schien es, als gäbe es nur sie beide. »Ja, mit Gottes Hilfe.« Seine Worte hallten durch die Kirche.

Nun stellte der Pfarrer auch Viktoria die Frage, und sie antwortete: »Ja, mit Gottes Hilfe.«

Christian nahm den Ring, den Willy ihm reichte. »Viktoria Berg, ich nehme dich als meine Ehefrau aus Gottes Hand. Ich will dich lieben und achten, dir vertrauen und treu sein. Ich will dir helfen und für dich sorgen, will dir vergeben, wie Gott uns vergibt. Ich will zusammen mit dir Gott und den Menschen dienen. So lange wir leben. Trage diesen Ring als Zeichen der Liebe und Treue.« Seine Hand zitterte, als er ihn über Viktorias Finger schob.

Dann gab auch Viktoria ihm das Eheversprechen, schob den goldenen Ring über seinen Finger. Anschließend knieten sie sich hin. Der Pfarrer sprach den Segen. Hinter ihnen in der Bank schluchzte Tante Rosamunde laut auf. Christian musste grinsen, sein Blick huschte zu Viktoria, und er sah, wie auch sie lächelte. Nun waren sie also Mann und Frau.

74

Ein ganzes Leben

Viktoria war froh, als endlich der Schlusschoral erklang. Christian und sie erhoben sich, zogen feierlich aus der Kirche. Draußen erwartete sie herbstlicher Sonnenschein. Viktoria atmete tief aus. Es war geschafft.

Ihr Vater trat zu ihr, nahm ihre Hand. »Nun bist du also nicht mehr meine kleine Viktoria. Sondern Frau Hinrichs.« Er räusperte sich, versuchte zu verbergen, dass ihm die Tränen in die Augen gestiegen waren. »Ich wünsche dir, dass du glücklich wirst, mein Kind. So glücklich, wie ich es mit deiner Mutter bis zu ihrem Tod war.«

»Das werde ich, Papa, bestimmt.« Sie nahm ihn in den Arm, drückte ihn fest an sich. »Wehe, du kommst nicht jeden Sommer zu uns. Du hast es mir versprochen.«

Er löste sich von ihr. »Natürlich werde ich kommen.« Er räusperte sich abermals, trat dann zu Christian, reichte ihm die Hand. »Meinen Glückwunsch, Christian. Pass gut auf meine Tochter auf. Besonders in Zeiten wie diesen.«

»Das werde ich«, sagte Christian ernst.

Eine lange Reihe von Gratulanten folgte. Auch Tante Rosamunde wünschte ihnen Glück, wenn auch mit einem leicht verkniffenen Blick, der sich erst änderte, als der Badekommissar Christian gratulierte. »Herzlichen Glückwunsch, Herr Hinrichs. Sie haben sich eine ganz besondere Ehefrau ausgesucht.«

»Da hörst du es«, flüsterte Viktoria, nachdem Herr von Treptow beiseitegetreten war.

»Halsstarrig meinte er. Das bist du in der Tat.«

Ihre Blicke trafen sich, und im gleichen Moment fiel die Anspannung der letzten Stunden und Wochen von Viktoria ab. Sie fühlte sich plötzlich so leicht wie noch nie. »Komm mir nicht so«, erwiderte sie. »Sonst beschwere ich mich bei deinem Vorgesetzten und sage ihm, dass du die heutige Nacht doch lieber auf der Inselwache verbringen willst.«

»Das würdest du tun?«, fragte er und tat überrascht.

Sie lachte, und für einen Moment stellte sie sich vor, wie sie heute Abend nach Hause gehen würden. In die kleine Wohnung in der Luisenstraße, die Christian gemietet hatte. Es waren nur zwei Zimmer mit einem Bad auf dem Flur. Nichts Großes. Aber es war ihrs. Gleichzeitig verspürte Viktoria jedoch auch einen Stich. Morgen würde Christian zur Inselwache zurückkehren und dann dort die Nächte verbringen müssen. Aber immerhin rief man ihn nicht an die Front. Hier war er sicher, so hoffte sie.

Er schien zu bemerken, an was sie dachte. Er nahm ihre Hand, zog sie an sich, strich ihr über den Finger, berührte den goldenen Ring. »Ich meinte es ernst, Viktoria. Ich werde dich immer lieben und achten und dir treu sein. Egal, was da kommen mag.«

Sie nickte, vertrieb mit einem Blinzeln die Tränen aus ihren Augen. Dann beugte sie sich vor, um ihn zu küssen.

Ihr ganzes Leben lag vor ihnen. Sie wusste nicht, was kommen würde. Aber sie würde jede Sekunde davon auskosten.

Autorin

Elsa Dix stammt aus Norddeutschland. Heute lebt sie mit ihrem Mann und ihrem Hund in Düsseldorf und verbringt jede freie Minute auf Norderney. Bei Goldmann erscheinen ihre Seebad-Krimis um das sympathische Ermittlerduo Viktoria Berg und Christian Hinrichs.

Weitere Informationen zu Elsa Dix unter: www.elsa-dix.de

Elsa Dix im Goldmann Verlag:

Die Tote in der Sommerfrische. Ein Seebad-Krimi
Der tote Rittmeister. Ein Seebad-Krimi
Die kalte Mamsell. Ein Seebad-Krimi
Das verschwundene Fräulein. Ein Seebad-Krimi

(alle auch als E-Book erhältlich)